Hari Kunzru

grayday

Hari Kunzru

grayday

Roman

Aus dem Englischen
von Benjamin Schwarz

Karl Blessing Verlag

Originaltitel: Transmission
Originalverlag: Hamish Hamilton (Penguin Books), London

In der amerikanischen Ausgabe (Dutton, New York) wird der Begriff »Grayday« verwandt, in der britischen Ausgabe heißt es durchgängig »Greyday«.

Umwelthinweis:
Dieses Buch und sein Schutzumschlag wurden auf chlorfrei gebleichtem Papier gedruckt. Die vor Verschmutzung schützende Einschrumpffolie ist aus umweltschonender und recyclingfähiger PE-Folie.

Der Karl Blessing Verlag ist ein Unternehmen der Verlagsgruppe Random House GmbH

1. Auflage

Glossar der indischen Ausdrücke: Giovanni Bandini
Umschlaggestaltung: Hauptmann & Kampa, Werbeagentur München
Satz: Uhl + Massopust, Aalen
Druck und Bindung: GGP Media GmbH, Pößneck
Printed in Germany
ISBN 3-89667-196-0
www.blessing-verlag.de

Für die Fran

DANKSAGUNG

Mein Dank geht an Dan O'Brien von NTK, Fred Cohen, Natasha Staley, Sarah Gordon und Carey Nachemberg für ihren technischen Rat. Ich danke meinem Vater für viele andere Ratschläge. Dank auch an Simon Prosser, Jonny Geller, Donna Poppy und viele andere bei Curtis Brown und Hamish Hamilton.

SIGNAL

Es war eine einfache Mitteilung.

Hi. Ich sah das und dachte an dich.

Vielleicht hattest du eine Mail in deinem Posteingang, zugeschickt von einem Absender, den du nicht erkanntest, harmlose zwei Zeilen mit einem Anhang.

leela.exe

Vielleicht gehorchtest du der Anweisung:

probiers mal aus!

Und da war sie: Leela Zahir, die in einem Pop-up-Fenster auf deinem Bildschirm in ruckartigen schnellen Schritten herumtanzte. Selbst bei dieser Größe konntest du sehen, dass sie schön war, diese kleine pixelige Tänzerin mit ihrem strahlenden einundzwanzigjährigen Lächeln: das hatte sie, versprach der Begleittext,

nur für dich

Dieses Lächeln. Der Anfang all deiner Probleme.

Es war ja nicht so, dass du Leela darum gebeten hättest, herzukommen und dir das Herz zu brechen. Du warst nur gerade mit all dem beschäftigt, was du immer online erledigst – Formulare ausfüllen, Pornos runterladen, chatten –, als sie plötzlich dahergezappelt kam und alles in Scherben ging. Einen Moment lang kamst du dir bei aller Panik wahrscheinlich als jemand ganz Besonderes vor. Das war Leelas Talent. Jedermann glauben zu lassen, alles wäre *nur für dich*.

Aber es gab noch andere. Wie viele hat sie infiziert? Tausende? Zig-, Hunderttausende? Unmöglich, sie zu zählen. Experten haben den Schaden, den sie vorwiegend in Form menschlicher und maschineller Ausfallzeiten in der Weltwirtschaft angerichtet hat, auf fast fünfzig Milliarden US-Dollar geschätzt, aber finanzielle Überlegungen werden dem Chaos jener Tage nicht gerecht. Während Leelas kurzer Missherrschaft war jede Normalität aufgehoben. Reihenweise kauten untätige Broker vor eingefrorenen Bildschirmen an ihren Nägeln. Schaltnetze verglommen wie erloschene Sterne vor ihnen. Ein paar Wochen lang tanzte sie rund um die Welt, und Katastrophen folgten jedem Schritt, wie bei einem elefantösen Vorstädter vor einem Fitnessvideo.

Natürlich wurde sie durch das alles berühmt, berühmter, als es selbst ihre Mutter in den wildesten Träumen erhofft hatte. Leela war bereits ein kommender Star, Indiens neues Dreamgirl, das das schlüpfrige *lingam* der Mumbai-Filmwelt erklomm wie das Kind beim Seiltrick des Zauberers. Doch Leelas Mutter hatte zwar die meisten Eventualitäten vorausbedacht, dabei aber nicht den Fortschritt der Technik als Faktor des Karriereplans ihrer Tochter berücksichtigt. Mrs. Zahir war ganz entschieden kein technisch denkender Mensch.

Und so kam sich Leela schließlich verhext vor, als das Mädchen mit den roten Schuhen, das zum Weitertanzen verdammt war, bis die Füße bluteten oder der Bildschirm zu schmutzigen ASCII-Text-Blüten erstarrte. Doch trotz allem, was ihre Mutter sich gedacht haben mochte, war Leelas Wirkung nur oberflächlich. Die wahre Aktion fand in den Eingeweiden des Codes statt: als eine Kaskade von Rechenoperationen, von Iterationen und Löschungen, eine unsichtbare Infektion durch Einsen und Nullen. Leela machte auf *holi*, und der an ihrem Körper klebende Sari lenkte die Aufmerksamkeit von der Maschinerie ab, die unter ihrer Haut am Rotieren war.

Eine Verkettung von Ursache und Wirkung? In Leelas Sommer lagen die Dinge nicht so einfach. Es war eine Zeit topologischer Seltsamkeiten, von Schleifen und Knoten, endlosen Aktionsbändern und von innen nach außen gestülpten Reaktionszylindern, die so total durcheinander war, dass es fast unmöglich ist, einen Ausgangspunkt festzustellen.

Morgenlicht sickert durch Jalousien.

Ein Kinopublikum sieht eine Träne über ein riesiges Gesicht rinnen.

Ein Wecker piept. Stöhnen und langsame Entknotung von Gliedmaßen.

Sie schaltet ihren Computer aus.

Sie sitzen zusammen in einem Taxi.

Es wird sich gekrümmt, nach unten gebeugt.

Sie dreht ihren Stuhl zum Fenster herum und

jemand im Parkett macht laute Kussgeräusche

schlechte Haltung

Zwischen den beiden ein Spalt von fünf Zentimetern

sie beißt noch einmal von ihrem Sandwich ab.

Gelächter

die Haltung eines jungen Mannes, der vor einem Büroturm in New Delhi steht.

Ein willkürlicher Sprung ins System.

Mit rundem Rücken bleibt er einen Augenblick stehen und steckt einen Finger in den Kragen seines neuen Polycottonhemds. Der Kragen ist zu eng.

Der Connaught Place um ihn herum brodelte vor Leben. Büroangestellte, ausländische Rucksacktouristen, Boten und Damen auf dem Weg zum Mittagessen rempelten sich an Bettlern vorbei, bahnten sich im Zickzack den Weg durch den Verkehr und flitzten beim Palika Bazaar rein und raus wie Teilnehmer eines wahnsinnigen Spiels. Einen Moment lang war Arjun Mehta, Opfer seiner Zögerlichkeit, die einzige unbewegliche Gestalt in der Menge. Er war aus ziemlicher Entfernung sichtbar, ein langer magerer Stecken von einem Jungen, der sich ein wenig zusammenkrümmte, bevor er in das Gebäude eintrat. Sein bebendes Gesicht hatte den Ausdruck sanfter Verwirrung, was aber durch eine Metallbrille halb verborgen wurde, deren Gläser von Fingerabdrücken verschmiert waren. Den Versuch, die Autorität über seine Oberlippe zu behaupten, unternahm ein flaumiger Schnurrbart. Während Arjun an seinem Kragen herumpolkte, zuckte das Bärtchen nervös, ein kleines, erschrocken auf einer Lichtung verhaltendes Tierchen.

Als er sich endlich so klein fühlte, wie es ihm nur möglich war, klemmte er sich seine Zeugnismappe vor die Brust, gab dem *chowkidar* sein Anliegen kund und wurde die Treppe hinauf in die klimatisierte Kühle eines Bürofoyers gewinkt.

Marmor unter seinen Sohlen. Der Verkehrslärm plötzlich gedämpft.

In der Anmeldung saß eine Rezeptionistin. Eine Reihe Uhren über ihr, Relikte der optimistischen Jahre um 1960, zeigten die Zeit in wichtigen Weltstädten. New Delhi schien New York nur um zwei Stunden voraus zu sein und Tokio nur um eine hinterher. Unwillkürlich berechnete Arjun, wie sehr die Welt durch diesen Irrtum geschrumpft war, aber da er die Variablen nicht mal annähernd genau einschätzen konnte, verlor sich der Gedanke wieder. Einen oder zwei Augenblicke lang hing das Bild in seinem Gehirn herum: der Globus, der sich zusammenzieht wie ein Strandball, dem die Luft ausgeht.

Er wurde in seinen Gedanken von einem Putzmann unterbrochen, der ihm mit einem Mopp über die Fußspitzen fuhr. Er sah den Mann finster an, der unverfroren zurückstarrte und seinen Weg durch das Foyer ungerührt fortsetzte. Die Rezeptionistin in der Anmeldung wies Arjun den Weg zu einer Reihe von Aufzügen. Er stieg in der achten Etage aus und suchte in dem Korridor nach der Bürosuite E. Immer panischer lief er hin und her. Gerade als ihm der Gedanke kam, man hätte ihm vielleicht eine falsche Auskunft erteilt, gelangte er an eine Tür, über deren Namensschild ein handgeschriebener Zettel geklebt war. *Einstellungsgespräche hier.* Er klopfte, erhielt keine Antwort, klopfte noch mal und schlurfte eine Weile herum, unschlüssig, was er tun solle. Das Scharren mit den Füßen schien auch nicht zu helfen, und so kniete er sich hin und putzte seine dreckigen Schuhe mit seinem Taschentuch.

»Entschuldigen Sie bitte?«

Er blickte zu einer affektiert wirkenden jungen Frau in einem pfirsichfarbenen *salwar kameez* hoch.

»Ja?«

»Würden Sie mir vielleicht aus dem Weg gehen?«

»Entschuldigung.«

Sie huschte an ihm vorbei und stieß anstandslos die Tür auf, hinter der sich ein Warteraum zeigte. Auf den orangefarbenen Plastikstühlen saßen nervöse junge Leute in jener eigentümlichen, sich gegen alles abschottenden Steifheit, die Jobbewerber mit Angeklagten und Menschen in Aufnahmestationen von Kliniken für Geschlechtskrankheiten teilen. Die Frau fegte hinein und nannte einer Angestellten ihren Namen, die ihn auf einer Liste abhakte und ihr eine Nummer zuteilte. Beschämt durch sein eigenes Versagen, folgte Arjun.

Die Bewerber wanden sich. Sie husteten und spielten mit ihren Händen. Sie taten so, als blätterten sie Illustrierte durch, und unternahmen komplizierte Versuche, jeden Blickkontakt untereinander zu vermeiden. Alle Stühle waren besetzt. Arjun suchte sich einen Platz in der Nähe eines Fensters, stellte sich dort auf und verlagerte sein Gewicht von einem Fuß auf den anderen, während er sich im Positivmodus zu rebooten versuchte. *Hör zu, Mehta. Du weißt nicht, wie viele Stellen Databodies zu vergeben hat. Vielleicht sind es mehrere. Die Amerikaner haben Fachleutemangel. Sie wollen so viele Programmierer haben, wie sie kriegen können.* Aber so viele Bewerber? In dem Raum waren mindestens fünfzig Personen.

Die Klimaanlage murrte, gegen die steigende Hitze der Masse schwitzenden, jobhungrigen Fleisches kam sie einfach nicht an. Einige fächelten sich mit ausgefüllten Formularen Luft zu. Stühle quietschten unter feuchten Hintern. In drei Zimmern gleichzeitig fanden Einstellungsgespräche statt, und während Leute hineingerufen wurden und andere ankamen, veränderte sich die Szene um Arjun herum wie die Zeitrafferaufnahme eines unbestimmten Naturvorgangs, weder Zeugung noch Verfall. Immer wenn ein Stuhl frei wurde, überließ er ihn jemand anderem, und in ihm wuchs die unlogische Hoffnung, wenn er ganz still und ruhig bliebe, könne er sich retten, dann müsse er nicht durch eine der drei Milchglastüren gehen.

»Mehta A. P.?«

Er starrte angestrengt aus dem Fenster.

»Mehta A. P.?«

Es war zwecklos. Die Frau mit der Liste meinte ihn. Schwach hob er die Hand und ließ sich von ihr in ein Büro führen, wo sie auf einen Stuhl vor einem Furnierholzschreibtisch zeigte. Auf der anderen Seite lümmelte, die Beine herausfordernd übergeschlagen, ein Mann, der weniger ein Mensch als vielmehr ein Nachrichtenmedium, ein Kanal zur Übertragung von Lifestyle-Botschaften an Verbraucher zu sein schien. Von seinem gegelten Haar bis hinunter zu seinen leicht blank gescheuerten Pennyloafers löste jedes Detail seines Äußeren eine Reihe von Assoziationen aus, die nach sozialem Aufstieg rochen, einige unverhohlen (das Markenzeichen auf seinem Tennishemd, seine Gürtelschnalle, die Bügel seiner UV-Sonnen-Schutzbrille, die auf seinem Kopf thronte), einige versteckt (das Gewicht seiner Schweizer Armbanduhr, das *Schweizerische* an dieser Uhr) und einige lediglich als leichte Andeutungen, Anklänge leiser Sehnsüchte im Duft seines Unisex-Rasierwassers, in Kette und Schuss seiner khakifarbenen Slacks.

Arjun zerrte an seinem Kragen.

»Sunny Srinivasan«, sagte das Medium, beugte sich über den Schreibtisch und schüttelte ihm die Hand. »Na, wie geht's denn heute?«

Sunny Srinivasans Gesichtszüge waren regelmäßig und ausdrucksstark. Er hatte das höfliche, wenn auch aggressive Auftreten eines Mannes, der Spaß am sportlichen Wettkampf hat. Wenn er redete, erschallten seine Worte mit Entschiedenheit und Verve, wobei seine verschliffenen Vokale und rollenden Konsonanten den Zuhörer auf die Quelle all seiner übrigen Wohlstandszeichen zurückverwiesen:

Amrika.

Aufenthaltsort der Inder ohne Daueraufenthalt.

»Arjun Mehta«, sagte Arjun und versetzte sich sofort innerlich einen Fußtritt, weil er die transatlantische Anredeform außer Acht gelassen hatte. »Ich meine, gut. Mir geht es gut.«

Sunny Srinivasan öffnete den Mund und entblößte ein Lächeln, das wie ein zahnbewehrter Scheinwerfer strahlte. »Es freut mich, das zu hören, Arjun. Jedem Menschen sollte es gut gehen – jeden Tag.«

Arjun nickte feierlich und sackte auf seinem Stuhl noch etwas tiefer. Der Berufsberater im NOIT hatte ihm mehr als einmal vorgehalten, ihm fehle es an positiver Einstellung. Sunny Srinivasan dagegen schwitzte eine solche geradezu aus. Die Tage, an denen es ihm gut ging, bildeten wohl eine ununterbrochene Reihe, die in die Nebel einer vermutlich sehr schönen Kindheit zurückreichte. Als Sunny die Hand ausstreckte und ihm seine Papiere abnahm, bestaunte Arjun die Schönheit seiner Haut. Jeder Teil dieses Mannes, der nicht mit baumwollener Luxus-Freizeitkleidung bedeckt war, schien vor protzigem Leben zu glühen, als wäre ihm so etwas wie eine Leuchtmembran unter die Epidermis implantiert worden. Arjun blickte auf seine eigenen Arme und Hände: gewöhnlich und belanglos. Sie sahen aus wie das »Vorher«-Foto in einem Schönheitsinserat.

Während Arjun über Hautpflege nachdachte, blätterte Sunny die Zeugnisse durch, wobei er das eine oder andere gegen das Licht hielt. »Na«, schloss er. »Das sieht ja alles hervorragend aus. Was Sie mir jetzt aber unbedingt verraten müssen, ist, wie viel daran ist Schaumschlägerei.«

»Schaum-? Was meinen Sie damit?«

»Nun, Arjun K. Mehta, am North Okhla Institute of Technology zum B. Sc. ausgebildet, auf dem Papier sehen Ihre Qualifizierungen gut aus. Nicht phantastisch, aber gut. Die Frage ist, sind sie echt?«

»Absolut. Hundertprozentig.«

»Freut mich zu hören. Die Hälfte der Versager da draußen im Warteraum haben sich ihre Diplome im Basar gekauft. Ein weiteres Viertel hat irgendeinen popligen Computerkurs in der Abendschule absolviert und ihn so frisiert, dass er wie eine Collegeausbildung aussieht. Aber Sie, Arjun, Sie sagen mir, bei Ihnen ist alles wasserdicht. Stimmt's?«

»Absolut. Wasserdicht. Alles in Ordnung. Wie ich in meiner Bewerbung geschrieben habe, kann ich Zeugnisse vorlegen. Ich bin in allen wichtigen Grundgebieten erfahren – Vernetzung, Datenbank...«

»Sie müssen nicht weiterreden.« Sunny hielt seine glatten, Lipid-genährten Hände in die Höhe. »Sie brauchen mich mit all dem Zeugs nicht zu beeindrucken. Ich werde Ihnen ein Geheimnis erzählen, Arjun: Den Unterschied zwischen SQL und HTML kenne ich nicht. Und er interessiert mich auch nicht. Für mich sind das alles bloß Buchstaben. Was mich interessiert, sind Ärsche, gute, anständig qualifizierte Inderärsche, die auf guten, amerikanischen Bürostühlen sitzen und gute Beraterdollars verdienen, für Databodies und für mich. Verstanden?«

»Absolut«, murmelte Arjun. Sunny Srinivasan kam ihm jede Minute eindrucksvoller vor.

Sunny lehnte sich auf seinem eigenen Stuhl zurück und verschränkte die Hände hinter dem Kopf. »Also, ich werde Folgendes tun«, sagte er, als verkünde er nun ein Ergebnis langer Überlegungen. »Ich nehme Ihre Bewerbung an, lasse Sie von meinen Leuten auf Herz und Nieren prüfen, und wenn Sie die Wahrheit gesagt haben, werde ich Sie nach Amerika schicken und dafür sorgen, dass Sie reich werden.«

Arjun konnte sein Glück nicht fassen. »Einfach so?«

»Einfach so, Arjun. Wenn Sie erst einmal ein Databodies-IT-Berater sind, kommt Bewegung in ihr Leben. Dann können Sie der werden, von dem Sie immer schon geträumt haben. Das ist unser Auftrag, Arjun. Leuten zu helfen, dass sie ihre Träume wahr machen. Dafür setzen wir uns ein.«

»Und Sie können mir einen Job in Amerika garantieren?«

»Mann, gute Programmierer wie Sie sind da drüben wie Goldstaub. Jeder weiß, dass amerikanische Collegestudenten nur an Cannabis und Skateboards interessiert sind, stimmt's? Überlassen Sie mir das Ganze. Falls Sie die Wahrheit gesagt haben, fangen Sie an, Dollars zu scheffeln, sobald wir Sie in einem Flugzeug haben.«

Arjun konnte seine Dankbarkeit kaum im Zaum halten. Er langte über den Schreibtisch und drückte Srinivasan die Hand. »Danke, Sir! Vielen Dank! Haben Sie einen schönen Tag!«

»Nein, ich danke *Ihnen*, Arjun. Schön, Sie an Bord zu haben.«

Mehrere tausend Meilen entfernt, in einem malerischen, aber zugänglichen Teil des Wildparks Masai Mara, klammerte sich Indiens Dreamgirl an den Rand des Korbes, als sie spürte, wie der Ballon den Kontakt mit dem Boden verlor. Der Propanbrenner donnerte, während der Pilot, wie vom Regisseur angewiesen, sich zu ihren Füßen zusammenkauerte, um nicht ins Bild zu kommen. Es gab einen grässlichen Ruck, der Wind wehte ihr das Haar übers Gesicht, und sie versuchte weiter, die runde Glasscheibe des Kameraobjektivs anzulächeln, das nun fünfzehn, zwanzig, dreißig

Meter unter ihr zurückblieb. Bald waren die Crew und ihr ganzes Durcheinander an Lampen und Kabeln verschwunden, nur ein zusätzlicher dunkler Fleck in der Savanne. Erst als sie nicht mehr lächeln musste, lockerten sich ihre Gesichtsmuskeln, und sie bat um einen Schluck Wasser.

Arjun Mehta trat auf den Janpath hinaus und grinste die Fahrer an, die gegen ihre Wagen am Taxistand lehnten. *Amrika*! Seinen Traum leben! Deutlicher als andere Erinnerungen an das Treffen, Sunnys Sonnenbrille inklusive, war ihm dieser Ausdruck in seinem Gedächtnis haften geblieben. Sein gegenwärtiger Tagtraum fand in einem Einkaufszentrum, einer Höhle aus schimmerndem Glas, statt, durch das die nah-zukünftige Version seiner selbst im Eiltempo eine breite schwarze Rolltreppe hinauffuhr. In einem Button-down-Hemd und einer Baseballmütze, auf deren Schild das Logo einer größeren Softwarefirma gestickt war, hielt der Zukunfts-Arjun Händchen mit einer jungen Frau, die Kajol, seinem gegenwärtigen Filmschwarm, nicht unähnlich sah. Während Kajol ihn anlächelte, übertrugen die Miniaturkopfhörer in seinen Ohren noch ein beschwingtes Liebeslied aus dem unerschöpflichen Fundus neuer Musik, der in dem winzigen MP3-Player an seinem Gürtel gespeichert war.

Als der Bus über die Yamuna-Brücke tuckerte, vorbei an dem riesigen Uferslum, der seine Abwässer in den Fluss entlässt, spielte er mehrere Variationen seines Traums durch, indem er Einzelheiten der Kleidung und Örtlichkeit, der Firma und des Soundtracks ein bisschen aufmotzte. Das Dröhnen des Verkehrs trat in den Hintergrund. In seine innere Spezialabteilung vertieft, starrte er blicklos aus dem Fenster und registrierte kaum die niedrigen, aus Stroh und blauen Plastiksäcken zusammengestoppelten Dächer am Straßenrand und die zerlumpten Kinder unter dem Gewirr illegaler Stromleitungen, die dem Verkehrsstrom zusahen. Hoch am Himmel über ihm hing der Kondensstreifen eines Jets, der auf dem Weg nach Singapur den indischen Luftraum kreuzte. In der ersten Klasse saß ein Reisender, um einiges bequemer als Arjun, der gegen die feuchte Schulter eines Mannes in einem Polyesterhemd gequetscht wurde. Spürte Guy Swift irgendeine geheime Verbindung zu dem Jungen in dem Bus zehntausend Meter unter ihm? Fühlte er vielleicht ein Rucken, eine Vorahnung, eines dieser unerklärlichen Phänomene, die sich in einem Erschauern oder im Aufstellen der Haare im Nacken oder auf den Armen bemerkbar machen? Nein. Nichts. Er spielte Tetris in der Spielkonsole seiner Armlehne.

Er hatte gerade seinen eigenen Punktrekord gebrochen.

Guy Swift, dreiunddreißig Jahre alt, britischer Staatsbürger, Papiermillionär und stolzer Inhaber des Platinstatus dreier verschiedener Vielfliegerprogramme. Guy Swift, zweimal Young British Market Visionary of the Year und mehrfacher Eurobrand-Leistungspreisträger. Guy Swift, Ehrenmitglied eines Clubs in Soho, genetisch begabt mit hohem Wuchs, regelmäßigen Gesichtszügen, rotblondem Haar, das attraktiv verwuschelt war, relativ inaktiven Schweißdrüsen, reiner Haut und einer gusseisernen Kreditwürdigkeit. Zwei Jahre lebte er nun schon mit der angeblich unerreichbaren Gabriella Caro zusammen, die während ihres Studiums an der International School of Fine Art and Cuisine in Lausanne jedes Jahr zum attraktivsten Mädchen ihrer Klasse gewählt worden war. Er hatte die Nummer des Türstehers der Chang Bar auf seinen Schnellwahltasten. Man hätte meinen können, er wäre unangreifbar.

Guys Sitz hatte acht verschiedene Parameter, die allesamt entsprechend seinem Komfort und Wohlgefühl verändert werden konnten. Die Fluggesellschaft hatte einen Beutel mit Toilettenutensilien, eine Schlafmaske und ein Paar Wegwerfpantoffeln zur Verfügung gestellt, auf die das neue Firmenlogo gestickt war. Er kramte den Beutel durch, ließ aber alles unbeachtet bis auf die

Pantoffeln, die er in seinen Händen herumdrehte. Ein Trendreport hatte jüngst angedeutet, dass die Fluggesellschaft demnächst das Tabu gelb akzentuierter Grüntöne in der Kabine durchbrechen werde. Die Pantoffeln und die Begleitutensilien präsentierten sich indessen noch in konservativer blauer Farbgebung. War das, fragte er sich, fehlender Mut?

»Noch etwas Champagner, Sir? Ein Schlückchen Wasser?«

Er nahm von der lächelnden Stewardess ein Glas entgegen und badete unbefangen in der Softporno-Atmosphäre des Augenblicks. Innerlich vermerkte er die Erfahrung als Aktivposten auf der Gefühlsbilanz der Fluggesellschaft. Er genoss den androiden Charme der Stewardess, die Art, wie ihn dieser abgerichtete Frauenkörper daran erinnerte, dass er nur ein Werkzeug war, der uniformierte Sondierkopf der großen Firmenmaschinerie, in der er sich verfangen hatte. Er (oder vielmehr seine Firma) bezahlte diese Maschinerie, damit sie eine gezielte Reihe von Freuden und Gefühlen verabreichte. Voller Hochachtung vor ihren Bemühungen hatte er die letzten vier Stunden reglos wie ein Krankenhauspatient dagesessen und sie eine nach der anderen genossen. Das Gewicht von Porzellan und Glas, die Froschlaichfeuchtigkeit eines winzigen Töpfchens Eye-Gel.

Der Flug befand sich weit in seiner nächtlichen Phase. Die Kabinenlichter waren abgedunkelt worden. Die anderen Passagiere der ersten Klasse hatten ihre Gratisexemplare des *Wall Street Journal* beiseite gelegt und schienen in Trance verfallen zu sein. Sie unterteilten sich in die Standardgattungen, in Geschäftsschädel mit beginnender Glatze, von Konferenzen und Kongresscenter-Höflichkeiten anästhesiert, und in blanke Pensionärsköpfe, die die Stewardessen mit langen Wunschlisten in Beschlag nahmen. Er steckte sich ein Paar Kopfhörer in die Ohren und drückte »Play« auf seinem momentan bevorzugten persönlichen Soundtrack, einem Mix von DJ Zizi aus dem Superclub Ataxia auf Ibiza. Zizi, der die Uplifting-Ambient-Szene beherrschte wie ein Koloss im engen T-Shirt, hatte seinem Mix den Titel »Darker Shade of Chill« gegeben. Ein guter Titel, dachte Guy, weil die Musik zwar »dark«, trotzdem aber »chill« war. Rauschende Brandung, weibliches Stöhnen und Streicherfragmente wurden gegen Nebelhörner und Klavierechos gesetzt.

Die Musik tröpfelte in Guys Gehirn und machte langsam sein Inneres frei wie ein ältlicher Hausmeister, der Stühle übereinander stapelt. Er hatte das Gefühl engelhafter Zufriedenheit. Hier war er, existierte, flog durch die Luft und brachte die Botschaft seiner selbst von einem Punkt der Erdoberfläche zum nächsten. Er schaltete seinen Laptop ein und versuchte halbherzig, eine Mail an Gabriella zu formulieren, aber angesichts des leeren weißen Bildschirms fiel ihm nichts ein, was er hätte sagen sollen.

Tief unter ihm, in einem der neueren Gebiete der North Okhla Industrial Development Area (unter ihrem Akronymnamen Noida bekannt), gab es mehr zu sagen. Hupen bitte. Bye Bye Baby. Maha Lotto. Dental Clinic. Jeder wollte die Aufmerksamkeit von jedem, und sie wollten sie jetzt, von der State Bank of India bis runter zu Bobby's Juice Corner direkt an der Straße. Nr. 1 an Erschwinglichkeit. Für Unannehmlichkeiten bitten wir um Entschuldigung. Lane Driving is Sane Driving. Sunny Honey. Anzugsstoffe Hemdenstoffe. Die ganze *action* von Noida zischte durch Arjuns Sensorium, ohne eine Spur zu hinterlassen. Liebestraum. Hupen bitte. *Aishwarya Rai auf einem Schooner, was immer das ist, irgendeine Art Schiff, im Hafen von Sydney. Oder Venedig. Auf einem Schooner in Venedig.*

Hupen *bitte?*

Trotz der häufig geäußerten Befürchtungen seines Vaters war Arjun sich sicher, dass er nicht in Gefahr war, seine Tagträume mit der Wirklichkeit zu verwechseln. Seine Sehnsüchte drückten sich als Bilder einer Welt aus, die die Bedeutung der Prinzipien Vorhersage und Kontrolle richtig einschätzte. Wirklichkeit war Noida. Die Kluft war zu groß.

Die Werbelyrik nannte Noida »das neue industrielle Märchenland der Nation«. Mitte der 70er Jahre hatten die staatlichen Behörden von Uttar Pradesh erkannt, dass das Gebiet am Ostufer des Flusses Yamuna sich rasch de facto zu einem Vorort von Delhi entwickelte. Ackerland machte einem chaotischen Gewirr von Fabriken und Baracken Platz. Die Regierung startete ein Grundstücks-Enteignungsprogramm, und in einer Atmosphäre von Korruption und Spekulation, unter Vertreibung vieler Menschen und der Bereicherung einiger weniger über ihre wildesten Träume hinaus legte sie ein riesiges Raster an, das prompt vor Leben barst und sich in weniger als zwanzig Jahren zu einer Halbmillionenstadt entwickelte. Einkaufszentren, Multiplexe, Tempel und Stadien kämpften um einen Platz zwischen Hektar auf Hektar neuen zwanzigstöckigen Wohnblocks, die in jeder denkbaren Variante eines diskreten Billigmodernismus errichtet worden waren.

Der Bus entließ ihn an der Ecke, und er bahnte sich den Weg zwischen Bauschutt und Stapeln unverlegter Abwasserrohre zu den Toren der BigCorp Industries Housing Enclave, die wenig später nach dem Generaldirektor der Gesellschaft in HD Kaul Colony umbenannt werden sollte. Er grüßte den *chowkidar*, der, über ein Transistorradio gebeugt, das Kricketmatch verfolgte, und begab sich über den ausgedörrten Rasen in den mit Stein verkleideten Turm Nummer Vier, Gleneagle House. Die Wohnung Nummer Achtzehn im Gleneagle House war Mr. Mehta Seniors größter persönlicher Stolz, der Hauptvorteil seines Umzugs. Der Schritt aus dem Regierungsdienst (dessen Bedeutung im Laufe der Jahre so ausgehöhlt worden war) ins Private hatte sich bezahlt gemacht. Die Mehtas waren nicht länger die Familie eines Kleinstadt-Verwaltungsbeamten, sondern moderne Menschen, die am großen indischen Boom teilnahmen. Die Wohnung war der Beweis. Sie stand für »Die Welt«, mit der sein Sohn verhängnisvollerweise den Kontakt verloren zu haben schien.

Im wirklichen Leben starrte Arjun bloß auf seine Füße, wenn

sein Vater ihm eine Standpauke hielt. In seinem Kopf formulierte er elegante Widerlegungen. Seine Tagträume waren in vieler Hinsicht Noida unendlich überlegen. Noida war Chaos. Ein richtig geregelter Tagtraum war formal geschlossen. Er konnte auf Befehle reagieren und sich auf klare Operationen hin ummodeln. Resultate konnten je nach Erfordernis eingebaut werden. Fraglos die vorzuziehende Wahl.

Doch Träumen wurde bestraft. Wenn du die Welt ignorierst, neigt sie dazu, dich ihrerseits zu ignorieren. Obwohl er mehrere Vielseitigkeitspreise seiner Klasse besaß und einmal Zweiter in einem nationalen Computer-Problemlösungs-Wettbewerb geworden war, waren Arjuns staatlich anerkannte Auszeichnungen nicht so imposant, wie sie hätten sein sollen. Bei den IIT-Aufnahmeprüfungen hatte er schlecht abgeschnitten, ein Versagen, das seine enttäuschten Lehrer auf »mangelnde Konzentration« zurückführten. Genauer gesagt, war es aber einer Konzentrationsfehlleitung zuzuschreiben, da der Star-*com.sci*-Schüler sich während der entscheidenden Überarbeitungszeit darauf kapriziert hatte, eine Datenbank seiner Lieblingsfilme der Siebzigerjahre anzulegen, abfragbar nach Titel, Besetzung, Regisseur, Kassenerfolg und persönlicher kritischer Rangordnung. Als Folge seiner Leidenschaft fürs Kino hatte ihn seine (durch und durch echte, nicht im Basar gekaufte) Highschool-Ausbildung nicht auf eines der angesehenen Indian Institutes of Technology geführt, sondern auf die North Okhla, eine im Mittelfeld rangierende Schule. Immerhin hatte diese den – stärker von seiner Mutter als von Arjun selbst empfundenen – Vorteil, dass er während des Studiums zu Hause wohnen konnte.

Zwei Jahre nach seinem Abschluss wohnte er immer noch zu Hause.

»Mummy? Mummy?« Er stürmte in die Diele, wobei er beinahe Malini, das Dienstmädchen, umgerannt hätte, das gerade mit einem Glas Tee unterwegs war.

»Oh, Entschuldigung, Malini. Ma, bist du da?«

»Ja, Beta. Komm rein. Ich habe mich nur hingelegt.«

Er riss die Tür zum Schlafzimmer seiner Mutter auf und erzählte ihr die Neuigkeit. »Mummy, ich gehe nach Amerika!«

Er hätte genauso gut *Gefängnis* oder *von Pferden zu Boden getrampelt* sagen können. Sie ließ ein leises Stöhnen hören, vergrub das Gesicht in den Händen und brach in Tränen aus.

Das war zu erwarten gewesen. Als indische Mutter war es Mrs. Mehtas Hauptdirektive, sicherzustellen, dass ihr Erstgeborener niemals weiter als zehn Meter von einer Quelle sauberer Kleider, zweiter Portionen und moralischer Unterweisungen entfernt war. Sie erwartete, dass sie ihr Kind irgendwann einmal würde freigeben müssen, aber nur in die Hände einer anderen Frau, deren Stammbaum eingehend durchforscht worden war und deren Haushaltsführung vom Aussichtspunkt des Sessels im Wohnzimmer von Nummer Achtzehn, Gleneagle House, ohne weiteres überwacht werden konnte, wohin das Mädchen natürlich umziehen würde. Von Amerika, das unpraktischerweise mehrere tausend Meilen entfernt war, wusste man, dass es von Frauen bevölkert war, die nicht im Traum daran dachten, einen Kragen zu stärken, und deren wohl bekannte Vorliebe, nacktes Fleisch zu zeigen, Alkohol zu trinken und durchgedrehtes Rindfleisch an ahnungslose Hindu-Jungs zu verfüttern, geradezu ein internationaler Skandal war. Kaum der Ort für ihren *beta,* ihr unverheiratetes, dreiundzwanzigjähriges Baby.

Arjun, der das Gefühl hatte, Emotionen nicht ganz so zu verstehen, wie es vielleicht nötig wäre, vollführte die Gesten, die man macht, wenn man jemanden zu trösten versucht. Irritierend war, dass, als sein Vater aus dem Büro nach Hause kam, er ebenfalls in Tränen ausbrach. »Mein Sohn«, schluchzte Mr. Mehta. »Amerika? Oh, mein Sohn.« Selbst Malini flennte. Zumindest Priti, seine kleine Schwester, schien ungerührt. Sie hüpfte vor Ungeduld hinter dem Rücken ihres Vaters herum. »Was ist denn mit meinen

Neuigkeiten? Interessiert sich denn niemand wenigstens ein bisschen dafür, was mir heute passiert ist?«

Lange Zeit war Mr. Mehta außerstande gewesen, auch nur den geringsten Optimismus zu zeigen, wenn es um seinen Sohn ging. Irgendwas an dem Jungen roch nach Unordnung, und wenn fünfunddreißig Jahre als Führungskraft ihn etwas gelehrt hatten, dann, dass Unordnung einer erfolgreichen Karriere abträglich ist. Die Nachricht von einem Job in Amerika war sehr bewegend. Seine Freude wurde noch gesteigert von dem Gedanken, dass er endlich seinem Schwager damit eines auswischen konnte. Arvind, der fragliche *sala*, war Besitzer einer Baustofffirma, der mit der Regierung von Gujarat einen Vertrag zur Lieferung von Kies hatte. Er und seine hochnäsige Frau wohnten in einem Haus, das man nur als Villa bezeichnen konnte, in einem der exklusivsten Stadtteile von Ahmedabad. Sie hatten einem *mandir* am Ort eine Statue gestiftet. Es gab ein Foto, das sie samt einigen Sadhus und einem Priester neben dieser Figur zeigte. Ihr nichtssagender Sohn Hitesh war seit einigen Jahren bei einer Kunstaromafirma in der Nähe von Boston angestellt. Solange Mr. Mehta zurückdenken konnte, hatte es immer Hitesh vorne, Hitesh hinten geheißen. Hits verdient mehr als fünfzig Riesen. Hits leitet ein Team, das nach einem neuen minzefrischen Aroma sucht. Und die ganze Zeit schien sein eigener Sohn, dieser Idiot, keine Sekunde die Nase aus Filmzeitschriften raushalten zu können. Doch nun *Amrika*! Gott sei gelobt!

Von allen Mehtas war Priti diejenige, die am ehesten Grund zum Heulen hatte. Sie liebte Arjun von ganzem Herzen. Es war schön, dass er endlich aufgehört hatte, sich wie ein Idiot zu benehmen, aber ihre Eltern flippten seinetwegen bloß deswegen so aus, weil er ein Junge war. Warum tätschelte man ihm für jeden Furz und Rülpser die Wange, während sie mit einem absoluten Minimum an Ermutigungen ihren Weg in der Welt machte? Seit sie ihren Abschluss in Fernmeldetechnik hatte, schienen ihre Eltern auf nichts anderes aus zu sein, als sie an den erstbesten Jungen mit allen vier gesunden Extremitäten zu verheiraten, der durch die Tür spaziert kam.

Wie es sich so traf, war Arjun nicht der Einzige mit einem neuen Job. Aber kümmerte es jemanden? Nahm irgendjemand auch nur Notiz davon? Nachdem ihre Eltern mit fast allen ihrer Bekannten telefoniert hatten, um ihnen die Neuigkeit über ihren Bruder mitzuteilen, und ihr Vater am Ende eines besonders befriedigenden Anrufs in Ahmedabad den Hörer aufgelegt hatte, kam sie endlich dazu, es ihnen zu erzählen.

»Was meint ihr damit, dass ihr noch nie was von DilliTel gehört habt? Es ist ja bloß das aktivste Callcenter in der Stadt.«

Sie erklärte die Schaltung nach New South Wales, dass sie »an exponierter Stelle« säße und den Kunden einer der größten Energiegesellschaften Australiens Hilfe und Unterstützung liefere. Ihre Mutter fragte, warum sie denn überhaupt einen Job brauche. Wäre es nicht besser, sie bliebe zu Hause? Ihr Vater runzelte über seiner Brille die Stirn, während er sich hilflos mit den Prinzipien der modernen Telekommunikation herumschlug.

»Was?«, fragte er. »Du meinst, sie rufen hier bis aus Australien an?«

»Genau. Für diese großen Gesellschaften ist das rentabel.«

»Rentabel? Das heißt doch das Geld aus dem Fenster werfen!«

»Daddy, sie kaufen Kapazität. Die Kunden müssen nichts zahlen. Sie wissen nicht mal, dass sie im Ausland anrufen. Es ist so ein toller Job, Daddy. Ich bekomme eine Ausbildung in australischer Sprache und Kultur. Wir müssen alle den lokalen Slang und Tonfall beherrschen und alle möglichen Alltagsbelanglosigkeiten aus dem Effeff parat haben.«

»Belanglosigkeiten?«

»Sportergebnisse. Wetter. Die Namen von TV-Prominenten. Sie helfen, Kundenvertrauen und Einfühlungsvermögen zu bilden. Als Telefonistinnen müssen wir sogar eine neue australische

Identität annehmen. Einen *nom de guerre*, nennt das der Direktor. Was meint ihr zu Hayley?«

»Namda-was?«, stotterte Mr. Mehta. »Hör mal, junges Fräulein, was ist denn an deinem eigenen guten Namen verkehrt?«

Ihre Mutter nickte beifällig. »Beti, mir gefällt überhaupt nicht, wie das klingt. Es hört sich nicht nett an. Warum kannst du diesen australischen Typen nicht sagen, sie sollen dich Priti nennen oder besser noch Miss Mehta. Das wäre so viel *hübscher.*«

Priti hatte ihr Bestes versucht. Jetzt konnte sie die Tränen nicht länger zurückhalten.

»Ich glaube es nicht. Ich tue was Gutes, und ihr macht es mir zum Vorwurf. Ich hasse euch! Ich hasse euch alle!«

»Sprich nicht so mit deinem Vater«, fauchte Mrs. Mehta, aber ihre Worte trafen nur den Rücken ihrer davonrauschenden Tochter.

Mr. Mehta verdrehte die Augen zur Decke. »Das kommt von zu vielen Fernsehkanälen. MTV, Damenmode-TV, So-und-so- und Was-nicht-noch-alles-TV. Keine Tochter hätte so mit ihrem Vater geredet, als es bei uns nur Doordarshan gab.«

»Sie entwickelt sich zu einem dieser kosmopolitischen Mädchen«, sagte seine Frau. »Ich denke, wir sollten eher früher als später einen Mann für sie finden.«

Mrs. Mehta zog sich zurück und stieß einen Schöpflöffel in Malinis *dhal.* Mr. Mehta wandte sich wieder dem Wirtschaftsteil der *Times of India* zu. Arjun schlüpfte leise auf den Korridor und klopfte an die Tür seiner Schwester. Als Priti nicht antwortete, drückte er auf die Klinke und trat ein. Sie lag auf ihrem Bett und hatte ihr Gesicht in einem Stapel Kissen vergraben. Er hockte sich neben sie und versuchte sich eine Strategie auszudenken, um sie aufzuheitern.

»Na, na«, sagte er und tätschelte ihr die Schulter. Eine dumpfe Stimme sagte ihm, er solle abhauen. Gehorsam stand er auf und wollte schon weggehen, da besann sich die Stimme anders. Pritis Gesicht war rot, und ihr hing ein Rotzfaden aus der Nase.

»Gut gemacht, Bro«, sagte sie.

»Gut gemacht, Sis«, antwortete er. Sie schwang die Beine vom Bett, dann saßen sie lange schweigend beieinander. Anfangs war das gemütlich, aber Fragen nagten an Arjun, und schließlich fühlte er sich gezwungen zu reden.

»Meinst du, du wirst Fakten über das Surfen sammeln müssen, oder beschränkt es sich auf Mannschaftssport?«

Priti sah ihn an. Es war dieser Blick, mit dem sie sonst zu signalisieren pflegte, dass seine Kleidung nicht stimmig war.

Laut *Guy Swift: Die Mission*, einer Zusammenfassung von Zielen und Idealen, die er als A5-Dokument in Spiralbindung zu verteilen bisweilen Gelegenheit fand, »geschieht die Zukunft heute, und in der heutigen sich rasch bewegenden Zukunft ist der schlechteste Ort, um Geschäfte zu machen, die Vergangenheit. Ich versuche Mehrwert zu schaffen, indem ich auf der Welle der Innovation surfe. Ich werde mein Ziel erreichen.« Ihm hatte immer der skywalkerhafte Ton des letzten Satzes gefallen, und die Macht war in der Tat auf der Seite von *Guy Swift: Die Mission* gewesen. Als geschriebener Text hatte sie ihrem Autor geholfen, Verträge zu bekommen und seine Autorität bei neuen Klienten durchzusetzen. In einem Seminar hatte der Text sogar einmal zu Sex mit einer McKinsey-Expertin geführt, die wie verrückt auf PowerPoint-Multimediapräsentationen abfuhr. In drei kurzen Jahren hatte Guy *Tomorrow** zu einer Agentur mit internationalem Profil gemacht. *Guy Swift: Die Mission* hatte bei diesem Erfolg zweifellos eine Rolle gespielt.

*Tomorrow** war, wie er gern sagte, anders als andere Agenturen. Sie erzielte

RESULTATE*

In seiner glänzenden Karriere hatte Guy Bewusstsein gesteigert, Visionen vermittelt, greifbare Produkterfahrungen herbeigeführt und Manager auf inspirierende visuelle Reisen mitgenommen. Er hatte Führungspositionen gestärkt und als Projektleiter die Generation innovativer Einzelhandelsexistenzen gemanagt. Seine Neupositionierungsstrategien spiegelten die Breite und das Prestige großer Portefeuilles wider. Seine Kommunikationsförderung stach von der Masse ab. Einnehmend und einflussreich, waren seine Strategien einige Jahre lang in einem weit gefächerten Spektrum durchweg stimmig, geschlossen und effektiv gewesen.

Im Kern von *Guy Swift: Die Mission* steckte eine Philosophie (oder wie Guy es lieber ausdrückte, eine »Richtung«), die er aus dem Studium der großen Meister des Marketings herausgefiltert hatte. Er nannte sie *TBM,* was für Total Brand Mutability stand. In seinen Zwanzigern hatte er sich ein bisschen im Jugendsektor getummelt und der Agentur, für die er arbeitete, dabei geholfen, das bekannte CAR-Dreieck zu entwickeln, dessen drei Ecken von Cool, Attitude (Haltung) und Revolution gebildet wurden. Nachdem mit seiner Hilfe eine unbekannte Menge Sportschuhe, Alcopops, Spielkonsolen und Snowboard-Ferien an CAR-süchtige Unterdreißigjährige in England und Festland-Europa verkauft worden war, war ihm etwas widerfahren, das er als seine persönliche Epiphanie beschrieb, nämlich die Erkenntnis bei einer Vollmondparty in Thailand, dass seine Zukunft in der Wissenschaft der »unauslöschlichen Markenbindung« lag, der großen Sehnsucht, wie er es in *Die Mission* formulierte, »das emotionale Magma, das aus dem Inneren des Planeten Marke rinnt«, nutzbar zu machen. »Die Menschen sind gesellig«, erinnerte er seine Klienten in Auftragskonferenzen. »Wir haben Beziehungen nötig. Eine Marke ist die perfekte Möglichkeit, zueinander zu kommen. Menschlicher Input schafft Bewusstsein und schürft in der Marke nach Emotionen. Faktisch ist es so: Je mehr wir die Marke lieben, desto mächtiger wird sie.«

Für Guy war Liebe die Botschaft. Liebe die Marke und halte dich immer am Ausgang der Kurve. Große Teile von *Die Mission* widmeten sich dem Wesen dieser Kurve und der grundlegenden Wichtigkeit, ihr gegenüber eine Vorausposition einzunehmen. Dennoch ließen die achthundert messerscharfen Wörter des Dokuments samt Hokusais Welle als Vorsatzgraphik vieles ungesagt, was Guy Swifts persönliches Verhältnis zur Zukunft betraf. An bestimmten Orten – auf Laufbändern, bei Messen, in Auto-Präsentationsräumen – hatte er das Gefühl, sie sei physisch mit ihm verbunden, als fließe mittels eines unerklärlichen Mechanismus, eines außerirdischen Flimmerns, einer pulsierenden Energie Zukünftigkeit zurück in seinen Körper. Unterwegs, sagen wir mal, zur Senator Lounge in Schiphol setzte er ein, dieser chemische Auftrieb, der stärker wurde, wenn er die Abfertigung passierte, und zu voller Präsenz erblühte, wenn er durch das massive Portal des Metalldetektors das Zauberreich von TV-Monitoren und internationalen Waren betrat. Umgeben von Menschen, die unterwegs zu anderen Orten waren, fühlte er sich in das gleichmäßige Licht und die neutralen Farben einer Gegenwart eingesponnen, die ihre eigene Vorläufigkeit, ihren Status als Nicht-Zielort kundzutun schien. Dann war es Zeit, Dinge in die Hand zu nehmen: eine Flasche Absolut Citron, ein offenes Garnelen-Sandwich, eine Illustrierte. Wie die mit antiken Königen bestatteten Gegenstände hatten diese Dinge nur einen vorübergehenden Zweck: Ihm dabei behilflich zu sein, von dort, wo er war, dahin zu gelangen, wohin er unterwegs war, und ihm seinen Übergang in die nächste Welt zu erleichtern.

Wenn du dich wie Guy an den Ausgang der Kurve setzt, lebst du in der Zukunft. Buchstäblich. Wie soll man es sonst verstehen? Es ist, als wärest du einer bizarren physikalischen Wirkung ausgesetzt, einem Nebel, der dich über die triviale Zeitlichkeit der entpersönlichten Massen der Erde hinaus ausdehnt. Im Gegensatz zu den Rucksacktouristen, den Leuten auf Hauptstraßen-Shoppingtour und all den anderen, die sich sehnen und mühen, ist deine Existenz extrem. Die Erregungen sind enorm, aber sie haben ihren Preis. Wenn Guy schlief, träumte er von hohen Gebäuden. Er wusste, dass er durch das leiseste Nachlassen der Konzentration, durch das kleinste Versagen der Reaktionsfähigkeit hinunterstürzen konnte auf den Platz der Kleider-Discounter, der Raufasertapeten und billigen Hühnerteile. Manchmal nahm nachts sein Zucken einen regelmäßigen myoklonischen Rhythmus an, einen stetigen Kreislauf von Sturz und Erholung. Boom und Pleite.

Im Laufe der Jahre hatte Arjun sich jede Menge Gedanken über Silicon Valley gemacht. In seinen Tagträumen spielte dieser Ort eine wesentliche Rolle, in ihnen entwickelte er sich nach und nach zu einer vergessenen Welt weiter, einer versteckten Schlucht, in der sich Faseroptik- und Rundfunkbaracken drängten, wo Surferinnen dich zu Filmen begleiteten, die hier bereits am Tag der internationalen Uraufführung zu sehen waren, und wo die Zahl *n* verfügbarer Düfte immer *n+1* war, wobei *n* die Gesamtsumme war, wenn du ein letztes Mal aufs Menü gucktest. *The Valley:* so spannend, dass du dich wie Lara Croft an einer Felswand abseilen musstest, um hineinzugelangen. Eins weiter. Spieler Mehta, rücken Sie vor.

Das erste Hindernis war die Beantragung des Visums. Tage verbrachte er damit, Unterlagen zu sammeln, Tage, um Porträtfotos anfertigen zu lassen und Formulare auszufüllen, sodann weitere Tage in der amerikanischen Botschaft, wo er den ganzen Stapel in einem braunen Umschlag abzugeben hatte. Er stand dort in der Schlange, Teil einer schubsenden Menge von Antragstellern, die von zwei uniformierten Wachposten in Schach gehalten wurde. In jedem Auge stand dieselbe entschlossene Ausdruckslosigkeit, ein Tausend-Meter-Starren, das auf den H1B-Einwandererstatus, auf eine von Dollars beherrschte Zukunft gerichtet war.

Als Nächstes hatte er sich dem Zorn von Mr. Khan zu stellen. Seit seinem Collegeabschluss war Arjun auf Teilzeitbasis bei Indus Fancy Products Pvt. beschäftigt, einer Firma, die dem Bruder eines seiner Collegeprofessoren gehörte. Für Mr. Khan war die Entdeckung, dass sein Angestellter Amerika den Vorzug gab gegenüber dem Export eines Großsortiments an Kunsthandwerk aus Marmor und Onyx, offener Verrat. »Dies ist«, knurrte er und fuchtelte mit einem knochigen Finger vor Arjuns Gesicht herum, »eine Frage der Treue. Und eine Frage des Patriotismus. Wer hat Sie für diese Arbeit ausgebildet? Indien! Wer hat die Schulen bereitgestellt? Haben Sie darüber nachgedacht, was es bedeutet, wenn Sie ins Ausland gehen, statt Ihre Talente zum Wohl der Nation einzusetzen?«

Arjun erwiderte (stumm), wenn Indien ihn für irgendetwas hätte haben wollen, hätte es wahrscheinlich gefragt. Laut murmelte er, dass er mehr Geld verdienen wolle. Mr. Khans pockennarbiges Gesicht lief zu einem entnervenden Purpurrot an; seine Rede begann als Taxonomie jener Menschen, die die nährende Brust von Mutter Indien zurückwiesen (die *Undankbaren*, die *Feiglinge* usw.). Dann holte er weiter aus und ging auf Pandit Nehru, Strom aus Wasserkraft, die Bandung-Konferenz von 1955 und die gegenseitige Befruchtung von Menschenaffen, Schweinen und Hunden ein. Als er anfing zu brüllen, räumte Arjun das Feld, von verblüfftem Sekretärinnengeschnatter begleitet.

Das Verhalten seiner Mutter war unberechenbar. Laut Priti versuchte sie, ihre Angst und Sorgen im Kaufrausch zu verdrängen. Tatsächlich hatte sie Arjun immer im Schlepptau, wenn sie ärmellose Pullover, Schals, Strickmützen und ayurvedische Medizinen einkaufte, die notwendig seien, wenn die zarte Konstitution ihres Jungen dem amerikanischen Klima standhalten sollte. Gelegentlich, angesichts irgendeiner grell gemusterten Strickjacke, brachte er zaghaft zur Sprache, dass er nur sehr wenig Freigepäck haben dürfe, oder wies darauf hin, dass Kalifornien vielleicht gar nicht so kalt wäre, wie sie dächte. Solche Bedenken wies sie umstandslos von sich.

An den Abenden bestand Mrs. Mehtas zwiefache Hauptbeschäftigung im Einnähen von Namensschildchen und dem Problem Priti. Während sie neben ihrem Nähkästchen saß, regte sie sich darüber auf, dass bezahlte Arbeit ihre Tochter unerwünschten Einflüssen aussetzen und deren Heiratsaussichten schmälern würde. Mr. Mehta schien diese Sorgen zu teilen, bis ihm klar wurde, wie viel Priti verdienen würde. Auf der Stelle begann er die Idee eines Callcenters in das Bild aufzunehmen, das er von sich als einem modernen Menschen hatte. »Meine Liebe«, sagte er zu seiner Frau, »es ist alles eine Frage des momentan boomenden Dienstleistungssektors. Welche Ausbildung könnte für ein Mädchen geeigneter sein?« Und so wurden die Bedenken ausgeräumt. Still und ohne großes Tamtam begann Priti mit ihren täglichen Fahrten zu DilliTel.

Als der Tag seiner Abreise näher rückte, verbrachte Arjun immer längere Zeiten im Bad, dem einzigen Zimmer im Haus mit einer verschließbaren Tür. Dessen weiß gekachelte Feuchte hatte etwas Besänftigendes wie ein Mutterleib. Eines Tages saß er gerade da drin auf der Toilette und las eine Abhandlung über genetischen Algorithmus, als es im Wohnzimmer irgendwelches Getümmel gab. Als er hinausging, erfuhr er, dass sein nagelneuer Pass mit einem Visumsstempel in Form eines amerikanischen Adlers auf der ersten leeren Seite zurückgebracht worden war. »*Sweet as!*«, sagte Priti in ihrem neuen australischen Dienstleisterjargon. »Wahnsinn!« Und dann ein wenig nachdenklich: »Klasse, Bro.«

Trotz wiederholter Anrufe bei Databodies konnte ihm niemand sagen, wo er arbeiten würde oder wo genau er in seiner ersten Woche in Amerika untergebracht wäre. Eines Morgens brachte ein Bote das Flugticket, ein Einfachflug nach San Francisco mit Zwischenlandung in Singapur. In einer kurzen Notiz wurde ihm mitgeteilt, dass er in SFO von einem Beauftragten der Firma abgeholt werden würde.

»Sfo?«, murmelte Mrs. Mehta argwöhnisch. »Das klingt eher russisch als amerikanisch.«

An seinem letzten Abend ging Arjun zum unterirdischen Basar in der Nähe seiner Wohnung, um ein paar letzte Reisevorbereitungen zu treffen. Selbst spätabends herrschte im Basar noch Trubel, Kassetten plärrten Filmmelodien, und hartes weißes Licht ließ die Farben der Stände verblassen, an denen Hemden in Plastikhüllen, Küchenutensilien, Büroartikel und elektronischer Krimskrams feilgeboten wurden. Auf der unteren Etage, neben dem Hochzeitswarenhaus, befand sich Gabbar Singh's Internet Shack, ein Raum mit Wänden, von denen die Farbe abblätterte, und einem halben Dutzend PCs, die sich auf zwei Tapeziertischen drängten. Der einzige Schmuck war ein Poster von Amjad Khan, der, vor lodernden Flammen stehend, drohend heruntergrinste. Der Geschäftsführer, Aamir, ein magerer Muslim, ein paar Jahre älter als Arjun, war stolz auf den Gangsterstil seines Lokals, den er noch dadurch unterstrich, dass er in Furcht einflößender Haltung mit dunkler Brille draußen an der Mauer lehnte und *bidis* rauchte. Gewöhnlich war immer ein Computerterminal frei.

An diesem Abend war Gabbar Singh's völlig leer. Als der Geschäftsführer Arjun sah, legte er seinen neuen »Torso-Tiger«-Brustkorbtrainer weg und zog seine übliche Begrüßung ab, indem er seine Finger zu Pistolen formte und eine Salve imaginärer Schüsse abfeuerte. Nachdem die Formalitäten erledigt waren, gab Aamir seinem Freund einen Klaps auf den Rücken und begann geschickt seine neueste CD-ROM-Produktion anzupreisen.

»Und wie nennst du sie diesmal?«, fragte Arjun, während er auf einem der wackeligen Stühle Platz nahm und auf dem Bildschirm vor sich ein Fenster öffnete.

»*Too Too Sexy 2.*«

»Dann ist es eine Fortsetzung von *Too Too Sexy*?«

»Achcha! Scharf wie 'ne Rasierklinge, sag ich dir. Es geht um Blondinen.«

»Es geht immer um Blondinen, Aamir.«

»Danken wir Gott, dass er die Schöpfung voll unter Kontrolle hat. Also, *bhai*, nimmste eine?«

»Frag mich später noch mal, okay? Ich habe was zu erledigen.«

Aamir guckte verstimmt. »Ganz wie du willst, Boss. Aber vergiss nicht, mehr als achthundert hübsche Ladies auf einer einzigen Platte, die Chance haste nur einmal im Leben. Rümpf nicht die Nase.«

Arjun nickte, und auf die Eingabeaufforderung hin fing er an, Befehle zu tippen. Er hatte sich immer gefragt, wie Gabbar Singh's sich über Wasser halten konnte, bis ihm Aamir seine Nebenbeschäftigungen verriet. Die Platten, Zusammenstellungen heruntergeladener pornografischer JPEGs, waren nur eine von mehreren Einnahmequellen. Er stellte auch illegale Softwarekopien her, handelte mit gebrauchter Hardware und verdingte sich als Gelegenheits-Webdesigner, Computerlehrer, Hochzeitsfotograf und (so behauptete es seine Geschäftskarte) als »Superstar-Filmheld/schurke«. Da er nun erst einmal abgeblitzt war, zog er sich einen Stuhl in den Ladeneingang und las den Filmklatsch in *Cineblitz*, während er die geistlichen Hindugesänge fehlerhaft mitsang, die aus dem Hochzeitsladen dröhnten.

Inzwischen loggte Arjun sich mit einem Passwort, das er nicht hätte wissen dürfen, und einem Benutzernamen, der jemand anderem zugewiesen war, in das Netz seines alten Colleges ein, eines Instituts, das fälschlich der Meinung war, es entziehe Studenten, wenn sie ihr Examen abgelegt hatten, jeglichen Zugang. Die Entdeckung, dass Arjun einen aktiven Account besaß, hätte den Netzwerkverwalter, Dr. Sethi, sehr erstaunt, war er doch der Ansicht, er gehe mit solchen Dingen sehr sorgsam um. Hätte ihm jemand verraten, dass ein ehemaliger Student sämtliche Zugangsbefugnisse, das Recht, Daten zu verändern oder zu löschen, und überdies auch noch die Möglichkeit habe, die Tätigkeiten aller anderen Benutzer zu kontrollieren, so hätte Dr. Sethi das als Spinnerei abgetan.

Aber Arjun konnte all dies und noch mehr. Seit seinem allerersten Semester am NOIT hatte er ungehinderten Zugang zu Dr. Sethis geliebtem System.

Niemand hatte jemals Arjuns unbefugte Gegenwart bemerkt, da er sie immer sorgfältig getarnt hatte, vor allem, wenn er an der Struktur des Netzwerks seine eigenen Veränderungen vornahm. Falls er Lust dazu gehabt hätte, hätte er jederzeit ein großes Chaos anrichten können, aber Chaos war nie seine Absicht gewesen. Warum etwas so Interessantes zerstören, wenn man stattdessen kreativ sein konnte? An dem Abend umging er wie üblich die Verzeichnisse mit den College-Accounts, mit der Privatkorrespondenz des Rektors, mit den Gehaltslisten des Kollegiums, den Prüfungsaufgaben für das nächste Semester und Dr. Sethis privatem Bodybuilder-Fotoarchiv. Stattdessen öffnete er ein harmlos wirkendes Unterverzeichnis, das der Doktor wahrscheinlich nie bemerkt hätte, oder wenn, dann hätte er ohne Zweifel angenommen, es sei mit alten Protokolldateien oder sonst welchen uninteressanten Produkten seiner Systemsoftware angefüllt. Arjun klickte in diesem Unterverzeichnis eine kleine Exe-Datei an und führte sie aus. Das kleine Programm öffnete ein zweites Anmeldefenster, in das er ein zweites Passwort tippte, mit dem er Zugang zu seinem eigenen Privatsektor im Netzwerk erlangte, den er im Laufe der Jahre allmählich abgeteilt und vor anderen Augen verborgen hatte.

Ein geheimer Garten. Ein Laboratorium.

Er gestattete sich einen raschen Blick auf eines seiner Projekte, dann machte er sich an die öde und langwierige Arbeit, Sicherungskopien herzustellen, Dateien auszuwählen und sie aufs gegenwärtige Laufwerk zu kopieren, eine Angelegenheit, die über Gabbar Singh's lahme Verbindung fast eine Stunde in Anspruch nahm. Während der blaue Balken gemächlich über den Bildschirm kroch, schlenderte er nach oben und trank in einem *dhaba* mit Blick auf die Hauptstraße einen süßen Milchkaffee. Es regnete. Der Verkehr war wie üblich erbarmungslos, wobei sich das tiefe Rumpeln der öffentlichen Verkehrsmittel mit dem Geratter von Taxis und dem wütenden Gesumm von Auto-Rikschas zu einem die ganze Tonskala umfassenden Getöse mischte, das nie nachließ, selbst nicht so spät am Abend. Kleine Jungs rannten hinter Bussen her, um Mais und Erdnüsse zu verkaufen. Klatschnasse Radfahrer mit Plastikfolien über den Köpfen strampelten vorbei. Eine Weile mischte er sich unter eine Menge, die einen Verkehrsunfall begaffte. Ein Motorroller lag auf der Seite, und mehrere Leute diskutierten mit dem Fahrer der weißen Großlimousine, die ihn angefahren hatte. Der arg mitgenommene Rollerfahrer saß ein kleines Stück entfernt auf dem Bordstein, presste ein Taschentuch gegen seinen Kopf und starrte verdutzt einen mitleidlosen Standbesitzer an, der ihm einen Sturzhelm zu verkaufen versuchte.

Arjun ging zurück unter die Erde zu Gabbar Singh's, wo er auf Aamirs liebevoll gepflegtem Brenner ein paar CDs brannte. Alle seine besten Spielzeuge waren jetzt auf die kleinen Silberscheiben kopiert, bereit, in festem Zustand nach Amerika zu reisen. Dann räumte er auf: Er löschte seine Daten von Aamirs Computer, und bevor er das NOIT-Netzwerk verließ, führte er ein Skript aus, das alle Spuren seiner Sitzung aus den Schuljournalen tilgte. Hinter den Mauern seines geheimen Gartens, der nicht so sehr neben, sondern *zwischen* den legitimen Bezirken des Collegenetzwerks existierte, liefen seine verschiedenen Experimente nach wie vor weiter, indem sie freie Prozessorzyklen aus stillliegenden Computern stahlen und sich in winzigen Teilstücken auf Dutzende verschiedener Festplatten speicherten. Zusammen bildeten diese Fragmente eine interstitielle Welt, eine verschwiegene Virtualität, die ihr Vorhandensein wirksam vor den Studenten und Lehrern verschleierte, die rund um sie ihre Online-Aufgaben erledigten. Es war eine Welt, die eine Zeit lang für sich selbst sorgen konnte, bis ihr Schöpfer die Zeit fände, sich eigens um sie zu kümmern. Bis er sich in Kalifornien erfolgreich installiert haben würde.

Arjun steckte die CDs in seinen alten dunkelroten Rucksack. Er war schon fast zur Tür raus, als ihm noch etwas einfiel.

»Übrigens, Aamir, wir werden uns jetzt für 'ne Weile nicht sehen.«

»Warum, *bhai*?«

»Ich fliege nach Amerika.«

»Nein, was du nicht sagst! Urlaub?«

»Nein, Arbeit. Ich werde Ingenieur im Silicon Valley.«

Aamir schüttelte ungläubig den Kopf. »Also machst du's wirklich?«

»Ja.«

»Genau wie du's gesagt hast.« Aamir schien beeindruckt zu sein, aber als er über die Sache noch einmal genau nachdachte, verfinsterte sich sein Gesichtsausdruck. »Ich freue mich«, sagte er und hielt die Hände in die Höhe. »Ja, ich freue mich. Aber ich würde sagen, eigentlich solltest du nach Hollywood gehen. Da ist echt was los.«

»Inzwischen nicht mehr, Aamir.«

»*Aré*, nicht in Hollywood? *Paagal!* Über was würdest du lieber deine Finger gleiten lassen, Computertastatur oder Cameron Diaz? *Bhai*, bist du hundert Prozent sicher, dass du nicht 'n paar scharfe Fotos brauchst? Einsamkeit ist eine schreckliche Last.«

»Nein, Aamir, die haben dort drüben echte Mädchen, vergiss das nicht.«

»*Achcha* ...«

Arjun ließ Aamir seinen Kopf über all die unerreichbare Blondheit auf der Welt schütteln und eilte aus dem Basar hinaus in den Regen.

Am nächsten Tag wachte Mrs. Mehta zeitig auf und verbrachte nach einem leichten Frühstück den Morgen damit, Wollsachen mit Namensschildchen in zwei neue Vinylkoffer zu pressen, die von Päckchen mit Süßigkeiten, Nüssen, homöopathischen Arzneien und Beeren bereits barsten. Arjun blieb so lange wie möglich im Bett, dann trödelte er planlos mit Batterien und Zahnbürsten herum. Schließlich schloss er sich, außerstande die hektischen Vorbereitungen seiner Mutter zu ertragen, in das Badezimmer ein. Erst als es zu dunkel wurde, um noch was zu sehen, ohne das Licht anzuschalten, kam er wieder heraus.

Das letzte Abendessen war eine Tortur. Mehrere Verwandte waren zugegen, alle im Zustand äußerster Erregung. Arjun war dermaßen nervös, dass er sich kaum dazu überwinden konnte, etwas zu essen. Das brachte seine Mutter in Harnisch, die ihre Enttäuschung an Priti ausließ und sie beschimpfte, weil sie gesagt hatte, besser würde es *on-the-barbie* schmecken, einer Art australischer Tandoorikùche. Nur Mr. Mehta war aufrichtig glücklich und stopfte sich große Portionen Reis und *dhal* in den Mund mit der Miene eines Mannes, dem sich Mahlzeiten in jüngster Zeit in einem sehr hellen Licht dargestellt hatten – als eine Feier des Familienlebens, als Ausdruck der Freude darüber, erfolgreiche und auf ihre Art leistungsfähige Kinder gezeugt und großgezogen zu haben, die bald für einen sorgen würden.

Schließlich war es Zeit, zum Flughafen aufzubrechen. Onkel Bharat machte Fotos, und Vetter Ramesh vollführte mit einer Videokamera einen Schwenk über die Szene, während Mrs. Mehta die *aarti*-Zeremonie vollzog, um den Reisenden zu segnen, wobei sie eine Lampe auf ein Messingtablett stellte und hoch und tief vor Arjun kreisen ließ, als wäre er eine Götterstatue. Sie sprach ein Gebet für seine Sicherheit und rasche Wiederkehr, gab ihm Zucker zu essen und drückte ihm mit dem Daumen ein rotes *tilak*-Zeichen auf die Stirn. Dann legte sie ihm unter leichtem Schniefen eine Ringelblumengirlande um den Hals. Arjun bückte sich ungeduldig, um erst die Füße seiner Mutter, dann die seines Vaters zu berühren.

»Können wir jetzt gehen, Ma?«, flehte er.

»*Beta*, das Flugzeug fliegt nicht ohne dich ab.«

»Doch, das wird es, Ma.«

»Benimm dich nicht so albern.«

Obwohl sein Flug für drei Uhr morgens angesetzt war, begleiteten ihn insgesamt elf Leute. Nach einer Verzögerung, die ihm wie mehrere tausend Jahre vorkam, bildete sich endlich vor den Toren der Enklave ein Konvoi. Mr. Mehta ließ sich auf dem Fahrersitz des Familien-Ambassadors nieder. Die Federung stöhnte unter der Last von Menschen und Gepäck, der *chowkidar* salutierte, dann fuhr der Vater den Wagen in einem gebieterischen Schwenk auf die Straße, wo er eine Fahrradrikscha zu einem hastigen Schlenker zwang und einen Busfahrer dazu, hart auf die ausgeleierten Bremsen seines Fahrzeugs zu treten. Zwei weitere Wagen folgten ihnen.

Der Konvoi rauschte durch die unbeleuchteten Straßen von Noida, und Arjun legte die Wange an das kühle Glas der Fensterscheibe. Die Nacht dahinter war feucht und in Bewegung, eine Unterwelt, die von Lastwagenscheinwerfern durchzuckt und vom orangefarbenen Leuchten der Kochfeuer in den Slumhütten gefleckt war. Der Verkehr war stark, und sie brauchten eine Stunde bis zum Flughafen. Die Reklametafeln der Geschäfte an der Zufahrtsstraße priesen Bluejeans und Sportschuhe an, sie schienen Arjun wie eine Vorahnung der amerikanischen Zukunft zuzuwinken. Der Mehta-Klan drängte sich durch das Gewühl von Kundenwerbern und Fahrern vor der Abfertigungshalle, und alle elf Verwandten stellten sich mit in die lange Schlange. An den Abflugschaltern teilten Bedienstete der Fluggesellschaft Zollformulare aus, während rot uniformierte Träger Gepäck auf das Förderband stellten und indische Familien ihre entsetzlich überladenen Karren desorientierten Ausländern gegen die Knöchel schoben, die alle mit derselben typischen Mischung aus Fabrikkunstgewerbe, religiösem Krimskrams und Wanderausrüstungen beladen waren.

Schrittchen für Schrittchen rückte die Schlange vorwärts. Als sie sich der Spitze näherten, begann Mrs. Mehta ernsthaft zu schluchzen, wobei sie von ihrer Nachbarin getröstet wurde, was Ramesh sofort elektronisch für die Nachwelt festhielt. Als er seine Dokumente übergab und erklärte, dass er entgegen allem Anschein allein reise, fühlte Arjun voller Stolz, dass er in den Augen seiner Familie endlich etwas Lohnendes tat. In einem Film wäre die Szene mit Musik untermalt gewesen, und er hätte eine Schar von Langstreckenpassagieren in einer Tanznummer angeführt.

Sein Vater legte ihm die Hände auf die Schultern. »Mein Sohn, wir wissen, du wirst sehr erfolgreich sein. Enttäusche uns nicht.«

»Ich werde mein Bestes tun, *babaji.*«

Priti zupfte ihn am Ärmel. »Komm als Millionär zurück, Bro!« Verwandte umringten ihn, um ihre guten Wünsche anzubringen. Mrs. Mehtas Klagegeschrei wurde immer lauter. »Gott segne dich, *beta*!«, schrie sie, »Gott segne dich!« In seiner wachsenden Ungeduld hörte Arjun kaum, was sie sagten. So schnell er konnte, nahm er seine Bordkarte und rannte zur Passkontrolle. Kaum war er außer Sichtweite, begab er sich zur Toilette, wo er die Girlande in seine Reisetasche stopfte und sich die Schmiere von der Stirn wusch.

Die Motoren röhrten wie eine ferne Stadionmenge, während der feuchte Polymergeruch von in der Mikrowelle erhitztem Essen den Mief der Kabine durchdrang. Es war Arjuns erster Flug, und von dem Moment an, als er gespürt hatte, wie sein Körper sich vom Boden erhob, befand er sich in einer geradezu religiösen Verzückung. Zuerst waren es die Lichter der Stadt gewesen, die wie Hochzeitsdekorationen unter der Tragfläche ausgebreitet lagen.

Darauf folgte die eher intime Befriedigung eines Erfrischungstuchs und eines Beutels, der eine Zahnbürste, eine Tube Zahnpasta und eine Schlafmaske aus schwarzem Nylon enthielt. Kaum waren die Anschnallzeichen erloschen, hatte er sich auf eine Wanderung zur Toilette begeben, wo er entdeckte, dass die Klobrille mit einer Papierhülle überzogen war. Er brachte einige Zeit damit zu, den Damenbindenspender und die automatische Vakuumspülung genau zu untersuchen. Nach einer Weile hörte er jemanden an die Tür klopfen, und eine zuckersüße Stewardessenstimme erkundigte sich, ob bei ihm alles in Ordnung sei. Er bestätigte, dass es ihm gut gehe, vielen Dank, und machte mit seinen Untersuchungen weiter. Als er schließlich hinaustrat, fand er zu seinem Erstaunen eine ganze Schlange ermattet dreinblickender Menschen auf dem Gang versammelt.

Inzwischen war er mit auf dem Scheitel sitzender Schlafmaske und gegen die Ohren geschmiegten Schaumgummistöpseln seiner Kopfhörer damit beschäftigt, die ergonomische Strenge seines Speisetabletts zu würdigen. Die Art, wie der Obstsaftbecher genau in die Kaffeetasse eingepasst war, die geometrische Abstraktheit des namenlosen rosafarbenen Desserts, ja die Untergliederung des Tabletts selbst – alles schien in Kenntnis seiner Lifestyle-Vorlieben entworfen worden zu sein. Bestimmte Details wie etwa der Plastikring, mit dem die Serviette an das Besteck geklemmt war, waren besonders faszinierend. Selbst das klitschige und kompakte Essen, das so ganz anders war als seine Beschreibung im Bordmagazin, hatte seinen unverwechselbaren Raumfahrtcharme.

Während er auf den Knopf für die Stewardessen drückte, um noch mal Kaffee zu verlangen, spielte er mit den Bedienungsknöpfen auf der Armlehne herum und stellte fest, dass jeden Moment der Film *Naughty Naughty, Lovely Lovely* auf dem Hindi-Bordkanal anfangen sollte. *N2L2* war ein Riesenhit, und obwohl er ihn schon siebenmal gesehen hatte, lehnte er sich erfreut zurück, um ihn sich nochmals anzusehen. Mehr als erfreut. Wenn er kein erklärter wissenschaftlicher Rationalist gewesen wäre, hätte er es als ein Zeichen aufgefasst, als eine *Segnung seiner Bestrebungen*, dass die Fluglinie diesen Film zur Unterhaltung der Passagiere ausgewählt hatte. Schließlich war *N2L2*, der Gewinner von acht *Filmfare*-Preisen und der erste Film von Rocky Prasad, in dem die Debütantin Leela Zahir die Hauptrolle spielte, die Ursache dafür gewesen, dass Arjun überhaupt in diesem Flugzeug saß.

Nicht jeder würde wegen eines Films eine wichtige Lebensentscheidung fällen. Dass er aufgrund von *Naughty Naughty, Lovely Lovely*, einem Unterhaltungsfilm, so leicht, dass er fast gasförmig war, überhaupt so etwas wie eine Entscheidung gefällt hatte, wies ihn als wahren Liebhaber des volkstümlichen Kinos aus. Arjun gehörte zu jener Menschenmasse, die am Wochenende der Uraufführung von *N2L2* nach Eintrittskarten angestanden und damit dem Film hundert Millionen Rupien eingebracht hatten, einer der erfolgreichsten Starts der indischen Filmgeschichte. Arjun hatte große Erwartungen gehabt (er hatte Rocky Prasads Filme schon immer gemocht), aber nun entdeckte er auf seinem Platz im Parkett des Cineplex Aakash mehr, als er für möglich gehalten hätte: Der Film war ein einziger Aufruf, sein Leben zu ändern. In seinem Helden fand er ein Vorbild, das noch mächtiger war als der berühmte Amitabh Bachchan, dessen schlaksige Gestalt seine Teenagerjahre beherrscht hatte. Und während jetzt die starken Düsentriebwerke ihn in Richtung Kalifornien schoben, war es eine Art Ehrfurcht, mit der er am Lautstärkeregler drehte und die Schaumgummiknöpfe des Kopfhörers zurechtrückte, die Haltung eines Menschen, der im nächsten Moment Zwiesprache mit seinen innersten Hoffnungen und Träumen halten wird.

N2L2 ist eine Liebesgeschichte. Ihr Held, Dilip, ist ein häuslicher junger Mann. Trotz seines guten Aussehens und seiner Collegeausbildung begnügt er sich damit, auf dem väterlichen Bauernhof herumzubummeln, der inmitten der malerischen gelben Senffelder des Pandschab liegt. Er tut wenig, außer sich auf diesen

Feldern herumzuflätzen, den Wolken zuzusehen, an Grashalmen zu kauen und mit den Scharen hübscher Bauernmädchen zu flirten, die fröhlich mit Wasserkrügen und großen bunten Seidentüchern hin und her trippeln. Dilip singt von den Wolken, den Mädchen und seiner allgemeinen Lebensfreude, die im selben Augenblick durch die Ankunft von Aparna gestört wird, einer Schönheit aus London, die in die alte Heimat zurückgekehrt ist, um ihre Verwandten zu besuchen.

Aparna (gespielt von Leela Zahir) ist all das, was Dilip nicht ist. Zwar besitzt sie traditionelle Werte, wie wir in einer Bildmontage von ihr beim anmutigen *roti*-Backen, bei ernsten Gebeten und in einer Szene sehen können, in der sie mit ihren manikürten Händen die Füße alter Verwandter umfasst, aber sie ist auch eine zielstrebige Investmentbankerin, die zum Karriereerfolg von dem Wunsch getrieben wird, den Ruin ihres Vaters zu rächen, den ein jahrelanges Gerichtsverfahren herbeigeführt hat. In einer lustigen Verwechslungsszene spricht Dilip sie schalkhaft an, weil er meint, das Paar dunkler Augen hinter dem Schleier (sie ist traditionell und sittsam gekleidet) müsse einem Bauernmädchen gehören, das vorübergehend ohne Seidentuch oder Wassergefäß ist. Er ist verblüfft über ihre schlagfertigen, Collegebildung verratenden Antworten und verliebt sich auf der Stelle in sie.

Trotz Dilips Versuchen, Eindruck auf Aparna zu machen, indem er sehr schnell auf einem Pferd reitet, Handstand macht und an eine Gruppe abendlicher Plagegeister auf dem Marktplatz Backpfeifen austeilt, lässt sie sich nicht erweichen und gibt ihm singend zu verstehen, dass der Mann, der ihr Herz gewinnen könnte, mehr haben muss als eine bemerkenswerte Nase, einen Waschbrettbauch und ein unbekümmertes Wesen; er sollte den Respekt seiner Mitbürger genießen und einen gut dotierten Posten in Handel oder Industrie innehaben. Dilip ist ratlos, bis er Aparna und ihren Onkel dabei erspäht, wie sie vor einem Foto ihres toten Vaters beten. Er belauscht ihre Unterhaltung und erfährt von dem Prozess und dem offenkundig sehr bösartigen Christo, einem einflussreichen Londoner Finanzier und Unterweltboss, der den Alten in den Alkoholkollaps getrieben hat.

Dilip entdeckt Christo am Abend im *CNN World Business Report* und erkennt, dass der Schlüssel zum Herzen seiner Geliebten im Erwerb des Status eines Auslandsinders liegt. Er gelobt, sein Leben zu ändern und der Mann zu werden, als den Aparna sich ihn wünscht. Als er seinem Vater Lebewohl sagt, singt er, dass er nun nicht mehr zwischen Wolken und Senffeldern verweilen, sondern in die Welt hinausziehen und sein Glück auf den internationalen Kapitalmärkten suchen will. Als Aparna nach London zurückfliegt, folgt er ihr, wobei er kurz in Heathrow bleibt, um das gestohlene Gepäck eines europäischen Nabobs wieder herbeizuschaffen, ehe er ins Stadtzentrum fährt, wo er einer Reihe hochnäsiger britischer Typen begegnet, die ihm was über seine bäuerlichen Manieren und die beklagenswerte Ignoranz der Inder vorsingen, während er in der Nähe vom Buckingham Palace nach einem billigen Hotel sucht.

Durch die Vergnügungen des Tourismus abgelenkt, besucht Dilip Madame Tussaud's und Covent Garden, dann erschöpft er seine knappe Barschaft törichterweise mit mehreren Fahrten im Riesenrad »London Eye«. Er sitzt an einem Tisch im Hard Rock Café und sieht der niederschmetternden Tatsache ins Auge, dass er seinen Chickenburger-Combo nicht wird bezahlen können, als er zufällig seinen Freund, den dankbaren europäischen Nabob, erspäht, der ihm verrät, dass er die größte Investmentbank von London leitet und Dilip gern einen Job anbieten würde. Dilip willigt ein, der Nabob begleicht dessen Rechnung, und unser Held zieht aus seinem schäbigen Loch am Buckingham Palace in eine Wohnung an der Themse mit Blick auf Big Ben.

Dilip entdeckt, dass das Feilschen auf dem Markt von Jalandhar in seiner Kindheit ihm ein Talent für Finanzen eingetragen hat, und in null Komma nichts ist er steinreich. Die Annäherungsversuche von Nabobs schöner Tochter weist er zurück. Stattdessen beschließt er, bei Aparna seine Aufwartung zu machen, die, wie eine Montage zeigt, die Zeit, in ernstem Gebet versunken oder am Bleistift kauend, an ihrem Schreibtisch verbracht hat. Als eine langweilige Konferenz ihren Höhepunkt erreicht, kommt Dilip hereinstolziert, kauft die Firma und singt Aparna etwas über seine unsterbliche Liebe vor. Sie ist überwältigt und willigt ein, seine Frau zu werden, den Segen ihres Onkels vorausgesetzt. Sie spazieren an der Themse, an den weißen Felsen von Dover, auf den Zinnen von Windsor Castle und kurz auch in den Schweizer Alpen herum, wobei sie viele verschiedene Kleider tragen und singend das Leben schildern, das sie zusammen führen werden, sobald sie in der Ehe vereint sind.

Alles freut sich. Es ist *holi*, und Dilip und Aparna laufen über den Piccadilly, bewerfen sich mit bunten Farbpulvern und ärgern Polizisten. In einer Traumsequenz wechselt die Szene in den Pandschab, und Aparna (deren moderne Londoner Kleider jetzt gegen den traditionellen nassen Sari eingetauscht sind) singt, dass Dilip mit seiner Tapferkeit, Entschiedenheit und seinem diversifizierten Investmentportefeuille ihr Herz gewonnen hat. Der bösartige Christo wählt diesen Augenblick, um Aparna zu entführen, die er zu seiner Frau machen will. Seine Gefolgsleute schlagen Dilip zusammen und lassen ihn, wie sie meinen, tot zwischen den Tauben auf dem Trafalgar Square liegen. Während an Dilips hingestrecktem Leib hungrige Vögel picken, bringen die Bösewichter Aparna in das unterirdische Versteck der Bande unter dem Brighton Pavillon. Glücklicherweise wird Dilip von einem alten Taubenfutterhändler Hilfe zuteil, der selber vor vielen Jahren von Christo ruiniert worden ist. Mr. Vilson, der Händler, führt Dilip zu dem unterirdischen Versteck, wo sie gemeinsam einen Hochdruckschlauch auf die Gang richten und alle zusammen in den Ärmelkanal spülen. Die Polizei kommt, verhaftet den bösen Boss und schafft ihn ins Gefängnis. Aparnas Onkel und Dilips Vater (die auf dem Weg nach Chandigarh durch Brighton kommen) erscheinen und segnen die Verbindung. Dilip und Aparna hängen sich gegenseitig Blumenkränze um, während sie den Titelsong singen:

Hässliches
Kann lieblich sein
Liebliches
Kann hässlich sein
Naughty naughty
Lovely lovely
Love!

Eine lange Schlange von Verwandten speist das glückliche Paar mit süßem Reis, und während das Bild langsam ausgeblendet wurde und der Abspann darüberrollte, durchfuhr Arjun dasselbe Gefühl seiner Talente und Möglichkeiten wie bei den ersten sieben Malen, die er den Film gesehen hatte. Wie er es Aamir bei verschiedenen Kaffees in der Internetbude klargemacht hatte, *war Dilip er.* So einfach war das. Er war ein Träumer. Er hatte seine Zeit vertrödelt. Wenn er in der Wirklichkeit statt in seiner Phantasie leben wollte, wurde es Zeit für eine Veränderung. Wie sollte er diesen Film nicht als ein Gleichnis ansehen?

Der Rest des Fluges verging wie im Nebel, unterbrochen nur durch das übermüdete Gestolpere durch die Duty-free-Lounge des Flughafens von Singapur. Schließlich, nach einer Reise, die ihm Tage gedauert zu haben schien, sah Arjun, wie die Maschine durch dichten Dunst auf den Flughafen von San Francisco niederging. Durch die Düsternis hindurch schimmerte eine lange Kette von Autos, die über einen Damm fuhren. Er klappte den Tisch vor sich hoch, stellte seine Rückenlehne senkrecht und verstaute seine Wegwerf-Schlafsocken sorgfältig in einer Seitentasche seines Bordcase. Das Pochen in seinen vom Druck tauben Ohren schien ihm eine Botschaft zu senden: *Es ist Zeit, es ist Zeit.*

Eine Gestalt, ein Fußgänger, der am Rand eines breiten kalifornischen Highways entlangtrottet. Jeder Schritt brachte ihn ein bisschen näher an den Punkt, den eine niedrige Betonbarriere markierte und an dem das Gelände von Taco Bell endete und das von Staples begann. Hinter Staples lag ein Wal-Mart und dahinter eine Straßenkreuzung. Hinter der Kreuzung, vielleicht drei Blocks oder noch mal dreißig Minuten Fußmarsch weiter, gab es ein winziges Einkaufszentrum mit einem Thai-Imbiss, einer chemischen Reinigung und einem Laden, in dem es Fertiggerichte zu kaufen gab, dem Ziel des Fußgängers.

Jeder, der in kalifornischen Vororten zu Fuß unterwegs ist, ist eines von vieren: arm, Ausländer, geisteskrank oder ein Jogger. Dieser Mensch, dessen magerer Körper sich in dem schmuddeligen Oakland-Raiders-Shirt fast verlor, bewegte sich zu langsam, um ein Jogger zu sein. Er wirkte nervös, entmutigt. Erfolglosigkeit entströmte ihm wie Schweiß. Falls die in ihren SUV-Jeeps vorbeizischenden Soccer Moms ihn überhaupt bemerkten, dann nur als Schatten dunkler Haut, ein belangloses Gefahrensignal, das an ihrer Peripherie vorüberhuschte. Für den Fußgänger waren diese Soccer Moms eher kosmisch als menschlich, schimmernde Projektile, die in einem Sog aus Lärm und Dioxinen an ihm vorbeidopplerten, fremd und gleichgültig wie Sterne.

Er blieb einen Augenblick stehen und blinzelte in das grelle Sonnenlicht auf dem Weg vor ihm. Die rissigen Betonflächen liefen in ein öffentliches Gelände aus, einen Nicht-ganz-Fußweg, der sich vor ihm in einem Glitzern zersplitterten Windschutzscheibenglases erstreckte. An der Taco-Staples-Grenze blieb er erneut stehen, diesmal, um an seinem Walkman herumzudrehen, einem schäbigen Klotz aus schwarzem Plastik, an dem Kopfhörer mit schmutzigen Schaumgummistöpseln angeschlossen waren: Heimatlosen-Audio, die Art Apparat, die sozial Ausgeschlossene laut laufen lassen, um die Stimmen zu übertönen. Er tauschte die Batterien aus, entwirrte das Kopfhörerkabel und marschierte weiter.

Es war Juli, und Arjun war bereits ein Jahr in den Staaten, ein Jahr mit periodischen Wiederholungen dieses oder ähnlicher Spaziergänge. Zu dem Laden, wo immer der Laden auch liegen mochte. Vom Laden zurück. Zur Bushaltestelle. Zurück. Lange Pausen, in denen er in skelettartigen, mutwillig beschädigten Wartehäuschen stand. Wind und Stille. Das Kalifornien des Nicht-Autofahrers.

Zuerst hatte es daran gelegen, dass er sich nicht sicher, nicht ruhig genug fühlte. Dann, dass er nie an einem und demselben Ort war. In letzter Zeit, jetzt, da er verzweifelt war, da das Gefühl, von dieser Umwelt herabgesetzt zu werden, sich zu dem Verdacht gesteigert hatte, *tatsächlich körperlich zu schrumpfen*, jetzt hatte er nicht mehr das Geld, um Fahrstunden zu nehmen.

Seinen Traum zu leben erwies sich als schwierig.

Wenn er zurückdachte, waren die Zeichen dafür gleich am Anfang da gewesen. Als Sherry ihn vom Flughafen abholte, war er zu sehr damit beschäftigt gewesen, aus dem Wagenfenster zu blicken, um ihr festgeschraubtes, von Abscheu erfülltes Grinsen zu bemerken. Mit ihrer Geschäftskarte (*Sherry L. Parks, Personalchefin von Databodies*) in der Hand, hatte er in kompletter Beifahrer-Zufriedenheit dagesessen und sein erstes McDonalds, sein erstes Stopp-Schild, seinen ersten Highway-Streifenwagen gezählt. Selbst als sie mit seinen Koffern durch die Fliegengittertür ratterten und in das Haus traten, war er durch seine großen Erwartungen zu sehr geblendet gewesen, um zu bemerken, *wirklich* zu bemerken, wie bedrückt die Männer aussahen, die im Wohnzimmer stumm um einen schneeigen tragbaren Fernseher herumsaßen.

»Hallo Vee-jay, hallo Sah-leem, hallo Row-heet«, zwitscherte Sherry und verzog ihren Mund zu einem Lächeln, das die anderen, wie Arjun später erfuhr, ihr »Mutter-Theresa-unter-den-Leprakranken-Lächeln« nannten. Keiner reagierte. Das war ihm peinlich, und er blickte zu Boden. Auf dem gemusterten Teppich lagen leere Sprudelflaschen, Socken, *chappals*, O'Reilly-Technik-

Handbücher, Verpackungen von Fertiggerichten. Der mit dem buschigen Schnurrbart hatte einen schmutzigen Teller in heiklem Gleichgewicht auf der Armlehne seines Sessels abgestellt. Er streifte die Asche seiner Zigarette darauf ab, dann lehnte er sich vor und streckte seine Hand aus.

»Willkommen auf der Bank, *bhai.*«

Die Bank. Auf der man darauf wartet, dass man spielen darf. Ungefähr drei Tage auf der Bank zu sitzen war cool. Zumindest als Arjun mit seiner neuen Telefonkarte seine Familie anrief, klang es cool. *Auf der Bank.* Als wäre er in die quasi militärische Kultur des amerikanischen Sports aufgenommen worden und führe ein Leben voller Abklatscher und Gedränge, Auszeiten, Play-offs, Spitballs. Als Sherry ihn zu seiner persönlichen Vorstellung in die Stadt fuhr, ließ er sie bei einem Foot Locker halten, wo er sich das Raiders-Shirt kaufte, um das Gefühl, *auf der Bank* zu sitzen, noch zu steigern.

Sprachlicher Glamour. Beispiele: Wenn er vor dem Fernseher saß, war es ein *tube*, wenn er an seine Eltern dachte, dachte er an sie nicht als seine Eltern, sondern als *the folks back home*. Die anderen taten es auch; kleine Experimente mit Slang, versuchsweise neue Betonungen. Du sagtest von der Fernsehcouch aus zu allen, die nach einem Anruf bei der Familie die Treppe herunterkamen und die Telefonschnur hinter sich herzogen:

How are the folks back home?

Und sie antworteten:

A-ok, man. They're good.

The folks. Die Bank. Man, good.

Bis zum zweiten Tag, als Arjun fragte, wo er denn arbeiten werde, und ihm gesagt wurde, der Job, den Databodies ihm fest zugesagt habe, sei in Wirklichkeit überhaupt nicht garantiert. Er werde telefonisch Bewerbungsgespräche mit potentiellen Klienten führen müssen. Bis er bei seinem persönlichen Vorstellungsgespräch einem Mann die Hand schüttelte, der wie ein Klon von

Sunny Srinivasan wirkte, nur fieser, gerissener, weniger verführerisch, ein Mann, von dem sich herausstellte, dass er Sunnys Schwager war, und der ihn kühl davon in Kenntnis setzte, dass Databodies, bis er sich erfolgreich um einen Posten beworben habe, ihm monatlich einen Gesamtbetrag von fünfhundert Dollar zahlen werde, wovon man ihm die Hälfte als Miete für den Anteil des Hauses abziehe. Arjun erinnerte ihn an die fünfzigtausend Dollar pro Jahr, die ihm sein Vertrag garantiere. Sunnys Verwandter zuckte die Schultern. Wenn's Ihnen nicht gefällt, sagte er, können Sie jederzeit wieder nach Hause fahren. Sie bezahlen uns Ihr Visum und das Ticket, und wir berechnen Ihnen eine Verwaltungsgebühr für den ganzen Aufwand. Zehntausend sollten dafür reichen. Rupien? Nein, *bhai*, *Dollar*.

Arjun stellte ein paar Berechnungen an. Dabei wurde schnell klar, dass er (wenn er seine Ausgaben abzog) an jedem Tag, den er auf der Bank verbrachte, Geld zusetzen würde. Er hatte nicht viele Ersparnisse. Damit würde er nur eine bestimmte Zeit durchhalten. Trotzdem, er gab die Hoffnung nicht auf. Er war ein qualifizierter IT-Berater, und auch wenn die Bedingungen seines Visums besagten, er müsse bei Databodies bleiben oder das Land verlassen, würde es schon bald Arbeit geben. Schließlich suchten amerikanische Firmen verzweifelt Leute wie ihn. Oder nicht? Salim, der Kettenraucher, fand das so komisch, dass er Arjun diese Aussage dreimal wiederholen ließ. Er saß schon zehn Wochen auf der Bank. Rohit zwölf.

»Liest du denn nie den Wirtschaftsteil?«

Das tat Arjun tatsächlich nicht. Als sie es ihm sagten, lachte er nur, es schien so absurd: Amerika boomte. Das, so wusste man (zumindest in Indien), war hier ein Dauerzustand, eine Tatsache dieses Landes wie seine fünfzig Staaten, die 19 924 km Küste und die 12 248 km Landesgrenzen. Außerdem hatten die Amerikaner, als wenn ihre alte Wirtschaft für sie noch nicht genug boomte, eine neue proklamiert. Doppelboom. Der Gedanke, dass nicht eine, sondern zwei Wirtschaften zitternd zum Halten kommen würden, war unvorstellbar. Doch so war es: Marktkorrektur, zyklischer Abschwung, Zusammenbruch. Nicht das richtige Klima, um sich neue und schwierige Kenntnisse wie das Autofahren anzueignen.

Alles, was er tun konnte, war, auf einen Anruf zu warten. In der Zwischenzeit machte er sich daran, auf regelmäßigen Zehn-Blocks-Spaziergängen zum Laden dieses Amerika zu erkunden. Eine faszinierende Erfahrung. Die Bässe, die aus tiefer gelegten Autos wummerten, waren die Umkehrung von Indiens kreischendem Diskant. Erwachsene Männer trugen kurze Hosen wie Kinder. Hinter dem 7-Eleven fuhren verwilderte Kinder, sicherlich die Armen, auf ramponierten Skateboards herum und kickten sie gegen Bordsteine und Geländer, um in Wirbeln ausgebeulter Baumwollplünnen durch die Luft zu fliegen. War nichts für amerikanische Käufer, das Gewühl und Gefeilsche auf einem Marktplatz. Im Innern eines gruftartigen Safeway-Supermarkts fächelte ihm die Klimaanlage eisigen Atem in den Nacken, während er durch Gänge latschte, in denen die Waren wie ein Filmset beleuchtet waren und Rasensprenger kricketballgroße Tomaten mit einem feinen Wasserdunst benetzten. Auf allen Parkplätzen schoben Männer und Frauen in pastellfarbener Lycra- und Baumwollkleidung schwankende würfelförmige Warenpakete zu ihren Autos – und was für Autos! Schimmernde mythische Triumphwagen mit getönten Scheiben und Metalliclackierung, Fahrzeuge, die dafür gebaut waren, ganze Familienklans, ganze Gemeinden von einem Ort zum anderen zu transportieren. Als er das erste Mal ein Wohnmobil sah, vergaß er praktisch zu atmen. Da rollten sie, zwölf Meter bullige Heimstatt, mit einem Rockoperntraum aus weißen Pferden auf einer Waldlichtung bemalt, mit der Masse und Langsamkeit eines Science-fiction-Mutterschiffs vorbei. Diese Vision hatte an der Rückseite einen Träger mit Leichtmotorrädern, und ein bärtiger Mann saß an ihrem Steuer, von dem sich Arjun nur vorstellen konnte, er schleppe in seinem Blut die Erinnerung an

Planwagenzeiten mit sich herum, Gefangener eines zwanghaften Triebes zum Wandern, des Dranges, sich an der Straße ein Stück weiter unten niederzulassen.

Eine Zeit lang glaubte er, nichts könne eindrucksvoller sein als die lässige Überlegenheit eines Kaliforniers, der aus einem Starbucks-Parkplatz herausfährt (der nachlässige Fahrstil, bei dem eine Hand träge das Steuerrad bewegt, während die andere dem Fahrer schlückchenweise Milchkaffee zuführt). Doch dann entdeckte er, dass alles trivial werden kann: Hydranten, Reklametafeln, ja sogar der emailleblaue Himmel; alle waren sie nicht von Dauer. Eins nach dem anderen verloren sie ihren Zauber.

Das Letzte, was seine Aura verlor, war das Fernsehen, das irgendwie verlockender war als die Welt draußen. Die auf die Bank verbannten Berater verbrachten ganze Tage vor dem Apparat, aßen Chips und Salsa und verdrängten ihre schleichende Panik. Meistens hatte morgens einer von ihnen ein Vorstellungsgespräch, bei dem er eine angespannte halbe Stunde oben über das Telefon gebeugt saß, während die anderen nicht mitzuhören versuchten, den *tube* lauter drehten und halb hofften und halb fürchteten, der Bewerber könnte mit einer Anstellungszusage herunterkommen. Normalerweise aber war das Gespräch zu Ende, sobald der Klient bemerkte, dass er mit einem Ausländer mit befristetem Visum sprach. Victoria warnte Diego, sie habe ihn durchschaut. Belle erfuhr die Wahrheit über Janes Schwangerschaft. Jerry stachelte überformatige Frauen dazu an, sich mit ihren sie betrügenden Partnern zu prügeln, und Arjun sprach mit drei, fünf, sieben Firmen. Keine von ihnen wollte ihn anstellen.

Als er mit der amerikanischen Sprache und Wirtschaft besser zurechtkam, entdeckte er, dass er in einem »einkommensschwachen Viertel« wohnte. In seinem Zimmer verstummte das Dröhnen des Verkehrs vom Highway 101 keinen Augenblick. An der Ecke spielten apathische junge Schwarze und Latinos Musik mit wummernden Bässen und beugten sich in die Wagenfenster, um mit den Fahrern kurze Unterhaltungen zu führen. Kohlenwasserstoffgestank hing schwer in der Luft, und nachts war das Verkehrsgebrumm von Polizeisirenen und Knackgeräuschen begleitet, die Vijay mit Bestimmtheit als Gewehrschüsse identifizierte. Die Vorstellung von einer amerikanischen Armut, vor allem einer Armut, die Autos, Kühlschränke, Kabelfernsehen oder Fettleibigkeit nicht ausschloss, war ein neues und beunruhigendes Paradox, ein Hinweis darauf, dass etwas Unkontrollierbares und Bedrohliches unter der spiegelnden Oberfläche Kaliforniens lauerte. Arjun verbrachte so wenig Zeit wie möglich außerhalb des Hauses, weil ihn das genaue Studium der Kabelnachrichtenkanäle davon überzeugt hatte, dass er sich damit in Gefahr begäbe. Auch unbewaffnete Amerikaner fand er körperlich Angst erregend. Wenn er in »middle-class-areas« ging (wobei *middle-class*, wie er entdeckte, ein amerikanisches Wort für *weiß* war), fühlte er sich erdrückt. An eine Welt gewöhnt, in der jeder mehr oder weniger genauso wie er selbst aussah, kostete es Arjun Überwindung, sich in Menschenmengen zu bewegen, in denen alle groß und schwer und so *fleischig* waren.

Während dieser Zeit lief der einzige Kontakt, den sie mit Databodies hatten, über Sherry. Sie parkte ihren Chevy Suburban draußen auf der Straße, schaltete die Alarmanlage ein, blickte sich nervös um und hastete herein in ihren Gestank nach dreckiger Wäsche und Bratöl, sprach ihre Namen falsch aus und brachte wieder mal einen Stapel Verwaltungspapierkram mit, den sie unterschreiben sollten. Alles an ihr wirkte unerträglich selbstgefällig: ihre pompöse Frisur, ihre goldene S-H-E-R-R-Y-Halskette, ihr rosa Lippenstift und der dazu passende Nagellack, sogar das Album mit Familienfotos, das sie in ihrer Handtasche hatte. Allein schon ihre Durchschnittlichkeit wirkte arrogant: die kühle Überlegenheit eines Menschen, dessen Zugang zum amerikanischen Arbeitsmarkt ein Geburtsrecht ist.

Sie hätten Sherry die Wahl ihrer Accessoires verziehen, wenn sie nicht eine derartige Verachtung für ihre Schützlinge verströmt hätte. »Wie *ungewöhnlich*«, pflegte sie zu sagen, sobald sie mit irgendwelchen indischen Tics konfrontiert wurde, wie zum Beispiel, dass Rohit ständig *paan parag* kaute oder Vijay bei *bhajans* mitsang. Mindestens einmal pro Besuch erwähnte sie, dass ihr Mann geschäftlich Probleme habe, womit sie eigentlich sagen wollte, dass dies der einzige Grund sei, weshalb sie sich dazu herabließ, mit Indern Umgang zu haben. »Wenn sie uns ansieht«, beschwerte sich Salim, während er durchs Fenster zusah, wie sie ihren Wagen anließ, »sieht sie ein Rudel verhungernder Kulis. Die Zicke denkt, sie tut uns 'n Gefallen, bloß weil sie herkommt. Sie hätte sich genauso gut ›Geschenk des Volkes der Vereinigten Staaten von Amerika‹ auf den Arsch tätowieren lassen können.«

Doch sie mussten nett zu Sherry sein. Sie war ihre einzige Informationsquelle, ihr alleiniger Bezugspunkt in der flachen Weite des Tales. Und obwohl sie es nicht gern zugaben, waren ihre Besuche neben den nachmittäglichen *Baywatch*-Wiederholungen die Glanzpunkte ihrer leeren Wochen.

Wenn Arjun mit Indien telefonierte, dachte er nur voller Grauen an die Kosten. Die Familie wollte alles wissen, aber irgendwie entfernten ihre Fragen sie immer weiter von ihm. Wo ist der Tempel, fragte seine Mutter. Trinkst du nur in Flaschen abgefülltes Wasser? Frierst du? Sein Vater wollte etwas über die »Unternehmenskultur« seines Arbeitsplatzes wissen. Es war unmöglich, die Wahrheit zu sagen. »Yeah, Sis, Oracle ist toll. Die Arbeit ist sehr anspruchsvoll. Nein, ich habe noch niemanden entdeckt. Ja, wenn ich ihn sehe, werde ich mir ein Autogramm geben lassen. Nein, überhaupt nicht, ich bin bloß irgendwie geschafft, das ist alles.«

Als er schließlich den Zustand dieses vorübergehenden Atemstillstands nicht mehr ertragen konnte, passierte etwas. Innerhalb von drei Tagen kamen Salim und Rohit in Firmen unter, der eine in Los Altos, der andere in Menlo Park. In dem kleinen Haus in der Nähe des Highway 101 wurde mit Johnny Walker und Häagen-Dazs gefeiert. Zwei Tage darauf war Arjun an der Reihe. Der Unternehmer hatte eine Fischverarbeitung irgendwo in Portland Maine und brauchte jemanden, der eine Datenbank umorganisieren konnte. Man wollte, dass er am Montag anfing. Das, sagte er, sei kein Problem.

Bis er das Flugticket sah und merkte, dass er mit Zwischenstopp in Chicago flog, hatte er gedacht, »main« müsse so was Ähnliches wie »zentral« oder »Innenstadt« heißen, und gemeint, er habe einen Job im Geschäftsviertel der Stadt in Oregon. Aber Databodies hatte seine Dienste an eine Jobagentur an der Ostküste weitervermittelt. Beide Vermittler würden eine Provision kassieren. Er machte sich nicht die Mühe, Einwände zu erheben.

Während er seine Pullover zusammenpackte, war er sich peinlich des Fernsehers bewusst, der von unten heraufdröhnte. Vijay, der Letzte, sah sich traurig eine Kochsendung an. Arjun hatte nicht gewusst, was er sagen sollte.

»Ich ziehe um«, erzählte er seinem Vater am Telefon.

»Wirst du schon befördert?« Mr. Mehtas Stimme war von Stolz erfüllt.

»Ja«, hörte er sich sagen. »Ich leite ein Software-Entwicklungsteam in Portland. Problemlösungen.«

»Problemlösungen? Mein Junge. Warte einen Moment, das muss ich schnell deiner Mutter erzählen.«

Schließlich hörte seine Mutter auf zu schluchzen und reichte den Hörer an Priti weiter, die quietschte und mit dem Mund atmosphärische Störgeräusche machte, die wohl eine applaudierende Menge darstellen sollten. Er hatte ehrlich zu ihr sein wollen, aber sie schien dermaßen hingerissen von ihrem Bild von seinem Leben in Amerika, dass er bei keinem Anruf den Mut dazu gefunden hatte. Seine Schwester freute sich so sehr für ihn, dass er ihr zu Gefallen sogar einiges hinzugedichtet hatte. Keanu Reeves in einer Pizza Hut. Ein Erdbeben. Minigolf. Sie fragte ihn nach seinem Job, und er sagte, er sei eine »spannende Herausforderung«, wobei er hörte, wie hohl seine Stimme klang, als er das sagte. Dann erkundigte sie sich nach seinen »anderen Neuigkeiten«, und ihn überfiel plötzlich ein so starkes Heimweh, das dringende Verlangen, wieder in Indien zu sein, dass er nicht reden konnte und das Telefongespräch beenden musste. Zehn Minuten vergingen, ehe ihm auffiel, dass Priti während ihrer ganzen Unterhaltung mit perfektem australischem Akzent gesprochen hatte.

Als er in O'Hare umstieg und mit langen Schritten von einem Flugzeug zum nächsten ging, hatte er das Gefühl, dass sich seine Träume endlich mit der Wirklichkeit deckten. In Portland wurde er in einem Super-8-Motel untergebracht, in dem er sich kurz dem Luxus von MTV, sauberen Handtüchern und milchfreien Kaffeeweißerbeutelchen, vor allem aber von Schnee hingab. Heimlich schlich er hinaus auf den Parkplatz und schaufelte ein wenig in seine Hände. Sein erster Schnee. Der war mehr oder weniger so, wie er ihn sich vorgestellt hatte, abgesehen von dem Geräusch, dem Knirschen, wenn man darauf herumlief, dem Quietschen, wenn man ihn in der Faust zusammendrückte. Er trug etwas davon nach drinnen, um Priti anzurufen und es ihr zu Gehör zu bringen, aber bis er am Telefon war, war er schon geschmolzen.

BSC Seafood besaß eine hangarartige Fabrikanlage auf dem Pier unmittelbar neben der Fischbörse. Drinnen waren lange Reihen von Arbeitern mit dem Filetieren, Buttern, Panieren, Füllen, Portionieren und Verpacken von Seegetier aller Art beschäftigt, wuchteten Hundert-Pound-Luftfracht-Kartons mit Plattfischen auf wartende Lkw und schoben gefrorene Kabeljaublöcke in Richtung der Maschinen, die sie zu Stäbchen zersägten. Auf einem kurzen Rundgang durch die Anlage wurde Arjun vom Hauptbuchhalter begleitet, der ihm erzählte, sie wollten eine Abteilung mit Rogenprodukten aufmachen, brauchten dafür ein paar mehr Bereiche in der Bestandsdatenbank und hätten sich für Arjun entschieden, weil »dein Boss gesagt hat, du wärst billig«. Der Job war dermaßen banal, dass er seine ganze Phantasie einsetzen musste, um ihn zumindest auf zwei Wochen zu strecken. Er machte lange Pausen, in denen er sich mit einem UBIX-Handbuch in die Toilette einschloss oder auf einer Laufbühne stand und in die Fabrikebene hinunterblickte, eine Unterwelt, die von Gespenstern in Gummistiefeln und Overalls bevölkert war. Nach drei Wochen musste er seinem Vorarbeiter zugeben, dass er mit dem Projekt fertig sei. Eine Woche darauf war er wieder an der Westküste, auf der Bank.

Von: arjunm@netulator.com
An: lovegod2000@singhshack.com
Bezug: RE: kurze hosen?

hallo aamir vielen dank für deine nachricht wie geht es dir ja ich bin inzwischen ganz amerikanisch esse sogar rind- und schweinefleischerzeugnisse das bleibt bitte unter uns jemand gab einfach schinken-cheeseburger aus so fängt es an alles okay hier ja viele mädchen tragen kurze hosen ja das ist schön nein habe noch nicht mit vielen gesprochen oder p anderson oder bv slayer gesehen hab zu tun und muss los – arjunm

Seinen ersten Jahrestag in den USA erlebte er in einem baufälligen Haus in Daly City, das er sich mit zwei ununterscheidbaren tamilischen Java-Programmierern teilte, denen er insgeheim die Spitznamen Ram und Shyam gegeben hatte. Die Gegend war möglicherweise noch einkommensschwächer als die davor. Das Grundstück grenzte hinten an eine elektrische Umschaltstation mit einem riesigen brummenden Transformator. Seine Nachbarn waren ein Klan hünenhafter Samoaner, die über und über mit blauschwarzen Tätowierungen bedeckt waren und ihre Tage damit verbrachten, ihre Autos zu reparieren und laute, zornige Auseinandersetzungen zu führen. Die Samoaner hatten viele hünenhafte samoanische Freunde, die Besitzer einer unbestimmten Zahl hünenhafter Hunde waren, die sabbernd auf dem Bürgersteig vor seiner Tür in einem Durcheinander aus öligen Motorteilen, leeren Magnumbierflaschen und Scheiße herumlagen.

Keiner legte sich je mit ihm an, nicht einmal die Hunde, aber seine überreizte Phantasie malte sich unvorstellbare Gewaltszenen aus, wie WWF-Wrestling, das auf der finsteren Seite des National Geographic Channel übertragen wird. Er schlief nicht gut. Er hatte Ekzeme an beiden Händen. Er kannte jede Programmzeile von *The Young and the Restless* und äußerte sich manchmal bissig über das Geschäftsmodell seines Arbeitgebers. Databodies verlangte von den Firmen, für die er arbeitete, doppelt, ja dreimal so viel, wie sie ihm zahlten, und zogen ihm von seinem Gehaltsscheck trotzdem noch Geld für Miete, Gerichts- und Verwaltungsgebühren ab. Er hatte kein Geld verdient, sich absolut nichts erworben, seit er nach Amerika gekommen war, bis auf ein neues und härteres Bild von der Welt.

Und so sehen wir den Wanderer wieder zu dem Laden trotten. Instantkaffee. Frühstücksflocken. In Folie eingeschweißtes Brot, zehn Prozent Styropor, neunzig Prozent Luft. Wir sehen den Mann am Rand der breiten Straße daherstapfen, einen Mann, der den Verdacht hat, dass entweder er schrumpft oder vielmehr die Landschaft sich vor ihm ausdehnt, sich vor seinen müden Füßen immer weiter streckt. Von den zwölf Monaten hat er nur drei und einen halben gearbeitet. Er hatte Kredit, aber den hat man ihm entzogen. Er weiß, was vor ihm liegt, die erhabene Beweglichkeit derer, die sich fortbewegen, ohne je den Boden zu berühren. Er hat flüchtig gesehen, was dahinter liegt, die andere Beweglichkeit, die erzwungene Bewegung der Einkaufswagenschieber, der Einsammler von Pappkartons. In Indien können sich die Obdachlosen wenigstens eine Weile hinlegen, ehe sie weitergescheucht werden.

Zu Ehren der Ballonszene hatten die Partyausrichter das Thema »Schweben« vorgeschlagen. Tausende von silbernen Heliumblasen schwebten in Netzen über den Köpfen der Gäste. Kellner, die mit Silberlamé als »Luftgeister« verkleidet waren, servierten Drinks und *chaat*. Der DJ mixte die fälligen Songs (*Up up and away*, *Sommerwind*) in Ausschnitte aus dem Soundtrack des Films, was von der Menge der Mumbai-Filmleute völlig ignoriert wurde. Sie waren viel zu sehr damit beschäftigt, Verbindungen zu knüpfen, als dass sie sich mit einer gesellschaftlich so unproduktiven Tätigkeit wie Tanzen abgegeben hätten.

Leela Zahir erschien, wie man bemerkte, am Arm von Naveed Iqbal. Der dicke Produzent winkte und vollführte *namaste* zu seinen Verwandten und schien die wütenden Blicke des Thakkar-Lagers gar nicht zu beachten. *Kiss Me, Tickle Me* war Manoj Thakkars Film. Von Leela meinte man, zumindest an diesem Abend, sie werde Thakkars Star sein. Dennoch wollte niemand einen Streit mit Iqbal vom Zaun brechen, nicht bei den Freunden, die er hatte. Leelas zauberhafte Mutter Fazia folgte hinter ihnen in Begleitung des Großmoguls Rajiv Rana persönlich. Zusammen trugen die beiden Frauen sicherlich Schmuck für zehn *lakh* Rupien am Körper. Die neue Machtkonstellation wurde in aller Eile von den Partygästen analysiert. Was bedeutete sie? Welche Versprechungen waren gemacht worden?

Leela bahnte sich lächelnd den Weg in den Saal, und manch einer spürte eine vorübergehende Hemmung seines Zynismus. Diese Frau hatte etwas Jenseitiges an sich, eine ungekünstelte, natürliche Schönheit, die gehässige Bemerkungen zum Schweigen brachte und lüsterne Blicke keusch sich senken ließ. Sie war Indiens Mädchen von nebenan und gleichzeitig seine neueste Göttin. Im Hintergrund drängte sich unbemerkt das Hotelpersonal in den Türen, Träger und Portiers, Gärtner und Zimmermädchen, die in den Saal gafften und sich an den Krumen ihrer Gegenwart gütlich taten wie uniformierte Mäuse.

Leeladevi. Beschütze uns, gewähre uns eine Gnade …

Der glückliche Kellner, der ihr leeres Glas wegtrug, hüllte es sorgsam in ein Tuch ein und versteckte es in der Küche. Nach seiner Schicht saß er im Bus, das Paket in seinem Schoß fest im Griff, denn er wusste, er brachte seiner Frau und den Kindern einen Schatz mit, einen Splitter des Guten, das dem Bösen dieser Welt entgegengesetzt werden konnte.

Wovon träumt ein zu Fuß gehender Mensch?

Okay, drehen Sie jetzt das Steuerrad. So ist es richtig – nein – andere Richtung, beim ersten Mal war's okay. Na, sehen Sie. Achten Sie auf den Verkehr. Spiegel. Blinker. Jetzt langsam losfahren …

Er träumt von motorisierter Bewegung.

Eine Lücke öffnete sich zwischen Bordstein und Felge, die Räder von Chris' Honda Civic vollführten eine einzelne volle Umdrehung, dann eine zweite. Fahrer und Beifahrerin verspürten eine unendlich kleine Beschleunigung. Als der Wagen sich *unter seiner Kontrolle* die Straße entlang zu bewegen begann, erlebte der Fahrer eine Reihe unerwarteter starker Emotionen: Erleichterung / Furcht / freudige Erregung / melancholische Erkenntnis des vorigen Stillstands. Ergebnis: ein so starker plötzlicher Schmerz, dass er merkte, wie er gegen Tränen ankämpfte.

Nach zwei Minuten in seiner ersten Fahrstunde trat Arjun auf die Bremse und rieb sich die Augen.

Christine beugte sich herüber und zog die Handbremse. Der Motor starb langsam ab.

»Arjun, Schätzchen, alles okay?«

»Ja, ja. Natürlich.« Er krümmte sich in den Fahrersitz, schroff und verlegen. In diesen emotionalen Aufruhr geriet er offenbar immer dann, wenn er mit Chris zusammen war. Für ihn waren es peinliche Momente. Er versuchte sich zusammenzureißen und verkündete wie ein Kommandeur, der seine Soldaten zum

Sturmangriff anfeuert: »Wir müssen den Motor noch mal anlassen.«

»Keine Angst, Arjun. Es kommt niemand. Es ist alles in Ordnung.«

»Wirklich?«

»Ja, ehrlich.«

Er lächelte erleichtert, zeigte das plötzliche, offene und alle Wolken verjagende Lächeln, das Chris insgeheim so süß fand.

»Wollen wir's noch mal versuchen?«, fragte sie.

Er nickte.

Nur Songtexte haben sonst einen solchen Einfluss auf Glücksumschwünge. *What a difference a day*… Songtexte lehren auch (Freude/Schmerz, Sonnenschein/Regen), dass du nur wissen kannst, wie schön das *Oben* ist, wenn du das *Unten* geschmeckt hast.

Oben sah in diesem Fall wie die Gemeinde Redmond, Washington, aus. Hohe Bäume, Sonnenlicht, das auf dem blaugrünen Wasser des Sammamish-Sees funkelte. Biotech und Mountainbikes. Gepflegte Rasensäume und jede Menge reservierter Parkplätze. Ein Ort, der der gesundheitsfördernden Abwechslung von Arbeit und Spiel gewidmet ist. Software und Jetski. Weltraum und Wanderwege. Und für Arjun ein amerikanisches Leben. Es war ihm verpackt und eingeschweißt nach dem letzten Vorstellungsgespräch zugestellt worden, dem Gespräch, nach dem er, wie er wusste, durchdrehen, keinen Augenblick länger die mit Kohlenwasserstoff gesättigte Talluft atmen, sondern das erste Flugzeug zurück nach New Delhi nehmen würde, um die erquickenden Kohlenwasserstoffe daheim zu atmen. Und stattdessen wurde er von Virugenix engagiert. *Virugenix.* Das war nicht irgendein Job, sondern eine Position im Allerheiligsten, dem Heim der Ghostbusters, den Cyrus J. Greene Laboratories.

Sein Zuhause war jetzt ein Studio in der dritten Etage in Berry

Acres, einer neuen Wohnanlage, die von hohen, dekorativen Eisentoren umschlossen war, die sich mit einer Magnetkarte öffnen ließen. Sein Fenster in Bilberry Nook (Einheit 12, von der effizienten Virugenix-Personalabteilung für ihn ausfindig gemacht) blickte auf eine Reihe von Häusern mit Holzfassaden, die sämtlich in gedämpften Grau- und Weißtönen gestrichen waren. An einem klaren Tag konnte er die nebelverhangenen Gipfel der Cascade Mountains sehen, die wie ein Traum von Kaschmir über den Dächern hingen. Es sei, erzählte er Priti, der schönste Ort, den er sich vorstellen könne, vom Staub und Gewühl Noidas so weit entfernt wie der Mond.

Manche Dinge aber ändern sich nicht. Arjuns Wohnung war um einige Grade wärmer als es sonstwo in Bilberry Nook war, und durch ihre geschlossene Tür drang ein leises bedrohliches Summen wie von einem Wespennest. Das Geräusch erzeugten mehrere ältere Computer, die er erbettelt, geliehen und zu einer wahnsinnig komplizierten Anordnung zusammengekoppelt hatte, die nur Raum für einen Futon und einen wackeligen Bürostuhl übrig ließ, die sich in ein absurdes Schlangennest aus Kabeln schmiegten. An der Rückseite offene Towergehäuse strotzten von Gerätesteckern, jeder Ausgang war besetzt, jeder Slot mit Netzwerkkarten, SIMMs, Wechsellaufwerken und verschiedenen selbst gebauten, jede Garantie unwirksam machenden Gerätschaften voll gestopft, die dem ganzen Durcheinander ein so zweifelhaftes Aussehen gaben, als würde es jeden Moment in die Luft fliegen. Hier hatte er Ordnung in das Chaos zu bringen versucht, zumeist mit Hilfe von Isolierband. Störrische Leitungsganglien waren an die Wände, die Scheuerleiste, die Unterseite des selbstgebauten Schreibtischs geklemmt. Auf den verbleibenden waagerechten Flächen lagen stapelweise Speichermedien, die fast alle zu den Computern gehörten, abgesehen von einem Turm VHS-Bänder, der beinahe bis zur Decke reichte. In einer Ecke lagen ein paar Ikea-Kartons mit seinen Kleidern, zumeist Reklame-T-Shirts mit den Logos von Softwarefirmen. Das einzige Zugeständnis an Dekoration, das heißt an RL-Lifestyle, waren zwei Poster an der Wand über dem Bett. Links sah man Amitabh Bachchan auf einem Standfoto aus *Zanjeer*, auf dem er in einer so aktionsgeladenen Haltung erstarrt war, dass ihm die Hose zu platzen drohte. Daneben hing eine trotzig schmollende Leela Zahir in der Rolle der verwahrlosten Bombayer Studentin Mini aus *You'll Have to Ask My Parents.*

Jeden Morgen, zumindest an den Arbeitstagen, erwachte Arjun mitten in seinem Chaos und grinste den immergrünen Baum an, dessen Äste von seinem Fenster eingerahmt wurden. Der Baum hatte vermutlich einen Namen (war er eine *Fichte* oder eine *Kiefer*?), den Arjun aber nicht kannte. Er sah aus wie einer dieser Bäume, die man mit einem Mausklick und einem kleinen Geräusch erscheinen lassen konnte, wenn man SimCity spielte. Wenn er ehrlich war, sah eigentlich der größte Teil des Gebiets von Puget Sound so aus: perfekt, auf raffinierte Weise wohltuend, wie hingestellt. Dann zog er das sauberste seiner T-Shirts an und nahm den Bus in die Innenstadt, vorbei am SimJachthafen und dem SimPark und der Fußgängerzone voller Sims, die im Drugstore einkauften und in der British Pantry Tee tranken. Redmond war eine Stadt mit hübscher grafischer Gestaltung und kreativer Benutzeroberfläche. Eine Stadt nach seinem Geschmack.

Nach seiner Busfahrt kaufte er sich gewöhnlich im Starbucks einen großen Milchkaffee, schüttete drei Beutelchen Zucker rein und rührte mit dem Plastikrührlöffel um (das Ritual, diese Dinge aus dem Ständer mit den verschiedenen Deckeln und Pappmanschetten auszuwählen, war sehr befriedigend). Dann goss er das Ganze in seinen eigenen Isolierbecher und trank ihn leer, während er zu Fuß die zwei Blocks bis zum Virugenix-Campus entlangging, einer Ansammlung von niedrigen, mit Glas verkleideten Gebäuden in einem gärtnerisch sorgfältig gestalteten Gelände.

Damals kannte jeder Virugenix, den weltumspannenden Spezialisten für Computersicherheit. Die meisten Computerbenutzer hatten Virugenix-Software irgendwo in ihren Geräten, womit sie eine Firewall unterhielten oder ihre Festplatte nach bösartigen Codes durchsuchen ließen. Die Splat!-Suite war Standard bei der Industrie. Obwohl die Firma Büros in zwölf anderen amerikanischen Großstädten und Handelsrepräsentanzen in vielen Ländern auf der ganzen Welt hatte, befanden sich in Redmond die Stätten, an denen Forschung und Entwicklung betrieben wurden, die berühmten Greene-Laboratorien. Für Arjun war F&E genau das Richtige, das A und O. Alles andere an einer Softwarefirma war Nebensache, mehr oder weniger nur *Verkauf*.

Wunderbarerweise, jedenfalls erschien es ihm so, hatte die Antivirusmannschaft eine offene Stelle für einen Prüfassistenten. Das war zwar nicht die Position eines ausgewachsenen Virusexperten, aber die nächstbeste darunter. Er würde kontrollieren müssen, ob mit dem täglichen Schwung neuer Definitionen das rausgefischt wurde, was rausgefischt werden musste; er würde die Korrekturroutinen testen, die das AV-Team produzierte, um den Schaden zu beheben. Und er würde mit der Sorte Code arbeiten, die er am meisten liebte. Binnen zwei Wochen nach seinem Vorstellungsgespräch hatte er sich von Ram, Shyam, den Samoanern, Hundescheiße, Kalifornien und der TV-Berieselung tagsüber verabschiedet und war in den Staat Washington gezogen.

Am Campustor zeigte er dem Sicherheitsdienst lächelnd seine Ausweiskarte vor, der ihn zu dem gut ausgeschilderten Weg durchwinkte, der zum Michelangelo Building führte. Die AV-Gruppe saß in der obersten Etage von Michelangelo, und er musste seinen Ausweis zweimal durch einen Schlitz ziehen, um Zugang zum Testlabor zu erhalten. Jedes Mal, wenn er den Sicherheitsbereich betrat und verließ, wurde seine Tasche nach Speichermedien kontrolliert. Denn wie auf zahlreichen laminierten Aushängen im Korridor zu lesen war, durfte eine CD, wenn sie ins AV-Labor hineingebracht worden war, nicht wieder nach draußen.

Die Sicherheitsmaßnahmen gefielen Arjun. Es leuchtete ihm ein, dass er seinen Ausweis mit den Codenummern und dem kleinen farbigen Passfoto vorzeigen musste, und er war begeistert von dem Gerücht, dass Virugenix drauf und dran sei, ein Iris-Sichtgerät zu installieren. Biometrie war klasse. Die Sicherheitskontrollen schienen seinen Elitestatus zu unterstreichen, zu bestätigen, dass seine tägliche Arbeit spannend und bedeutsam war. Er stellte sich manchmal Filmhandlungen vor, in denen er (dargestellt von Sha Rukh Khan) gegen die Zeit arbeitete, um bösartige pakistanische Virusautoren auszutricksen, die Leela Zahir als Geisel festhielten. *Wenn... ich... bloß... diesen... Verschlüsselungs-... algorithmus... rauskriege...* Aber meistens hatte er für Tagträume zu viel zu tun. Von dem Moment an, da er sein Terminal einschaltete, um den ersten Schub neuer Testdateien durchzusehen, bis zu dem Augenblick, da er es am Abend ausschaltete, war er in die Unterwelt bösartiger Codes eingetaucht, als einer der Guten, mit den weißen Hüten, die es sich auf die Fahne geschrieben hatten, dich in deinem digitalen Bett zu beschützen.

Die oberste Etage des Michelangelo Building war nur einer der Knotenpunkte in dem von Virugenix hochfliegend so genannten Globalen Sicherheitsperimeter. Nach der großen Hysterie um E-Mail-Anhänge Ende der neunziger Jahre hatte die Firma beschlossen, ihrer verängstigten Kundschaft einen 24-Stunden-Service anzubieten. Sie eröffnete Satellitenstationen in Japan, Finnland und an der Ostküste, so dass immer, wenn eine neue Bedrohung identifiziert wurde, irgendwo auf der Welt ein Experte wach und bereit war, sie einzuschätzen. Die GSP-Knotenpunkte waren durch zwei völlig voneinander getrennte Netzwerke verbunden, eines für den normalen Firmennachrichtenverkehr, das andere für die Übermittlung von Codemustern und anderem möglicherweise infiziertem Material. Dieses zweite Computernetzwerk kannten die Experten unter dem Namen Petrischale. Hier sahen sie den Dingen beim Wachsen zu.

Im Laufe des Vormittags folgten Arjuns erstem Milchkaffee weitere sieben, die er sich an der funkelnden Kaffeemaschine in der Belegschaftsküche machte. Für die Angestellten gab es auch einen gekühlten Schrank mit Gratismineralwasser, und irgendwann gegen zwölf neigte er dazu, von Kaffee auf Cola umzusteigen. Er hatte seinen Arbeitsplatz, eine graue, zwei mal zwei Meter große Normkabine, mit einem Mix aus Familien- und Filmfotos dekoriert. Priti grinste bei ihrer College-Abschlussfeier. Hrithik Roshan in einem engen T-Shirt. Die Kabine gehörte zu einer ganzen Ansammlung, die an einen Bereich grenzte, der vom übrigen Büro mit durchsichtigen Plexiglaspaneelen abgetrennt war. Dieser Raum enthielt mehrere Regale mit normalen Heim-PCs, eine weiße Wandtafel und drei große Plasmabildschirme. Man brauchte die Erlaubnis von oberster Stelle, um reinzukommen, und die Experten nannten ihn »die heiße Zone«. Die Computer in den Regalen waren der schmutzigste Teil der Petrischale, ein isoliertes Teilnetz, in dem die Viren dazu gebracht wurden, sich zu verbreiten. Ein- oder zweimal pro Tag versammelte sich eine schnatternde Forscherschar um die Bildschirme und beobachtete eine digitale Kreatur dabei, wie sie Sektoren einer Festplatte überschrieb oder irgendwohin auszuwandern versuchte. Arjun sah heimlich zu (wofür er den Kopf über die Trennwand seiner Kabine strecken musste wie eine Meerkatze), wenn Streitigkeiten ausbrachen, Theorien dargelegt und in leidenschaftlicher Verteidigung und Widerlegung trockene Markierstifte geschwenkt wurden, alles in stummem Gebärdenspiel auf der anderen Seite der Glaswand. Er wünschte, er könnte an diesen Gesprächen teilnehmen, doch unter der lässigen Oberfläche der AV-Gruppe herrschte eine klare Hierarchie. Er besaß weder die Erlaubnis noch den Status, sich zu beteiligen, wenn die Ghostbusters an der Arbeit waren.

Dieser Kinospitzname entstammte einem *Wired*-Artikel aus dem Jahr 1998. Unter der Überschrift »Who Ya Gonna Call?« hatte die

Zeitschrift ein doppelseitiges Foto gebracht, das, aus der Froschperspektive aufgenommen, das Virugenix-Antivirus-Leitungsteam mit verschränkten Armen, steinernen Gesichtern mit Oakley-Panoramasonnenbrillen und grauen Quasi-Startrek-Overalls zeigte. Neidisch erkannten ihre Kollegen an, dass das Foto sie geradezu kaltblütig erscheinen ließ. Oder wenn nicht kaltblütig, dann zumindest praktisch vergesellschaftet. Der Artikel schilderte Virugenix als neue wirtschaftliche Erfolgsstory und die Angestellten als heldenhafte Beschützer, die die Mauern des Internets gegen die dunklen Virenhorden verteidigten. Natürlich gefiel das dem Team, es ließ »Ghostbusters«-T-Shirts, Sweatshirts und Mützen für sich herstellen, stolzierte damit herum und spielte sich im Allgemeinen gegenüber allen anderen in der Firma als was ganz Besonderes auf.

Als Arjun dazukam, trugen die Ghostbusters immer noch die Nase hoch, obwohl viele von denen, die auf dem Foto zu sehen waren, inzwischen woanders arbeiteten. Im Michelangelo zählten sie fünfzehn, allesamt Männer, denen eine gleiche Zahl Helfer zur Seite stand. Der älteste war der Teamchef Darryl Grant, von dem Arjun meinte, er habe die Fünfzig überschritten. »Onkel« Darryl hatte einen buschigen, graumelierten Bart und war der Einzige, der sein eigenes Büro hatte, einen Arbeitsraum, der mit Papierabfall, technischen Handbüchern und seiner umfangreichen Sammlung von NASA-Erinnerungsstücken voll gestopft war. Im Innern dieser kokonartigen Box machte er mit dem Mund Zischgeräusche vor einem Space-Shuttle-Modell im Maßstab 1:288, zerlegte Code-Muster und versuchte so weit wie möglich, den persönlichen Kontakt mit seinen Untergebenen zu meiden. Der jüngste Ghostbuster war der einundzwanzigjährige Clay. Für Arjun, der sich mit der Unternehmenskultur erst noch anfreunden musste, war dieser Junge aus der Marin County ein Gegenstand besonderen Erstaunens. Während Arjun gern seinen blauen Blazer zur Arbeit anzog, latschte Clay im Büro in kurzen Hosen und Birkenstock-Sandalen herum; die blonden Rastalocken hatte er wie ein hinduistischer

Bettelmönch zu einer seltsamen Haar-Ananas auf seinem Scheitel hochgebunden. Soweit Arjun feststellen konnte, war Clay weder religiös noch besonders asketisch, außer wenn es um Toxine ging, die offenbar überall in ihrem Arbeitsbereich zu finden waren. An Tagen, in denen er den Toxingehalt besonders hoch einschätzte, trug er eine Gesichtsmaske und Gummihandschuhe. Er war offenbar Darryls spezieller Schützling, und die beiden waren die Experten, die man am häufigsten in den blauen wasserdichten Ghostbusters-Jacken sehen konnte, die das neuste Zeichen der Bandenmitgliedschaft waren.

Clay kam gelegentlich zum Quatschen zu Arjun herüber, beugte sich über die Kabinenwand und erzählte Geschichten von einem Urlaub, den er in Goa verbracht hatte, wo er am Strand in Anjuna einem berühmten geistigen Führer begegnet war und einen Darmparasiten mit einem ungewöhnlichen und pittoresken Lebensrhythmus beherbergt hatte. Clay glitt dann gewöhnlich in Erinnerungen an Inge ab, eine Dänin, der er in einem Ashtanga-Yoga-Ashram begegnet war. Manchmal, während er mit einem sterilisierten Strohhalm eiskalte Fruchtshakes trank, erzählte er von seinem heroischen Kampf gegen einen Typen namens »Ohrpopler«, der ihn mit scharfen Instrumenten attackierte und nur gegen Geld das Weite suchte.

Von Clay abgesehen waren die meisten aus dem AV-Team keine besonders geselligen Geschöpfe. Sie erledigten ihre Arbeit und ließen die Kollegen in Ruhe. Niemand nahm besonders Notiz von Shiros Angewohnheit, alle paar Minuten heftig mit den Armen zu rudern, oder von Donnys Abneigung gegen purpurrote Gegenstände in seinem Blickfeld. Alle ließen ihre Telefone auf Voicemail geschaltet, und die meisten trugen Kopfhörer bei der Arbeit, womit sie sich einen privaten Schallraum schufen, der in der Regel nur im Notfall verletzt wurde. Die Kommunikation untereinander wickelten sie per E-Mail ab, selbst wenn die Beteiligten in Nachbarkabinen saßen. Arjun erschien das logisch. Privatzonen sind kostbar. Die Möglichkeit, seine Verbindungen je nach Vordringlichkeit ordnen zu können, ist wertvoll. Jemanden zu unterbrechen, um mit ihm reden zu wollen, heißt, ihm deine Frage einfach mitten auf den Tisch zu knallen. Damit hebst du seine Zugriffssteuerung auf und minderst objektiv seine Funktionsfähigkeit, was so dicht an eine technische Definition von ungehörigem Benehmen herankam, wie es nach Arjuns Gefühl überhaupt möglich war.

Außerhalb der dritten Etage bei Virugenix war Arjuns gesellschaftliches Leben stark begrenzt. Das war nicht weiter schlimm, denn die vielen Neuheiten des Lebens in Redmond (Busfahrpläne, Verordnungen der Stadtverwaltung, Namen von Bäumen) und der Wiederaufbau seines Heimcomputer-Netzwerks nahmen ihn voll in Anspruch. In der Cafeteria aß er wie viele seiner Kollegen meist allein. Viele aus dem AV-Team mieden alle Gemeinschaftsbereiche des Campus, weil sie diese als bedrohlich und unberechenbar empfanden. Obgleich Arjun dem Workaholic-Ethos von Virugenix folgte (inoffizielles Firmenmotto: *Manchmal ist es nobel, unter seinem Schreibtisch zu schlafen*), stellte er in den seltenen Momenten außerhalb seiner Kabine manchmal fest, dass er sich nach einem Gespräch sehnte. Versuchsweise schloss er eine oberflächliche Bekanntschaft mit einem Bengalen, der in der Firewall-Abteilung arbeitete, und mit einem *dilliwallah* aus dem Team für Diagnostikprodukte. Er nahm sogar eine Einladung zum Abendessen bei der Familie des *dilliwallahs* an, doch obwohl er vorsichtshalber eine Liste mit Gesprächsthemen zusammengestellt hatte, war es kein gelungener Abend.

Die hausinterne Kommunikation erschöpfte sich weitgehend in der Verbreitung amüsanter Dateien. Der *Witz* in seiner klassischen Büroform war sehr beliebt.

Frage: Wie viele Programmierer sind nötig, um eine Glühbirne auszuwechseln?

Antwort: Keiner. Das ist ein Hardwareproblem.

Leider konnten einige Mitarbeiter mit den Witzen nicht umgehen und fingen an, sie detailliert (und auch wütend) zu analysieren und zu deuten. Weniger umstritten waren dagegen die *Fragebögen*. Formatierte Quizspiele, in denen von den Adressaten verlangt wurde, dass sie ihre Kenntnisse von *Angel*, ihren »Verdummungsquotienten« und ihre sexuelle Leistungsfähigkeit einschätzten, wurden oft mehrfach am Tag herumgeschickt. Woche für Woche erfuhr Arjun mehr über sich. Sein Faible für Dungeons & Dragons schien in Ordnung zu sein. Sein Penis war von durchschnittlicher Größe. Er war kein heimlicher Mac-Benutzer, allerdings stufte ihn die Tatsache, dass er nicht mit Sexspielzeug vertraut war und sich an keine Situation erinnern konnte, wo er sich in Leder- oder Gummikleidung geworfen hatte, um seinem Mann zu gefallen, als »altmodisches Mädel« ein. Seine Gewohnheit, zwölf Milchkaffees und neun Colas pro Tag zu trinken, machte ihn zu einem »hochgradig Koffeinsüchtigen«. Besorgt schickte er eine E-Mail an eine Hilfsgruppe, die ihm die Empfehlung zurückmailte, nicht so viele koffeinhaltige Getränke zu sich zu nehmen.

Ein Fragebogen erregte im Intranet mehr Aufsehen als alle anderen. Unter der Überschrift »Wie Asperger-gestört bist du?« wurde der Empfänger aufgefordert, über Fragen wie diese nachzudenken:

Siehst du den Leuten in die Augen, wenn du mit ihnen redest?
Findest du es schwierig, Beziehungen einzugehen oder aufrechtzuerhalten?
Bringen dich zweideutige Bemerkungen durcheinander?
Werfen dir Leute vor, dass du nicht ihre Interessen teilst?
Reagieren andere Leute ohne nachvollziehbaren Grund wütend oder ärgerlich auf dich?
Hast du Marotten oder starre Gewohnheiten?
Brillierst du in kniffeligen logischen Aufgaben?

Musst du dich beim Sprechen daran erinnern, dass du die Stimme modulieren musst?
Fällt es dir schwer, soziales Verhalten zu dechiffrieren?
Bist du nach einer oder mehreren speziellen und eingegrenzten Tätigkeiten süchtig?
Sagen dir Leute, dass deine technische Spezialisierung auf Teilobjekte anomal oder ungewöhnlich ist?
Sind kleine persönliche Rituale wichtig für dich?
Hast du irgendwelche ständig wiederkehrenden Bewegungsmacken (Ticks, Gebärden, Schaukeln usw.)?
Bist du als Ingenieur angestellt oder jemals angestellt gewesen?

Das Asperger-Syndrom war etwas Schlimmes, eine *Krankheit*. Aber als Arjun seine Antworten einsetzte, wurde ihm klar, dass dieses Persönlichkeitsprofil auf die Mehrheit der Leute in der AV-Gruppe zutraf, möglicherweise ihn eingeschlossen. Er war süchtig. Er liebte Wiederholungen. Er hasste Zweideutigkeiten. Veränderungen konnten schnell problematisch werden. War er krank?

Andere hatten offensichtlich ähnliche Vermutungen, und mehrere Tage lang ergoss sich ein Strom von Botschaften durchs Intranet. Überrascht entdeckte Arjun, dass bei Virugenix (im Gegensatz zu anderen Arbeitsplätzen, wo es ein Grund zur Sorge wäre, wenn an einem eine Nervenstörung festgestellt würde) die Asperger-Störung ein Ehrenzeichen war. E-Mails wiesen darauf hin, dass eine milde AS mit einem extrem hohen IQ in Verbindung gebracht wird, dass an AS Leidende oft brillante Programmierer sind und dass Bill Gates (der hin und her schaukelt, monoton spricht, in technische Details verbohrt und zufällig Milliardär ist) ein Beweis dafür ist, dass hochgradige Autisten der breiten Masse überlegen sind. Jemand mailte, dass er schon immer den Verdacht hatte, »Leute wie wir« seien mit »Leuten wie denen« anders vernetzt. Allmählich entwickelte sich ein Wettbewerb, in dem Mitarbeiter zu beweisen versuchten, dass ihr persönlicher Spezialcocktail aus funktionsgestörten Persönlichkeitsmerkmalen ein sicherer Hinweis auf Genialität im Beruf sei.

An: avgroup@virugenix.com
Von: darrylg@virugenix.com
Betreff: ICH SCHIESSE DEN VOGEL AB

FAKT: Wenn ich nicht akustische und optische Gedächtnishilfen in meinen PDA programmiert hätte, würde ich IMMER vergessen, meine Kleider zu wechseln.

FAKT: Ich kann Pi bis auf siebenundneunzig Stellen hinter dem Komma auswendig hersagen und weiß die genaue Zeit des Sonnenaufgangs und Sonnenuntergangs an sieben bestimmten Orten auf dem US-amerikanischen Kontinent FÜR JEDEN TAG DES JAHRES...

Arjun hatte den Verdacht, mit seiner E-Mail disqualifiziere Darryl sich selber, denn Prahlen war ausgeschlossen durch den Satz in der APA-Definition der Asperger-Störung, in dem von einem »Mangel an spontanem Streben, mit anderen Menschen Freude, Interessen oder Leistungen zu teilen« die Rede war. Nun versuchte Arjun, seine eigene Persönlichkeit einzuschätzen. Er zeigte deutlich weniger Symptome als seine Kollegen: Shiro zum Beispiel, der nie sprach und dessen einzige erkennbare Begeisterung sich auf eine bestimmte Reihe von Telefonschaltern richtete, die von Pacific Bell in den frühen siebziger Jahren verwendet wurden. Auf der anderen Seite verstand er, Arjun, Leute auf Distanz zu halten und antwortete auf Körpersprache mit seiner eigenen entsprechenden Körpersprache. Aber tat er es auf natürliche Weise, oder war es eine angelernte Reaktion? An welchem Punkt sollte man sich als geistig anomal betrachten? Die Frage begann ihn zu beschäftigen (war das an sich schon ein Symptom?), und so schickte er an die Person, von der die erste Mail gekommen war, eine E-Mail und bat um Rat.

An: chriss@virugenix.com
Von: arjunm@virugenix.com

hallo chriss mädchen oder junge ich habe fragen zu ihrem quiz …

Eine Antwort kam am gleichen Nachmittag.

An: arjunm@virugenix.com
Von: chriss@virugenix.com

2 x-chromosomen. wie denken sie über mannschaftssport? …

Sie habe sich zu einem Softballmatch drüben auf dem Microsoft-Campus breitschlagen lassen. Wenn er mit ihr reden wolle, wäre sie nach der Arbeit dort auf dem Sportplatz. Er würde sie ganz leicht erkennen.

ich bin die mit den sichtbarsten tätowierungen.

Wie es sich für das Gelände der herrschenden Macht in Redmond gehörte, lag der Microsoft-Campus auf dem Gipfel eines Hügels. Von Berry Acres aus konnte Arjun in zehn Minuten dorthin laufen. Vor dem Eingang hatte er ein- oder zweimal gezögert, aber sein Treffen mit *chriss* hatte ihn zum ersten Mal überhaupt etwas weiter weggeführt. Das gärtnerisch schön gestaltete Gelände war fast hundertzwanzig Hektar groß und umgab schlichte Gebäude, die aus irgendeinem unerklärlichen Gates'schen Grund allesamt nach berühmten Golfplätzen benannt waren. Die Bauten waren funktionelle, mit Glas verkleidete Kästen mit nur wenigen architektonischen Schnörkeln oder Schrullen. Beobachtungskameras hockten arrogant auf ihren Dächern, und verbunden waren sie durch markierte Trimmpfade, die je nach Länge und Schwierigkeit farblich gekennzeichnet waren. Neue Wagen standen auf den Parkplätzen. Junge Leute in konservativ-lässiger Kleidung spazierten über die Wege oder warteten auf Shuttlebusse des Konzerns. In der Mitte des Komplexes lag ein großer Sportplatz, der von der Belegschaft, ihren Gästen und Schnorrern aus der Umgebung für alle Arten von Aktivitäten genutzt wurde, vom Fußball mit Fünfermannschaften bis zu Krocketturnieren unter den Abteilungen.

Das Softballmatch war nicht schwer zu finden. Arjun folgte einfach dem Gebrüll und dem Beifall. Als er am Spielfeld ankam, stellte er zu seiner Überraschung fest, dass nur wenige Zuschauer da waren. Den Krach machten die Spieler selbst, die sich mit einer Energie und Heftigkeit gegenseitig anfeuerten, wie sie für Firmenangehörige anlässlich einer solchen organisierten Übung zur Verbesserung des Teamgeistes etwas seltsam war. Eine Mannschaft trug sogar gelbe Polohemden, auf deren Rückseite *Go Sales!* gedruckt war. Am Spielfeldrand war ein imposantes Büfett mit Softdrinks und Häppchen beladen, damit man hier nach dem Match leicht ins Gespräch kam. Trotz des Geschreis schien niemand das Spiel sehr ernst zu nehmen.

Arjun entdeckte sie, eine zierliche junge Frau in grasfleckigen abgeschnittenen Jeans und einem ärmellosen schwarzen T-Shirt, auf dessen Vorderseite quer rüber *iloveyou.vbs* stand. Ihr braunes Haar war mit einem Tuch zusammengebunden, und vom Bizeps bis zum Handgelenk war ihr linker Arm mit einer kunstvoll tätowierten blauschwarzen Spirale bedeckt. Gegen die Khakihosen und Polohemden stach sie ab. Unsicher hob er eine Hand. Sie winkte ihn zu sich.

»Arjun, hä? Chris. Schön, dass Sie's geschafft haben. Wir liegen einen Punkt zurück.« Sie reichte ihm einen Aluminiumschläger. »Sie können als Nächster schlagen.«

Weg von der Bank. Rein in die Mannschaft. Chris' erstes Geschenk an ihn.

An diesem Nachmittag staunte Arjun über sich selbst, wie er den Ball öfter traf als verfehlte und sitzgewohntes, gelb behemdetes Verkaufsvolk schnaufend und pustend ins Außenfeld trieb. Sein Erfolg milderte seine angeborene Verachtung für Softball, ein Spiel, das er im Grunde für eine Kricketversion für Unaufmerksame hielt, eine Art Schlagballspiel für Kinder ohne echte taktische Raffinesse. Natürlich behielt er diese Ansicht für sich; es machte Spaß, für sein Spiel beglückwünscht zu werden, vor allem von jemand so Ungewöhnlichem wie Christine Schnorr.

Sie war nicht eigentlich hübsch, nicht mal uneigentlich, könnte man sagen. Ihr Gesicht war schief, als wäre es links heruntergerutscht, und ihr rechtes Auge wanderte ständig hin und her, wenn sie sprach, was ihrem Gesichtsausdruck etwas verblüffend Unentschlossenes gab, als konzentriere sie sich gleichzeitig auf ihn und irgendeinen Gegenstand in der Mitteldistanz. Mit ihren neunundzwanzig Jahren war sie älter als Arjun, und er hatte das Gefühl, dass sie mehr als er von der Welt gesehen hatte. Da Arjun relativ wenig von der Welt gesehen hatte, folgerte er, dass viele Menschen (besonders in einem reichen Land mit entwickelter Tourismusindustrie) statistisch dieser Kategorie zuzurechnen seien, wollte man den Ausdruck streng geografisch verstehen. Aber an ihrer Sicherheit war etwas, was nichts mit Reisen und geografischem Horizont zu tun hatte, eine verhaltene Energie, die daher zu kommen schien, dass sie Sachen wusste, die er nicht kannte. Das gefiel ihm.

Christine arbeitete in der Firewall-Gruppe, und ihre bevorzugte Art sozialer Interaktion war das *Verhör.* Als sich das Match in Geplauder auflöste und man sich über das Büfett hermachte, begann sie ihn auszufragen. Hatte Arjun Geschwister? Wo *genau* in Indien? Welcher sozialen Schicht gehörten seiner Meinung nach seine Eltern an? Seine Antworten schienen eine befriedigende Konstellation aus Datenpunkten zu bilden, und sie nickte aufmunternd, als habe er eine Hypothese bestätigt oder in einer ungenannten Versuchsaufgabe Fortschritte gemacht. Dass er eigentlich gekommen war, um sie etwas zu fragen, nicht umgekehrt, schien sie gänzlich vergessen zu haben. Er holte tief Luft.

»Ich mache mir ein wenig Sorgen, Christine.«

»Chris. Aber warum denn?«

»Oh, Verzeihung. Ich mache mir Sorgen, Chris. Diese Asperger-Störung. Ich ...«

»Handlung oder Detail?«

»Wie bitte?«

»Wenn Sie ins Kino gehen, woran erinnern Sie sich? An die Geschichte oder an so verrücktes Zeug wie die Nummer, die der Held wählt, um seine Mom anzurufen?«

Arjun überlegte einen Moment. »An die Geschichte.«

»Na, dann brauchen Sie sich keine großen Sorgen zu machen. Sie schneiden sehr viel besser ab als die meisten von uns. Wie dem auch sei, Sie kommen mir sachlich vor, zumindest nach außen. Würden Sie sagen, dass Sie sachlich sind?«

Das war schwieriger zu beantworten. Er zögerte. Sie warf die Hände in die Höhe.

»Okay, okay. Existentielle Frage. Unberechenbar. Wissen Sie, allmählich bedauere ich, dass ich den Fragebogen überhaupt herumgeschickt habe. Verstehen Sie mich nicht falsch, Arjun, Sie scheinen mir ein netter Kerl und so weiter zu sein, aber manche von den E-Mails, die ich kriege – du lieber Himmel, ganz schön verzwickt.«

»Sie meinen also, mit mir ist alles in Ordnung. Obwohl ich doch wohl recht gehe in der Annahme, dass Sie nicht medizinisch ausgebildet sind?«

»Medizinisch ausgebildet? Mann, beruhigen Sie sich. Ich hab's einfach von irgendeiner Website runtergeholt. Über was sind Sie denn eigentlich so beunruhigt? Wer kann schon sagen, was normal ist und was nicht? Sie sind doch glücklich, oder?«

»Ja.«

»Na dann«, sagte sie mit entschiedener Miene, »halten Sie verdammt noch mal die Klappe.«

Er machte ein erschrockenes Gesicht. Sie begann zu lachen. Kurz darauf lachte er auch.

Chris' Entscheidung, den dusseligen Inder unter ihre Fittiche zu nehmen, hatte keinen rationalen Grund. Sicher, über diese Asperger-Geschichte hätte sie sich totlachen können. Während jeder andere Macho-Idiot in der AV zu beweisen versuchte, wie interessant er sei, war dieser niedliche, ehrliche Junge nur über seine Gesundheit beunruhigt. Seine Buchstabengläubigkeit (tatsächlich war er irgendwie pedantisch – vielleicht *hatte* er ja Asperger) war rührend. Außerdem war das eine Form von Direktheit, und Direktheit war für Chris etwas Gutes. Und wenn er sich auch noch schlechter anzog als die meisten Computertypen und einen mickrigen Schnurrbart auf seiner Oberlippe hatte, vorzeigbar war er schon. Er war zum Beispiel groß und hatte schöne Haut. Und da war noch etwas: eine gewisse Verschlossenheit. Er benahm sich, als habe er etwas Wichtiges laufen, als herrsche auf einer Frequenz seines Lebens jenseits des sichtbaren Spektrums große Erregung. Wenn sie ins Kino ging, neigte Christine dazu, sich mehr auf Details als auf die Handlung zu konzentrieren, aber Geheimnisse machten ihr Spaß. Es machte ihr auch Spaß, an Menschen herumzubasteln, sie auseinander zu nehmen und dann wieder zusammenzusetzen. Und so fällte Chris zwei Entscheidungen, als sie nach dem Spiel zum Parkplatz spazierten: sich mit Arjun abzugeben und hinter sein Geheimnis zu kommen und wirklich und wahrhaftig zu versuchen, dieses ganze Asperger-/nicht-Asperger-Spielchen aufzugeben. Das erinnerte sie allmählich fatal an letztes Jahr, als alle bei Virugenix auf ein System fixiert waren, wonach dein Persönlichkeitstyp je nach Vorliebe für die frühen oder die späten Beatles klassifiziert wurde.

Eine Gruppe der Spieler fuhr in die Innenstadt, und sie und Arjun landeten in einer Bar und teilten sich mit ein paar von ihren

Microsoft-Freunden einen Krug schlechte Margaritas. Die Unterhaltung kreiste um die üblichen Sachen: Wohnungen, Jobs, wohin man in Urlaub fuhr. Sie erzählte Arjun in Kurzfassung ihr Leben (Familie in New Jersey, Collegejahre in Stanford, habe immer schon Programmiererin werden wollen, verrückt für ein Mädchen, aber was soll man machen) und erhielt ein paar oberflächliche Informationen über ihn. Er war, wie sie vermutet hatte, mit einem dieser Sklavenvisa ins Land gekommen und wurde mit einem Bruchteil dessen bezahlt, was es Darryl gekostet hätte, einen amerikanischen Ingenieur einzustellen. Sie ließ beiläufig fallen, was für ein Arschloch Grant in ihren Augen sei mit seinen Mondgesteinbröckchen und seinem ewigen Geseire von wegen: Ich war in dem *Wired*-Ghostbusters-Artikel. Arjun schien das richtig peinlich zu sein, so als wolle er nichts Schlechtes über seinen Chef sagen. Ihm schien seine Familie zu fehlen, vor allem seine kleine Schwester. Von ihr hatte er ein Foto in der Brieftasche. Seine *Schwester.* Chris neigte nicht zu jungmädchenhaften Gefühlsausbrüchen, aber das einzig mögliche Wort dafür war *süß*. Als sie ihn fragte, was er mache, wenn er nicht arbeite, wich er aus und sagte irgendwas von persönlichen Projekten. Als es halb elf wurde, sah er auf seine Uhr und sagte, er müsse gehen.

»Morgen früh raus?«

»Ich glaube schon. Ich habe zu tun.«

»Wo ist denn Ihr Wagen? Haben Sie ihn bei Microsoft stehen lassen?«

»Nein. Ich habe kein Auto. Ich gehe zu Fuß nach Hause.«

Stück für Stück kam es heraus. Er fuhr nicht Auto? Chris war aufrichtig entsetzt, fragte sich einen sprachlosen Augenblick lang, ob das eine Art frommer Hindu-Schrulle sei wie bei orthodoxen Juden, die am Sabbat kein Toilettenpapier abreißen dürfen.

»Das muss anstrengend für Sie sein.«

»Es ist in Ordnung. Ich gehe gern zu Fuß. Da habe ich Zeit zum Nachdenken.«

»Wie wär's mit einem Fahrrad?«, schlug einer von den anderen vor.

Arjun nickte unsicher. Chris merkte, wie sich einer von diesen Dritte-Margarita-Sätzen auf ihren Lippen bildete.

»Ich bring es Ihnen bei.«

»Was?«

»Autofahren. Wenn Sie möchten, bringe ich es Ihnen bei. Ich bin eine gute Lehrerin. Ich habe ausgeprägte interpersonelle Fähigkeiten.«

Sein Gesicht verzog sich zu einem breiten Grinsen. »Wirklich?«, sagte er. »Sie meinen es ernst?«

»Klar.«

»Toll. Das ist einfach – einfach toll. Phantastisch! Wissen Sie was, Chris, Sie sind wirklich sehr nett.«

Aus dem Mund von jemand anderem hätte es sich ironisch angehört.

Schließlich wurde er von einem der Microsoft-Typen mitgenommen, der in der Nähe von Berry Acres wohnte. Chris trank Margarita numero quattro und fragte sich, worauf sie sich da eingelassen habe.

Okay, drehen Sie jetzt das Steuerrad. So ist es richtig – nein – andere Richtung, beim ersten Mal war's okay. Na, sehen Sie. Achten Sie auf den Verkehr. Spiegel. Blinker. Jetzt langsam losfahren …

Arjun das Autofahren beizubringen erwies sich als – na ja, als die sicher nicht unstressigste Tätigkeit, die Chris je auf sich genommen hatte. Mehr als einmal sprach sie ein Gebet für die Spiegel des Hondas, und die vordere Stoßstange zog bei einem leichten Zusammenstoß mit einem hölzernen Pflanzbecken auf dem Virugenix-Parkplatz den Kürzeren.

»Langsamer, Arjun. Bremsen … bremsen!«

Der Wagen war sowieso eine Dreckskarre, Chris blieb also wegen des Sachschadens relativ gelassen. Wie sie die Sache sah, war die erste Stunde mit Einschränkungen ein Erfolg gewesen, wenn man von dem merkwürdigen Augenblick absah, als Arjun in Tränen ausgebrochen war. Zwei oder drei Fahrstunden später konnte er den Wagen halbwegs geradeaus fahren. Er verstand die Grundregeln der Straße, und dann und wann schien er sogar andere Verkehrsteilnehmer wahrzunehmen. Nach einer äußerst angespannten einstündigen 25-km/h-Fahrt durch Redmond hatte Chris gewöhnlich einen Drink nötig, was dazu führte, dass die beiden Stammgäste in Jimmy's Brewhouse wurden, einer gemütlichen kleinen Kneipe mit einer Budweiser-Neonreklame im Fenster und einer Auswahl von Mikrobräu-Ales, durch die Arjun sich in streng alphabetischer Reihenfolge arbeitete.

Chris hatte ihn gern. Wenn er trank, verflog seine Schüchternheit, und er wurde lebhaft, fuchtelte mit den Armen und lachte. Er redete viel über seine weit verzweigte Familie, die mehr Mitglieder als American Express zu haben schien, und er hatte die Angewohnheit, Ereignisse in seinem Leben mit Szenen aus indischen Filmen zu vergleichen. Da Chris nie einen indischen Film gesehen hatte, begriff sie die Parallelen meistens nicht, aber es wurde klar, dass er zumindest Teile seines geheimen Lebens in einer draufgängerischen Welt leidenschaftlicher Liebesaffären, Familienfehden, epischer Kämpfe und Massenszenen verbrachte.

»Du bist doch nicht schwul, oder?«, überlegte sie eines Abends laut, nachdem sie einen Pint von Jimmys Big Bear Porter zu viel intus und alle Förmlichkeiten der Anrede vergessen hatte. Als sie sein niedergeschlagenes Gesicht sah, trat sie eilig den Rückzug an. »Vergiss, was ich gesagt habe.« Später ertappte sie sich dabei, wie sie mit ihm flirtete, ihm mit dem Finger drohte und ihn kokett anlächelte. »Weißt du«, hörte sie sich sagen, »du solltest dir diesen Schnurrbart abrasieren. Ohne den würdest du viel besser aussehen.«

»Wirklich?«, sagte er. »Meinst du?«

Am Tag darauf bei der Arbeit war der Schnurrbart weg. Trotz der Alarmglocken in ihrem Kopf gelang es Chris, sich darüber zu freuen. Er sah wirklich besser aus.

An einem anderen Abend arbeiteten sie sich in Jimmy's ein bisschen zu weit durchs Alphabet. Als Chris bewusst wurde, wie sie in einen halb ausgetrunkenen Pint Sammamish Steam Ale stierte, beschloss sie, den Wagen vor dem Lokal stehen zu lassen und früh aufzustehen, um ihn zu holen, bevor er ein Knöllchen bekam. Arjun hatte sich auf seine Ellbogen gestützt und starrte auf ihre Tätowierungen. »Die sind stark«, sagte er mit seinem komischen Zwischenakzent: amerikanische Vokale, die sich zwischen sirupartigen indischen Konsonanten verfangen hatten.

»Es ist ein Stammeszeichen«, erklärte sie ihm.

»Von welchem Stamm?«

»Ich denke, *von* keinem direkt, Arjun. Ist eher 'ne allgemeine Sache. Einfach allgemein stammesmäßig.«

Darüber grübelte er einen Augenblick.

»Hatten denn deine Eltern nichts dagegen?«

»Sie hatten da eigentlich nichts mitzureden. Ich wollte es machen, also habe ich's getan. Ende der Durchsage.«

»Aber warum?«

»Warum? Ich wollte es halt. Nic und ich haben uns ungefähr zur selben Zeit in diesem Laden in San Francisco tätowieren lassen. Darauf stehen hier wirklich viele, Arjun. Es ist so was wie 'ne rituelle Handlung. Ihr in Indien tut's doch auch, stimmt's, die heiligen Männer oder wer auch immer …«

Sie verstummte allmählich. Arjun hörte gar nicht mehr zu. Sein Blick war glasig.

»Wer's Nic?«, fragte er.

»Ich hab dir doch von ihm erzählt«, sagte sie, merkte jedoch, dass sie es nicht getan hatte, jedenfalls nicht ausdrücklich.

Er nickte und schob die Unterlippe zu einem scharfsinnigen

Gesichtsausdruck nach vorn. »Ich glaube, ich muss nach Hause.« Als Arjun aufzustehen versuchte, kippte sein Stuhl nach hinten, und er taumelte gegen den Tisch. Bier ergoss sich über die Holzimitat-Tischplatte. Einer oder zwei von Jimmys Stammgästen drehten sich von der Bar zu ihnen um.

Chris packte ihn am Arm. »Immer langsam, Partner. Lass uns einfach einen Schritt nach dem andern machen.«

Es war ausgeschlossen, dass er es bis nach Berry Acres schaffen würde, und so fasste Chris eine Entscheidung und manövrierte ihn in Richtung ihrer Wohnung. Nicolai war nicht zu Hause, und sie deponierte Arjun auf der Couch im Vorderzimmer, suchte unbenutztes Bettzeug heraus und trank mehrere Gläser Wasser in der Hoffnung, den absehbaren Kater am Morgen wenigstens erträglich zu gestalten. Als sie wieder hineinging, um nach Arjun zu sehen, war er schon eingepennt. Sie sorgte dafür, dass er bequem lag, zog ihm die Sneakers von den Füßen, die über das Couchende baumelten, und breitete eine Steppdecke über seinen ausgestreckten Körper wie ein Leichentuch. Dann ging sie zu Bett.

Als eine Stunde später Nic nach einem Abend mit seinen Kumpels besoffen und geil durch die Tür getaumelt kam, machte er solchen Lärm, dass Chris sicher war, Arjun würde aufwachen. Selbst als die beiden sich wie Teenager übereinander hermachten, Nic unverständliche bulgarische Sauereien schrie und jedes Mal ihre Hand von seinem Mund wegzog, wenn sie ihn zum Schweigen zu bringen versuchte, war aus dem Nebenzimmer nichts zu hören. Arjun lag wahrscheinlich im Koma.

Leider nicht, obgleich er sich nicht erinnern konnte, wie er in das dunkle Zimmer gekommen war. Es drehte sich alles in seinem Kopf, sein Mund war ausgedörrt, und irgendwo links von ihm schrie jemand. Er lauschte und versuchte, sein Bewusstsein zusammenzuraffen. Die Laute anderer Menschen, die Sex miteinander haben, haben etwas an sich, was den Kopf klar macht, und nach und nach fühlte er sich durch die Wand zu den Lauten hingezogen, erkannte keuchendes Atmen, unterdrücktes Stöhnen und unverkennbar chrishaftes Gekicher unter dem rhythmischen Pochen des bumsenden Kopfendes. Sexgeräusche haben auch etwas an sich, das, wenn man mit einem beginnenden Kater auf einer klumpigen Couch liegt und die Füße ragen unter einer merkwürdig riechenden Steppdecke hervor, melancholische Gefühle auslösen kann. Einen Moment lang dachte Arjun über die kälteren und einsameren Seiten der Welt nach, dann versank er in einer turbulenten alkoholischen Leere.

Guy saß neben Gabriella in einer Nische im Sake Souk, einem jüngst eröffneten Restaurant in Mayfair. Immer wenn ein Kellner vorbeikam, sagte er was Geistreiches, und sie versprühte ihr bekanntes strahlendes Lächeln, aber sobald sie sich unbeobachtet fühlten, verfielen sie in quälendes Schweigen und kauten sich durch die japanisch-libanesische Fusion-food-Küche des Chefs, als nähmen sie deren modisch-schicke Kollisionen von Geschmack und Präsentation gar nicht wahr.

Durch das große Frontfenster des Restaurants beobachtete Guy den abendlichen Verkehr, die gelben Scheinwerfer der Taxis, die schnittigen europäischen Wagen, die ihre Insassen vor Stätten diskreter Unterhaltung ablieferten. Er dachte über Geld nach, über dessen Entstehung und Verfall. Insbesondere über sein Geld, das sich unerklärlicherweise weigerte, in der erforderten Geschwindigkeit neu zu entstehen. Er war ein Mann mit laufenden Unkosten. Er wandte den Blick zurück zu Gabriella, die ein Auberginen-Kichererbsen-Dragonroll auf ihrem Teller herumschob und ihren unergründlichen Blick auf einen Punkt in seinem Rücken richtete. Sie sah wunderschön aus. Ihr Haar und ihre Augen, ihre Nase und ihre Zähne. Er legte eine Hand auf die Sitzbank neben ihren Schenkel. Er hatte seine Sorgen nicht erwähnt; Gabriella roch Geldklemmen und konnte sie nicht gut ertragen. Er hätte sie gern berührt, aber es kam ihm unklug vor. Gaby konnte das: unsichtbare Panzerungen zu ihrem Schutz hochziehen.

Als Gabriella merkte, dass sie beobachtet wurde, lächelte sie und fuhr sich verlegen mit der Hand durch ihr langes braunes Haar. Guy lächelte zurück und versuchte sich beruhigt zu fühlen. Sie war fraglos die schönste Frau im Restaurant. Als er sie auf der Filmförderungsparty das erste Mal gesehen hatte, hatte er gehofft, sie könnte Mittelpunkt seines Lebens werden oder zumindest im Mittelpunkt der verschiedenen sich überschneidenden Wertekreise stehen, die seiner Meinung nach sein Leben kennzeichneten. Jetzt wagte er es, seine Hand auf ihren Schoß, über die glatte Oberfläche ihres Rocks gleiten zu lassen. Sie legte ihre Hand auf seine und tätschelte sie. Er war sich nicht sicher, wie das zu deuten war.

Gabriella war viel zu sehr mit ihren eigenen Überlegungen beschäftigt, als dass sie Guys Besorgnis bemerkt hätte. Sie hatte sich in das Interieur des Restaurants aus dunklem Holz und weißem Leinen vertieft, eine Welt, in der Raum sich in eigenständigen platonischen Einheiten darbot, Nischen der Leere. Sie beobachtete Guy, wie er ein Häppchen von seinem Hamachi-Kebab zu sich nahm und dabei dieses irritierende Klicken mit seinen Zähnen veranstaltete. Von der gegenüberliegenden Seite des Raumes starrte ein Mann zu ihr herüber. Sie verspürte keinen Hunger.

Wenn Leute nach einem Vergleich mit Gabriella suchten, fiel ihnen gewöhnlich Audrey Hepburn ein. Sie hatte die gleichen hohen Wangenknochen und die gleiche Miene aristokratischen Erschrecktseins darüber, im Stich gelassen worden zu sein, wo immer man ihr auch begegnete, eine Emigrantin aus einem besseren, freundlicheren Land. Aber im Gegensatz zur Hepburn gab es scharfe Kanten, das Verwilderte abgekauter Nägel und von Zigarettenrauch, was ihr das Flair potentieller Promiskuität gab, das Guy (und nicht nur er) unwiderstehlich fand. Gabriella wusste das. Über Unwiderstehlichkeit hatte sie mit zwölf etwas gelernt, als ein Freund ihrer Mutter sie im Zoo zu küssen versuchte. Im Reptilienhaus.

Eine Multiplizierung von Nischen. Nichts als Belästigungen, wirklich.

Am Abend zuvor war sie bis spät in die Nacht mit Sophie aufgeblieben, ihrer Freundin aus dem Internat in Sussex, wo sie ein unglückliches Jahr lang versucht hatte, ihr Abitur zu machen. Für Gaby war es damals wegen des Essens und der Anmache der Jungs eine harte Zeit gewesen und weil sie Ausländerin war. Für Sophie war es wegen des Essens hart gewesen und weil sie nicht an Jungs rankam. Gestern hatten sie sich auf dem Tropenhartholzboden von Guys Wohnung gegenübergesessen und es sich in ihrer jeweiligen früheren Rolle bequem gemacht: Sophie, die Gaby dabei zusah, wie sie etwas machte, in diesem Fall, auf einem gerahmten Foto von ihr und Guy beim Tauchen im Roten Meer Kokslinien zu ziehen. »Auf diesem Foto siehst du so glücklich aus«, sagte Sophie. Solche Sachen sagte sie ständig. Du hast so schöne Augen. Was ist das für ein hübsches Kleid. Es war einer der Gründe, weshalb sie Freundinnen geworden waren.

Gaby sah hinunter auf die beiden Leute auf dem Foto, auf ihre salzigen Haare und die Masken, die sie sich auf die Stirn hinaufgeschoben hatten, und versuchte sich zu erinnern, wie sich ihre Maske angefühlt hatte. Darauf bedacht, ihre Haare beiseite zu halten, schnupfte sie eine Linie und sagte zwischen zugedrückten Nasenlöchern zu Sophie: »Im Moment ist er so ein Idiot.«

Sophie war immer gierig darauf, Bosheiten über Guy zu hören, der nicht begriff, was sie sagte, und auf Partys über ihre Schulter sonst wohin blickte. Sie verdrehte teilnahmsvoll die Augen und wartete auf mehr. Gaby reichte ihr den zusammengerollten Geldschein.

Guy hatte das Foto an die Wand gehängt. Es war der Beweis, dass sie zusammen waren und dies hier ihre Wohnung war, dass sie aufgrund gemeinsamer Erinnerungen, wie belegt durch Beweisstück A, auch eine gemeinsame Zukunft hatten. Gabriella für ihren Teil misstraute Schnappschüssen. Sie besaß nur sehr wenige eigene, vielleicht ein Dutzend festgehaltener Momente, die sie nicht so zusammensetzen konnte, damit sie ein Muster ergaben, ganz zu schweigen von einem Leben. Sie im Alter von fünf Jahren auf der Laufplanke einer Jacht in Griechenland, wie sie sich an der Hand eines Kapitäns festhält. Als Baby auf einem Teppich in der Wohnung in Wien. Spindeldürr und wütend mit dreizehn an einem Hotelpool in Singapur. Dann das Foto von der Hochzeit ihrer Eltern, ein protziges Ding im Format zwanzig mal fünfundzwanzig, das in einer Illustrierten abgebildet gewesen war. Sie trugen die extravaganten Hüte, Kragen und Halstücher von 1971 und waren von Leuten umringt. Finanzmann heiratet Mannequin, blättern Sie weiter auf Seite 86. Es gab auch eines von ihrer Schwester, die irgendwo, wo es heiß und trocken war, in die Kamera blinzelte.

Sie war immer in Bewegung gewesen, sogar wenn sie alle zusammen waren. Geld trieb sie an. Zuerst war es das ihres Vaters, später gehörte es dem Freund ihrer Mutter. Es führte sie an verschiedene Orte, an denen sie in verschiedenen Versionen ihrer selbst gelebt hatte, jeder Ort war mit einem Kindermädchen und einer Schule und einer Adresse ausgestattet, die man sich einprägen musste, mit jeweils einer anderen Schar kleiner Mädchen, die zu einer Geburtstagsparty in ein teures Restaurant einzuladen waren, wo es immer einen Clown gab und keiner lachte. Nur eines blieb unverändert: Früher oder später wurde jeder und alles zurückgelassen.

Als sie sechzehn gewesen war, war ihr Vater jemand, den sie in Hotels traf, und ihre Mutter dachte daran, sich wieder zu verheiraten, und so war Gabriella der spontane Einfall gekommen, mal nachzufragen, ob sie auf ein Internat gehen könne. Eine englische Mädchenschule wie die in Büchern. Damals meinte jeder, das sei die perfekte Lösung. Als es nicht funktionierte, kamen Lausanne und Paris und ihre eigene Arbeit als Mannequin und ein brasilianischer Fotograf als Freund und viel zu viele Drogen, aber seltsamerweise war es ihre Schwester gewesen, die Unabhängige, die mit ihrer Mutter wegen Schuld und Verantwortung herumschrie und die tödliche Überdosis nahm. Carolines Bewegung war vor allem quer durch Asien verlaufen. Strände und Ashrams. Goldschmiedekunst. Gegen Ende wurde die Bewegung immer schneller, nahm Züge einer Flucht an. Rückkehr nach Europa, wo Caroline immer einer Gruppe angehört hatte, als brauche sie Leute als Ballast, Menschen, die sie am Boden hielten. Politische und religiöse Gruppen. Selbstverwirklichung. Heilen. Es gab Zufluchtsorte und Kommunen. Fasten und Choräle. Dann Schlaftabletten am Fußboden eines Badezimmers in einem Bauernhaus in, wo war es gleich noch, Andalusien? Es war mühsam gewesen, genau herauszufinden, warum sie dorthin gefahren war. Wie so vieles in Gabys Leben ergab Carolines Tod keinen bestimmten Sinn. Er war einfach passiert.

Auf der Beerdigung überzeugten ihre Eltern sich gegenseitig höflich davon, dass der Tod ein Zufall gewesen war. Aber Gaby wusste, wie sehr das Geld Caroline verfolgt hatte, wie sie es gehasst hatte, weil es ihr Leben zu einem Spiel machte. Als sie hörte, wie die beiden sich die Geschichte passend zurechtbogen, fand Gabriella ihre Eltern so schrecklich, dass sie noch am selben Nachmittag von Florenz abreiste und obendrein Paris und auch den Fotografen verließ. Und irgendwie war es dann London gewesen, wo sie gelandet war.

Sophie, die in großen Schlucken Chardonnay trank und sich mit den Fingern die Nase rieb, plapperte: »Ich weiß nicht, warum du bei ihm bleibst. Natürlich ist Guy reich und alles. Oder zumindest scheint er reich zu sein. Heutzutage sieht man es den Männern nicht mehr richtig an. Eine Minute sind sie's, und plötzlich merkst du, dass sie gar nichts haben.«

Gaby betrachtete sie leicht angewidert. Unter der Kappe ihrer kostspielig gesträhnten Haare war das Gesicht ihrer Freundin von Wein und Kokain rot angelaufen. Hals und Wangen waren mit rosa Flecken gesprenkelt, was ihnen das Aussehen von durchwachsenem Rindfleisch verlieh. Sie war, überlegte Gaby, seit der Schule dicker geworden, Konfektionsgröße 42. Sophie hatte inzwischen einen Doktortitel in abstrakter Mathematik und verband hohe Einkünfte als Telekom-Expertin mit einer düsteren und feindseligen Haltung gegenüber Männern. In ihrem Stadthaus in Fulham gab es einen begehbaren Schrank voller Schuhe, winzigen spitzen Gebilden aus Seide und Leder, die Hunderte Pfund pro Paar kosteten und ihren Füßen wehtaten. Gaby betrachtete die beiden Heftpflaster an den nackten Fersen ihrer Freundin. Die arme Sophie mit ihren Träumen von zierlicher Anmut.

Sie erhob sich und schob die Tür zum Balkon auf. Sophie folgte ihr, und sie blickten auf das kostümdramahafte Gekräusel und Geglitzer von Chelsea, das sich im Fluss spiegelte.

»Ein schöner Blick«, schnaubte Sophie. »Aber reicht das? Ich meine, was hat Mr. Swift denn sonst noch zu bieten?«

Jetzt saß Gabriella also im Sake Souk, hörte zu, wie Guy sich durch seinen Hauptgang kaute, dachte darüber nach, was er sonst noch zu bieten habe, und ertappte sich schließlich dabei, dass sie den Blick des Mannes auf der anderen Seite des Raumes erwiderte. Er kam ihr bekannt vor, ein Schauspieler vielleicht.

Guy folgte ihrem Blick. »Kennst du ihn?«, fragte er eifersüchtig.

»Ich glaube nicht.« *I don't think so.*

Guy genoss einen Moment lang ihre Stimme, die Art, wie ihr schöner Mund aus *th* ein *f* machte, ihr gelangweiltes, lang gezogenes *i*. Er hörte darin den gattungsmäßigen europäisch-weiblichen Ton von Technoplatten, eine Stimme, die zu sagen geschaffen war: *Oh baby, you make me feel so good*. Die unerschlossene Erotik von

Gabriellas Akzent lenkte ihn von dem Problem ab, das der Mann am anderen Ende des Restaurants darstellte, er vergaß den eisigen Blick, den er ihm hatte zuwerfen wollen, und machte stattdessen einen Versuch, die Kluft zu überbrücken, die sich während des Essens aufgetan hatte.

»Schatz, ich habe gedacht, vielleicht könnten wir in diesem Sommer mal Thailand ausprobieren.«

Ihre Antwort war unerwartet gereizt.

»Ausprobieren? Warum denn? Willst du es kaufen?«

Sie sah ihn mit dem Ausdruck unbeschreiblicher Verachtung an. Hatte er etwas Falsches gesagt? Gaby war eine tolle Frau, aber sie hatte ihre Launen.

Als der Wecker am Morgen klingelte, wankte Christine Schnorr aus dem Schlafzimmer und fand die Couch leer und die Reservesteppdecke ordentlich zusammengefaltet über eine der Armlehnen gelegt. Auf dem Kaffeetisch lag ein Zettel, auf dem er ihr ohne Interpunktion und in Großbuchstaben für den schönen Abend dankte. Als Nicolai laut ächzte und leidend nach Kaffee rief, durchdrang ein flüchtiges Unbehagen ihre Übelkeit. Hatte sie gestern Abend etwas angestellt? Später schickte sie von ihrem Arbeitsplatz bei Virugenix eine Mail an Arjun. Er antwortete nicht. In dieser Woche steckte Chris bis zum Hals in Arbeit, und das Schweigen dehnte sich zu mehreren Tagen, einem Wochenende. Am Montag darauf sah sie ihn in der Cafeteria und ging hinüber, um hallo zu sagen. Er sagte ebenfalls hallo und aß weiter. Sie fragte, ob er noch ein paar Fahrstunden nehmen wolle. Sie meinte es scherzhaft. Er nickte zögernd, sah ihr dabei aber nicht in die Augen und scharrte unter dem Resopaltisch mit den Füßen, als könne er es nicht erwarten, dass sie wegginge.

»Arjun, bist du wegen neulich sauer auf mich?«

»Entschuldigung? Oh nein, überhaupt nicht.«

»Ja, und warum benimmst du dich dann so?«

»Wie denn?«

»Du weißt genau, was ich meine.«

Er zog eine Grimasse und zuckte bockig die Schultern. »Ich bin nicht sauer, ich bin wunschlos glücklich. Ja, lass uns eine Fahrstunde machen. Schick mir 'ne E-Mail, okay?«

»Komm, Arjun, sei kein Arschloch. War es Nicolai?«

»Wer?«

»Ich habe dir gesagt, dass ich mit jemandem zusammenlebe.«

»Nein, hast du nicht.« Es entstand eine lange, quälende Pause, in der er um Worte rang. »Na gut, du hast es gesagt, aber ich dachte, du meintest bloß – das heißt – du hast mir nicht gesagt, dass du verheiratet bist.«

»Nicht verheiratet, Arjun, wir leben nur zusammen. Und wir – na ja, es ist nicht so, dass wir's gerade ganz genau nähmen – hör mal, warum erklär ich dir das überhaupt? Ich will nur sagen, ich entschuldige mich, okay, egal für was. Ich möchte, dass wir Freunde sind.«

»Ich auch«, sagte er.

Das war Chris' Stichwort, um endlich zu sagen, wir sehen uns irgendwann, und dann den Abgang zu machen. Wenn sie anfangen, dir komisch zu kommen, wird es Zeit für einen Schnitt. Und Mr. Arjun Mehta wurde allmählich ein Problemfall. Er würde sich wegen der Fahrstunden woandershin wenden müssen. Aus irgendeinem Grund kam aber Folgendes aus ihrem Mund: »Gut, also warum benehmen wir uns nicht wie Freunde und gehen einen Abend aus. Wir könnten was unternehmen – ich weiß nicht –, wir könnten doch versuchen, einen deiner Filme zu erwischen.«

Arjun machte ein verdattertes Gesicht. »Meine Filme? Du meinst indische Filme? Du möchtest einen Hindi-Film sehen?«

»Klar.«

Er blickte völlig ratlos drein.

»Toll«, sagte er unsicher. »Ich bin aber nicht sicher, ob dir das gefällt.«

Chris ließ nicht locker. »Lass es mich doch erst mal versuchen. Wie wär's mit morgen Abend?«

»Äh, okay.«

Und so geschah es, dass sie schließlich zu einer Mall in Kirkland fuhren und sich einen Film ansahen, der sich um zwei junge Männer und zwei Frauen drehte, die dreieinhalb Stunden brauchten, um ihre Eltern zu überreden, sie in der richtigen Kombination heiraten zu lassen. Christine langweilte sich. Glaubte jemand ernsthaft, sie könnte den Typen in dem durchsichtigen Organdyhemd für cool halten? Der hatte doch einen an der Waffel, Herrgott noch mal. Und wie genau sind sie zu den Pyramiden gekommen? Da der Film ohne Untertitel gezeigt wurde, musste Arjun ihr die wichtigsten Punkte der Handlung zuflüstern, und während er verzückt dasaß, wanderten ihre Gedanken aus der Geschichte raus und wieder rein und folgten Überlegungen über die Echtheit oder Unechtheit des Bartes des älteren Typen, der Steine in der Halskette der Mutter, des vage an *Denver-Clan* erinnernden lachsrosa Palastes, in dem der Großteil der Handlung stattfand. Endlich waren die Hochzeiten gefeiert, und die Zuschauer strömten hinaus in die gedämpfte abendliche Beleuchtung der Mall. Chris sah sich unter den jungen asiatischen Paaren und den schnatternden Jungen- und Mädchengruppen um, die alle beseelt lächelten. Arjun hatte denselben Gesichtsausdruck. Zufrieden. Emotional gesättigt.

»Das«, sagte er und summte eine der Melodien aus dem Film, »war schon fast *zu* gut.«

Chris bemerkte drei andere weiße Gesichter, einen Mann und zwei Frauen, alle die Hälfte eines Paares, und alle blickten sie so verwirrt drein wie ihr zumute war. Schnell richtete sie ihre Aufmerksamkeit darauf, so etwas wie eine kritische Erwiderung zusammenzustoppeln: Arjun würde sie fragen, was sie denkt, und sie würde mit was Besserem daherkommen müssen als der Rätselfrage: Echter-Bart-echte-Felsen-echter-Palast, sonst wäre er beleidigt. Das Ganze war ja schließlich dafür gedacht, dass sie sich wieder versöhnten.

Daran gehindert, ihre Meinung zu äußern, wurde sie durch eine dieser plötzlichen und unerwarteten Begegnungen, denen man nur dadurch eine positive Seite abgewinnen kann, dass man sich sagt, noch schlimmer wäre es, wenn deine Mutter dabei gewesen wäre. Warum Tori und die Mannschaft aus der Frauenkneipe um Mitternacht in der Totem-Lake-Mall herumtorkelten, wusste niemand. Das Erste, was Chris davon mitkriegte, war, dass ihr Haar nach hinten gezerrt und ihr eine gepiercte Zunge als Mittelstück eines sehr nassen Zungenkusses in den Hals gerammt wurde.

»He, du kleine heiße Biene«, grinste Tori, ließ Chris' Gesicht los und kniff sie neckisch in die Brustwarze. »Wie *geht's* denn?« Eins-fünfundachtzig ohne Schuhe und durchtrainiert weit über jedes Pflichtprogramm hinaus, war Tori (so erzählte man sich im Scherz) zu spät geboren worden. Wäre sie vor 1989 schon in der Szene gewesen, hätte sie als Denkmal auf einem urbanen Platz im Ostblock Anstellung finden können. Eine Nervensäge war sie ohnehin, aber an diesem Abend, randvoll mit der bevorzugten Dröhnung dieser Woche, mit Augäpfeln wie Untertassen, heftig schwitzend und umringt von ihrem Fanclub in Bikerjacken, würde ihr Name jede Liste von Leuten anführen, mit denen Chris schüchterne heterosexuelle Männer aus Ländern mit konservativen Moralgesetzen nicht bekannt machen würde.

»Wer ist dein Kumpel da?«, fragte Tori und beäugte Arjun wie eine besonders zweifelhafte Zutat eines Fast-food-Menüs.

»Herrgott, Tori!«, schäumte Chris vor Wut. Die südasiatischen Filmfans aus Kirkland waren entsetzt, erstmals in ihrem Leben Zeugen eines lesbischen Kusses geworden zu sein. »Pfui!« zischelnde Eltern nahmen ihre Kinder auf den Arm. Halbwüchsige im Löcherlook erlebten eine jähe Erweiterung ihres Horizonts. Arjun sah aus, als habe ihn jemand neu verkabelt, aber schlecht. Chris war sauer. Toris Freundinnen warfen ihr verliebte Blicke zu und kicherten über Arjun. Zum Glück waren die Mädels auf dem Weg zu einer Party, und als Chris ihnen klargemacht hatte, dass sie nicht mitkäme, stampften sie mit dem schweren Tritt von Maschinistenstiefeln und geschlitztem Drillich davon. Sie blickte ihnen hinterher, erleichtert, dass es nicht zu weiteren Provokationen gekommen war.

Als Nächstes musste sie sich um Arjun kümmern, der völlig erstarrt zu sein schien.

»Du. Wir müssen mal miteinander reden.«

Und so wurde Arjun in ein mexikanisches Lokal mit einem Plastik-*bandito* vor der Tür geführt, in dem sie bedient wurden, obgleich das Personal bereits die Stühle übereinander stapelte und die Tische abwischte, und dort bekam er zwei Gläser Tequila und einen Crashkurs in zeitgenössischer amerikanischer Sexualmoral eingetrichtert. Chris, so schien es, lebte und schlief mit Nicolai, und obwohl sie nicht verheiratet waren, war dieses Arrangement seit zwei Jahren ihre Standardeinstellung. Nicolai konnte man zwar zu Recht Chris' *Freund* nennen, aber die beiden (und hier fing es an kompliziert zu werden) schliefen auch mit anderen, und zwar nach Grundsätzen, die sie als offen, aber begrenzt bezeichnete, wobei die Grenze durch den Grad der emotionalen Beziehung zu dem Außenpartner festgelegt war. Während Chris all das erklärte, ergoss sich auf Arjun ein Sturzbach von Gefühlen, darunter Enttäuschung, Eifersucht, Hoffnung, Faszination, sexuelle Erregung und schlechtes Gewissen. Heftig errötend versuchte er seinen inneren Aufruhr zu verbergen. Er machte Chris klar (einfühlsam, wie er meinte), dass ihre Grenzdefinitionen anfechtbar seien und dass ein weniger vages System für die Führung ihrer Beziehung die Verwendung von messbaren Kriterien wie zum Beispiel der ohne den Partner verbrachten Zeit oder der Anwendung bestimmter Sexualpraktiken wäre. Chris sagte, er solle sich auf das konzentrieren, was sie sagte. Arjun wollte gerade darlegen, dass er genau das die ganze Zeit tue, aber etwas in ihrem Gesichtsausdruck ließ ihn innehalten. Er hatte eine Frage.

»Wo ist er her?«

»Wer?«

»Dein Freund. Aus welchem Land kommt er?«

»Nic ist Bulgaroamerikaner. Spielt das eine Rolle?«

»Ach, es war *Bulgarisch*.«

Er starrte angestrengt auf sein leeres Schnapsglas; selbst in Amerika war es wahrscheinlich ungehörig, Leuten in die Augen zu sehen, während man sich daran erinnerte, welche Geräusche sie beim Beischlaf gemacht hatten. Er war dermaßen mit dem Versuch beschäftigt, dieses Problem zu umschiffen, dass ihm entging, was sie danach gesagt hatte.

»Wie bitte?«

Nein, er hatte richtig gehört. Sie schlief auch mit Frauen, und die Lange mit dem rasierten Schädel war eine davon. Chris war klar, dass Arjun aufgrund seiner Kultur darüber schockiert sein würde, hoffte aber, er werde zumindest versuchen, Vorurteile zu überwinden. Schließlich war es ja nicht so, als schuldete sie ihm eine Erklärung. Sie wollte nur, dass die Dinge klar seien.

Tatsächlich war Arjun mit lesbischer Liebe insofern vertraut, als diese ein bevorzugtes Thema der CD-ROMs war, die Aamir in Gabbar Singh's Internet Shack zu verkaufen pflegte. Zugegeben, das äußere Erscheinungsbild dieser speziellen Lesbierinnen hatte ihn umgeworfen, zumal alle auf Aamirs Fotos mächtige Frisuren hatten und Spitzenunterwäsche trugen. Aber das war nur eines in einer ganzen Reihe von Problemgebieten in Chris' Ausführungen. Er wusste nicht richtig, wo er anfangen sollte. In verwirrenden Situationen war es ihm oft hilfreich erschienen, die Begriffe zu definieren, ehe man weiterredete.

»Gibt es ein Wort für jemanden wie dich?«

»Hallo? Denk gefälligst nach, bevor du redest, Freundchen.«

»Du bist bisexuell, ja?«

»Bei dir hört sich das an wie eine Krankheit.«

»Oh, du meinst also, es hat eine physiologische Grundlage?«

Aus irgendeinem Grund schien die Frage Chris wütend zu machen, und sie stürmte aus der Bar. Arjun vergaß nicht, ein Trinkgeld für den Barkeeper hinzulegen, bevor er ihr nach draußen folgte. Vier Drinks. Einen, zwei, drei, vier Eindollarscheine klemmte er unter ein Glas. Er versuchte, den Stimmungsumschwung in Lauftempo umzusetzen. Christine Schnorr war ein fremdes Wesen (welches indische Mädchen trüge wohl solche Tätowierungen zur Schau?), und ihre ungewöhnlichen Verhaltensnormen gehörten zu ihrem Anderssein. Manche ihrer Charakterzüge waren stark durch ihre nationale Herkunft geprägt: Ihre Feindseligkeit gegen ihre Familie zum Beispiel. Andere, wie ihre Wut und diese neuen sexuellen Enthüllungen, hatten irgendeine geheimnisvolle andere Quelle.

Wenn man von Priti und zwei Kusinen absah (Tanten zählten nicht), war Arjun nie lange mit Frauen zusammen gewesen. Natürlich hatte er keine Ahnung, wie er mit einer wütenden umgehen sollte. Als er Chris an ihrem Auto einholte, lief sie hin und her und wirbelte die Schlüssel drohend um ihren Finger. Als sie ihn erspähte, ließ sie eine Tirade vom Stapel, die durch das unterirdische Parkdeck hallte.

»Ich glaub's verdammt noch mal nicht, ich glaub's einfach nicht. Was zum Teufel gibt dir das Recht, so mit mir zu reden? Ich bin dir für gar nichts Rechenschaft schuldig. Für gar nix, hast du verstanden? Yeah, ich habe mit Tori gevögelt. Na und? Ich meine, sind wir hier in Nazi-Deutschland oder so was? Wer bist du, dass du jemanden krank nennen darfst? Was gibt dir das Recht, jemanden zu richten? Weißt du was, leck mich am Arsch, Arjun. Leck mich! Du!«

Sie riss die Wagentür auf und stieg ein. Der Motor sprang tosend an. Arjun verlor langsam die Fassung. Sein Vergehen war offensichtlich schwerer, als er befürchtet hatte. Warum? Was sollte man tun? Vielleicht gab es eine Körpertechnik, einen Feuerwehrgriff, den so genannten Heimlich-Handgriff für wütende Frauen. Chris begann den Wagen aus der Parkbucht hinauszufahren. Im verzweifelten Versuch, sie aufzuhalten, rannte er nach vorn und stellte sich vor den Honda. Als sie den Wagen mit einem Ruck vorsetzte, landete er ausgestreckt auf der Motorhaube.

»Warum bist du so wütend?«, rief er unhörbar durch die Windschutzscheibe. Chris kurbelte ein Fenster herunter.

»Geh verdammt noch mal von meinem Wagen runter!«

»Es tut mir Leid«, flehte er. »Warum bist du wütend mit mir?«

»Hau ab!«

»Aber sag mir, warum!«

»Weil – weil ich bigotte Arschlöcher wie dich nicht ausstehen kann. Bloß weil deine Religion oder was auch immer behauptet, Frauen sind deine Sklaven, bedeutet das noch lange nicht, dass ich da mitspiele. So, gehst du jetzt von meinem Scheißauto runter, oder muss ich dich überfahren?«

Jetzt bekam Arjun Angst. Noch nie war ihm ernsthaft Gewalt angedroht worden. »Du darfst das nicht tun!«, schrie er. »Ich bin nicht religiös. Ich bin ein Rationalist! Bitte, Chris!«

Chris lehnte den Kopf gegen das Steuerrad. Wie war sie bloß hier reingeraten? Der auf ihrer Motorhaube liegende Arjun sah aus wie ein langes, dünnes Beuteltier. Ein Lemure vielleicht. Oder ein Faultier. Ein Mall-Wächter trabte auf sie zu und sprach in ein Walkie-Talkie. Sie winkte ihn weg.

»Schon gut, alles okay. Kein Problem.«

Unsicher verlangsamte der Wächter den Schritt. Sie winkte wieder und schenkte ihm ein freundliches Guter-Bürger-Lächeln. Dann streckte sie wieder den Kopf durch das Fenster.

»Steig ein.«

Vorsichtig löste Arjun seinen Griff von den Scheibenwischern und schlüpfte auf den Beifahrersitz. Chris fuhr das restliche Stück aus der Parkbucht und steuerte auf die Ausfahrt zu. Arjun beschloss, ihr zu vertrauen. Es erschien ihm unwahrscheinlich, dass sie jetzt etwas Unbesonnenes tun würde.

Seit dem Abend, an dem sie sich betrunken hatten, waren Arjuns Gefühle für Chris nicht mehr dieselben. Die Geräusche, die durch die Zimmerwand drangen, hatten die dünne Schicht romantischer Möglichkeiten abgetragen. Er begriff jetzt, dass es zwischen ihnen niemals eine echte Liebe geben konnte, nicht so, wie er sie sich vorstellte: Radha und Krishna, Devdas und Parvati, Raj und Bobby. Erst als die Illusion zerstört war, gestand er sich ein, dass er sie überhaupt in Betracht gezogen hatte. Was würden seine Eltern gesagt haben? Es wäre unmöglich gewesen.

Sie waren schon auf der Autobahn, als er allmählich das Gefühl hatte, er könne jetzt wieder ohne großes Risiko den Versuch wagen, ihren Streit beizulegen. »Es tut mir Leid«, begann er wahrheitsgetreu. »Ich habe dich verletzt. Ich denke nicht, dass du krank bist, und ich habe keine juristische Erfahrung, und ich weiß, dies hier ist das Land freier Menschen und du hast alle Bürgerrechte, jederzeit alles zu tun, was du willst.«

Chris gestattete sich, ein wenig besänftigt zu sein. »Das ist schon mal ein Anfang.«

»Ich wollte nichts weiter wissen als – na ja, das Ganze ist ziemlich neu für mich. Ich nehme an, ihr bekommt so was im Sexualkundeunterricht beigebracht. Du darfst nicht vergessen, dass ich deine Erfahrungen nicht habe.«

Chris kniff die Augen zusammen. »Was meinst du mit Erfahrungen?«

»Sexuelle Erfahrungen. Natürlich – ich weiß, wie es geht. Ich bin nicht total ungebildet, verstehst du.«

»Du weißt, wie es geht?«

»Beim Sex. Ich habe 'ne Menge darüber gelesen. Es ist wichtig, sich weiterzubilden. Ich habe natürlich auch Fotos gesehen ...« Er verstummte allmählich.

»Du hast eine Menge gelesen.«

»Ja.«

»Aber du hast es auch gemacht.«

Das Schweigen zwischen ihnen dehnte sich in die Länge, es wurde nur unterbrochen vom Rumpeln sie überholender Wagen. Arjun starrte auf seine Hände.

»Na ja, nicht direkt.«

»Du meinst, mit einem anderen Typen. Homosexualität.«

»Mit niemandem.«

»Du hast noch nie Sex gehabt?« Sie wählte ihre Worte mit Bedacht. »Arjun, willst du mir damit sagen, dass du eine Jungfrau bist?«

»Grobe Witze darüber sind unnötig.«

»Entschuldige. Aber du bist wie alt? Dreiundzwanzig?«

Er nickte. Chris überlegte.

»Das ist ein Trick von dir, stimmt's? Du denkst, wenn du sagst, dass du eine Jungfrau bist, werde ich Mitleid mit dir haben und mit dir vögeln.«

Arjun wurde sehr still. Als er wieder sprach, war seine Stimme leise und fest. »Vielleicht solltest du einfach anhalten. Ich möchte nicht dasitzen und mich beleidigen lassen.«

»Mein Gott, sagst du die Wahrheit?«

»Warum sollte ich lügen?«

»Ja, warum solltest du lügen?«

Sie beschloss, sich nicht da hineinziehen zu lassen, fuhr weiter die Straße entlang und dachte im Stillen: eine *Jungfrau*? Oh Mann.

Später pflegte Chris klarzustellen, dass ihr Entschluss, mit Arjun zu schlafen, einzig und allein den Drogen angelastet werden konnte. Gäbe es ein nationales System, aus Fehlern zu lernen, dann würde man die Geschichte aufschreiben und als Regierungs-Informationsbroschüre an Schulkinder verteilen, als lebensechte Warnung, warum Drogen schlecht und die Leute, die sie nehmen, dumm sind.

Als ein paar Wochen darauf an einem von Nics Kumpelsamstagabenden Männer mit Bier und Snacks und dem Urtrieb, über Mariners-Spiele zu quatschen, in ihre Wohnung einfielen, wich sie in die Iron Bar aus, eine leicht fetischmäßige Schwulen-und-Lesbenkneipe in der City, und setzte Toris Clique über den Abend in der Mall und Arjun Mehtas Welt mehr im Allgemeinen ins Bild. Arjun, erklärte sie, sei wirklich ein goldiger Kerl. Er sei weder richtig frauenfeindlich noch schwulenfeindlich, nur naiv. Brächte man ihn auf das Thema Computer, könnte man fast vergessen, was für ein Spinner er sei.

Vielleicht war es gefühllos, das Thema Jungfräulichkeit aufs Tapet zu bringen, vielleicht sogar boshaft, aber es war Samstagabend, und sie tat es, und man lachte darüber. Ich sage euch, er ist so grün und unerfahren wie an dem Tag, als er aus dem Flugzeug stieg. Das ist doch nicht dein Ernst. Wie alt? Carlos (das war vorauszusehen) sagte, oh, gib *mir* seine Telefonnummer. Tori (dito) begann über Dildos zu reden. Bald hing die Idee in der Luft, dass es irgendwie *amüsant* wäre, etwas mit Arjun anzustellen. Das Thema kam den ganzen Abend immer wieder zur Sprache. Szenarien wurden erdacht, Positionen erfunden. Ein ausgedehnter Riff über das Wort *defloriert* erfasste den Tisch. Irgendwo später im Kiez schluckte Chris eine halbe Ecstasy-Tablette und zog sich eine Linie Speed rein, und irgendwann danach, als sie noch ein paar Linien geschnupft hatte und von der Musik im Club angeödet, aber immer noch nicht bereit war, sich dem besoffenen, geilen aus dem Hals stinkenden Nic nach seinem Männerabend auszusetzen, kam es ihr langsam wie eine gute Idee vor, die Sache wirklich zu Ende zu bringen, noch eine halbe Pille zu schlucken, hinüber zu Arjun zu fahren und sich von ihm ficken zu lassen.

Das, dachte sie, als sie in einem Taxi auf dem Rücksitz herumrutschte, wird eine tolle Geschichte geben. Es überrieselten sie kleine flatterige Wallungen, und die Vorstellung, berührt zu werden, erschien ihr eigentlich angenehm, und sie trank aus einer Flasche schlückchenweise Wasser und kaute Kaugummi und dachte wirklich nicht darüber nach, was sie tun oder sagen würde, wenn sie dort wäre. Er war ein Mann. Sie fuhr zu ihm, um ihm Sex anzubieten. Wie einer Laborratte. Was konnte einfacher sein? Ihr serotoningetränktes Hirn spiegelte sich eine Version Arjuns mit Zuckerkruste vor, der eher *schlank* als schlaksig, dessen Haut eher *mahagonifarben* als blassgelb, der ein sanfter junger Mann in mehr oder weniger zueinander passenden Kleidern war, bereit, sich in die Kunst der Liebe einführen zu lassen.

Als sie draußen vor Berry Acres stand, wollte die Wirklichkeit nicht anbeißen. Arjuns Stimme in der Gegensprechanlage klang verblüfft, aber er drückte auf den Summer und öffnete ihr die Wohnungstür in Boxershorts und einem T-Shirt, auf dem quer über ein Foto der Space Needle »hi from Seattle!« gedruckt war. Chris sah erfolgreich darüber hinweg und setzte ihr verführerischstes Lächeln auf, das sich in ihrem narkotisierten Zustand irgendwie von selbst zu so was wie einem dreckigen Straßeneckengrinsen verzerrte, das eher zu einem fleckigen Polyesteranzug gepasst hätte.

»Entschuldigung, habe ich dich geweckt?«

»Nein, nein, ich habe noch gearbeitet.«

Sie verstärkte das Lächeln noch ein bisschen. »Willst du mich nicht reinbitten?«

»Klar.«

Sie war noch nie in Arjuns Wohnung gewesen. Darin sah es aus, als hätte jemand den Abfallcontainer eines Elektroladens geplündert und alles, was er nicht brauchen konnte, hier ausgekippt. Überall lagen Computerbauteile herum, bedeckt von dem kleinjungenhaften Mulch aus schmutzigen Tellern, Unterhosen und zerknülltem Papier. In der ganzen Wohnung roch es stark nach Brathuhn. Während sie leicht schwankend dastand, lief Arjun herum und kickte ein Loch in das Durcheinander, damit sie sich hinsetzen konnten.

»Hättest du gern Tee?«, fragte er, während er eilig Fenster auf seinem Computerbildschirm schloss.

»Das wär nicht schlecht. Was hast du gemacht, dir Pornos angeguckt?«

Arjun machte ein empörtes Gesicht. »Nein.«

»Ich wette, doch.« Sie stieg über ein ausgeleertes Towergehäuse und einen Haufen indischer Zeitschriften hinweg und begann, in der Spüle einen Trinkbecher abzuwaschen. Arjun tauchte neben ihr auf.

»Ich mach das schon«, sagte er.

»Möchte bloß einen Schluck Wasser.« Sie streichelte ihm die Wange. »Hallo.«

»Ähm, hallo. Also keinen Tee?«

Streicheln fühlte sich gut an. Sie machte weiter.

»Was machst du da?«, fragte er.

»Oh nichts. Nimm mich in die Arme.«

»Was?«

Sie zog seine Arme um ihre Taille. Gehorsam drückte er zu. Die Wärme löste weitere Ecstasy-Schauer in ihrem Körper aus.

Trotz ihrer Euphorie konnte Chris über die Dürftigkeit von Arjuns Wohnung nicht hinwegsehen. Mit dem Geruch konnte sie leben, aber die Deckenbeleuchtung bestand aus einer nackten Glühbirne mit hoher Wattleistung, die harte Schatten auf die Gerümpelhaufen, die schmucklosen Wände und vor allem auf den Mann warf, den sie umarmte: Jetzt sah er beängstigend leichenhaft und gar nicht mahagonifarben aus. Irgendwo ertönte unter einem Stapel von Plastikkissen mit Chemikalien das leise Klingeln eines Weckers. Sie ignorierte es und drückte weiter.

»Es ist zu hell hier drin. Hast du keine Kerzen?«

»Kerzen? Warum? Erwartest du eine Stromsperre?«

Sie torkelte umher und stolperte über irgendetwas, das sich unter ihren Füßen matschig anfühlte. Sie beachtete es nicht, knipste das Deckenlicht aus und drehte die Birne der Schreibtischlampe zur Wand.

»Schon viel besser. Musik?«

Verwirrt steuerte Arjun auf den Computer zu. Die Entscheidung war zu wichtig, um sie ihm zu überlassen, deshalb winkte Chris ihn zur Seite, setzte sich und durchsuchte ein Verzeichnis mit MP3s. Wenn man die indische Filmmusik aussortierte, blieb nicht viel Auswahl. Arjun schlich hinter ihr herum. Es machte ihn anscheinend nervös, dass sie in seinen Systemen herumkramte. So high sie war, konnte sie doch feststellen, dass sie ungewöhnlich konfiguriert waren. Viele schrammelige Festplatten waren zusammengeschaltet, und ein alter Vierzehn-Zoll-Monitor zeigte (ehe er ihn ausschaltete) irgendwelche sich ständig aktualisierenden Datenprotokolle. Sie entschied sich (*N'Sync*, meine Güte, peinliche Boy-Group) für ein *Moby*-Album, halblahm, aber okay. Fette Streicher- und Bluesfetzen drangen in den Raum.

»So«, sagte sie und schlang ihre Arme um ihn. »So ist es schon besser.«

Arjuns Rückenmuskeln spannten sich unter ihren Händen an. »Das ist alles – ich meine, es ist eine – sehr nette Überraschung.«

»Ja, das ist es, nicht wahr?«

»Dir scheint heiß zu sein. Kommst du vom Training?«

»Nein, Schätzchen, deswegen bin ich ja hergekommen.«

»Wirklich? Wieso denn? Ich habe eigentlich gar keine Geräte oder so was.«

Sie ignorierte das Gesäusel seiner Stimme, schob eine Hand unter sein Hemd und driftete ab in eine Welt der Berührungen. Sein Rücken fühlte sich glatt an, warm. Sie streichelte seinen Hals. Störend war, dass er immer noch redete. Das Wichtigste jetzt war, nackt zu sein.

»Arjun?«

»Ja?«

»Du wirkst gestresst. Hättest du gern eine Massage?«

»Ähm – bist du deswegen hergekommen? Um mir eine Massage zu geben?«

»Vielleicht.«

»Also, ich muss sagen, das ist sehr – ich habe wirklich nicht erwartet – aber es ist, denke ich, okay. Ich war mehr oder weniger fertig mit …«

»Arjun?«

»Ja?«

»Halt die Klappe. Ich meine, hör auf zu reden. Du musst nicht reden. Leg dich hin und zieh dein Hemd aus.«

Er brachte noch ein paar wirre Proteste vor, aber nachdem er das Bett von Ausdrucken und Dosen leer geräumt hatte, hatte sie ihn mehr oder weniger dort, wo sie ihn haben wollte, er auf seinem Bauch liegend und sie rittlings auf seiner Hüfte. Sie begann, seinen schmalen Rücken zu kneten. Nach ein, zwei Minuten zog sie ihr Top aus und hakte den Büstenhalter auf. Er hatte die Augen geschlossen und schien es nicht zu bemerken. Als sie eine Hand unter den Bund seiner Shorts schob, bemerkte er es; seine Hinterbacken pressten sich zusammen, und sein Rücken wurde steif. Strampelnd drehte er sich unter ihr auf seinen Rücken, nur um die künstlerisch äußerst gelungene Darstellung von San Franciscos Needle Bob vor sich zu erblicken, die sich über ihren nackten Oberkörper schlängelte.

»Was machst …«, begann er. Sie nahm seine Hände und legte sie auf ihre Brüste. »Oh«, sagte er. »Oh.«

Einige Stunden später enthüllte das graue Morgenlicht eine Szene der Verwüstung. Da Chris' Kontaktlinsen mit ihren Augen verklebt waren, erschien ihr die Welt gnädigerweise in Nebel getaucht, doch selbst mit reduziertem Gesichtssinn wusste sie, dass die Welt heute hässlich war. Jemand hatte in ihrem Mund einen blutrünstigen Film gedreht. Ein anderer hatte ihr das Rückenmark punktiert. Sie hatte nicht geschlafen, jedenfalls nicht tief. Zu bestimmten Zeiten, seit Arjun zu reden aufgehört und regelmäßig und geräuschvoll durch den Mund zu atmen begonnen hatte, war sie sich ihrer Umgebung weniger bewusst gewesen als zu anderen. Zählte das? Vorsichtig hob sie seinen Arm hoch und schlüpfte aus dem Bett. Beim ersten Schritt stieß sie sich die Zehe an etwas Scharfem und musste sich mit einer Hand den Mund zuhalten, um nicht aufzuschreien. Die Botschaft war klar. Es war unumgänglich, dass sie verschwand. Dies hier war ein übler Ort voller scharfer und spitzer Gegenstände. Ein nach Brathuhn stinkender Ort des Schreckens.

Sie spülte ihren Mund mit Wasser aus und machte sich auf die Suche nach ihren Kleidern. Arjun lag auf der Seite, einen mageren Arm so ausgestreckt, wie sie ihn gelassen hatte. Sein gegen das Kopfkissen gequetschtes Gesicht wirkte kindlich und undefiniert. Sie konnte darin oder in dem Stück Schulter und Oberkörper, das durch die umgeschlagene Bettdecke freigelegt war, nichts entdecken, was sie daran erinnerte, warum es für sie so wichtig gewesen war, um zwei Uhr nachts vorbeizukommen und mit diesem Mann zu schlafen. Körperlich fühlte sie sich zerschlagen, aber innerlich sah es noch schlimmer aus, die gewohnte Landschaft ihrer Gedanken und Gefühle war in leer gefegte Düsternis verwandelt, eine Öde, in der die Überreste derjenigen herumlagen, wer immer sie auch gewesen war, ehe sie high wurde. Es war der klassische Augenblick, in dem man sich schwört, nie wieder Ecstasy oder Koks oder Alkohol anzurühren. Es war das Gefühl, das bei Kids etwas bewirken würde. Tu's nicht, okay? Fühl dich bloß nicht so wie ich.

Sie hob ihre Tasche auf und tastete unter den namenlosen Gräueln rund um das Bett nach ihrem zweiten Schuh. Als sie den endlich gefunden hatte, schlich sie auf Zehenspitzen nach draußen und schloss die Tür. Das brutale Tageslicht erinnerte sie daran, dass sie ihre Sonnenbrille nicht mit hatte. Oder ihr Auto. Sie wankte die Auffahrt hinunter und lehnte, ehe sie sich mit dem Summer hinausließ, einen Moment lang ihre Wange gegen das kühle Metall der Sicherheitstür. Dann schlurfte sie zögernd wie ein B-Movie-Zombie in eine Richtung, von der sie hoffte, sie würde sie zu einer Tasse Kaffee führen.

Vier Stunden später schlug Arjun die Augen auf und blickte in einen warmen Sonntagnachmittag. Er fühlte sich frisch und ausgeruht, durchdrungen von dem Gefühl, dass alles richtig war. Normalerweise schlief er in einem *kurta*-Pyjama, aber an diesem Morgen war er nackt. Für den Moment außerstande, sich zu erinnern, warum, drehte er sich auf die Seite und erblickte die kleine zerknitterte Nachtschnecke eines benutzten Kondoms zwischen den Socken und Stannioltellern auf dem Fußboden. Von diesem Punkt breitete sich seine Erinnerung wie im Fluge aus und brachte ein Gefühl aufrichtiger Verwunderung darüber mit, was sich nur wenige Stunden zuvor in dieser Wohnung (*in genau diesem Bett!*) ereignet hatte.

Die Details waren zu eindringlich, um sich ihnen ohne Verlegenheit zu stellen. Allein schon die *Körperlichkeit* des Ganzen. Die Nässe. Der Geruch von Haut. Er erinnerte sich, die Kontrolle über sich verloren zu haben, was ihm allein schon unanständig erschien. Die Erinnerung war verworren wie ein Traum.

Und dennoch. Sie hatte einiges für ihn getan. Ohne Hilfe hätte er es wahrscheinlich nie geschafft. Und nun hatte Chris es ihm gezeigt, hatte das unkalkulierbare Problem gelöst, einen anderen Menschen zu finden, den man berührte und von dem man ebenfalls berührt wurde. Er empfand Demut, Dankbarkeit.

Aber auch schlechtes Gewissen. Er stand auf, schaltete den Computer ein und frühstückte noch immer nackt, während er dem Strom des indischsprachigen Sprechfunks lauschte. Also, wer war Chris? Sie war seine *Geliebte*. Er war *ein Mann mit einer Geliebten*, oder um die Kurzversion zu benutzen: *ein Mann*. Das erschien ihm erfreulich, wenn auch nicht sauber. Während er an einer Kirsch-Poptart kaute, wandte sich seine Erinnerung *papaji* zu.

Ungefähr eine Woche, bevor Arjuns Großvater gestorben war, hatte er, bereits bettlägerig, zu verstehen gegeben, dass er seinem Enkel eine bestimmte Mitteilung zu machen wünsche. Arjun, der damals erst acht Jahre alt gewesen war, durfte gewöhnlich *papajis* Zimmer nicht betreten, und seine Mutter machte ein großes Gewese daraus, dass sie ihn vor den Alten bringen sollte. Arjun war schüchtern. Er hatte *papaji* gern gehabt, aber jetzt machte ihm die stinkende Gestalt in dem Bett Angst. Der Junge wand sich vor Ekel, wurde jedoch so nahe ans Bett geführt, dass der Gebrechliche zum Sprechen nur den Kopf herumdrehen musste. Unter den Decken ragte ein dürrer Arm hervor. Eine zitternde Hand fuhr ihm flatternd über Wangen und Stirn. »*Beta*«, ertönte ein Flüstern. »Gott segne dich. Du bist ein braver Junge. Ich möchte, dass du dir zwei Punkte merkst. Bewahre dir stets deinen Samen. Er ist deine Kraft. Und …« Arjun bekam den zweiten Punkt nie zu hören, weil ihn seine Mutter empört aus dem Zimmer zerrte. »Er phantasiert«, zischte sie. »Geh spielen.« Als er sich heimlich wieder hineinschlich, schlief *papaji*.

Nachdem ihm die Hälfte seines Erbes an Ahnenweisheit verweigert worden war, hatte Arjun immer besonderes Gewicht auf die Hälfte gelegt, die er besaß. Er hatte sich selten am Wettkampfsport beteiligt, aber er wusste, wenn er es täte, würde er am Abend vor einer entscheidenden Begegnung zweifellos Enthaltung üben. Aamirs schmutzige Fotos hatte er fast immer gemieden und angenommen, dass, wenn die Zeit reif sei, er sich seine Sexualpartnerin (nie stellte er sie sich im Plural vor) sorgfältig wählen würde. Keuschheit war ihm immer als das erschienen, was sich ziemt: sich aus dem lasterhaften Zyklus von Samenanhäufung und Samenverschwendung herauszuhalten, war Kennzeichen eines reifen Mannes. Doch nun war er bei der ersten besten Gelegenheit kopfüber in die Unkeuschheit gestürzt. Was machte das aus ihm?

Und was machte es aus ihr? Er wusste, was seine Mutter sagen würde.

Dem standen andere Argumente gegenüber: die blauen Schlangen, die sich um Chris' Arme ringelten, das Schaukeln ihrer Brüste, als sie über seinem Schambein herumgeritten war.

Aamir würde darauf eifersüchtig sein, und so kam ihm der Gedanke, dass es lustig wäre, ihm eine E-Mail zu schicken. Er machte sich daran, dann hielt er inne. Für den Augenblick wollte er seine Neuigkeiten für sich behalten. An diesem Morgen konnte er sich auf seine Projekte nicht konzentrieren und verbrachte die meiste Zeit damit, auf dem Bett zu liegen und das Gefühl von »danach« wie Draht in die Länge zu ziehen. Es war ein klarer Tag, und das Sonnenlicht drang durch das Laub des Baumes vor seinem Fenster, wärmte ihm die Haut und hielt das Gefühl, berührt worden zu sein, am Leben. Ein- oder zweimal wählte er Chris' Nummer, aber sofort schaltete sich der Anrufbeantworter ein.

Chris verbrachte den Nachmittag mit Nic auf die Couch gekuschelt, wo sie sich im Kabel Teenyfilme aus den Achtzigern ansahen. Das Ausmaß der Katastrophe wurde langsam deutlich. In seinem Post-Männerabend-Kater stellte Nic zwar keine Fragen, aber sie spürte dennoch eine gewisse Angespanntheit bei ihm, etwas Verkrampftes, das er jedes Mal hatte, wenn er vermutete, dass sie mit jemand anderem zusammen gewesen war. Verhöre waren gegen die Regeln, dennoch hätte er es gern gewusst. Sie kuschelte sich verstohlen näher an ihn heran und zog die Decke fester um sich.

Was war das für ein Schlamassel gewesen. Arjuns Schwanz war mal steif und mal schlaff gewesen: als sie ihn zum ersten Mal berührte, als sie das Kondom drüberzog. Schließlich hatte sie sich aufgerichtet und seinen Penis in sich eingeführt, und da war ihr diese Geste (ausgerechnet) *mütterlich* vorgekommen. Auf der Stelle geriet sie ins Schwimmen, und eine wütende Unsicherheit warf ihr Licht auf ihr wütendes Gestrampel wie ein Leuchtfeuer. Sie schaukelte hin und her, und die Drogen gaben ihr das Gefühl, dass eine andere, nicht sie, Sex hatte in diesem Trümmerfeld von einem Zimmer. Wenn sie die Augen schloss, sah sie wenigstens nicht Arjuns lächerlichen Gesichtsausdruck mit dem schlaff herabhängenden Kinn, aber sie hörte trotzdem seine erstickten Überraschungsschreie, spürte seine zaghaft tastenden Hände auf sich. Sie blickte wieder nach unten und sah, wie sich sein Gesicht plötzlich zusammenknautschte wie ein Stück Packpapier. Es war passiert. Sie fühlte mehr oder weniger dasselbe wie zuvor, nur dass sie jetzt nirgendwo mehr hingehen, nirgendwo noch was Sensationelles aus ihrer Samstagnacht herauskitzeln konnte, und sie fühlte sich nicht mehr wie eine Sex-Freibeuterin, sondern nur noch schlaff und müde wie ein Lappen von Frau, die von den Drogen aufrecht gehalten wird, wie ein feuchtes Hemd auf einem Kleiderbügel, dazu gezwungen, in vollem Bewusstsein weiterzumachen, wo sie sich doch nichts weiter wünschte, als den Aus-Schalter zu drücken und ins Dunkel zu entschwinden.

Auch wenn Arjun an diesem Montag nicht in Gedanken gewesen wäre, wäre ihm die sonderbare Atmosphäre in den Laboren und Büros wohl nicht aufgefallen. Er stürzte sich vergnügt auf seine gewohnten Testarbeiten, unbeeindruckt von der Art, wie die leitenden Analysten sich ständig in den Konferenzraum einschlossen, um zu telefonieren oder eilige Gespräche zu führen. Er wusste, dass Darryl zu einer Konferenz abberufen worden war, bemerkte aber nicht, wie niedergeschlagen seine Kollegen auf Darryls Bürotür, auf bestimmte technische Nachrichten und Finanz-Websites blickten. Konzentrierte Blicke. Leute, die in ihre Zukunft schauten.

Er schickte eine Mail an Chris, aber sie antwortete nicht. Wahrscheinlich beschäftigt, dachte er. Am Ende des Tages ging er wie üblich heim und arbeitete bis ein Uhr nachts ohne Pause an seinen Projekten. Normalerweise hielt er auf seinem Desktop einen Chat-client offen, aber an diesem Abend wollte er nicht gestört werden, und deshalb verpasste er in den AV-Foren die Unmengen an Debatten zum Thema Virugenix. Ehe er schlafen ging, versuchte er es noch mal mit Chris' Nummer, inzwischen besorgt, dass sie nicht ranging. Am Dienstagmorgen war er wahrscheinlich der einzige Virugenix-Beschäftigte, der nicht wusste, dass die Firma eine Gewinnwarnung herausgegeben hatte; der Aktienkurs war gefallen, und die Firmenleitung hatte sich verpflichtet, die Betriebskosten quer durch alle Abteilungen zu kürzen. Alle anderen, die Flüsterer und die Blickewerfer, wussten, was das bedeutete.

In Zeiten von Tech-Firmenkrisen werden die normalen Kommunikationsregeln auf den Kopf gestellt. Das Personal von Virugenix wusste, dass E-Mail- und Telefonverbindungen auf Firmengelände nicht sicher waren. Nur bei Gesprächen unter vier Augen konnte man sicher sein, von der Firma nicht abgehört zu werden. Die Kantine, normalerweise halb leer, war mit Scharen von Leuten gefüllt, die an Salaten herumstocherten und mit gedämpfter Stimme sprachen, Leuten, die sich zum Teil seit Jahren nicht mehr in die Öffentlichkeit gewagt hatten. Arjun, der sich eine Hühnerfleisch-Tortilla gekauft hatte, um sie an seinen Schreibtisch mitzunehmen, ging an ihnen vorbei, mit den Gedanken bei Chris.

Als er am Mittwochmorgen über den Parkplatz stapfte und an mehreren Leuten vorbeikam, die Kartons zu ihren Autos schleppten, konnte er nur an eines denken: Warum hatte sie auf keine seiner Mitteilungen geantwortet?

Er zog seinen Ausweis durch den Schlitz, um ins Labor eingelassen zu werden. Clay trat hinter ihn und gab ihm einen Klaps auf den Rücken.

»Ich möchte dir nur sagen, es tut mir Leid, Mann. Du bist ein guter Mann. Ist 'n Jammer.«

Der Türverschluss öffnete sich mit einem Klicken.

»Was ist ein Jammer?«

Clay kriegte große Augen. »Na ja, Darryl möchte dich sprechen, und deshalb …« Er zuckte die Achseln. »Du verstehst.« Ehe Arjun weitere Fragen stellen konnte, war der junge Kollege in den Birkenstock-Sandalen schon verschwunden.

Tatsächlich war eine Nachricht seines Chefs da, als Arjun sein Terminal einschaltete. Eine offizielle Zusammenkunft. Um 16 Uhr. Er fand noch etliche andere Mitteilungen, in allen wurde er gebeten, Geld zu Abschiedsgeschenken für Leute beizusteuern, die er nicht kannte. Eine neue Mail kam herein, diesmal von Aamir.

bhai – schlechte neuigkeiten auf cnet gesehen du warst so ein superstar und alles ich bin sicher es betrifft dich nicht siehe süßes girl im anhang – p a

Das süße Girl war von der Firmensoftware herausgefiltert worden, aber Arjun hatte über andere Dinge nachzudenken. Schlechte Neuigkeiten? Als er bei Darryl Grant anklopfte, hatte er die Berichte gelesen und drei seiner Kollegen in das Büro hineingehen und mit starren Gesichtern herauskommen sehen. Er fühlte sich wie betäubt. Es war nicht möglich. Das doch nicht.

Es waren zwei Leute drin. Darryl und eine Frau. Die Frau war nicht von der Forschungsabteilung. Das sah man, weil sie ein Kostüm trug. Das Kostüm war gut geschnitten und dunkelgrau und wies als Accessoire nur eine schlichte Perlenkette auf. Forsch und gut aussehend das Gesicht darüber, dessen sehr gepflegte Haut von einem adretten blonden Bubikopf umrahmt wurde. Die Frau lächelte Arjun an und blickte hinüber zum Chef in der Erwartung, er werde sie einander vorstellen. Darryl sah nicht so aus, als sei er dazu imstande. Er hatte sich zu einer Art Kugel in seinem Bürosessel zusammengerollt und seine Ghostbusters-Mütze tief ins Gesicht gezogen. Unter ihr starrte er gebannt auf seine SETI-Gürtelschnalle und drehte sich auf seinem Sessel hin und her, indem er sich mit den Händen von der Schreibtischplatte abstieß.

Die Frau seufzte. »Guten Tag, Mr. Mehta«, sagte sie. »Danke, dass Sie so prompt reagieren. Mein Name ist Jennifer Johanssen, ich bin stellvertretende Personalchefin von Virugenix. Die Zentrale hat mich gebeten, hierher zu kommen und bei den heutigen Belegschaftsgesprächen behilflich zu sein. Mr. Grant hier hat mich über Ihre Leistungen instruiert. Ich weiß, dass er Ihre Arbeit im Antivirus-Forschungsteam sehr hoch einschätzt.« Sie machte eine Pause und wandte sich Mr. Grant zu, der an seinem Bart herumfingerte und sich auf seinem Sessel immer schneller hin und her drehte.

Die Zusammenkunft schien in weiter Ferne stattzufinden. Arjun war nur ein Beobachter, ein Wissenschaftler, der hinter einer Glasscheibe dem Fortgang eines Experiments zusah. Durch die Weite des Raums klang die Stimme von Jennifer Johanssen beruhigend und kompetent, wie eine Feuchtigkeitscreme, die die Schmerzen und Wunden der Worte, die sie äußerte, lindern sollte. Aamir würde sie mögen, dachte Arjun. Sie ist sein Typ.

»Während Ihrer Zeit hier«, psalmodierte die Aloe-vera-Stimme, »haben Sie zu Qualität und Wert der Firma beigetragen.« Dann sprach sie eine Weile über Mitgefühl. Der Raum kam ihm kalt vor. Vielleicht werde ich krank, dachte Arjun und betastete die Drüsen rechts und links an seinem Hals. Die Stimme redete über Glücksumschwünge und die Minimierung von Negativergebnissen. Sie redete über den unumstößlichen Wunsch des Vorstands nach Führung und finanzpolitische Verantwortung auf allen Ebenen. Sie redete darüber, dass, wer zuletzt kommt, zuerst geht.

Er hörte das Wort »Realität«.

Da fiel es ihm wie Schuppen von den Augen. Das hier war nicht seine Geschichte. Es war nicht seine Geschichte, weil seine

Geschichte so nicht verlief. Da hatte sich ein Fehler eingeschlichen.

»Da ist ein Fehler unterlaufen«, sagte er.

Jennifer Johanssen nickte, als wolle sie damit ausdrücken, dass sie, ja, durchaus einsehe, warum er so dächte. Dann schüttelte sie den Kopf, als wolle sie damit ausdrücken, dass, nein, er sich dennoch irre.

»Mr. Mehta, ich verstehe, wie Sie sich fühlen«, sagte sie. Sie war wirklich schön. Man konnte sie sich bei sportlichen Aktivitäten im Freien wie Skilaufen oder Segeln auf einem Katamaran vorstellen. Ehrgeizigen Aktivitäten, für die man eine teure Spezialausrüstung benötigt.

»Bitte, tun Sie mir das nicht an«, sagte Arjun.

»Mir ist klar, dass dies aus der Sicht der Humanvermögensrechnung als Rückschritt für beide Seiten betrachtet werden könnte«, sagte Jennifer Johanssen.

»Bitte«, sagte Arjun. »Ich flehe Sie an.«

Darryl stöhnte leise.

»Folglich kann ich verstehen, warum Sie möglicherweise den Eindruck haben, dass wir nicht den richtigen Schritt tun.«

»Nein, Sie verstehen nicht. Ich brauche diesen Job. Dieser Job ist alles, was ich habe.«

»Wir haben die Alternativen geprüft.«

»Bitte, wenn ich diesen Job verliere, muss ich zurück. Und ich kann nicht zurück. Verstehen Sie das nicht? Ich kann nicht zurück.«

»Ich kenne Ihre Visumsituation, Mr. Mehta, aber wie ich gehört habe, sind Sie genau genommen immer noch bei Databodies angestellt. In Wirklichkeit hat Virugenix Ihnen gegenüber keinerlei Verpflichtung. Nur weil wir glauben, dass alle unsere Angestellten, selbst die mit Beraterverträgen auf freiberuflicher Basis, aus einträchtigen Kündigungserfahrungen Gewinn ziehen sollten, wurde meine Anwesenheit hier überhaupt verfügt. Mr.

Mehta, ich habe ein Diplom in Kündigungs-Strategieplanung. Ich versichere Ihnen, dass diese Begegnung für Sie so schmerzlos wie möglich geplant war.«

»Ja«, sagte Arjun. »Ich verstehe. Natürlich verstehe ich das. Nur schmeißen Sie mich bitte nicht raus, okay? Ich mache alles. Ich arbeite für weniger Geld. Ich mache Überstunden.«

Seine Stimme wurde immer lauter. Jennifer Johanssen rutschte auf ihrem Platz herum. Äußerlich erschien sie zwar gefasst, aber ihre Augen schossen unentwegt zur Tür und zu Darryl hinüber, der von seinem Sessel geglitten war und sich hinter dem Schreibtisch zu verstecken versuchte.

»Sorgen Sie dafür, dass er geht«, bat Darryl mit ziemlich gedämpfter Stimme. Jennifer Johanssen schaute auf ihn hinunter, dann sah sie Arjun wieder an, und ihr Gesicht hatte den entschlossenen Ausdruck einer Frau, die begriffen hat, dass sie jetzt ganz auf sich gestellt ist.

»Was Mr. Grant damit ausdrücken möchte, ist – ähm, unser aufrichtiger Dank für Ihre treuen Dienste. Und wir können Ihnen zwei Wochen Aufschub gewähren, so dass Sie alle Vorbereitungen treffen können, die Sie für die Veränderung in Ihren Verhältnissen für notwendig erachten.«

»Das ist nicht Ihr Ernst«, sagte Arjun. »Was, wenn die Dinge sich ändern? Was, wenn sie sich bessern? Da werden Sie mich brauchen.«

»Natürlich werden Sie Ihre Wohnung räumen müssen. Ich denke, die Personalabteilung hier von Greene Labs wird sich deswegen mit Ihnen in Verbindung setzen, wahrscheinlich noch im Laufe des heutigen Tages.«

»Aber Sie haben meine Frage nicht beantwortet. Was ist, wenn die Dinge sich ändern? Was ist, wenn plötzlich ein Aufschwung kommt?«

»Mr. Mehta, wie ich höre, gibt es keine Indikatoren für eine kurzfristige Erholung. Es ist ein Trend im gesamten Bereich. Das ist es, was unsere Public-Relations-Abteilung den Investoren klarzumachen versucht. Es trifft nicht nur Virugenix, es trifft pauschal die ganze Branche. Und Mr. Mehta, das ist auch für Sie eine Bestätigung. Sie sollten dies nicht als ein Zeichen persönlichen Versagens sehen. Sie sind ein wertvoller Mensch, der viel zu bieten hat. Es ist nur so, dass Virugenix Ihnen nicht länger einen Rahmen für Ihre Selbstentfaltung bieten kann.«

»Aber wenn sich alles ändert, würden Sie mich wieder nehmen?«

»Selbstverständlich, Mr. Mehta, in einer hypothetischen Situation, in der wir freie Stellen für jemanden mit Ihrem Können und Ihrer Erfahrung hätten, würden Sie in Betracht kommen.«

»Gut«, sagte Arjun im Gefühl, so etwas wie einen Sieg errungen zu haben. »Okay!«

Jennifer Johanssen nickte. »Vielen Dank, Mr. Mehta, für Ihr Verständnis.« Sie reckte den Hals, um hinter ihren Stuhl zu schauen. Nur Darryls Beine und Füße waren zu sehen, ein Paar hohe Basketballschuhe ragten aus dem Knieraum des Schreibtischs hervor. Sie lächelte matt. »Mr. Grant dankt Ihnen ebenfalls.«

Als Arjun das Zimmer verließ, war sein Mund trocken. Er nahm sich ein Mineralwasser aus dem Kühlschrank und trank es in drei großen Schlucken. Ein Fehler war passiert. Aber der war zu korrigieren. Er musste diese Situation nur wie ein gewöhnliches technisches Problem behandeln. Es analysieren. Das Virus finden und unschädlich machen. Denn so verlief seine Geschichte einfach nicht. Er hatte Erfolg in Amerika. Er war groß eingeschlagen.

Sein Kopf fühlte sich an, als klemmte er in einem Schraubstock. Sie konnten ihn nicht zwingen, die Firma zu verlassen, wenn er nur stur genug war. Was wäre, wenn er ihnen zeigen könnte, wie tüchtig er war? Dann würden sie sich anders besinnen und einen anderen feuern. Er setzte sich an seinen Schreibtisch und versuchte sich auf seinen Monitor zu konzentrieren.

Zwei Wochen? Der Blick aus seinem Schlafzimmerfenster. Die Berge, die auf einem Nebelmeer schwammen. Nur noch zwei Wochen mit diesen Bergen, dann zurück nach Kalifornien. Die grelle, weiße Sonne, die auf den Beton brennt. Und was war mit Chris? Er konnte sie jetzt nicht verlassen. Selbst nach monatelangem Arbeiten hatte er keine Ersparnisse. Er würde nicht länger als ein paar Wochen auf der Bank durchhalten. Dann würde er nach Indien zurückmüssen.

Und alle würden die Wahrheit erfahren.

Er gab dem Telefon die Schuld. Es machte das Lügen zu einfach. Zu Anfang, als er gerade in die Staaten gekommen war, hatte er nur geschwindelt, damit sich seine Eltern keine Sorgen machten. Und dann hatte Priti sich so beeindruckt gezeigt, sie war so stolz auf ihren großen Bruder in Amerika gewesen. Aamir auch. Die Geschichte hatte ein Eigenleben angenommen. *Ja, Maa, mir geht es gut…*

So wie seine Mutter plauderte, hatte sie es inzwischen wahrscheinlich allen Leuten in Noida erzählt. Seine Geschichte. Seine Version. *Maa, heute ist etwas Wunderbares passiert…* Dass ihr Sohn seit dem Augenblick, da er aus dem Flugzeug gestiegen war, auf der Überholspur zum Erfolg fahre. Dass ihr *beta* bei der weltberühmten Computerfirma Oracles technische Probleme gelöst habe, mit denen Larry Ellison jahrelang nicht fertig geworden sei, dann aber eine Firmenbeteiligung abgelehnt habe, um bei Virugenix die Computervirenabteilung zu leiten. Dass ihr kleiner Sohn nun zur Elite gehöre. Dass er Umgang mit Geschäftsleuten und Politikern habe. Dass er beim Abendessen neben David Hasselhoff gesessen habe.

Er konnte unmöglich nach Indien zurückkehren. Er würde Schande über seine Familie bringen.

Die Luft im Büro war stickig. Seine Kollegen taten, als beobachteten sie ihn nicht, während sie heimlich um ihre Kabinenwände spähten. Er musste nachdenken. Er musste das Virus finden.

Hinter dem Michelangelo Building gab es ein Areal mit Holzfußboden, auf dem weiße Cafeteriatische aus Metall verteilt waren, mit einem Loch in der Mitte für den Sonnenschirm. Leute kamen hierher, um ihr Mittagessen zu verzehren oder informelle Gespräche zu führen. Er stahl sich aus dem Büro und ging hinunter ins Freie. Von einem der Tische aus beobachtete er eine Krähe, die an einem Joghurtbecher herumpickte, Überrest eines Mittagessens, der entgegen den Vorschriften nicht in den dafür bereitgestellten Abfallkorb geworfen worden war.

Es war eine prächtige Krähe. Ihre schwarzen Knopfaugen funkelten boshaft. Er ertappte sich dabei, dass er die Federn zählte: eins, zwei, fünf, zehn, bis er von dem Licht abgelenkt wurde, das durch die Nadeln der hohen Koniferen fiel, die das Firmengelände säumten. Ein Schild, das an die Mauer neben der Feuertür geschraubt war, teilte mit: *Virugenix hat diesen Bereich gärtnerisch unter Verwendung von Pflanzen aus dem Staat Washington gestaltet, zur Förderung einer Haltung, die unser Naturerbe achtet und bewahrt.* Ja, dachte er, das stimmt, alles wirkte kostbar und vollkommen. Die dichten grünen Zweige der Bäume filterten die Sonnenstrahlen, und der Boden neigte sich in einer geordneten Masse einheimischer Gräser. Arjun trat von der Terrasse herunter und kniete plötzlich nieder. Er strich mit den Händen über das Gras. Es war fein und weich und dicht wie Haar. Jetzt blendete ihn das Sonnenlicht. Die Welt schien sich aufgelöst zu haben und durch eine Reihe von Prismen auf ihn einzudringen. Sein Gesicht war nass. Er bemerkte, dass er weinte.

»Ist alles in Ordnung?« Die Stimme klang besorgt. Als Arjun sich umdrehte, erkannte er einen Typen aus Singapur, der im Diagnostik-Produktteam arbeitete. Er hob den Arm zu einem schwachen Gut-danke-Abwinken. Der Singapurer winkte ebenfalls und wich zurück, ohne ihn vorerst aus den Augen zu lassen. Als er sich endlich überzeugt hatte, dass kein Drama bevorstand, drehte er sich um und verschwand im Gebäude. Arjun verharrte noch eine Zeit lang auf den Knien und strich mit den Händen über den Rasen. Schließlich erhob er sich und kehrte an seinen Schreibtisch zurück.

In seinem Posteingang warteten zwei E-Mails auf ihn.

An: arjunm@virugenix.com
Von: darrylg@virugenix.com
Betreff: Vorwürfe

Vorwürfe sind SINNLOS. Sie müssen begreifen, es ist NIEMANDES SCHULD. Vom kosmologischen Standpunkt aus betrachtet hat das nur eine SEHR GERINGE BEDEUTUNG. Seien Sie sich bewusst, dass mir UMFASSENDE persönliche Sicherheitsmaßnahmen zur Verfügung stehen. D8rr{l

An: arjunm@virugenix.com
Von: chriss@virugenix.com
Betreff: alles in ordnung?

Habe neuigkeiten gehört. Tut mir schrecklich leid. Sehn wir uns nach der arbeit? Xc

Dieser Scheißkerl.« Es war ihr Ernst. Sie war immer der Meinung gewesen, Darryl sei ein Arschloch. »Er konnte dir nicht mal allein gegenübertreten. Aber das überrascht mich nicht. Du weißt ja, wie er mit Leuten umspringt.«

Sie hatten den Wagen in der Nähe des Sees am Ende einer Privatstraße geparkt, die zu einem Segelclub gehörte. Vor ihnen führte eine Helling hinunter ins Wasser. Ein Stückchen weiter draußen gammelten Leute, die es sich leisten konnten, am Mittwoch blauzumachen, auf Katamaranen herum. Chris war mit Arjun hierher gefahren, weil sie gehofft hatte, die Aussicht würde ihn vielleicht beruhigen. Sie versuchte sich ihrer Verantwortung zu stellen. Er machte es ihr nicht leicht.

»Wenigstens habe ich dich«, sagte er mit Bestimmtheit.

»Sicher.« Sie nickte misstrauisch. Seine Augen waren gerötet. Davor hatte er unentwegt an seinen Kleidern herumgezupft und in einem gebrochenen Mischmasch aus Englisch und möglicherweise Hindi vor sich hingebrabbelt. Chris fand seine Verfassung Besorgnis erregend. Sie war ihm die ganze Woche aus dem Weg gegangen, und das hätte sie auch noch gern länger durchgehalten. Aber als sie hörte, er habe seinen Job verloren, meldete sich ihr schlechtes Gewissen zu Wort und sagte, sie sollte mal nach ihm sehen. Karmamäßig gesehen war es genau das Richtige.

Er sprach unablässig vom Zurückgehen. Sie nahm an, er meinte, nach Indien, aber das war nicht klar. Sie würden versuchen, ihn zum Zurückgehen zu zwingen, aber das sei unmöglich. Er würde es IHNEN zeigen. Er würde SIE zwingen, Vernunft anzunehmen.

»Ich denke«, erlaubte sie sich einzuwerfen, wobei sie ihre Worte sorgfältig wählte, »die Sache ist gelaufen.«

Er guckte mürrisch und sagte: »Das ist nicht wahr.« Nur das. Endgültig und bestimmt. Was sie noch mehr beunruhigte.

Seit dem Wochenende hatte sie viel nachgedacht. Nicht über Arjun im Besonderen. Auch über ihre Beziehung mit Nicolai. Sie und Nic hatten immer versucht, jeweils das Wunschbild des anderen zu verkörpern. Das war ihre Abmachung, das, was sie zusammenhielt. Keine Kompromisse, alles möglich, alles erlaubt. Es wurde manchmal anstrengend, vor allem, wenn andere hineingezogen wurden, aber es war ihr immer als eine mutige Entscheidung vorgekommen. Sie gestalteten ihr Leben, wie es gerade kam, und spielten nach ihren eigenen Regeln. Und oft funktionierte es, was mehr war, als man von den Beziehungen der meisten Leute sagen konnte.

Erst in letzter Zeit hatte es den Anschein gehabt, als würde sie

Nics Nerven über Gebühr strapazieren. Er war sauer auf sie, und das wahrscheinlich nicht ganz zu Unrecht. Sie hatte das Gefühl, ihn zu verlieren. Arjun war ein Symptom, aber es hatte für sie wichtigere Affären gegeben, und für Nic, vermutete sie, ebenfalls. Vor einiger Zeit hatte sie was mit jemandem gehabt, das eine ernste Geschichte zu werden drohte. Nic wusste davon oder ahnte zumindest, dass zwischen ihr und dem anderen, einem Toningenieur, etwas lief. Er sagte nichts, wartete ab.

Er war ein ruhiger Typ, Nic, manchmal fast zu gelassen, aber er hatte Probleme, und von ihr erwartete er, dass sie zu ihrer Lösung beitrug. Lange hatte sie ihn ziemlich beschissen behandelt; jetzt war es Zeit, auf ihn zuzugehen. Das war es, was sie beschlossen hatte. Sich zu bekennen. Und als sie hörte, Arjun sei gefeuert worden, hatte sie unter anderem auch Erleichterung empfunden. Eine Nacht mehr, die sie nun würde vergessen können. Arjun würde verschwinden, und das würde es einfacher für sie machen, die Dinge wieder ins Lot zu bringen. Eine gefühllose Haltung, das wusste sie. Sie wusste auch, dass alles, was passiert war, ihre Schuld war. Sie war Arjun etwas schuldig. Eine Schulter. Er war schließlich ein Freund gewesen. Und so kam sie, las ihn auf und setzte ihn in ihr Auto. Sie hatte erwartet, dass er durcheinander wäre, aber doch nicht dermaßen von der Rolle. Er schien sich ernsthaft einzubilden, dass er die Firma überreden könne, ihn wieder einzustellen.

»Du wirst mir helfen, nicht wahr?«, fragte er.

»Wobei helfen?«

»Du kennst doch sicher Leute. Du könntest dich bei ihnen für mich einsetzen, ihnen sagen, dass ich nicht zurück kann.«

»Arjun, derartige Entscheidungen werden viele Etagen über mir gefällt. Ich bin nichts als eine Codiererin. Das weißt du auch. Mir ist klar, dass es schwierig ist, aber du wirst schon einen anderen Job finden.«

»Du hörst mir gar nicht zu! Ich kann nicht! Du bist meine

letzte Hoffnung. Jetzt heißt es, du und ich gegen den Rest der Welt.«

Chris sah ihn entsetzt an. Du und ich gegen den Rest der Welt? Aus welchem Film war das denn? »Arjun, ich bin deine Freundin, okay? Aber es gibt kein du und ich. Ich bin mit Nic zusammen. Das verstehst du doch, oder?«

»Aber du bist zu mir in die Wohnung gekommen. Wir – schließlich hast du verstanden und bist gekommen.« Er sah sie an, fast beschwörend. Es war ein schreckliches Gefühl, das auszusprechen, was sie als Nächstes sagen musste.

»Arjun, ich weiß, das, was zwischen uns neulich Nacht passiert ist, könnte dich auf diesen Gedanken bringen, aber – es war ein Fehler. Es war meine Schuld. Ich war high, und – na ja, ich hätte es nicht tun sollen. Es war unfair. Ich weiß, ich habe dich dazu verführt.«

Er starrte sie nur an. Ausdruckslos. Verständnislos.

»Ich bin gemein.«

»Du wirst mir aber trotzdem helfen, oder?«

»Wobei helfen? Da kann man nichts machen. Ich kann sie nicht zwingen, dir deinen Job zurückzugeben.«

»Aber du musst«, sagte er. »Es heißt jetzt ich und du. Wir sind zusammen. So soll es sein.«

Wenn man Codes schreibt, hat man alles unter Kontrolle. Man konstruiert eine Welt aus Grundprinzipien, stellt die Axiome auf, die sie regieren, setzt die Mechanismen von Entstehung und Verfall in Bewegung. Selbst in einem von einem Fremden entworfenen Computerambiente kann man sich nach einer Weile zurechtfinden, weil man es mit einem System zu tun hat, das nach potentiell erkennbaren Regeln funktioniert. So gesehen, hat nur die reale Welt die paradoxe Eigenschaft, dass man sich in ihr nicht sicher genug fühlt. Dabei sollte auch und gerade die Realität durchsichtig und logisch sein. Man sollte die Abdeckung abschrauben und in die Schaltung im Inneren hineinsehen können.

»Chris, warum hast du mit mir geschlafen?«

»Ich weiß es nicht, Arjun. Ich hab's einfach getan. Es war eine schlechte Idee.«

»Das heißt, du liebst mich nicht.«

»Arjun ... «

In einer Welt der Illusion muss man Fragen stellen. Man muss systematisch Zweifel äußern. Andere Leute handeln vielleicht real. Sie verhalten sich möglicherweise, als würden sie wie man selber durch innere Prozesse bewegt. Aber man weiß nie. Manche von ihnen sind nur Maschinen.

»Du solltest mich lieben. Es sollte heißen, ich und du.«

»Arjun, tut mir Leid, aber ich weiß nicht, was ich dir sagen soll. Nichts sollte so oder so sein. Die Dinge sind, wie sie sind. Dies hier ist einfach so, wie es ist.«

Einfach so, wie es ist? Nichts ist einfach so, wie es ist. Hinter allem gibt es Erklärungen. Hinter den Dingen gibt es die Ideen von Dingen, und auf die kommt es an. Er sah sie an. Einfach so, wie es ist? Kaputter Automat.

»Ich weiß, was du bist«, sagte er zu ihr. Dann stieg er aus dem Wagen und lief in Richtung Hauptstraße. In der Ferne sausten Fahrzeuge über den Highway. Chris schrie ihm etwas hinterher, rief seinen Namen.

Seine Schritte knirschten über Kies. Es fühlte sich an wie der Boden eines Spielzeugkerkers, rutschig, voller Fallen. Alles war falsch. Sein Leben lief falsch. Er brauchte einen Ort, wo man sicher stehen konnte.

Was ist sicherer als Zahlen?

Fünfzehn Segel sieht man auf dem See.

Zwölf Wagen parken auf dem Platz am Jachthafen.

Acht Fenster im Erdgeschoss. Acht weitere darüber.

Zahlen waren die Wahrheit der Welt, Zahlen, die in Materie gehüllt waren. Finde Sicherheit, indem du die Dinge zählst. In Dezimalen. In Binar-, in Hexadezimalzahlen. Wie viele Sechzehnereinheiten Bäume standen in seinem Blickfeld? Wie viele rund um den See? Ströme von Zahlen drangen auf ihn ein, zu schnell, als dass er mit ihnen fertig werden konnte. Aber er musste es versuchen.

Er trottete an einem Straßenrand nach Hause. Als er heil in seiner Wohnung war, verschloss er die Tür und setzte sich auf sein Bett, die Hände im Schoß. Bewegung war unwichtig. Essen war unwichtig, obgleich er irgendwo tief in seinem Inneren wusste, dass er hungrig sein musste. Wichtig war jetzt nur das Nachdenken. Das Abendlicht war weich und gelb. Er blickte auf die drei Zweige, die von seinem Fenster eingerahmt wurden. Wie viele Nadeln? *ed ee ef f0 f1 f2…*

Ein paar Stunden saß er da und zählte. Das Licht um ihn herum schwand. Er konnte nicht nach Indien zurückkehren, also musste er Virugenix dazu bewegen, ihn zu behalten. Zergliedere das Problem. Denke dir eine Zahl.

Dann fiel es ihm ein. Er kramte in dem Müll herum, der über den Fußboden verteilt war, und zerquetschte mit dem Fuß einen kleinen Plastikbehälter mit Milch. Ein Strahl Weiß spritzte über den Teppich. *Bewahre dir stets deinen Samen. Er ist deine Kraft.* Unter einem Haufen Papieren fand er einen Teller, auf dem etwas wuchs. Hinter dem Schreibtisch klemmte die linke *chappal*, die er schon verloren geglaubt hatte. Er fand Briefe von seiner Schwester und eine Asha-Bhosle-CD. Alles nützlich, aber nicht das, wonach er suchte. Endlich fand er es: eine zerfledderte Ausgabe der Zeitschrift *Filmfare* vom letzten Monat. Ja, da drin war es. Er hatte Recht.

Denke dir eine Zahl.

13 06.

13. Juni. Leela Zahirs Geburtstag. In nur zwei Tagen.

Arjun sah das erste Mal einen Computer, als er zehn Jahre alt war. Es war ein 286er PC, und er gehörte seinem Vetter Hitesh, dessen Vater, um die Bildung seines Sohnes besorgt, ihn von einer Geschäftsreise nach Amerika mitgebracht hatte. Hitesh bildete sich, indem er Solitär spielte und seinen Punkterekord in einem Side-scrolling-Spiel zu brechen versuchte, in dem man unter anderem von einem Hubschrauber aus ein Dorf bombardierte. Meistens stand das Gerät grau und unbeaufsichtigt in Hiteshs Zimmer und summte eindrucksvoll vor sich hin. Arjuns Familie war für eine Woche nach Bombay gereist, und während Hitesh sich im Nebenzimmer Actionfilme auf einer Laserdisk ansah, brachte Arjun ungestört einige Stunden damit zu, die Innereien dieses außergewöhnlichen Objekts zu erforschen. An jeder Biegung wurden ihm Knüppel zwischen die Beine geworfen. *Path not found. Sector not found.* Ihm wurden Fragen gestellt, die keinen Sinn ergaben.

Abort, retry, fail?

Als er auf eine Taste drückte und das kryptische Pulsen der DOS-Eingabeaufforderung sich in eine Grafik auflöste, erwachte in ihm der Verdacht, etwas Lebendiges müsse sich im Inneren des Apparats befinden.

File creation error.

Als Arjun dreizehn war, hatte er schon lange die Theorie aufgegeben, dass im Inneren von Computern wirklich etwas Lebendiges verborgen sei. Aber etwas Geheimnisvolles hielt sich beharrlich, eine Spur, die Gegenwart eines Lebensfunkens. Ein startender Computer erschafft sich selbst aus dem Nichts, jede Tätigkeitsphase bereitet den Boden für die nächste. Eine winzige Menge Elektrizität, die in einen ruhenden Chip fließt, befähigt ihn, einen Aufruf an Komponenten zu richten, die darauf an einem simplen Austausch von Instruktionen teilnehmen, einer Aufstellung von Begriffen und Bedingungen, die einen komplexeren Austausch bewirken, und noch einen, Sprachschicht auf Sprachschicht, die entstehen, bis die Darstellung eines Ferienfotos oder der Schwung eines Pfeils quer über ein Spreadsheet denkbar werden, deren Bedeutungen tief hinab bis in die binäre Einfachheit reichen.

Arjun erkannte flüchtig ein Geheimnis in dieser Ja-Nein-Logik. Er wollte mehr Zeit am Computer verbringen, erbat oder stahl sie sich, wo er konnte: in Bibliotheken, College-Arbeitsräumen, den Häusern reicherer oder vom Glück gesegneter Schulfreunde. Alles war ihm recht: Handelsgott-Spiele, Städte und Armeen, die schlichte Welt verschiedenfarbiger Gänseblümchen, Anordnungen digitaler Zellen, die sich gegenseitig von Rot auf Blau schalteten. Als er Populationen von Computergeschöpfen beim Heranwachsen und Sterben beobachtete, bemerkte er, dass er über Maßstab nachdachte und sich auf teenagerhafte Weise fragte, ob seine eigene Welt nichts weiter als ein gigantisches Programm sei, ein Goldfischglassystem, das zum Zeitvertreib anderer kosmisch gelangweilter Halbwüchsiger in Gang gesetzt worden war.

Wahr oder *falsch*?

Bald trat er den Rückzug von diesem System an, durchgerüttelt von der Pubertät, von der Peinlichkeit des Umgangs mit anderen Leuten. Die Menschen waren voller Abgründe, eine wahre Hölle. Ihre Brutalität, ihre Vagheit, ihre verborgenen Motive und unerklärlichen Stimmungswechsel hatten sich zu einer albtraumhaften Gesellschaft verflochten. Warum verstand das niemand? *Sie ergaben keinen Sinn.* Schließlich bekam er seinen eigenen Computer und wurde zu einem Computereremiten, der sich dorthin flüchtete, wo die Kommunikation durch klar formulierte Regeln beherrscht wurde. Logiktüren. Wahrheitstafeln. Die Welt der Menschen konnte zum Teufel gehen. Er verschloss seine Tür vor ihr.

Sein Leben hätte sich in alle möglichen verschiedenen Richtungen weiterentwickeln können, hätte er nicht eines Abends eine Floppydisk im Laufwerk A seines PCs stecken lassen. Als er ihn am nächsten Morgen einschaltete, wurde sein Bildschirm plötzlich schwarz. Er drückte auf Tasten. Keine Reaktion. Er startete den Computer neu, der sehr behäbig lief. Er startete ihn noch mal. Und noch mal. Schließlich erschien nach einem endlosen Knirschen und Gestotter aus dem Inneren der Kiste eine Mitteilung vor seinen Augen.

u r a prlz0n7r ov th3 l0rd$ ov mlzr00L

Er fuhr das Ding unentwegt runter und startete es neu, aber das Problem wurde nur immer schlimmer. Sein geliebter Computer hatte sich in einen Haufen Schrott verwandelt. Um ihn wieder in Gang zu bringen, musste er seine Festplatte neu formatieren, was hieß, dass er seine gesamten Daten verlor. Alles. Monate Arbeit waren durch diese katastrophale Heimsuchung gelöscht. Er machte sich auf die Suche nach dem Verursacher und fand heraus, dass ihn ein Ding namens *Karnevalvirus* befallen hatte, eine Reihe von Chiffren, die sich auf einer harmlosen Floppydisk versteckt und seinen Computer dazu benutzt hatten, Kopien von sich herzustellen. Jeder Neustart hatte eine neue Generation entstehen lassen. Leben.

Arjun stellte bald fest, dass Informationen über Computerviren nur schwer zu erhalten waren. Auch nur eine vage Vorstellung zu gewinnen, woher sie kamen, war nicht möglich, wenn man keine eigene Internetverbindung hatte, und die hatte in Indien damals fast niemand. Nur weil er ausdauernd Platten und Zeitschriften anforderte und gelegentlich tödlich teure Anrufe bei ausländischen Informationszentren tätigte, bekam Arjun ein paar Codemuster in die Hände, die er wie heilige Texte studierte. In der Ungestörtheit seines Zimmers schuf er einige einfache Viren, wobei er darauf achtete, Backups von seinen Daten aufzubewahren, falls (wie es ein- oder zweimal geschah) er versehentlich seinen eigenen Computer infizierte. Er brachte sich Programmiersprachen bei und tat sich, als er auf die Zwanzig zuging, so allmählich in allen möglichen konventionelleren Programmieraufgaben hervor. Seine Eltern, denen sein Einsiedlerleben, seine schlechte Körperhaltung, seine Abneigung, Sport zu treiben oder Freunde zum Tee mit nach Hause zu bringen, Sorgen bereitete, begannen nach und nach etwas Positives in seiner Besessenheit zu sehen. Computer waren die kommende Sache, erinnerte Mr. Mehta seine Kollegen in der Firma immer wieder. Aus meinem Sohn wird ein Ingenieur.

Aber erst als er aufs College ging und endlich echten Zugang zur Datenfülle des Netzes hatte, war er wirklich imstande, seine Neugier zu befriedigen. Er begann sich in den Untergrund einzugraben, indem er sich in Chatrooms und IRC-Kanäle einloggte und voller Erregung an den Prahlhälsen und Strebern, den Schwadroneuren, Fanatikern und Paranoikern vorbeinavigierte, die diese Grauzone der Computerkultur heimsuchten.

Verpiss dich du lahmarsch, komm nicht angejammert, wenns deine festplatte löscht, ich hab das ding grade eben in die welt gesetzt. Na auf jeden fall viel spaß mit d100ds, bis zu meiner nächsten veröffentlichung …

Das war so der vorherrschende Stil. Wenn einer Kenntnisse hatte, trug er sie arrogant zur Schau. Er duckte die Möchtegerns und Blödiane wie ein schneidiger Musketier, ein Programmierdandy. Arjun war schüchtern. Selbst online, hinter der Anonymität eines Decknamens verborgen, mangelte es ihm an Selbstvertrauen. Lange Zeit hatte er nur auf der Lauer gelegen, zugeschaut und zugehört und Informationen über Sicherheitsmängel, Anfälligkeiten, Techniken, Großtaten gesammelt. Aber im wahren Untergrund, dem unauffindbaren Untergrund nur vorübergehend existierender Privatkanäle und Downloadsites mit wechselnden Adressen, war Austausch alles. Wenn man nichts gab, bekam man nichts.

Und so begann, ängstlich und mit dem Gefühl, etwas Verbotenes zu tun, *badmAsh* auf den Virentauschseiten mit dem Angebot zu erscheinen, Code gegen Code zu tauschen. Zu seiner Freude und Überraschung stellte er fest, dass viele Leute genau das haben wollten, was er hatte, und er wurde schnell populär und angesehen. Allmählich dämmerte ihm, dass hinter dem Geprahle der meisten anderen Tauschhändler oft nur wenig Talent verborgen war. Die meisten von ihnen waren Heimwerker, die mit schon existierenden Routinen herumpfuschten. Sie waren keine Schöpfer, keine Architekten. *badmAsh* wurde so etwas wie ein Star.

Das Internet, das die Grenzlinie zwischen Leben und Nicht-Leben weiter verwischte, hatte den Computerviren erst richtig Geltung verschafft. Solange noch bevorzugt Floppydisks als Virenüberträger benutzt wurden, waren die Infektionsraten niedrig. Von dem Augenblick an, da Dateien über Telefonleitungen verschickt werden konnten, stieg die Zahl der Zwischenfälle sprunghaft an. Von seinem Collegeterminal aus beobachtete Arjun fasziniert, wie bösartige Codes auf dem Computerleib der Welt wie Ausschlag ausbrachen und Juckreiz und Unbehagen bei einem Publikum auslösten, das durch Science-fiction und den Kalten Krieg dazu erzogen worden war, die Konvergenz von Maschinen und Biologie mit besorgter Ehrfurcht zu betrachten. Computervirus. Künftiger Schrecken.

Arjun selbst hatte für Science-fiction wenig Zeit. Für ihn war das alles Romantik. *Pyaar.* Der Held der VX-Seiten zu sein, war in mancher Hinsicht eine sterile Angelegenheit, denn Sinn und Zweck des Heldendaseins ist es, das Mädchen zu bekommen, und auf den VX-Seiten gab es keine. Nicht eines. Nicht einmal (wie in anderen Bereichen des Netzes) jemand, der vorgab, eines zu sein.

Pyaar. Pyaar. Pyaar. In ganz Südasien kommt man darum nicht herum. Vielleicht hat das Aufkommen des Themas »Liebe« etwas mit dem Kino zu tun oder mit der Unabhängigkeit von den Engländern, vielleicht auch mit der Globalisierung oder mit dem heimlichen Beobachten von Rucksacktouristenpaaren durch eine Generation junger Leute, denen plötzlich klar wurde, dass es durchaus möglich war, sich gegenseitig zu befummeln, ohne dass einem der Himmel auf den Kopf fiel. Es gibt Leute, die glauben, Liebe werde durch überlaute Diskomusik begünstigt. In Indien (der größten Disko-Nation der Welt) ist Liebe ein glitzernder Irrsinn, eine Besessenheit, die wie die Worte eines Diktators aus jeder *paan*-Bude und jedem Rikschastand, jedem Transistorradio, Anschlagbrett und TV-Turm ausposaunt wird. Während Arjun sich auf die Öffentliche-Schlüssel-Kryptografie oder die ungarische Namensgebungskonvention zu konzentrieren versuchte, klopfte es ununterbrochen an seiner Zimmertür, als wäre es eine lästige kleine Schwester. Willst du nicht rauskommen und spielen? Er würde nicht darauf geachtet haben (was konnte verschwommener und unlogischer sein?), aber infamerweise lenkten ihn alle diese absurden Rituale und Kompliziertheiten zurück auf etwas, wonach er verlangte, das er mit einer Gier ersehnte, die an Panik grenzte.

Berührung.

Liebe war der Lohn der Berührung. Liebe war das Labyrinth, durch das du deinen Weg finden musstest. Wenn in der Maihitze die schwere Luft sich wie eine Hand anfühlte, die auf seinem Körper lag, wenn er nachts wach lag, spürte er das Verlangen nach einem anderen Menschen wie einen starken Schmerz in seinem Inneren, wie etwas Fremdes, wie einen Tumor, der in seiner Brust aufgebrochen war.

Soweit man sie überhaupt rekonstruieren kann, liefen die Ereignisse in folgender Reihenfolge ab:

Um 21.15 Uhr PST taucht *badmAsh* auf #vxconvention auf,

der in dem Moment auf einem Server läuft, der zu einem privaten Internetprovider in Indonesien gehört. Gegen 21.28 Uhr PST hat er Verhandlungen mit einem regulären Benutzer namens *Elrick21* über den Tausch einer Kopie eines Packetsniffing-Dienstprogramms gegen eine komprimierte Datei abgeschlossen, die eine Liste von etwa einer Million E-Mail-Adressen enthält, wie sie Spam-Mailer benutzen, um an die Leute Mitteilungen über Penisvergrößerung, phantastische Investmentmöglichkeiten und Bitten um dringende geschäftliche Unterstützungen zu versenden. Als Gegenleistung für die private Telefonnummer von Profigolfer Tiger Woods (die *badmAsh* als Teil einer Lieferung bei einem früheren Tauschhandel erhielt und von der *Elrick21* meint, »es wäre einfach cool, sie zu haben«) erwirbt er außerdem eine Liste von etwa einem Dutzend IP-Adressen, die zu Computern gehören, auf die ohne Wissen ihrer Besitzer *Elrick21* eine Software installiert hat, die unter der Bezeichnung Trojanisches Pferd bekannt ist.

Zwischen 21.32 und 21.37 Uhr PST versucht *badmAsh*, mit diesen Computern Kontakt aufzunehmen. Nur einer antwortet, ein PC, der irgendwo in den Vororten von Paris steht und den sein Besitzer, ein Assistenzarzt namens Patrice, an eine Breitbandverbindung angeschlossen hat, damit er Flugsimulationen des Zweiten Weltkriegs laufen lassen kann. Manchmal denkt Patrice, lieber wäre er ein Kampfflieger-Ass als ein Doktor mit einer lausigen Wohnung in einem miesen Stadtteil. Patrice lässt seinen Computer gern ununterbrochen laufen. Gerade jetzt (es ist früher Donnerstagmorgen in Paris) ist er noch im Krankenhaus und kann also nicht sehen, wie *badmAsh* eine Verbindung zu dem Trojanischen Pferd herstellt, eine Reihe von Befehlen an seinen Computer sendet und dessen E-Mail-Software unter seine Kontrolle bringt.

Zwischen 6.50 und 9.23 Uhr mitteleuropäischer Sommerzeit (CEST), als Patrice nach Hause kommt, durch einen Schleier von

Müdigkeit erkennt, dass etwas Seltsames vor sich geht, und den Stecker aus der Wand zieht, versendet sein Computer in einem Dauerstrom E-Mails, die sich an Hunderttausende von Menschen in der ganzen Welt mit der Mitteilung wenden:

Hi. Ich sah das und dachte an dich.

Um 14.05 Uhr (KST) kommt der fünfzehnjährige Kim Young Sam, der seine Englischstunde in der Science High School von Seoul schwänzt, mit einer Schüssel Fertignudeln aus der Mikrowelle in sein Zimmer und fragt sich, warum er eine E-Mail aus Frankreich bekommen hat. Er öffnet sie und klickt auf den Anhang. Nichts geschieht. Als zehn Minuten später sein Computer Kopien der E-Mail an alle Leute in seinem Adressbuch verschickt, bemerkt er es nicht, weil er eingeschlafen ist.

Kelly Degrassi, an Schlaflosigkeit leidend, Mutter, Empfangsdame im Büro der Holy Mount Zion Church in Fort Scott, Kansas, öffnet die E-Mail und klickt.

Darren Pinkney (Milchbauer in Ballarat, Australien) klickt.

Altaaf Malik (Student, Leela-Zahir-Fan, Haiderabad, Indien) klickt und ist enttäuscht. Keine Fotos.

Zehn Minuten, nachdem die erste Mail Patrices Computer verlassen hat, haben vierzig weitere Leute sie unwissentlich an ihre Freunde und Kontaktpersonen verschickt. Eine halbe Stunde später haben es achthundert getan. Als Patrice die Technik-Hotline seines Internetproviders anruft, um zu sagen, dass er glaubt, mit seiner Verbindung stimme etwas nicht, hat die Mail, die das enthält, was später unter dem Namen »erste Spielart Leela-Virus« oder *Leela01* bekannt wird, bereits den Weg zu über siebzehntausend Festplatten in der ganzen Welt gefunden.

Die Wahrheit ist, dass Leela nicht nur *ein* Ding war. Sie war nicht einmal nur eine Reihe oder Gruppe oder Familie. Sie war ein Schwarm, eine Horde. Zur selben Zeit, als *Leela01* über E-Mails verbreitet wurde, wurden andere Leelas, andere Dinge mit ihrem Gesicht, zu Shareware-Sites upgeloaded, bahnten sich ihren Weg in Webserver, um als Cookies verteilt zu werden, und pflanzten sich in einem Wahnsinnstempo durch Peer-to-Peer-Netze fort. Es gab Versionen von ihr, die völlig mit der Vergangenheit brachen, die auf die komplexen Betriebssysteme zielten, die von Firmen und Universitäten benutzt wurden, auf die abgespeckten, die für Handys und Terminplaner entwickelt waren. So viele Leelas. So viele Mädchen mit demselben Gesicht.

Die Schönheit all dieser Varianten, ihr Zauber, der so viele Menschen unerwartet einfing, lag in ihrer Verwandlungskraft. Seit sich das erste Virus irgendwann in den achtziger Jahren auf die erste ungeschützte Festplatte geschlichen hatte, war ein Evolutionsprozess vonstatten gegangen, ein Wettrüsten zwischen Virusautoren und -scannern, das neue und unerwartete Mutationen hervorbrachte. Zu Anfang brauchten die Sucher nichts weiter zu tun, als ein Virenmuster einzufangen und Software zu schreiben, die nach einer verräterischen Spur oder Signatur Ausschau hielt. Daher begannen die Viren Verschlüsselungen zu benutzen, um sich zu verstecken, und die Sucher reagierten darauf, indem sie Jagd auf die Entschlüsselungsroutinen machten. Bald begannen die Viren in vielerlei Formen aufzutauchen. Die Sucher entwickelten sich mit ihnen und lernten, nicht nur die Signaturen aufzuspüren, sondern auch ihr verräterisches Verhalten. Unerwartete Ereignisse konnten Anzeichen eines Befalls sein. Änderungen der Dateigröße. Unerlaubte Modifizierungen.

Leela war ein Schritt über all das hinaus. Sie konnte ganz nach Lust und Laune neue Formen annehmen und blieb nie lange genug unverändert, um ermittelt und erkannt zu werden. Jede Generation brachte eine völlig neue Leela hervor, deren Organe anders angeordnet, mutiert, unter einer neuartigen Schicht von Verschlüsselungen verborgen waren. Das Schlimmste von allem aus der Sicht der Leute, die die Aufgabe hatten, sie zu finden, war, dass sie sich innerhalb des Programms, das sie infizierte, tarnen konnte, indem sie sich zwischen einwandfreien Instruktionen versteckte und alle Spuren dadurch verwischte, dass sie alle Verweise auf die Veränderungen, die sie vorgenommen hatte, zurücksetzte. Wenn die Sucher auf eine mit Leela infizierte Datei blickten, sah sie normal aus. Sie funktionierte immer noch. Nichts schien sich seit dem letzten gründlichen Aufräumen verändert zu haben. Einwandfreie Programme taten einwandfreie Dinge. Bis sie damit aufhörten. Bis Leela die Dinge in die Hand nahm.

Start + 3 Std: 17.360 Hostcomputer
Start + 4 Std: 85.598 Hostcomputer
Start + 5 Std: 254.217…

Und so war, als Arjun am nächsten Morgen abgespannt und müde nach einer Nacht ohne Schlaf zur Arbeit erschien, trotz der Infektion, die in der ganzen Welt wütete, bei Virugenix kein einziges Virenmuster zur Analyse eingegangen. Leela befand sich auf der freien Wildbahn und war im Augenblick vollkommen unsichtbar.

Wer hat geklickt? Hast du geklickt? Warst du so neugierig, um es auszuprobieren? Ganze Berge von Daten flossen durch die Leitungen, durch MAE-West und -Ost hinein in Zentren und Ringe in Chicago, Atlanta, Dallas und New York, und aus anderen in London und Tokio durch das gewaltige SEA-ME-WE-3-Kabel unter dem Pazifik und seine Geschwister auf dem Meeresboden des Atlantik. Daten strömten hinauf zu Nachrichtensatelliten oder wurden in Funkwellen umgewandelt, um von Sendern ausgespuckt zu werden und sich durch Menschen und Gebäude in den Weltraum zu verbreiten.

Leela fand Guy Swift in 11 000 Metern Höhe, als er von New York nach London zurückflog, und als sie bei ihm eintraf, machte das kaum Eindruck, denn er schlief. Sie war mit anderen Nachrichten zusammengepackt, komprimiert und von einem Satelliten auf einen Computer an Bord des Airbus A300 geleitet worden, in dessen Erste-Klasse-Abteilung Guy zurückgelehnt saß und schläfrig die E-Mails im Bordtelefon durchsah. Er holte seinen Laptop aus dem gepolsterten Nylonfutteral, zog seine Firmenkreditkarte durch das Kartenlesegerät am Telefon und schaltete die beiden Geräte zusammen. Dann schloss er nur für einen kurzen Moment die Augen und driftete davon an einen Ort der Abstraktion und Wärme. Einige Sekunden verstrichen. Die Abstraktion trübte sich, und er hatte plötzlich das unangenehme Gefühl, durch sein eigenes Inneres zu stürzen, *durch sich selbst.* Auf derart unangenehme Weise ins Bewusstsein gestoßen, atmete er heftig, öffnete die Augen und sah zehn neue Mails auf seinem Posteingang. *Probiers mal aus!* Verwirrt klickte er. Nichts geschah. Seine Verärgerung machte sich als kleiner Abscheu, als vorübergehende Störung in der glatten Kurve seines Arbeitstags bemerkbar. Hoteldusche, Frühstückstablett, Lobby, Limousine, Arbeitsessen, Einkaufen, Hotel, wiederum Limousine – das Raster der Straßen Manhattans glitt vorbei, als der schweigsame Fahrer ihn behutsam hinaus zum Flughafen fuhr – alles geräuschlos, perfekt…

Abflugzeit: 02.14 Uhr
Ankunftszeit: 07.14 Uhr
Ortszeit: ?

Welche Zeit galt hier? Wie spät war es jetzt?

Verschlafen beobachtete Guy einige Zeit später, wie London sich rund um das Taxi versammelte. Auf dem Sitz neben ihm lag eine Tragetasche der Unterwäscheboutique, ein in letzter Minute erstandenes Geschenk für Gabriella. Er beugte sich nach vorn und rief dem Fahrer, der in eine Radiosendung mit Höreranrufen vertieft war, die Richtung zu. Vor sich erblickte er in der Ferne das Gebäude, in dem er wohnte, ein Gebirge aus blauem Glas, das ein paar niedrige Achtzigerjahreblocks überragte. Er liebte diesen Moment, der schönste Augenblick jeder Reise. Heimzukommen.

Daheim. *In Vitro.*

Wie jeder Londoner weiß, ist In Vitro, Sir Nigel Pelhams wegweisender Wohnkomplex, ein zwanzig Etagen hoher Stufentempel aus blauem Glas, der sich in einer flachen Biegung am Südufer der Themse erstreckt. Jedes der dreihundertvierundzwanzig Luxusapartments hat einen Balkon, der so abgeschirmt ist, dass er die Illusion vollkommener Einsamkeit vermittelt. »Die Wirkung«, sagte Sir Nigel in einem Interview mit der Zeitschrift *Archon*, »ist die absoluter Ruhe, das himmlische Gefühl, frei von den Sorgen der Welt in der Luft zu schweben.« Die Aufzüge und andere Versorgungseinrichtungen sind auf die Rückseite verbannt worden, um den Blick auf den Fluss nicht zu beeinträchtigen. Die am tiefsten gelegene Wohnung befindet sich vier Stockwerke über der Erde, und Sir Nigels Partner hat den Raum darunter mit all den Annehmlichkeiten voll gestopft, die einer Wohnanlage mit internationalem Standard angemessen sind. An der Rezeption ist eine Karte erhältlich, die zeigt, wo in In Vitro die Olympiamaßstäben genügende Schwimmanlage, seine Sportstätten, Saunen und Solarien, seine Badebecken, Tennisplätze und die Bowlingbahn sowie das unterirdische Parkhaus liegen, nicht zu vergessen der innovative Meditationsraum im Stil der Hopi-Indianer: ein weiß gepolsterter Raum, in den versteckte Lautsprecher die Naturlaute des amerikanischen Südwestens übertragen.

Guy hatte seine Wohnung auf dem Höhepunkt des Booms der

späten neunziger Jahre gekauft. Als *Tomorrow** sich aufwärts entwickelte, erschien es ihm angemessen, dass er als Hauptgeschäftsführer einer Weltklasse-Agentur auch eine entsprechende Unterkunft bezog. Es gab noch andere Faktoren, die seine Entscheidung beeinflussten. Er hatte manchmal den Verdacht, obwohl er da nie sicher sein konnte, dass die Wohnung einer der Gründe war, weshalb Gabriella sich bereit erklärt hatte, bei ihm einzuziehen. Bisweilen hegte er sogar den Verdacht, dass für ihn unterbewusst der Hauptgrund für den Kauf dieser Wohnung der gewesen war, Gabriella leichter überreden zu können, bei ihm einzuziehen. Aber das war ein psychologisches Terrain, dessen nähere Untersuchung sich nicht auszahlen würde. Der Kaufpreis war natürlich astronomisch hoch gewesen, aber damals hatte er den Eindruck, es lohne sich, die Schulden aufzunehmen, nur um die neidischen Gesichter seiner Geschäftsfreunde zu sehen, als er sie zur Wohnungseinweihung einlud.

Guy war Millionär, das aber eher technisch gesehen. Sein Foto wurde zwar in der Zeitschrift *Future Business* in der Liste der 100 Top-Jungunternehmer des kommenden Jahrtausends neben einer Ziffer von £3,1 Millionen »Privatvermögen« gezeigt; aber diese Zahl beruhte fast ausschließlich auf einer Bewertung von *Tomorrow**, woran Guy nach der letzten Risikokapitalfinanzierungsrunde einen verminderten Anteil hielt. Sein Barvermögen hingegen war vergleichsweise bescheiden. Damals hatte er den Kauf der Wohnung als eine Chance gesehen, die Firma weiter zu vernetzen: Sicherlich würde er auf den Gängen eines so exklusiven Hauses allen möglichen potentiellen Kunden über den Weg laufen.

Zu seiner Enttäuschung stellte er bei seinem Einzug fest, dass der ganze Komplex schauerlich leer war. Die Sport- und Badeanlagen wurden ausgezeichnet gepflegt, aber kaum benutzt. Zwar waren die meisten Einheiten bereits verkauft worden, bevor die Anlage überhaupt fertig gestellt wurde, aber viele waren im Besitz von Ausländern und blieben den größten Teil des Jahres unbewohnt. Andere waren Firmen- oder Gemeinschaftswohnungen, deren Bewohner alle paar Wochen wechselten. Wenn Guy Bewohner von In Vitro im Fitnessstudio traf, nickten sie misstrauisch und versuchten ihre Überraschung darüber zu verbergen, dass sie an dieser normalerweise leeren Stätte auf einen anderen Menschen gestoßen waren. Völlig menschenleer heizte sich die Sauna auf und kühlte sich wieder ab, und im Meditationsraum heulten die Kojoten ungehört. Früh am Morgen, ehe die europäischen Märkte öffneten, konnte man ein paar Leute finden, die im Pool ihre Runden schwammen, aber für gewöhnlich waren sie einander fremd. In den Aufzügen starrten die Fahrgäste mit festem Blick auf die flimmernden Zahlen der LCD-Anzeige. Manchmal schielten sie heimlich auf die Gesichter, die sich in den blanken Stahltüren spiegelten. Manchmal nicht.

Er bezahlte das Taxi, und ein Pförtner eilte herbei und spannte einen schneeweißen In-Vitro-Regenschirm auf, den er auf dem Weg in die Vorhalle über Guy hielt. Der Pförtner rollte seinen Koffer über den Asphalt und fragte Guy, ob er eine angenehme Reise gehabt habe. Wie alle Mitglieder des Empfangsteams von In Vitro hatte auch dieser einen undefinierbaren osteuropäischen Akzent, der Guy nicht gefiel. Osteuropa vermittelte ihm nicht das Gefühl von Kundenservice.

In der Vorhalle saßen zwei stoppelhaarige Männer auf Drehstühlen und beobachteten eine Reihe von Monitoren. Der Sicherheitsdienst wurde dadurch »dramatisiert«, wie Pelham Partnership es formulierte, dass er in einem riesigen, an ein Auge erinnernden Glasoval untergebracht war, das auf Mezzaninhöhe über der Rezeption schwebte. Die elektronische Rundumüberwachung des Komplexes war für die Geschäftskunden ein wichtiger Pluspunkt. Treppenabsätze, Treppenhäuser, Gärten, Flussufer – alles war abgesichert. Das Oval sollte beruhigend wirken, ein Symbol der Sicherheit, aber kürzlich hatte Guy festgestellt, dass die gelangweilten Männer und ihr ständig wechselnder panoptikumartiger Anblick die gegenteilige Wirkung hatten. Meist beschleunigte er unwillkürlich seine Schritte, wenn er unter den Rauchglas-Kamerakuppeln auf dem Parkplatz vorbeiging. Und wenn er seinen Schlüssel in die Wohnungstür steckte, fühlte er sich ertappt. Sie hinter sich zu schließen war eine Wohltat voller Schuldgefühle.

Er ignorierte den Abschiedsgruß des Pförtners und fuhr mit dem Aufzug in die fünfte Etage. Wie üblich war das Stockwerk wie ausgestorben, es sei denn, man ließ die quasi menschliche Erscheinung der Yuccabäume gelten, die an jeder Tür Wache standen. Apartment Nummer 124 roch drinnen unangenehm nach Zigarettenrauch. Der Couchtisch war mit weißem Pulver und Fingerabdrücken beschmiert. Ein Trio leerer Moët-Flaschen und ein schmutziger Aschenbecher standen auf der Corian-Arbeitsfläche in der Küche. Gabriella hatte offenbar Gäste gehabt. Guy ließ seine Kleider auf den Schlafzimmerteppich fallen, ging unter die Dusche und blieb volle zehn Minuten unter dem entspannenden Heißwasserschwall stehen. Dann rasierte er sich, suchte sich aus seinem Kleiderschrank mit der Stahlfront frische Sachen zusammen und trottete barfuß über die Schieferkacheln zurück in die Küche, um sich an seiner riesigen Espressomaschine Kaffee zu machen, eine Tätigkeit, die ihn stets einen befriedigenden lokführerhaften Kitzel verspüren ließ.

Guy hatte bereits vor seinem Einzug gewusst, welch anspruchsvolle Aufgabe die Einrichtung dieser Wohnung war. Da es ihm sowohl an Zeit als auch an Kenntnissen fehlte, hatte er (auf Vorschlag der attraktiven brünetten Vermögensberaterin) eine Agentur engagiert, die ihm beim Möbelkauf behilflich war. Auf diese Weise, hatte er überlegt, könne er sicher sein, dass alles in seiner persönlichen Umgebung von allerbestem Geschmack sei. Und so war alles persönlich, individuell, trug seine *Handschrift*: der weiße Ledertisch mit der Cityvorwahl des Flughafens als Ausschneidemotiv, der Kronleuchter aus in Keramik gegossenen CDs, die Ottomane aus Vicuñaleder, das ergonomische dänische Salatbesteck und die Wegwerf-Obstschalen aus Pappe, die mattschwarz mit Pulverlack überzogenen Stahlwürfel neben der Konversationsmulde, der an Drahtseilen hängende Polyvinyl-Kosmetikkoffer im Vuitton-Dekor, an den er den Plasmabildschirm und die Phalanx der Induktionslautsprecher montiert hatte, die gestrickten ornamentalen Vogelschwärme an der Schlafzimmerdecke und die niedrigen Terrassenmöbel aus Teakholz auf dem Balkon. Dies alles, jeder einzelne sandgestrahlte Badezimmerhahn, war er, Guy Swift, persönlich.

Die Kunst auszuwählen war das Leichteste gewesen. Bei einer Online-Galerie (eine weitere Anregung von Tania, der Vermögensberaterin) hatte er auf mehrere Cibachrome-Fotos gezeigt: stark vergrößerte Stadtdetailansichten, Einstiegsluken, unscharfe Schlafwagen, Tauben und so weiter, dazu die bewusst falsch entwickelte Aufnahme eines Industriegebietes in Dalston, wo er einmal bei einer Produktpremiere gewesen war. Um sich eine Freude zu machen, hatte er außerdem zwei Wandtafeln aus Neonröhren und eine Skulptur aus zwei ineinander greifenden Stahlkreisen gekauft, die, versicherte die Galerie, auf den Kopfmaßen eines ganz bestimmten Supermodels beruhten.

Er schob die Glastüren auf und trank schlückchenweise seinen Doppio, während er auf die Themse blickte. Autos rollten über die Brücken. Ein Müllkahn glitt vorbei, auf seinem Weg zu einer Müllgrube flussabwärts. Obwohl er die Aussicht liebte, ertappte er sich bei dem Gedanken, wie viel schöner sie noch von weiter oben wäre. In den oberen Etagen von In Vitro gab es ein paar hinreißende Penthäuser, und auf der Spitze befand sich ein einzelner zweistöckiger Würfel aus Glaswänden mit schwimmendem Terrassenboden, ein schmuckloser Rohbau, der noch keinen Käufer gefunden hatte. Manchmal, wenn Guy zufällig das Gebäude aus der Ferne sah, stellte er sich dort oben in diesem Penthaus vor, wie er ganz London mit seinem Blick erfasste.

Einige Regentropfen landeten auf seinem Gesicht. Als er seinen letzten Schluck Kaffee trank, klingelte das Telefon mit einer Softrock-Melodie aus den achtziger Jahren. Wie seine gelegentlichen Besuche in kleinen dreckigen Cafés, wie seine Sammlung von John-Holmes-Videos, wie sein augenblicklicher Haarschnitt und die Poster von sozialistischen Staatsführern im Essbereich war Guys Klingelton ironisch gemeint. Die Anruferin war Kika, seine Assistentin.

»Guy?«

»Kika, hi.«

»Wie ist es in New York gelaufen?«

»Es hat ihnen gefallen, Kika. Wirklich gut. Ihren Public-Relations-VP hat's total umgehauen.«

»Das ist eine tolle Nachricht. Also haben wir den Auftrag?«

»Sie haben sich noch nicht entschieden, aber das werden sie. Glaub mir.«

»Oh, ich verstehe.« Sie klang skeptisch, was ihn ärgerte.

»Guy«, fragte sie, »kommst du ins Büro?«

»Kika, eigentlich bin ich fix und fertig. Ich bin erst vor ein paar Minuten zur Tür rein. Gibt's was Neues?«

»Vielleicht. Mag sein, dass es nicht wichtig ist, aber ich denke, du solltest wissen, dass Yves Ballard hier ist. Und er – schnüffelt irgendwie herum.«

Das war eine schlechte Nachricht. Guy warf einen Blick nach hinten in seinen Wohnbereich und suchte unbewusst nach etwas, was er sich reinziehen oder schlucken konnte, um diese Neuigkeit zu verdauen. »Yves? Was zum Teufel macht er im Büro? Ich habe nicht einmal gewusst, dass er überhaupt in London ist. Und was meinst du mit ›herumschnüffeln‹?«

»Na ja – er sieht sich halt alles an. Guckt den Leuten über die Schulter. Fragt sie, woran sie gerade arbeiten. Angeblich möchte er bloß einen Eindruck von unserer Kultur bekommen. Er hat wohl gewusst, dass du weg bist.«

»Dieses Arschloch. Dieses beschissene Arschloch. Er hat nicht mal den Anstand zu – oh Scheiße – Kika, tust du mir 'n Gefallen? Wenn er in die Nähe von Pauls Abteilung kommt, versuche ihn abzulenken. Ich möchte nicht, dass er irgendwelche Vermögenssachen einsieht, ehe ich da bin. Ich springe sofort in ein Taxi…«

»Guy, wie soll ich das denn anstellen? Er schlendert einfach so herum und quatscht.«

»Ich weiß nicht. Lass dir was einfallen. Mach ihm Tee. Zeig ihm deine Titten.«

»Guy, das war jetzt nicht nötig.«

»Kika, gib dir einfach Mühe, okay? Ich komme, so schnell ich kann.«

Schön, Sie zu sehen, Yves«, log Guy. »Willkommen.«

Yves langte nach oben, schüttelte Guy die Hand und log seinerseits verbindlich irgendwas von Flugverbindungen, günstiger Gelegenheit, einem Morgen, den er totzuschlagen hätte. Es war ein unangenehmer Augenblick. Um ihn bei *Tomorrow** willkommen zu heißen, musste Guy so tun, als hätte Yves es sich nicht schon in dem Balzac-Sessel in der Brainstormingzone bequem gemacht, wo er einen Stapel Kalkulationen durchblätterte.

Einen Moment lang sahen sie sich starr an, dann lösten sie den Blick voneinander und schauten in entgegengesetzte Richtungen auf die umgebaute Fabrik in Shoreditch hinaus. *Tomorrow** war, wie Guy allen Besuchern gern versicherte, weniger eine Agentur als vielmehr ein Experiment, Leben und Arbeit miteinander in Einklang zu bringen. Guy wollte seiner Belegschaft ein Ambiente bieten, das Kreativität und Innovation förderte, zu Höchstleistungen anspornte, das aus Arbeit Spaß und aus Spaß Arbeit machte. Dieses Ambiente bestand aus drei offenen Etagen mit großen Fenstern, nackten Backsteinwänden und polierten Dielen, die die Narben des Einbaus und der Demontage schwerer Maschinen zeigten und auf denen jetzt wahllos Tische und PC-Arbeitsplätze angeordnet waren, das Ergebnis eines erfolglosen Experiments mit der Mehrfachnutzung von Arbeitsplätzen. Als Gegenleistung für Guys Engagement waren genau in diesem Moment etwa achtzig Leute damit beschäftigt, zu forschen, prüfen, analysieren, formulieren, quantifizieren und qualifizieren, zu redigieren, mischen und montieren, zu arrangieren, präsentieren, diskutieren und all die anderen Betätigungen auszuführen, die Guy gern unter der Generalüberschrift *Sich die Hände am Markenprofil schmutzig machen* zusammenfasste. Gemeint war damit: die Leute dazu zu bringen, ihren Emotionen, Beziehungen und ihrem Selbstgefühl durch den Erwerb von Produkten und Dienstleistungen eine Richtung zu geben.

»Wollen wir nicht nach oben gehen?«, fragte er.

»Nein«, erwiderte Yves. »Wir bleiben hier. Es ist gemütlich.« Er zeigte auf einen Sitzsack neben dem Sessel. Die Vorstellung, in seinem eigenen Firmensitz zum Platznehmen aufgefordert zu werden, war neu für Guy und nicht sehr angenehm. Dass ihm der Sitzsack angeboten wurde, war offensichtlich eine Falle, aber er musste das Beste daraus machen, und so zog er den unförmigen Kunstledersack zu einer Stelle, wo er sich wenigstens mit dem Rücken gegen den Flipperautomaten lehnen konnte. In dieser Position befand er sich fast auf Augenhöhe mit Yves.

Yves nickte weise, das Nicken eines Mannes, der seine professionelle Billigung einer Konferenztaktik zu erkennen gibt. Guy bemerkte mit einem Gefühl ohnmächtiger Wut, dass die Papiere in Yves' Händen die neuesten Kostenaufstellungen der Firma waren. Er zwang sich zu einem Lächeln. »Sind Sie sicher, dass Sie nicht lieber nach oben gehen wollen?«

»Es ist okay hier.«

Guy musste etwas tun, damit er die Initiative wiedererlangte. Um Zeit zu gewinnen, gab er vor, er müsse auf seinem Handy einen Anruf entgegennehmen, machte zu Yves hinüber ein »Nur eine Minute«-Zeichen, klemmte sich den Hörer ans Ohr und spazierte in Richtung Rezeption. Dort versuchte er nachzudenken. Einen Überraschungsbesuch von Yves Ballard konnte man sich auf viele Arten deuten, von denen aber keine positiv war. Yves war Teilhaber bei Transcendenta, dem Risikokapitalunternehmen, dessen Investitionen dazu beigetragen hatten, dass *Tomorrow** verwirklicht wurde. In letzter Zeit war eine gewisse Kühle in den Beziehungen zwischen Transcendenta und *Tomorrow** eingetreten. Es war die Rede davon, Vollzugsziele zu setzen und eine alsbaldige Kapitalrückzahlung ins Auge zu fassen. Guy warf einen Blick auf den Franzosen. Yves war wie immer in der typischen Ausgehuniform der internationalen Geschäftswelt gekleidet: Drillichhosen, Mokassins, die viel Argyll-Socke sehen ließen, ein blaues Baumwoll-Button-down-Oberhemd mit dem Logo eines konservativen Modehauses auf der Brusttasche; Kleider, die international so geläufig und neutral waren wie sein vierzig-und-nochwas altes Gesicht mit seinen angenehmen, doch irgendwie nicht voll ausgenutzten Gesichtszügen. Diese hatten sich im Moment zu einem Ausdruck gewollter Gelassenheit versammelt, einem tückischen Zierteich von Gesicht. Yves war hier, um über Geld zu reden, da herrschte kein Zweifel.

Guy klappte sein Telefon zu und schlenderte zurück in Richtung Brainstormingzone, die von den meisten *Tomorrow**-Angestellten für den Freizeitbereich gehalten wurde, weil dort weiche Sitzgelegenheiten, ein Fernseher und was zum Spielen zu finden waren. Yves ließ den Blick müßig über die antike Industrienähmaschine gleiten, die die Umbauarchitekten aus dem Vorleben des Gebäudes als Kleiderfabrik gerettet hatten. Guy ließ gern neue Mitglieder der Belegschaft sich neben dieser Maschine aufstellen. Ihre Inspiration sollte von dort kommen, pflegte er ihnen zu sagen. Dieser Metallbrocken versteht den wahren Sinn der Arbeit.

»Sie haben noch zusätzliche Leute eingestellt«, sagte Yves.

Guy erklärte die Vorzüge, ein hausinternes Produktionsteam zu etablieren, und pries die gute Arbeit, die von den neuen Marktforschern geleistet wurde. Er plapperte drauflos, während er nervös gewahr wurde, in welche Richtung Yves steuerte.

»Schauen Sie, wenn wir nach oben gingen, könnten wir beide bequem sitzen.«

Er versuchte es wie einen Witz klingen zu lassen, aber heraus kam es als flehentliche Bitte. Die Hälfte der obersten Etage nahm ein Bereich ein, der dazu da war, Guys eigene Kreativität und Innovation zu fördern, ein Raum mit Blick über die Sozialwohnblocks und die umfunktionierten Lagerhäuser von East London, die er manchmal als seine Denklandschaft bezeichnete. Außer den üblichen Büromöbeln enthielt der Raum ein Liegesofa, einen Zeichentisch, Kästen mit unbenutzten Kunst- und Designartikeln, ein Heimkino und einen Schrank mit mehreren Spielzeugrobotern und Erinnerungen an Quentin Tarantino. Das war sein Reich. Wenn sie dort hinaufgingen, würde er sich nicht mehr so ungeschützt fühlen.

Ballard schenkte seinem Vorschlag keine Beachtung. »Ich habe gehört, Sie haben einen neuen Auftrag erhalten?«

»Wir schließen das Geschäft gerade eben ab.«

»Ich dachte, deswegen sind Sie nach New York geflogen. Wegen dieses neuen Produkts von Pharmaklyne. Dem SSRI.«

»Genau. Es war ein sehr erfolgreiches Treffen. Unsere kreative Arbeit hat ihnen Eindruck gemacht. Wir hatten eine repräsentative Auswahl junger städtischer Profis Videotagebücher über ihre Ängste anfertigen lassen.«

»Aber unterschrieben haben sie nicht.«

Guy war wütend, dermaßen in die Ecke getrieben zu werden. »Yves, es ist schön, Sie zu sehen, aber mich wundert, warum Sie diese Unterredung nicht mit Kika vereinbart haben. Wir arbeiten im Augenblick an mehreren Aufträgen. Es wäre einfacher gewesen, Zeit für dieses Gespräch zu finden, wenn ich gewusst hätte, dass Sie kommen.«

»Natürlich. Aber ich war halt gerade in London und wollte sehen, wie die Dinge bei *Tomorrow** vorankommen – ganz inoffiziell. Ich bin hier als Freund, Guy. Ich bin hier, um Ihnen Rückendeckung zu geben.«

Der Regen hatte aufgehört, und wässeriges Licht drang durch die Fenster. Über Guys Kopf flatterten drei riesige rote Fahnen, Überreste eines Auftrags für einen Depeschendienst, in der Zugluft eines offenen Fensters. Jede zeigte ein einziges anspornendes Wort in einer weit auseinandergezogenen serifenlosen Schrift.

Spielen
Verändern
Begeistern

Der Depeschendienst war zu einer anderen Agentur gegangen, aber die Fahnen fand Guy zu gut, um sie wegzuwerfen. Heute kam es ihm so vor, als seien sie trotz ihrer positiven Botschaften eher ein Teil des Problems von *Tomorrow** als von seiner Lösung. Trotz all seiner organisatorischen Innovationen, trotz seines Ethos der Offenheit und seiner ganzheitlichen Einstellung zur Neupositionierung von Marken hatte *Tomorrow** im Moment ziemlich wenig Aufträge. Transcendenta hatte mehrere Millionen Euro an Risikokapital investiert, aber mit dem Bau, der Erweiterung, durch den Vertrauensverlust nach dem 11.September und seine Vorliebe für echt cooles Firmenspielzeug hatte Guy es mehr oder weniger verheizt. Das letzte echte Projekt, das Markennamenaudit für einen Halbleiterhersteller, war vor zwei Monaten eingestellt worden. Plötzlich fühlte er stechendes Misstrauen. Wusste Yves über seine Ausgaben Bescheid? Diesen letzten Monat war er sogar über sich selbst erschrocken.

»Sollten wir das vielleicht«, schlug Guy versuchsweise vor, »beim Mittagessen besprechen?«

»Nein«, sagte Yves. »Kein Mittagessen. Das macht uns nur fett.«

»Pardon?«

»Wir wollen doch nicht fett werden. Fette Menschen bewegen sich langsam. Fette Firmen auch. Die Dinge stehen im Augenblick sehr schlecht, Guy. Es ist nicht die Zeit für Zügellosigkeiten. Ich habe eine Ihrer Sekretärinnen Sandwiches holen geschickt. Wir essen sie hier, und Sie klären mich über die Abteilungen Ihrer Firma auf, die wirklich notwendig sind.«

Es war schlimmer, als er es sich jemals hätte ausmalen können. Dabei hatte Leela noch nicht einmal ihr Werk begonnen.

Überall auf der Welt war Donnerstag, der 12. Juni, ein ruhiger Tag. Bomben explodierten in Djakarta, Djenin und Taschkent. Ein älterer einwandiger Tanker sank vor Manila und entließ seine Rohölladung ins Südchinesische Meer. In Malawi wurde bei einem Mann eine Infektion mit einem bisher unbekannten Retrovirus festgestellt. Auf dem Londoner Flughafen Heathrow wurden zwei ghanaische Jungen erfroren im Fahrwerk einer Boeing 747 gefunden.

Während Guy mit Yves schwer verdauliche Sandwiches aß, flirrte bereits der Sonnenaufgang über den Pazifik. Über dem Golf von Mexiko hatte eine F16 der US Airforce kurzen Kontakt mit einem unbekannten Flugobjekt aufgenommen, und in Tasmanien wurde eine Mutter zweier Kinder am Grund einer Schlucht in ihrem Ford Cortina eingeklemmt gefunden, die sich drei Tage lang mit geschmolzenem Schnee und Hungry-Jack's-Barbecue-Soßenpäckchen am Leben erhalten hatte. Arjun war noch immer wach in seinem Zimmer in Berry Acres und starrte auf seinen Bildschirm. Er hatte nicht geschlafen und fuhr Freitagmorgen zeitig zur Arbeit, wobei er im Bus dem Soundtrack von *Crisis Kashmir* lauschte, dem Film, in dem Leela Zahir die Tochter eines Soldaten spielt, die sich in einem Netz aus Terrorismus und internationalen Intrigen verfangen hat.

Den Morgen verbrachte er damit, eine Korrekturroutine für ein verbreitetes Makrovirus, die Clay geschrieben hatte, laufen zu lassen und zu überprüfen. Vor Müdigkeit schwammen ihm gelbe Punkte vor den Augen herum. Man ließ ihn in Ruhe. Seit er seinen Job verloren hatte, war er kein realer Mensch mehr, er entschwand bereits in der Erinnerung. Er saß vor seinem Terminal, beobachtete die Uhr rechts unten auf dem Bildschirm und wartete auf die magische Stunde. Leela Zahir war am 13. Juni vormittags um 10.12 Uhr auf die Welt gekommen. Wenn es ihm gelungen war, etwas zuwege zu bringen, wenn sein Code nicht irgendeine unvorhergesehene Macke enthielt, würde es nicht mehr lange dauern, bis man die Auswirkungen zu spüren bekam. Er war so müde, dass er kaum denken konnte. Der Text von Leelas wunderbarem Liebeslied aus *Crisis Kashmir* ging ihm im Kopf herum.

O my love, o my darling
I've crossed the line of no control
I hear your gunfire in my valley
You've tripped my wire
You have my soul
I've crossed the line
The line of no control.

Kurz vor der Mittagszeit – oder was die Mittagszeit gewesen wäre, wenn jemand bei Virugenix solche Konventionen beachtet hätte – versammelte sich eine aufgeregte Schar von Ghostbusters in Darryls Büro. Nach einer kurzen Unterhaltung gingen sie alle in den Kontrollbereich und betrachteten etwas auf einem der Bildschirme. Arjun, der über seine Kabinentrennwand schielte, wusste sofort Bescheid. Jemand hatte ein Sample zur Analyse eingeschickt: Das Spiel hatte begonnen. Am frühen Nachmittag befand sich das gesamte Antivirus-Leitungsteam in dem Raum mit den Plexiglaswänden und sah zu, wie Leela Zahir in einer ruckeligen Fünf-Sekundenschleife aus dem *holi*-Tanz in *Naughty Naughty, Lovely Lovely* über zehn Monitore tanzte.

Die Erregung war unbeschreiblich. Leela riss die Augen weit auf und machte in Richtung des Betrachters eine kokette Bewegung, als wollte sie ihn rüffeln, während das Londoner West End kurz im Hintergrund sichtbar wurde. Und noch einmal. Und noch einmal.

Es funktionierte.

Arjun wusste, was sich hinter den Augen und dem Lächeln abspielte: dass Leela Ressourcen aus anderen Programmen stahl, Festplattenplatz besetzte und es sich darauf behaglich machte. Dass sie vielleicht auch andere Dinge tat: böse, schädliche Dinge. Jetzt war nur die Frage, wie schwer es den Analysten fiel, Gegenmaßnahmen zu ergreifen. Als Clay mit strahlendem Gesicht an seinem Schreibtisch vorbeiging, konnte Arjun sich die Frage nicht verkneifen, was los sei.

»Mann, der echte Knaller, das ist los!« Clays Stimme hob sich am Ende jedes Satzes, als stellte dieses Ereignis alles, die ganze Welt in Frage. »In den letzten zehn Minuten haben wir fünf verschiedene Samples aus etwa drei Orten in Südasien bekommen. Der Kundendienst hat gerade einen Anruf von einem Typen aus Auckland erhalten, einer Stadt in Neuseeland, glaube ich. Der Direktor irgendeiner Versicherungsgesellschaft musste gerade sein ganzes Netzwerk abschalten, ich meine, einfach alles. Der ist total ausgeflippt!«

Beim Weggehen klatschte der Kollege mit der Begeisterung eines Collegesportlers seine linke Faust in die rechte Handfläche. Furcht fuhr wie eine dünne Nadel hinauf durch Arjuns müdes Hirn. Eine ganze Firma war lahm gelegt worden. Jetzt wurde es ernst.

Als es auf dem Atoll Kiritimati im Pazifik 10.12 Uhr war und ein glückloser Garnelenfischer auf seinen Laptop zu fluchen begann, verließen in London Guy und Gaby gerade die Premierenfeier für einen Film, der das Remake eines anderen Films war, und stiegen in ein Taxi. Guy hatte den ganzen Abend mit kaum jemandem geredet. Gabriella hingegen war Mittelpunkt einer angeregten Clique gewesen, die sich Witze erzählt und Visitenkarten, Handynummern und Essenseinladungen ausgetauscht hatte. Guy war zu sehr in Gedanken, um eifersüchtig zu sein.

Die ganze Situation war sehr Old Economy.

Yves Ballards Mitteilung war unmissverständlich gewesen. Transcendenta würde sich außerstande sehen, eine weitere Finanzierungsrunde abzuschließen, wenn *Tomorrow** nicht die allgemeinen Kosten herunterfahren und sich neue Aufgaben schaffen würde. Ohne Finanzierung hatte *Tomorrow** nur noch für wenige Monate Geld. Yves hatte zwar ein wenig drumherum geredet, was genau geschehen könnte, aber doch keinen Zweifel daran gelassen, dass Transcendenta nicht zögern würde, den Hahn zuzudrehen.

Er driftete mit seinen Gedanken zu Kalkulationen zurück. *Tomorrow** und alles, was damit verbunden war, hing inzwischen von drei Aufträgen ab. Dem für das Medikament SSRI, über den er gerade in New York verhandelt hatte, und zweien, die er nächste Woche unter Dach und Fach bringen musste – mit der Wellnesshotelkette am Golf und mit PEBA, der neuen Gesamteuropäischen Grenzbehörde, einem Kunstgebilde der EU-Integration, das die Zuwanderung und die Zollsysteme aller Mitgliedsstaaten miteinander in Einklang bringen sollte. Falls einer von ihnen klappte, würde es vielleicht genügen, Transcendenta dazu zu überreden, sich zurückzuhalten. Wenn er allerdings mit sich ehrlich war, musste er zugeben, dass die Leute von der Arzneimittelfirma offenbar nicht richtig angebissen hatten. Blieben also noch zwei mögliche Aufträge. Zwei Chancen.

Gabriella speicherte gerade die Nummer von irgendjemandem in ihr Handy. Als sie merkte, dass er sie beobachtete, drehte sie das Display ein wenig weg.

»Schätzchen, hast du noch mal über Thailand nachgedacht?«

»Nicht so richtig, Guy.« Sie klappte das Handy zu und wandte sich ab, um aus dem Fenster zu sehen.

Sie war sich nicht sicher, wie lange sie ihn noch ertragen könnte. Als sie nach London gekommen war, war sie ein Opfer derselben blinden Hektik gewesen, die zum Tod ihrer Schwester geführt hatte. Es gab einen Freund, eine Zeitschrift und Partys. Ihr Vater machte sie ausfindig und schickte Geld. Sie probierte Verschiedenes, arbeitete in einer Galerie und studierte ein Semester Jura. Die ganze Zeit über spürte sie in ihrem Innern das dringende Verlangen wegzulaufen und wurde sich immer sicherer, dass die einzige Möglichkeit, am Leben zu bleiben, die wäre, zur Ruhe zu kommen, einen Anker auszuwerfen.

Dann bot ihr jemand den Job an, die Zeitschriftenpresse auf einen Film einzustimmen. Er ließ sich wahrscheinlich deshalb so gut an, weil sie sich so wenig aus dem Ganzen machte, weder aus der glamourösen Aura der Branche noch aus dem schalen Reiz des Films selbst. Aber indem sie Storys unterbrachte und das junge Schauspielerensemble zu Interviews über Gangster und das Britischsein und darüber, wie es ist, mit der berühmten Hauptdarstellerin zusammenzuarbeiten, begleitete, fand sie, wenn auch keinen Beruf, so doch wenigstens eine Ablenkung. Es gab im Zentrum eines Medienbetriebs ein Kalkül, eine Werteinschätzung: *Was kannst du für uns tun, was willst du dafür haben?* Das war ehrlich. Hier lagen menschliche Beziehungen offen zutage: Du standest entweder auf der Liste, oder dein Name wurde gestrichen, je nachdem, was du zu bieten hattest. Sie arbeitete hart, weil die Arbeit die Erinnerung an ihre Schwester verdrängte, und die Firma bot ihr einen Vertrag an.

Den Job hatte sie ein Jahr lang gemacht und es genossen, ihr eigenes Geld zu verdienen, richtiges Geld anstelle des unerschöpflichen Spielgelds, das Caroline umgebracht hatte. Dann begegnete sie Guy. Er kam auf einer langweiligen Party auf sie zu und begann sofort, vertraute Sprüche zu klopfen: Ich habe Sie von drüben gesehen, was für eine Schönheit, haben einfach alle gesagt, so ein Zufall. Was sie erstaunte, war seine Unverschämtheit; er vermittelte den Eindruck, die ganze Welt wäre für ihn reserviert. Im Gegensatz zu vergleichbaren Männern hatte sein überbordendes Selbstvertrauen aber nichts Aufgesetztes an sich. Er war, was das anging, unschuldig. Das Leben war ihm immer gefällig gewesen, hatte ihm immer gegeben, was er verlangt hatte.

Eine Ablehnung ließ er einfach nicht zu, und so willigte sie ein, sich von ihm ausführen zu lassen, und entfesselte damit einen Sturm von Drinks und Abendessen, ein Bombardement von Blumensträußen. Binnen zwei Wochen sah sie sich mit dem Unvermeidlichen konfrontiert: einem Sofa und einem Dimmer und keinen guten Argumenten dagegen, sich von ihm ausziehen zu lassen. Er machte nichts Verrücktes oder Ungehöriges und wirkte hinterher so glücklich, dass es sie auch glücklich und zufrieden machte; sie fühlte sich begehrt, auserwählt. Schon bald lehnte sie andere Rendezvous ab, um mit ihm zusammen in seinem neuen Apartment zu bleiben. Sie sahen sich DVDs an und schlemmten Eiscreme. Alle zwanzig Minuten stand er auf, um die Aussicht auf den Fluss zu genießen. Er redete ununterbrochen über die Zukunft von diesem oder jenem, die neueste, die nächste Mode, die verdammte Überlegenheit. Er hatte immer einen Stapel Männermagazine und ein neues technisches Spielzeug, dessen Gebrauchsanweisung er sich zu enträtseln bemühte. Er war, so fand sie, auf seine britische Art recht nett.

Obwohl er Rockstars und Anarchisten verehrte, hatte Guy nichts Selbstzerstörerisches an sich. Er wollte die Welt nicht verändern, sondern nur ganz oben stehen, während sie sich auf ihrem vorherbestimmten Weg weiterbewegte. Und auch Gaby hatte nie viel Sinn in der Rebellion gesehen (alles blieb, wie es war, ganz egal, was man unternahm), aber selbst sie verwirrte die unbewusst rücksichtslose Art, wie er sich auf die Poleposition im Leben drängte. Ohne jede sichtliche Mühe sorgte er stets dafür, dass er der Erste in der Schlange war. Er war das genaue Gegenteil von Caroline, sein Anspruch bereitete ihm offenbar kein Unbehagen.

Guy trommelte einen Rhythmus auf seinen Knien, und Gaby beobachtete ihn dabei. Er ließ das Fenster des Taxis herunter, und sie saß mit um sich geschlungenen Armen da, als sie den Fluss überquerten. Die Abendzeitungen hatten die neueste Terroristenwarnung als Schlagzeile. Irgendwo in Victoria kamen sie an einer Straße vorbei, die durch zwei Streifenwagen abgesperrt war. Vielleicht, dachte sie, war es nicht sie. Oder etwa er. Vielleicht war es die Stadt, die mies geworden war. Bitterkeit lag in der Luft, ein Nachgeschmack von Angst.

Seltsamerweise war sie wegen seiner Eltern bei ihm eingezogen. Er schien sich ihretwegen zu schämen, und sie musste ihm den einzigen Besuch bei ihnen mit Schmeicheln und Bockigkeit abtrotzen. Sie fuhren durch sonntäglichen Regen zu einem alten Pfarrhaus in einer Marktstadt in Shropshire, einem Haus, das mit reich verziertem Porzellan, schweren Eichenmöbeln und dem Furzgeruch von zwei ältlichen schokoladenfarbenen Labradors angefüllt war, die die meiste Zeit in ihren Körben in der Küche schliefen. Gilly und Edward schienen von ihrem Sohn ein wenig eingeschüchtert zu sein, und Guy bekam etwas Herrisches im Umgang mit ihnen, machte sich selbstbewusst über die Ansichten seines Vaters lustig und zappelte beim Mittagessen nervös herum, als wollte er zeigen, dass er es nicht erwarten könne, wieder wegzufahren. Gaby fand überraschenderweise Gefallen an den Hundehaaren und dem verstimmten Klavier und der Reihe Gummistiefel an der Hintertür. Diese soliden, einfachen Dinge waren hilfreich, ja tröstlich. Sie schienen hinter Guys Selbstvertrauen wie eine Garantie zu stehen, und es war zum Teil die Vorstellung, mit ihnen verbunden zu sein, die sie ja sagen ließ, als er vorschlug, sie solle ihre Wohnung aufgeben und zu ihm ziehen.

Jetzt hörte Gaby erneut diese Stimme, die ihr sagte, sie sollte aussteigen und alle emotionalen Stühle und Tische zertrümmern, so dass es keine Rückkehr gäbe, so dass sie diese Version von sich niederreißen und von vorn beginnen könne.

Das Taxi hielt vor In Vitro, und einer der Pförtner öffnete die Tür. Sie gingen durch die hohen Glastüren in die Vorhalle. Als sie am Aufzug warteten, schauten sie beide zum hundertsten Mal in die Vitrine, die in die Marmorverkleidung der Wand eingelassen war und Dinge enthielt, die man beim Bau des Hauses gefunden hatte: alte Flaschen, römische Münzen, eine Schuhschnalle, einen menschlichen Schienbeinknochen.

Guy gefiel die Präsentation besser als die Dinge als solche. Er ließ das Prinzip gelten, dass Ererbtes den Wert steigere; sogar die Vergangenheit hatte eine Zukunft. Gaby dagegen wünschte sich unumwunden, die Vitrine würde verschwinden. Sie war eine lästige Mahnung, dass unter ihren Füßen eine Erdschicht voller Hausmüll und menschlicher Überreste war, Weggeworfenes, das auch nach Hunderten von Jahren nicht beseitigt war. Bei der Fahrt nach oben verspürten sie beide eine gewisse Erleichterung, dass sie dem Morast, der an ihren Hacken schmatzte, glücklich entkommen waren.

»Mir wär's lieber, man würde Blumen hineinstellen und nicht dieses schreckliche Ding«, sagte Gaby. Man kann sich's nicht aussuchen, dachte sie. Man kann sich die Dinge, die man behält, nicht aussuchen.

»Mir auch«, stimmte Guy eifrig zu. Nach knapp zwei Stunden war dies der erste Anlauf zu einem Gespräch, und den wollte er nicht abwürgen. Aber ihm fiel nichts Interessantes ein, was man über Blumen oder Archäologie hinzufügen konnte.

Schweigend trafen sie ihre Vorbereitungen zum Schlafengehen, während sie umeinander kreisten, Kleidungsstücke zusammenlegten und ihre Gedanken mit dem Insektengesumm elektrischer Zahnbürsten untermalten. Gaby rauchte eine Zigarette auf dem Balkon, und Guy nahm eine Dusche, während der er heimlich masturbierte und dabei an eine Phantasiepartnerin dachte, die wie Gaby war, aber freundlicher, weniger schroff. Dann stellte er seinen Nachttischwecker (dessen Genauigkeit mithilfe eines Signals überprüft wurde, das eine Atomuhr in Greenwich aussandte) und knipste das Licht aus. Ein paar Minuten später schlüpfte Gaby neben ihn.

Eine Zeit lang lagen sie im Dunkeln. Guy dachte über Aufträge nach, Gaby hingegen über Guy, über sein absurdes Gefühl seiner eigenen Wichtigkeit, darüber, dass ihm nie etwas Böses widerfahren war. Wenn es in einem Raum ein Büfett gab, steuerte er sofort darauf zu und begann zu essen. Wenn es einen einzigen Stuhl gab, nahm er ihn in Beschlag. Thailand oder Mauritius, Sansibar oder Cancún, Sharm el Scheik oder Tunesien, Bali oder die Goldküste, Papeete, Grand Cayman oder Malibu. Alle Ferienziele waren für ihn da.

Am Morgen darauf (zu der Zeit hatte Variante 01 schätzungsweise an die 3,2 Millionen Hosts in der ganzen Welt infiziert) begann Leela ihren Zauber auf das Leben von Guy Swift auszuüben. Ihr Opfer fuhr zur Arbeit und ließ seine Freundin im Bett, die so tat, als würde sie schlafen. Auf der Fahrt blätterte er die *Sun* des Taxifahrers durch, überflog Artikel über Pädophile und Fernsehmoderatorinnen, über den Aufkauf einer Fußballmannschaft und eine atombusige Gastwirtstochter aus Surrey. Er hatte schlecht geschlafen und war mehrere Male während der Nacht hochgeschreckt, überzeugt, er komme zu spät zu einer Konferenz. Inzwischen fühlte er sich, als sickere seine Denktätigkeit durch ein diffuses Hemmnis im Gehirn, etwas Haferbreihaftes in Konsistenz und Beschaffenheit, das Schlüsselsynapsen daran hinderte zu zünden.

Die Straße in Shoreditch, auf die das *Tomorrow**-Gebäude blickte, war von Dickensscher Enge und Verkommenheit. Zu ebener Erde überzogen illegal geklebte Plakate und gesprayte Graffiti die Mauern der Backsteinhäuser mit ihren hohen Fenstern. Jemand hatte ein altes Sofa an einer Reihe städtischer Mülltonnen abgelegt. Als das Taxi um die Kopfsteinpflasterecke rumpelte und er das *Tomorrow**-Transparent über der Fabriktür erblickte, durchfuhr ihn schmerzhaft eine bange Sorge. An den meisten Morgen, es sei denn, er fühlte sich schwach von der Nacht davor, erfüllte ihn der Anblick seiner Firmenzentrale mit Begeisterung. Heute hatte er die dunkle Ahnung, dass irgendwas nicht stimmte, was sich, kaum trat er durch die Tür, auch bestätigte.

Ungefähr ein Dutzend Leute standen in der Rezeption herum. Andere spielten eine Partie Tischfußball. Alle wirkten sie fröhlich, was wahrscheinlich auch damit zusammenhing, dass keiner von ihnen arbeitete. In seinen seltenen Augenblicken des Selbstzweifels befiel Guy zuweilen die Sorge, dass einige Mitarbeiter in seiner Firma sich nicht hundertprozentig bemühten, die Ziele von *Tomorrow** zu erreichen. Daher hatte er eine dreiteilige Managementstrategie entwickelt: (Punkt eins) Förderung einer Kultur gemeinsamer Zielsetzungen, (Punkt zwei) öffentliche Belohnung hervorragender Leistungen und (drei) Ausschnüffeln von E-Mails und Belauschen von Telefongesprächen, um herauszufinden, wer gegen ihn war. Das Bedürfnis zu spionieren packte ihn nur gelegentlich, erbrachte aber gewöhnlich keine überzeugenden Beweise. Vollkommen verkniffen hatte er es sich seit dem mit Stoli gesättigten Abend, als er die David-Beckham-Fotos im Postausgang der Rezeptionistin durchgeblättert hatte und dabei auf eine Mitteilung gestoßen war, die ihn in nur drei Zeilen mit »Seine Lordschaft«, »Waschlappen« und »Mr. Toupet« betitelte. Am nächsten Tag hatte er im vollen Katzenjammer den Vertrag mit dem Mädchen gekündigt und dabei »Vorzeigbarkeitsprobleme« (ein tief ausgeschnittenes Top, das ihm davor ziemlich gut gefallen hatte) als Grund genannt. Er hatte sich niemandem anvertraut, und hinterher hatte der Vorfall ihn beunruhigt: Er war sich ganz und gar nicht sicher, ob eine solche Kündigung seinen moralischen Grundsätzen entsprach.

Angesichts eines Haufens untätiger Angestellter brach sein latenter Verfolgungswahn durch. Ausgerechnet jetzt, da die ganze Zukunft der Firma auf dem Spiel stand, wollten die Schweinehunde sich gegen ihn erheben. Er blieb wie angewurzelt in der Tür stehen, während er gegen ein irrationales Verlangen zu fliehen ankämpfte.

»Guy, bei uns gibt's Ärger.«

Es war Caedmon, der das Netzwerk unter sich hatte. Guy nickte nervös. »Das sehe ich. Was zum Teufel machen die Leute hier?« Er wandte sich, die Hände in einer beschwichtigenden Geste ausgestreckt, seiner Belegschaft zu. Ich bin euer König. Geht zurück in eure Dachkammern. »Weshalb stehen Sie hier alle herum? Na los, Leute, das hier ist kein Zeitvertreib. In ein paar Tagen müssen wir mit dem Auftrag Al-Rahman fertig sein.«

Keiner unternahm einen Schritt, ihm sein Perückenhaupt mit einer Guillotine vom Rumpf zu trennen. Vielmehr fingen alle an zu reden und umringten ihn, um ihren fanatischen Arbeitseifer und ihre Bestürzung darüber zu bekunden, dass der Ausfall des Computernetzes sie daran hinderte, ihr brennendes Verlangen nach produktiver Arbeit zu stillen. Ein oder zwei Angestellte waren wirklich verärgert: Nicht gespeicherte Daten waren verloren gegangen, wichtige Dinge waren noch zu erledigen. Als Guy das hörte, begann sein persönlicher Gefühlszustand zwischen totalem Entsetzen über die Neuigkeiten und Erleichterung darüber, dass seine Autorität intakt war, zu schwanken. Um Klarheit zu gewinnen, musste er den Systemoperator nach oben in sein Büro schleifen und auf einem Stuhl Platz nehmen lassen. Caedmon, ein schüchterner, Brille tragender junger Waliser mit erstklassigem Haarschnitt und einer anscheinend unendlichen Anzahl T-Shirts mit den Logos unabhängiger Plattenlabels, gab sich alle Mühe, die Sache zu erklären.

»Ich musste es tun, Guy. Das gesamte Netzwerk. Ich hatte keine andere Wahl. Ungefähr zwanzig Minuten, nachdem ich heute Morgen hier angekommen war, legte es einfach los. Jeder Bildschirm im Haus fing an, Bilder von dieser Inderin zu zeigen.«

»Eine Frage, Caedmon. Wofür zum Teufel bezahle ich Sie?«

»Guy...«

»So darf das nicht passieren.«

»Ich weiß. Es tut mir wirklich Leid. Es ist ein Virus...«

»Oh, Himmelherrgott. Bitte, bitte, bitte, kommen Sie nicht auf die Idee, mir zu erzählen, dass es alles aufgefressen hat.«

»Nein, es ist okay. Alle unsere Daten sind auf Band gesichert. Es ist nur eine Frage der...«

»Verschonen Sie mich mit den Einzelheiten. Sagen Sie mir nur, wie lange. Wann wird's wieder laufen?«

»Es wird eine Weile dauern. Wenn es keine Reparaturroutine gibt, muss ich alles, denke ich, restlos deinstallieren und von Grund auf...«

»Caedmon.«

»Sicherlich noch den ganzen Tag.«

An eine oder zwei Stunden hatte Guy gedacht. Das erschien ihm eine angemessene Menge Zeit für die Klärung einer solchen Angelegenheit. Stattdessen würde er einen ganzen Tag verlieren. Einen entscheidenden Tag. Sollte er den Rest seines Lebens als der Mann zubringen, dessen Firma durch ein *Computerproblem* zu Fall gebracht wurde? Eine verdammte *technische Schwierigkeit*? Wie aus einer schlechten Werbekampagne. *Seien Sie nicht der Chef, dessen Abteilung sich das Virus geschnappt hat.*

»Den ganzen Tag? Was zum Teufel soll das? Ein ganzer Tag, Caedmon, ist nicht gut. Es muss schneller gehen.«

»Tut mir Leid, Guy. Wenn ich einen Helfer hätte – aber ich bin allein...«

»Allein? Wir haben Millionen von Computerfachleuten.«

»Die sind Grafikdesigner, Guy.«

»Oh.«

»Sehen Sie mal, selbst wenn ein paar von denen mit anpacken, wird's eine Weile dauern. Es ist nicht nur *Tomorrow**, wo es Probleme gibt.« Caedmon nannte die Namen von zwei Konkurrenzagenturen und einer Bank, wo seine Freundin als Teilzeitsekretärin arbeitete. Guy ließ sich ein wenig besänftigen. »Also, los. Machen Sie weiter damit.« Die Armbewegung, bemerkte er, gelang ihm mit einem eigentümlichen Schlenker. Eher *ancien-régime*-Körpersprache. Kein gutes Zeichen.

Am Mittag war seine Laune noch mieser. Jedes Mal, wenn er irgendwohin ging, hatte er das Gefühl, er trippelte. Als er seinen Laptop einschaltete, wurde er von einer kleinen pixeligen Frau und ein paar kreischenden Geigentakten begrüßt. Er brachte das Gerät hinunter zu Caedmon, der mürrisch nickte und ihm sagte, er würde sich vordringlich darum kümmern. Um zwei schickte Guy den Großteil der Belegschaft nach Hause. Um drei erhielt er einen Anruf aus New York.

Pharmaklyne hatte sich entschieden, mit einer anderen Agentur ein Markenzeichen für sein SSRI zu entwickeln. Guy gab seiner Enttäuschung Ausdruck, dankte dem Produktmanager und legte auf. Die ersten dreißig Sekunden vergingen ruhig. Dann brüllte er unartikulierte Flüche und warf den Telefonhörer quer durchs Zimmer. Das verschaffte ihm ein Gefühl der Genugtuung, und so schickte er noch einen Reklamebriefbeschwerer hinterher, der irgendwie aus der Bahn geriet und die Glastür der Vitrine zertrümmerte, in der er seine Sammlung aufbewahrte. Als Kika hereinkam, um nachzusehen, was hier vor sich ging, fand sie ihn auf allen vieren zwischen den Scherben einer Flasche *Reservoir-Dogs*-Premieren-Tischwein. Er schrie sie an, gefälligst einen Lappen zu holen.

Kika half ihm beim Aufwischen. Hauptsächlich wischte Kika

auf, und Guy lief hin und her, wobei er nicht zu trippeln versuchte und leise Scheißescheißescheiße vor sich hin murmelte.

»Es ist offenbar ein Filmstar«, sagte Kika, während sie vorsichtig Glas mit den Fingern aufklaubte.

»Was denn?«

»Die Frau auf den Bildschirmen. Sie ist ein indischer Filmstar namens Leela Zahir. Hat Ranjit gesagt.« Guy sah sie verständnislos an. »Ranjit«, half Kika nach, »Ihr Chefwerbetexter.« Guy nickte vage. An der Rezeption gab Kika den restlichen Nichtstuern bekannt, dass Mr. Toupet nun wirklich den Verstand verliere.

Als der Druck langsam wich, saß Guy brütend hinter der geschlossenen Tür seines Kreativbereichs. Er wurde sich immer unsicherer, was die Affektiertheit seiner Gesten anging, und brauchte immer dringender jemanden, dem er die Schuld in die Schuhe schieben konnte. Caedmon war die nahe liegende Zielscheibe. Von Stunde zu Stunde kam er ihm nutzloser und unfähiger vor. Ein Problem war per definitionem jemandes Verschulden, und wer sonst könnte das in diesem Fall sein? Wenn Guy jetzt so drüber nachdachte, hatte dieser Bursche mit seiner angeblichen Fanmagazinsammlung und seinem Lexikonwissen über New-Wave-Bands der frühen Achtziger etwas Blasiertes an sich. Die Frauen im Büro verhätschelten ihn. Für seinen Geburtstag legten sie zusammen und kauften ihm ein Mountainbike. Aber wenn es zu einem echten Notfall kam, wen interessierte es dann, ob dein Computerfritze beliebt war? Er war offenbar dem Job nicht gewachsen. Guy rief Kika an und sagte, sie solle irgendwelche Computer-Sicherheitsspezialisten herholen, die das Chaos beseitigen könnten. Dann führte er ein kurzes Gespräch mit Caedmon. Danach ging alles blitzartig den Bach runter.

Was das Schlimmste war: Caedmon schien nicht einmal entsetzt darüber zu sein, dass er seinen Job los wurde. Er zog die Stirn kraus, schlenderte gemächlich aus der Besprechung und sagte nur noch, er sei in der Kneipe, falls Guy seine Meinung ändern sollte. Ein paar Minuten später kam Kika mit der Mitteilung herein, sie habe fünf Firmen angerufen, aber keine wolle helfen. »Sie meinten, frühestens in ein, zwei Tagen«, erklärte sie. »Bis dahin müssten sie ihre Stammkunden bevorzugt bedienen.« Guy schnauzte sie an, dass sie zu nichts zu gebrauchen sei, und griff selbst zum Hörer. Er schrie, drohte und erreichte nichts. Offenbar hatten alle dieses Virus. Möglicherweise war es ja so etwas wie ein islamistischer Anschlag.

Allmählich dämmerten ihm die Gründe für Caedmons Gleichgültigkeit. Eine Weile stolzierte er im Haus herum, das Telefon ans Ohr gepresst. Dann bemerkte er, dass er stolzierte, und bemühte sich, männlich-zielstrebig zu schreiten. Es lief aufs selbe hinaus. Keiner wollte zuhören. Keiner wollte helfen. Wie viele Geschäftsleute hatte er eine geradezu theologische Einstellung zu Computern. Sie waren wichtig und auf rätselhafte Weise nützlich, aber es war die Aufgabe der Priesterschaft, sich mit ihnen zu befassen. Keine technische Hilfe zu finden, war wie nackt vor Gottes Strafgericht zu stehen. Er hatte keine Ahnung, wie es weitergehen sollte, keine Möglichkeit, den Ernst seiner Lage auch nur einzuschätzen.

In diesem Moment bemerkte er, dass er laut redete. Und dass seine Mitarbeiter ihn anstarrten.

Kika überredete ihn, wieder nach oben zu gehen. Sie ließ ihn sich mit einem Glas Quellwasser auf seine Eames-Liege setzen. Sie schaltete den Fernseher ein und reichte ihm seine Fernbedienung. Als der Strom der Bilder seine beruhigende Wirkung tat, schlug sie behutsam vor, er sollte vielleicht versuchen, Caedmons Entlassung rückgängig zu machen.

Dazu gab es keine Alternative. Er tätigte den Anruf. Caedmon schien nicht überrascht zu sein, von ihm zu hören. Guy entschuldigte sich. Caedmon sagte, kein Problem. Er habe schon ein anderes Jobangebot, und wegen seiner Kündigungsklausel (er nannte die Nummern der Paragraphen und Unterparagraphen) würde er eine Zeit lang praktisch zwei Gehälter kassieren. Es hatte also prima geklappt.

Guy entschuldigte sich noch einmal. Dann bettelte er versuchsweise ein bisschen.

Caedmon besaß den Anstand, sich jedes Anzeichens von Triumph in seiner Stimme zu enthalten, als er rasch eine Gratifikation, eine Gehaltserhöhung von 8000 Pfund und zwei zusätzliche Wochen bezahlter Urlaub aushandelte. Als er erklärte, für den Moment sei er in der Kneipe wunschlos glücklich und wäre daher nicht in der Lage, vor dem nächsten Morgen wieder anzufangen, unternahm Guy einen übermenschlichen Versuch, seine Wut im Zaum zu halten. Es gelang ihm mehr oder weniger. Caedmon sagte, am nächsten Tag gegen neun sei er wieder da.

Erschöpft starrte Guy auf den Fernseher. Der berichtete von einem »weit verbreiteten Chaos in der Londoner City«, von »zeitweiligen Stromausfällen« und »Durcheinander«. Es gab ein Interview mit dem Chef eines Transportunternehmens, der nicht wusste, wo seine Lkws waren, und mit einem schmuddeligen Computerjournalisten, der sagte, er habe schon immer gemeint, so was würde mal passieren. Sie zeigten ein Bild von dem kleinen tanzenden Mädchen, das offenbar als »indischer Liebling« bekannt war. Der Journalist äußerte die Vermutung, es handle sich vielleicht um eine Art Werbetrick.

Guy machte den Fernseher aus. Im Büro herrschte Stille, alle Energie und Emotion war entwichen. Er schaltete die Alarmanlage ein, verriegelte die Tür und fuhr nach Hause. Als der Fahrer eine Unterhaltung anzufangen versuchte, schloss er die Trennscheibe. Selbst der Anblick der im Citysonnenuntergang leuchtenden Glaswände von In Vitro konnte seine Stimmung nicht heben. Auf der Küchenarbeitsplatte lag ein Zettel von Gaby. *Es hat sich so ergeben. Firma will, dass ich nach Schottland fahre.* Sie wisse nicht, wie lange sie fort sein werde.

Ein *Virus*? Mein Gott! Was erzählst du mir da, *yaar*?«

Oben auf dem Pali Hill wurde Zee TV eilig und leise gedreht. Das Klickklack von Fingernägeln auf dem Handyrücken, wonach das Dienstmädchen den Fortgang der vielen Gespräche ihrer Herrin beurteilte, verstummte abrupt. Als das Dienstmädchen Warnsignal Nummer zwei bemerkte (die mit *chaats* gefüllte Hand hielt Unheil verkündend zwischen Schüssel und Mund inne), raffte es seinen Sari und stahl sich diskret hinaus. Die Explosion erfolgte Sekunden später.

»*Behan-chod*! Was für einen Dreck erzählst du mir? Meine Tochter hat wen infiziert...?«

Es dauerte einige Stunden, bis Mrs. Zahir dieses ganze Theater um Computerkrankheiten verständlich gemacht werden konnte. So eine Gemeinheit! So ein Durcheinander! Als sie es endlich begriffen hatte, dauerte es wiederum einige Stunden, bis sie sich von dem Schock erholt hatte. Nach einer Ruhepause in einem abgedunkelten Zimmer tauchte sie wieder auf, stärkte sich mit *paan* und süßem Tee und begann die Lage in die Hand zu nehmen. Ihr erster Anruf galt einem sehr lieben Freund, der zufällig eine Kolumne im Magazin *Stardust* hatte. Der zweite galt ihrer Astrologin. Als sie eine Liste mit Ratgebern (geistigen und weltlichen) und Medienfirmen (Verlage und Rundfunk) abgehakt und den ersten der internationalen Kabelnachrichtendienste am Hals hatte, zeichnete sich allmählich eine klare Linie ab.

»Derart bestohlen zu werden«, schluchzte die gramgebeugte Mutter der Künstlerin, »ist zuuu schrecklich. Wir sind tief erschüttert. Meine Tochter geht wirklich sehr sorgsam mit ihrer Kreativität um. Dass jemand kommt und sie zu kriminellen Zwecken missbraucht, ist schockierend, wirklich.«

Maa Zahir appellierte sodann an den Polizeipräsidenten, »einen alten Freund der Familie«, die Gesetzesbrecher sofort dingfest zu machen. Wir sagen, passt gut auf, ihr *goondas*! Ob ihr einheimisch oder *phoren* seid, Leelas supersaure Mutter bringt euch zur Strecke! Die reizende Leela ihrerseits, im Augenblick zu Dreharbeiten für den nächsten Rocky-Prasad-Hit im romantischen Schottland weilend, soll sich völlig abgeschottet haben …

In Mrs. Zahirs Kopf hatten die finanziellen Interessen ihrer Tochter immer schon ganz oben rangiert. Vom ersten Vorsprechen und ihrer glänzenden Idee an, den persischen Namen des Mädchens hindufreundlich abzuändern, hatte Leila-Leela in atemberaubender Geschwindigkeit Karriere gemacht. Sie war außerdem erfreulich frei von all den Makeln geblieben, die anderen Starlets aus Bombay anhafteten. Sicher, in der ersten Zeit gaben bestimmte Leute ihre Kommentare darüber ab, dass ein siebzehnjähriges Mädchen so oft in Begleitung des schon angejahrten Filmmoguls K. P. Gupta gesehen wurde. Manche werden vielleicht sogar eine Verbindung zwischen dieser Tatsache und der Hauptrolle gesehen haben, die Gupta seinem unbekannten Schützling in *N2L2* gab. Die Leute hatten einfach schmutzige Gedanken. Dagegen war nichts zu machen. Aber das hier! Sich für eine Sache wie diese den einundzwanzigsten Geburtstag ihrer Tochter auszusuchen! Es war eine Public-Relations-Katastrophe.

Gestohlen. *Piraterie.* Dieselbe fünf Sekunden währende Schleife, die immer aufs Neue wiederholt wurde. Fünf Sekunden aus dem urheberrechtlich total geschützten *holi*-Tanz in *Naughty Naughty, Lovely Lovely.* Fünf Sekunden, hundertprozentig honorarfrei. Mrs. Zahir spürte geradezu, wie ihr Schmuck leichter wurde, wie jedes nicht bezahlte Filmbild den Armringen an ihren Handgelenken etwas Gewicht nahm oder einen Stein aus den Ringen an ihren Fingern löste. Das musste aufhören. Dem musste augenblicklich ein Ende gemacht werden.

Der Gesetzesbrecher saß an seinem Arbeitsplatz und zählte. Kugelschreiber in seinem Cisco-Systems-Reklamebecher: *18.* Im Block verbliebene Post-it-Notizzettel: *37.* Tasten auf der Tastatur: *105.* Schweißtropfen auf der Delete-Taste: *1.* Er wischte ihn mit der Fingerspitze weg. Es kostete ihn Mühe, sich auf seinen Bildschirm zu konzentrieren.

Mit jeder Stunde wurde die Liste der durch *Leela* ausgelösten Katastrophen länger. Klienten aus der ganzen Welt nahmen Kontakt zu Virugenix auf und wollten wissen, wie die Viren aus ihren Systemen zu entfernen wären. Das Hotline-Team hängte Updates an eine Seite im Firmenintranet an, und Arjun verfolgte wie besessen, welchen Schaden er angerichtet hatte: bei Strickmaschinenfabrikanten und Unternehmensberatern, Sexmagazinen und Universitätsfakultäten, einem Autoersatzteillieferanten in Austin, der sein Bestandsverzeichnis nicht finden konnte, einer Public-Relations-Firma in Sao Paulo, die ihre Kundendatei verloren hatte. Am späten Nachmittag fiel ein Router aus und legte einen Großteil des Bostoner Internetverkehrs fast eine Stunde lang lahm. Immer neue Meldungen flackerten über den Bildschirm. *Art des Vorfalls. Schwere. Erteilter Rat.* Am häufigsten wurde der Rat erteilt, das E-Mail-System zu schließen und auf eine Lösung zu warten.

Eine Lösung, die das Antiviren-Team erst noch finden musste.

Brechreiz stieg ihm in Wellen in die Kehle. Arjun fühlte sein Herz im Brustkorb schlagen, ein verstärktes Rattern, das an Krankheit, Krise gemahnte. Buchstaben in Absatz eins des Textes auf seinem Bildschirm: *342.* Anzahl der sichtbaren Deckenplatten zwischen der Kabinenwand und der Reihe der Einbaulampen quer über die Mitte der Bürodecke: *75.* Der Kontrollbereich war mit diskutierenden Ingenieuren angefüllt, Darryl hockte in einer Ecke auf einem Schreibtisch, schlenkerte mit den Beinen und beobachtete das Geschehen, während Clay und der vietnamesische Analyst Tran eine gestenreiche Debatte führten, auf der

Tafel herumkritzelten und sich wütend gegenseitig ihre Glyphen durchstrichen. Ab und zu mischten sich andere ein, und der Streit weitete sich über den ganzen Raum aus. Arjun hatte nicht den Eindruck, als kämen sie gut voran.

Er wusste, wenn er zu lang wartete, würde er den richtigen Moment verpassen. Dennoch hielt ihn etwas auf seinem Stuhl fest. Am liebsten hätte er mit seiner Schwester gesprochen. Er hätte gern die Stimme eines Menschen gehört, der ihn kannte und Mitgefühl hatte. Chris kam ihm in den Sinn, aber nur kurz. Er wartete, bis die meisten Mitarbeiter den Kontrollbereich verlassen hatten, dann klopfte er an die Tür. Nur Clay und Darryl waren im Raum, tranken Softdrinks aus dem Bürokühlschrank und blätterten mutlos einen Ausdruck mit dekompilierten Codes durch. Als er Arjun vor der Tür sah, setzte Clay eine undurchdringliche Miene auf, und Darryl begann in einer heftigen Wegscheuchbewegung mit den Händen zu flattern.

»Was tun Sie da?«, stammelte er, kaum dass Arjun den Kopf in den Raum gesteckt hatte. »Es gibt Vorschriften, Mehta. Sie sind dazu nicht befugt.«

»Ich muss Sie sprechen, Darryl.«

»Ich – ich bin nicht interessiert, okay? Das ist nicht gut. Das ist überhaupt nicht gut. Gehen Sie hinaus.«

Arjun hätte sich beinahe gefügt und wandte sich schon zum Gehen, dann aber nahm er all seinen Mut zusammen.

»Es ist wichtig.«

»Das ist keine gute Zeit, okay? Wir haben so etwas wie eine Krisensitzung. Wir befassen uns mit etwas Wichtigem, wenn Sie also einfach die Tür zumachen und gehen könnten, Mehta. Clay, sagen Sie's ihm. Schmeißen Sie ihn raus.«

»Es geht um das Leela-Virus.«

»Guter Name, hm?«, sagte Clay zu niemand besonderem. »Ich finde, man sollte allen Viren Mädchennamen geben. Wie Schiffen. Oder Hurrikanen.«

»Hurrikane haben oft Männernamen«, schnauzte Darryl ihn an. »Andrew zum Beispiel.«

»Ich glaube, bis 1979 wurden nur Frauennamen benutzt«, meinte Arjun. »Seitdem gab es eine wechselnde Liste.«

»Mitch«, sagte Clay. »Bob und Alice.«

»Das ist Krypto«, sagte Darryl. »Mehta, warum sind Sie immer noch hier?«

»Ich denke, ich habe etwas entdeckt, Sir.«

»Sie haben Recht, Mann«, sagte Clay. »He, Arjun, diese Layla Zoo-haar ist doch so was wie 'ne Schauspielerin, nicht? Haben Sie mal einen ihrer Filme gesehen?«

»Was meinen Sie damit, Sie haben etwas entdeckt?«

»Über das Virus.«

»Sie ist scharf. Für mich sind viele Inderinnen scharf.«

»Clay. Mehta, wieso haben Sie sich diesen Code angesehen?«

»Ich – ich war neugierig.«

»Das ist total gegen die Vorschrift. Sie haben doch nicht etwa ein Muster auf Ihrem Computer, oder?«

Arjun gab darauf keine Antwort. Stattdessen entwarf er, als wäre sie ihm gerade eben eingefallen, eine elegante Lösung, eine Methode, nach Leela zu suchen, indem man ein Verhaltensmuster zur Erkennung benutzt. Die beiden Analysten sahen ihn mit unverhohlener Verblüffung an.

»Das würde absolut funktionieren«, sagte Clay.

Darryl nickte nachdenklich. In dem Augenblick schlenderten Tran und Brian in den Raum und warfen Arjun spöttische Blicke zu.

»Sie können jetzt gehen, Mehta«, sagte Darryl. »Ich werde überdenken, was Sie da gesagt haben.«

Arjun kehrte an seinen Schreibtisch zurück. Er war sich nicht sicher, ob es reichte. Er hatte Eindruck auf sie gemacht, ganz sicher, aber würde es Darryl die Augen öffnen? Arjun Mehta, sein unverzichtbarer Mitarbeiter. Arjun Mehta, den man besser nicht feuerte. Irgendwie erschien es nicht so, als hätte er die volle Wirkung erhielt. Der Augenblick hätte mehr Dramatik haben müssen. Als er ihn plante, hatte er sich einen Höhepunkt vorgestellt. Erregung und Dankbarkeit. Klapse auf den Rücken. Ansprachen. Hinter der Glaswand des Kontrollbereichs erklärte Darryl jetzt den anderen Ingenieuren etwas. Sie klatschten sich ab wie Sportler. Sie lachten und schüttelten sich die Hände.

Sie feierten Darryl wie einen Helden.

Plötzlich erschien Arjun die Welt sehr weit weg, und er selbst war ein Raumfahrer und mit ihr nur durch eine dünne Nabelschnur verbunden.

»Oh, Mann.«

Clay hing über der Kante von Arjuns Kabine. An seiner Halskette waren siebzehn Kaurimuscheln. In der Formel *verführerische Guaven-Limettenmischung verstärkt durch Zitrus-Bioflavonoide, Ginseng, Hagebutten und Spirulinaalgen*, die an der Seite seiner Drinkflasche zu sehen war, kam neunmal der Buchstabe *i* vor. Clay sah ihn finster an.

»Er hat Sie geleimt, Mann. Er hat den Leuten gesagt, es war seine Idee.«

Arjun nickte stumm. Clay beugte sich etwas näher herunter. »Arjun, sagen Sie mir mal was. Woher haben Sie das gewusst?«

»Ich bin ein guter Arbeitnehmer, Clay.« Er flüsterte es beinahe. Er versuchte, nicht zu schreien oder zu toben. »Ich bin sehr engagiert.«

Clay blickte sich um. Es tat ihm Leid, dass Arjun verarscht wurde, aber große Gefühlsszenen waren nicht sein Ding. Er versuchte, ein ermutigendes Gesicht zu machen. »Wird schon gut gehen«, sagte er. »Ich weiß das.«

»Woher wissen Sie das, Clay? Woher *wissen* Sie das?« Mehta wirkte plötzlich gewalttätig, unberechenbar. Seine Augen funkelten. Clay fürchtete sich.

»He, ist so 'ne Redensart, Mann. Hab bloß helfen wollen.«

Clay zog sich zurück. Der Typ war wirklich uncool.

Ja, Ma, sehr gut. Aber natürlich geht's mir gut. Hauptsache, hm? Du solltest dir nicht so viele Sorgen machen. *Achcha.*«

Da drüben war jetzt Morgen. Malini kochte sicher Tee und stellte die Frühstückssachen raus.

»Könntest du mir mal Priti geben?«

Er wartete, während er aus dem Fenster auf das Gewirr der Bäume blickte.

»Bro?«

»Hallo, Sis. Warum sprichst du noch immer mit diesem Akzent?«

»Welchem Akzent? Du benimmst dich sehr schlecht, Bro. Du hast so wahnsinnig lange nicht angerufen. Mummy hat sich schon Sorgen gemacht.«

»Hat sie mir gesagt.«

»He, hier sind alle übergeschnappt. Du würdest es nicht glauben – du klingst so merkwürdig. Ist alles okay?«

»Bist du auf dem Weg zur Arbeit?«

»Gleich. Warte mal. Ich trag den Apparat ins andere Zimmer.«

Die Akustik änderte sich. Priti hatte sich ins kleinere Schlafzimmer zurückgezogen.

»Mit dir stimmt was nicht. Was ist es? Ich höre es an deiner Stimme.«

Arjun schwieg sehr lange. Es gab so vieles zu sagen, aber alles war unsagbar.

»Du fehlst mir. Hier ist niemand, mit dem man reden kann.«

»Du fehlst mir auch, mein großer Zampano. Wann werden sie dir denn mal Urlaub geben? Du hast ihn doch sicherlich verdient. Und wenn du Chef der ganzen Abteilung bist, kannst du's ihnen nicht einfach sagen? Sag, du brauchst ihn. Sag, du fährst zu

Manoj-*bhais* Hochzeit. Alle würden sich riesig freuen, dich zu sehen.«

Er hätte ihr so wahnsinnig gern die Wahrheit gesagt.

»Bro? Sag, dass du kommst. Mummy wäre so glücklich.«

Ich habe Angst, Sis. Angst.

»Bro?«

Er sagte, er müsse gehen, und legte auf.

Virugenix fuhr mit *Leela01* sehr gut. Vor ihren Konkurrenten hatte die Firma eine Lösung und Instruktionen, wie das Virus zu entfernen ist, auf ihrer Website. Den allgemeinen Umgangsformen entsprechend, teilte sie ihre Informationen mit, und bald holten die anderen Softwarehäuser auf, aber die Schnelligkeit und Wirksamkeit ihrer Lösung wurden neidisch zur Kenntnis genommen. Die Mitarbeiter im Michelangelo Building trugen ein koffeinhaltiges Lächeln zur Schau. Am Morgen des 14. gegen 3.20 Uhr Pacific Standard Time (PST) schickte Darryl Grant ein JPEG an alle Mitglieder der inneren Abteilung. Es war ein Rohentwurf für das neue T-Shirt: eine mit Blut bespritzte Faust, die eine kleine indische Tänzerin zerschmettert.

Arjun tat in dieser Nacht kein Auge zu. Er hatte seinen Chef im Kopf, der sich in der Dunkelheit drohend über seinem Bett erhob, ein reizbarer, bärtiger Torwächter, der ihm den Weg ins Glück versperrte. Nichts konnte ihn vertreiben. Arjun stellte sich Bögen vor und taxierte den Raum darunter. Er dachte sich komplizierte Formen aus und verformte sie nach esoterischen Umwandlungsgesetzen. Dennoch blieb Darryl beharrlich da, gekleidet in seine Gemini-Mission-MA1-Flug-Gedächtnisjacke, schüttelte den Kopf und lachte irre.

Abgelehnt.

Irgendwann während der Nacht wurde ihm klar, dass eine Konfrontation unausweichlich war.

Als er am nächsten Morgen zur Arbeit kam, fand er eine Mail der Personalabteilung vor, die ihm einen Termin nannte, bis wann er die Wohnung zu räumen habe. Das war der Anstoß, den er brauchte. Als die kleine schmerbäuchige Gestalt hereingeschlurft kam und sich in ihren Bau einschloss, erhob er sich von seinem Schreibtisch und klopfte an die Bürotür: Seine Knöchel trafen auf das kleine Stück Laminat, das zwischen dem SETI-Poster und dem handgeschriebenen Schild sichtbar war und die Aufschrift trug: *Welchen Teil von NICHT STÖREN verstehen Sie nicht?* Darryls Stimme war von innen zu hören.

»Es ist zu früh. Gehen Sie weg.«

Er trat dennoch ein.

»Was zum Teufel soll das?«, sagte Darryl und suchte Schutz hinter seinem Schreibtisch. Er warf einen raschen Blick über Arjun hinweg, als wollte er nachsehen, wer zur Unterstützung mitgekommen sei.

»Darryl, Sie müssen sich hinsetzen und mir zuhören.«

»Ich muss gar nichts. Das hier ist mein Raum, Mehta. Mein Büro. Er ist klar abgegrenzt. Davor hängt ein Schild.«

»Ich finde, Sie haben mich sehr unfair behandelt.«

»Das haben Sie gestern auch, als Sie einfach hier reingeschneit sind. Haben Sie – ich weiß nicht – ein Problem mit Grenzen? Ein psychisches Leiden? Das ist eine Zwangsneurose, oder? Das Zwanghafte-Grenzüberschreitungs-Syndrom.«

»Bitte, Darryl. Ich habe Ihnen gestern geholfen. Es macht mir nichts aus, wenn Sie die Lorbeeren für sich beanspruchen.«

»Brrr, halt! Halten Sie sich zurück. Sie sind im Moment sehr aggressiv, Freundchen. Das ist etwas, was ich nicht ertrage.«

»Tut mir Leid. Ich bitte um Verzeihung, wenn ich Sie gestört habe, aber ich finde, Sie sollten mir irgendeine Anerkennung geben. Das ist für mich sehr wichtig. Und ich war Ihnen behilflich. Ich könnte noch hilfreicher sein.«

»Bleiben Sie, wo Sie sind, Mehta. Ich kann Aikido. Ich kann

Knochen brechen. Hören Sie, hätten Sie mir das nicht auch über E-Mail mitteilen können? Sie dürfen mit diesem Zeug nicht einfach in mein Büro reinplatzen.«

»Bitte, Darryl.«

»Knochen zermalmen. Buchstäblich zu Staub zermahlen. Ich kann mein ganzes Chi in meinen Handflächen konzentrieren.«

»Bitte, geben Sie mir meinen Job zurück. Das ist alles, worum ich bitte.«

»Hören Sie auf zu reden. Das ist ein Befehl. Mir ist nicht gut.«

»Auch für eine Probezeit. Ich werde die beste Kraft sein, die Sie jemals gehabt haben. Das schwöre ich.«

»Könnten Sie – okay, ich werde drüber nachdenken, in Ordnung? Ich werde drüber nachdenken.«

»Wirklich?«

»Hab ich doch gesagt, oder? Nein. Nein. Bleiben Sie drüben auf der anderen Seite des Schreibtischs. Einfach – okay. Ich werde drüber nachdenken.«

Arjun verließ das Büro und lebte fünf Minuten lang im Zustand einer schwachen, aber erkennbaren Hoffnung. Dann fiel eine Mail in seinen Posteingang.

An: arjunm@virugenix.com
Von: darrylg@virugenix.com
Betreff: Grenzen

Sie sind klinisch krank. Sie dürfen leuten das nicht antun. Es gibt ein GESETZ. Außerdem betr.: ihre anfrage/DROHUNG daran kann nichts geändert werden. Wie stellen sie sich das vor? Das ist eine grundsatzentscheidung bitte diskutieren sie in zukunft mit mir nicht mehr darüber. ES IST ZWECKLOS ÜBER VERSCHÜTTETE MILCH ZU WEINEN. Ich erinnere sie an meine UMFASSENDEN sicherheitsmaßnahmen.

Arjun verbarg den Kopf in seinen Händen.

Der Wurm, der unter dem Namen *Leela02* oder *LeelaServer* bekannt wurde, wurde zum ersten Mal am Nachmittag des 13. Juni auf den Philippinen gemeldet, wo der Netzwerkverkehr sich zu einem Kriechen verlangsamte, während sich immer schneller vermehrende Kopien des Organismus nach neuen Computern Ausschau hielten, um sie zu infizieren. In den USA verbreitete sich *Leela02* langsamer, aber aufgrund einiger erheblicher Sicherheitslücken doch so rasant, dass das Virus in den Medien eine Aufmerksamkeit erlangte, wie sie sich sein Schöpfer nicht in seinen schlimmsten Albträumen ausgemalt hätte.

Am 14. Juni morgens um 8.45 Uhr MST war in der Stadt Guthrie, Oklahoma, einige Stunden, bevor Arjun seinen Chef unter vier Augen zu sprechen versuchte, eine Wasseraufbereitungsanlage gezwungen gewesen, ihre Tätigkeit einzustellen: Die Computer, die den Filterungsprozess kontrollierten, waren zusammengebrochen. In den Stunden nach Geschäftsbeginn berichteten größere Firmen in mehreren Staaten, darunter eine regionale Investmentbank, von Problemen mit der Datenbanksoftware, die auf öffentlichen Servern lief. Um 11.10 Uhr MST erlitt eine Einsatzzentrale, die den Rettungsdienst für drei vorstädtische Polizeireviere und fünfzehn Feuerwehren in Boulder, Colorado, versah, einen »katastrophalen Computer-Systemausfall«. Deren Telefonisten waren gezwungen, Papier und Bleistift zu benutzen, um Anrufe zu notieren und Einsatzteams loszuschicken. Die Regierung des Staates Colorado fragte in Washington an, ob das Land von Hackern angegriffen werde. Washington verneinte, aber nach eiligen Konsultationen mit dem FBI, dem Ministerium für Heimatsicherheit, dem nationalen Infrastruktur-Schutzzentrum und der CIA wurde die kategorische Verneinung zurückgenommen, und der Sprecher des Präsidenten, Gavin Burger, berühmt für seine Zweireiher und die ungenierte Verteilung seiner spärlichen Haarreste über den ganzen Schädel, hielt eine Pressekonferenz, in der er die Einschätzung der Situation durch die Regierung »als noch in der Schwebe« bezeichnete.

Schon am Morgen darauf sah sich Burger auf der Pressekonferenz einem Trommelfeuer von bohrenden Fragen ausgesetzt. Die Presseleute, denen bereits Agenturmeldungen über eine Anlagenschließung in Montevideo und das zeitweilige Erliegen des Datenverkehrs im Fernen Osten vorlagen, wollten die ganze Wahrheit erfahren. Kam die Sache aus einem Schurkenstaat? Oder einem feindlichen Underground-Netzwerk? Waren Regierungsdienststellen betroffen? Wie schätzte er die wirtschaftlichen Auswirkungen ein? Die *New York Times* wollte wissen, ob die Regierung bestätigen oder dementieren könne, dass das Land angegriffen werde. In seiner Antwort erinnerte Gavin Burger die versammelten Journalisten daran, dass »jeder Versuch der Gefährdung oder Schwächung unserer Fähigkeit, bezüglich unserer schwierigen Infrastruktur wirksam tätig zu sein, sei es auf dem Gebiet der Telekommunikation, der Energie, des Bank- und Finanzwesens, der Wasserversorgung, in Grenzbereichen operativer Regierungstätigkeit oder der reibungslosen und ungehinderten Durchführung unserer unentbehrlichen Notdienste, als Ereignis innerhalb eines Rahmens betrachtet werden muss, der stark auf bewusste Bedrohung und feindliche Absicht hindeutet. Wir sind dabei, die augenblickliche Situation zu untersuchen und einzuschätzen, und werden mit äußerster Eile und Kraft Schritte unternehmen, um angemessene, vernünftige und vernichtende Gegenmaßnahmen einzuleiten, die nach den neuesten Ergebnissen dieser Gefahreneinschätzung angebracht sind.«

Die Dame von der *Times* war sich nicht sicher, ob das ja oder nein hieß, übermittelte aber einen Artikel, der die Lage bedrohlich erscheinen ließ. In ganz Amerika begannen die Bürger mit Argwohn auf die Computer auf ihren Schreibtischen zu blicken. Diese Geräte, die ihre Benutzer bisher immer nur im Kleinen terrorisiert hatten – indem sie abstürzten, stehen blieben oder sinnlose Upgrades verlangten –, schienen noch etwas viel Bedrohlicheres innezuhaben, etwas, das eigene Ziele verfolgte. Das war es, der Feind im Inneren, eine technische fünfte Kolonne in den Heimstätten gewöhnlicher Amerikaner. Als das TalkRadio sich der Sache bemächtigte, war man allgemein der Ansicht, dass der Angriff blutig gerächt werden sollte. Bobby aus Topeka, der in der Radiosendung einer nationalen Rundfunkgesellschaft anrief, brachte die Stimmung vieler Menschen auf den Punkt.

»Folter«, sagte er. »Das ist der einzige Weg, wie man rausfindet, wer dahintersteckt.«

Wen foltern, fragte der Moderator.

»Verdammt, das weiß ich auch nicht«, antwortete Bobby. »Halt jeden, den sie kriegen.«

An den Grenzen jedes komplexen Ereignisses beginnt die Einigkeit zu zerbröckeln. Erinnerungen weichen voneinander ab. Fakten gehen nahtlos in Deutungen über. Wie viele Menschen müssen beteiligt sein, damit jede Gewissheit sich auflöst? Nach Ansicht von Informationstheoretikern lautet die Antwort: zwei. Sobald ein Sender, ein Empfänger, ein Übertragungsmedium und eine Botschaft vorhanden sind, besteht die Möglichkeit, dass das Signal durch Rauschen verfälscht wird.

Natürlich hat Arjun Mehta rechtlich und moralisch die Verantwortung für den Ausbruch der Krise zu tragen. Aber es sind Vorgänge dem Virus *Leela* zugeschrieben worden, für die der junge Inder nichts konnte. Es hieß, das Virus »greife die Wasserversorgung« an; die Stilllegung der Anlage in Colville sei angeblich Teil der Strategie einer ausländischen Macht, das Trinkwasser mit (je nachdem, mit wem man sprach) Kryptosporidium, *E. coli* oder LSD zu vergiften. Alarm, meistens falscher, wurde in mehreren amerikanischen Regierungsdienststellen, Kraftwerken, Staudämmen und Militärbasen ausgelöst. Fehlende technische Kenntnisse trugen zur allgemeinen Verwirrung bei. In Honduras wurde *Leela* verdächtigt, es lasse im Innenministerium Glühbirnen durchbrennen. Ein Mann in Ottawa tapezierte sein Schlafzimmer mit Silberfolie, weil er überzeugt war, vom PC seines Sohnes gingen schädliche Strahlen aus. In Bihar führte die Polizei auf Anweisung eines Regionalpolitikers Razzien auf verschiedenen lokalen Märkten durch und beschlagnahmte VHS-Raubkopien von Leela-Zahir-Filmen, von denen man annahm, sie »verbreiteten Krankheiten«. Und als in den USA die Verantwortlichen für die Website des Houstoner Flughafens entdeckten, dass Verweise auf den *George Bush Intercontinental Airport* mysteriöserweise in *George Bush is Incontinent Airport* abgeändert worden waren, gaben sie eine Presseerklärung heraus, in der sie den anonymen Autor von *Leela* bezichtigten, diese Ungeheuerlichkeit begangen zu haben.

Umgekehrt sind andere Vorgänge, die man durchaus *Leela* zuschreiben könnte, durch die Maschen gefallen. Bis auf den heutigen Tag ist den Chronisten vieles verborgen geblieben; sonderbare Marktbewegungen vor allem, Erschütterungen und leichte Beben, Umstrukturierungen von Vermögen, Vertrauen und Macht. *Leela* saß fest in dem System, wie dessen Quintessenz.

Vierundzwanzig Stunden, nachdem *Leela01* identifiziert und abgewehrt worden war, wurden Varianten gemeldet. Einige waren offenkundig das Werk von Nachahmungstätern, krude Abwandlungen der Betreffzeile der übermittelten E-Mail, oberflächliche Veränderungen des Codes. Andere waren gründlicher, und Analysten mussten sie widerstrebend als vollkommen neue Organismen einordnen. *Leela03, 04* und *05* wurden identifiziert. *Leela06* (die so genannte *KlingeltonLeela*), die Handys so programmierte, dass sie eine Melodie aus *You'll Have to Ask My Parents* spielten, löste besondere Unruhe aus. Sie bewies Kenntnisse in den Mobiltelefonsystemen, die die Telefongesellschaften schockten und sie zu einer hastigen Überarbeitung der Sicherheitsmaßnahmen zwangen. *Klingelton* ist außerdem eine von mehreren Leela-Varianten, die nie eindeutig Arjun Mehta zugewiesen werden konnten. Gab es irgendwo noch andere Leute, die von Leela Zahir träumten?

In den allerersten Tagen der Krise nahmen verschiedene Gruppen und Einzelpersonen die Verantwortung für sich in Anspruch. Maoistische Revolutionäre in Chiapas schickten ein Fax an eine Zeitung in Mexico City, in dem sie mitteilten, *Leela* sei die jüngste Maßnahme in ihrer Kampagne zur Lähmung der Infrastruktur des Weltkapitalismus. Eine litauische Hackergruppe namens Red Hand Gang verkündete, sie habe sich *Leela* ausgedacht, um ihre Überlegenheit über ihre Rivalen, die HacktiKons aus Riga, zu demonstrieren. Der Serienbekenner James Lee Gillick III wurde (wie üblich) ignoriert, weil er in seinem Gefängnis in Ohio keinen Zugang zu Computern hatte. Die Shoreditch Brigade, die den britischen Massenblättern ein paar Tage lang Sorgen bereitete, erwies sich als ein Studentenulk.

Hinter den Kulissen griffen globale Strafbehörden ein. Die Journale von Internetprovidern wurden unter Androhung von Zwangsmaßnahmen angefordert. Telefonprotokolle und Newsgruppen-Mitteilungen wurden nach Hinweisen auf die Quelle der Epidemie durchsucht. In China zog die Regierung ernstlich in Betracht, den Zugang zum Internet völlig zu schließen. Gavin Burger teilte der Washingtoner Pressemeute mit, dass »Mitglieder des Computer-Undergrounds« mit Bundesermittlungsbeamten zusammenarbeiteten, und die schwarzen Bretter belegten, dass mehr oder weniger jeder, der jemals wegen eines Computervergehens mit dem Gesetz in Konflikt geraten war, zum Verhör mitgenommen wurde, von alten Schul-Superstars, den Mittnicks und Poulsens, bis hin zu Skript-Kiddies, die dabei erwischt worden waren, dass sie Firmenwebsites verunstalteten, Leute, von denen niemand ernsthaft annahm, dass sie die Kenntnisse oder die Motivation besäßen, so etwas wie *Leela01* zu schaffen. Von Tag zu Tag wurde die Atmosphäre spannungsreicher, rachsüchtiger und unsicherer.

Arjun sah auf CNN die Verhaftung des siebzehnjährigen Thierry Hofmann. *Neuste Nachricht: Virenverdächtiger verhaftet.* Während Techniker Plastiksäcke voller Festplatten, Disketten und Handbücher als Beweisstücke zu einem wartenden Polizeiwagen trugen, wurde der Schweizer Teenager mit ungläubigem Gesichtsausdruck von zwei uniformierten Polizisten aus dem Haus seiner Eltern in Montreux geführt. Es war dieser Blick, der Arjun die Fassung raubte, den Schutzschild zertrümmerte, den er aufgerichtet hatte, um sich vor dem, was vor sich ging, abzuschirmen. Selbst Hofmanns Entlassung am Tag darauf konnte ihn nicht wegwischen, diesen von Panik erfüllten Blick zur Kamera, als ihm eine Hand den Kopf nach unten drückte, um ihn in den Polizeiwagen zu stoßen. Bestürzung und Angst. Bestürzung und Angst, die rechtmäßig ihm selbst, Arjun, zukamen.

Er rollte sich am Fußboden seines Zimmers zwischen den Stannioltellern und Kaffeetassen, den Ausdrucken und zertretenen Maischips zusammen und fing an zu weinen. Wenn er sich vielleicht bei den Leuten, denen er Schaden zugefügt hatte, die ihre Daten verloren hatten, entschuldigen würde? Bilder der Vergebung (*Ich mache alles wieder gut, auch wenn es eine Zeit dauert*) spulten sich durch seinen inneren Projektor. Aber was war mit denen, die Geld verloren hatten oder keinen Krankenwagen kriegen konnten, als sie einen brauchten? Hatte *Leela* Menschen Schmerzen zugefügt? War jemand *getötet* worden?

Da wurde ihm klar, dass sie ihn früher oder später finden würden, und dann wäre das Leben, wie er es kannte, vorbei. *Ich wollte doch nur meinen Job zurückbekommen. Ich wollte doch nur arbeiten und glücklich sein und ein normales Leben im Zauberland Amerika führen.* Seine Gründe würden vor Gericht kaum zählen. Würde es denn überhaupt eine Verhandlung geben? Sie nannten ihn einen Terroristen, was bedeutete, dass er wahrscheinlich einfach ins Heer der Verschollenen, der knienden Gestalten in orangefarbenen Anzügen eingereiht würde, gegen die jede Maßnahme berechtigt und legal war. Es war die Rache der unkontrollierbaren Welt. Er hatte zu handeln versucht, sich stattdessen aber zu einer Unperson gemacht.

Der holländische Steward leierte einen Paragraphen seiner Fluglinienprosa herunter, wobei sein eigenwilliger Akzent aus seinen Arbeitgebern »Europe's leading locust airline« machte und die Passagiere über den »streamlined chicken process« informierte, der auf britischen Flughäfen geplant sei. Gaby, die ihre eigenen Vokale (wenn sie sich konzentrierte) zu einem nahezu perfekten Londoner Schickimickicockney platt gehämmert hatte, lächelte gequält über die Fehler des jungen Mannes, die sie von dem ablenkten, woran sie stets bei Start und Landung dachte, nämlich den Tod. Der plötzliche Einbruch von Licht und Luft in die Kabine, das Sich-herausschälen des Flugzeugkörpers – die Bilder waren unwiderstehlich, in ihrer Detailgenauigkeit geradezu pornografisch. Zweimal bei jedem Flug stellte sie sich vor, wie der kalte, saugende Wind, beladen mit Kissen, Handgepäck, Wodkafläschchen und Kopfhörern, in den letzten Augenblicken vollen Bewusstseins an ihr vorbeifegen würde, und fühlte sich dem Geheimnis, dem Zentrum der Dinge nahe.

Mit einem dumpfen Lärm setzten die Räder auf der Piste auf. Der Tod entschwand im stumpfsinnigen Gerangel der Passagiere im Gang, und als Gabriella in die Ankunftshalle in Inverness schlenderte, hatte sie ihn wie immer bereits vergessen. Ein Bote nahm sie in Empfang, ein geschniegelter Glasgower Filmbursche, Haargel und Schlabberjeansstoff von Kopf bis zu den Füßen, der Gummi kaute *und* eine Lulle rauchte, während er sich im Spiegel eines der Duty-Free-Shops in Augenschein nahm. Er warf ihre Reisetasche auf den Rücksitz des Minivans und sagte ihr in einem Ton, der offensichtlich sein Anmachton war, sie sollte Rob D. zu ihm sagen. Unterwegs auf der A82 hielt er ihren Brüsten einen von Prominentennamen starrenden Monolog, und sie blickte aus dem Fenster auf den Fels, den gelben Stechginster und das funkelnde Wasser des Loch Ness. Nach Ansicht ihres Begleiters war die ganze Produktion ein einziges Durcheinander, die Pakis verstanden kein Gälisch und wussten nie, wann gedreht wurde, und jetzt, wo diese Reporter überall herumrannten, wäre er überhaupt nicht erstaunt, wenn... Als seine Jeremiaden zur Neige gingen, verstummte er und spielte House-Music auf dem CD-Player. Endlich konnte Gabriella einen Blick auf die Notizen werfen, die man ihr gegeben hatte.

Sie übersetzten den Titel des Films mit *Tender Tough,* wodurch er sich anhörte, als ginge es um Fleisch. Die Handlung drehte sich um einen enttäuschten Polizisten, der, nachdem seine Familie bei einem Lebensmittelvergiftungs-Skandal gestorben ist, zum Gangster wird, dann aber von einer jungen Tänzerin gerettet wird, die ihm den Weg zu Frieden und Rechtschaffenheit weist, ehe sie selbst in einer vermasselten Schießerei tragisch zu Tode kommt. Die Stars waren ein Typ namens Rajiv Rana und diejenige, um die es bei dem ganzen Ärger ging, die Heldin, Leela Zahir. Auf seinem Agenturfoto trug Rana ein weißes Muscleshirt und sprang durch digital stark vergrößerte Flammen. Leela Zahir dagegen trug einen hellblauen Trainingsanzug und spähte hinter einem Baum hervor. Die Werbematerialien enthielten ihre Geburtsdaten und Sternzeichen. Rana war Ende dreißig. Leela Zahir war genau einundzwanzig.

Als Dan Bridgeman Gaby wegen der Reise angerufen hatte, hatte er ihr das Ganze als einen miesen Job dargestellt, als einen Gefallen, den sie der Firma erweisen würde. Eine Spezialität von Bridgeman & Hart war, für ausländische Crews beim Drehen in England die PR abzuwickeln. Normalerweise handelte es sich um Amerikaner oder Franzosen, gelegentlich auch um Crews aus anderen Teilen Europas. Eine Anfrage von einem indischen Produzenten war eine Neuheit. Niemand wusste so recht, was zu tun war. Schließlich hatten die Inder, worauf Phoebe Hart beim Lunch hinwies, ihre eigenen Medien, nicht wahr? Mainstream-Filmleute kannten die wesentlichen Elemente von »Bollywood«: Balletttänzerinnen und Chiffonsaris. Sie wussten auch, dass Inder die Dinge auf ihre Art angingen, ihre eigenen Reklame-, Marketing- und Verleih-Netzwerke hatten und man sich ihretwegen eigentlich keine Sorgen zu machen brauchte. Aber irgendeine schräge Geschichte, die auf keiner Filmseite zu finden war, war diesmal um ihre Hauptdarstellerin ins Rollen gekommen. Die Filmcrew wurde von Anfragen aus allen Mediensparten bedrängt. Da lauerte noch irgendeine nicht näher bezeichnete Komplikation, aber alles in allem schien es sich um etwas zu handeln, wobei B&H behilflich sein konnte. Sie brauchten jemanden als Feuerlöscher. Gaby hatte im Moment keine wichtige Aufgabe, daher hatte die Firma sie ausgesucht.

Abends um acht war die Sonne des nördlichen Sommers noch so hell, als wäre es Nachmittag. Die Berge änderten ihre Farbe, wenn Wolken darüber hinwegzogen, wurden abwechselnd purpurrot, grün und braun. Sie waren nahe der Brücke, die das Festland mit Skye verbindet, an die Westküste gelangt. Eine enge Straße schlängelte sich zwischen einem Kliff aus nacktem Granit, das mit Maschendraht gesichert war, und dem Kiesufer des Loch Lone dahin, dessen unruhige Wasserfläche wie ein riesiges zerkratztes Stahlblech aussah. Rob D. steuerte den Minivan durch die steinernen Torpfosten des Clansman's Lodge Hotels. Misstrauische Wachtmeister beäugten sie. Ein Übertragungswagen und einige Mietautos standen auf dem Rasenstreifen, und ein paar vereinzelte gelangweilte Journalisten rauchten Zigaretten, telefonierten, aßen Sandwiches und pinkelten gegen die Stämme der Nadelbäume in der Schonung, die sich bis an die Grenze des Hotelgrundstücks erstreckte.

Die Hotelzufahrt, die oberhalb des Wassers stetig aufwärts führte, verlief etwa eine halbe Meile in einem sanften Bogen um das Seeufer herum, bis das Gebäude selbst in Sicht kam, ein nüchternes, zweistöckiges Herrenhaus mit weiß getünchten Mauern und steilen grauen Schieferdächern inmitten einer weiten unberührten Rasenfläche. Das Haus war weder hässlich noch schön, ein sachlicher Bau, dessen Architektur christliche Bescheidenheit und das Bedürfnis, sich gegen Winterwinde abzuschotten, verriet. In der Auffahrt lud eine Gruppe Arbeiter Klappstühle und -tische auf zwei große Catering-Lkw, die vom Wind durchgerüttelt wurden. Rob D. parkte den Van vor einer Glasveranda und teilte ihr, als er ihre Tasche vom Rücksitz zog, als wäre dies eine wichtige und möglicherweise sogar geheime Information, seine Zimmernummer mit. Sie riet ihm, sich doch selber einen runterzuholen. »Miststück«, zischte er leise vor sich hin.

Das Äußere des Hotels war zwar sachlich, aber die Eingangshalle (und, wie Gaby später herausfand, die Bar, das Restaurant und das Billardzimmer ebenso) war mit grellem, grün-rot kariertem Teppich ausgelegt und mit einem viktorianischen Mischmasch aus Hirschgeweihen, Dolchen, rostigen Flinten, Zinngeschirren, Fahnen, Kisten mit Angelfliegen und Golfbällen, Stichen von weinenden Schäfern und Schlossruinen, Sporttrophäen, durchgesessenen Möbeln und, neben der Treppe, einer dubiosen Ritterrüstung voll gestopft. An der Rezeption saß ein mürrisch wirkender Angestellter, und ein Gestell mit Broschüren lud den Gast dazu ein, die echt schottische Innereienküche zu probieren, eine Wollspinnerei zu besuchen und das ewige Geheimnis der Pikten zu lüften. Während der Typ an der Rezeption ihren Namen in einem in Leder gebundenen Hauptbuch heraussuchte, erschien ein verstört dreinblickender Inder und stellte sich als der Aufnahmeleiter Rakesh vor.

»Sind sie noch draußen?«, fragte er.

»Die Journalisten? Ja.«

»Wir haben ein Problem«, sagte er mit dem traurigen Gesichtsausdruck eines Diplomaten, der seinem Premierminister mitteilt, dass ein Krieg unvermeidbar ist. »Es ist äußerst heikel.«

»Was denn für ein Problem?«, fragte Gaby. Rakesh warf dem Rezeptionisten einen nervösen Blick zu, der sich keinerlei Mühe gab, sein Interesse an ihrer Unterhaltung zu verbergen.

»Kommen Sie in einer halben Stunde ins Zimmer von Mr. Prasad. Wir werden Ihnen alles erklären.«

Rocky Prasad war jünger, als sie erwartet hatte. Er saß am Fenster und betrachtete nachdenklich den Sonnenuntergang. Sein glattes, rundes Gesicht wirkte wie das eines Schuljungen, der vor der Pause noch eine weitere Stunde Mathe hinter sich bringen muss. Viel älter, entschied Gaby, als fünfundzwanzig konnte er nicht sein. Sein adrettes weißes Polohemd und die gebügelten Jeans ließen ihn noch jünger erscheinen, und sie musste sich ins Bewusstsein bringen, dass dieser Mann bereits drei Spielfilme gedreht hatte und (jedenfalls behaupteten das die Zeitungsausschnitte, die an Bridgeman & Hart gefaxt worden waren) die große Hoffnung des indischen Kommerzkinos war. Während des Treffens sagte er fast nichts und flüsterte nur dann und wann mit einem anderen jungen Mann mit frischem Gesicht, dessen flaumiger Schnurrbart und verschwörerisches Herumgehampele den Schuljungeneindruck noch verstärkten.

Das Wort führte der Produzent, Naveed Iqbal. Der beleibte Mann in den Fünfzigern war der Einzige der in Prasads Hotelzimmer versammelten Gruppe, der (halb)traditionell indisch gekleidet war: die langen Schöße seiner Baumwoll-*kurta* hingen unpassenderweise unter einem zitronengelben ärmellosen Pringle-Golfpullover heraus. Er hatte das Aussehen eines Mannes, der vor kurzem mit Nahrung versorgt worden war und es bald wieder sein würde. Von seiner afroartigen grauen Drahthaarmähne bis zu den dunklen Hautsäcken unter seinen Augen stieß Gaby alles an ihm ab, ein Gefühl, das noch gesteigert wurde durch die unverstellte Lüsternheit, mit der er sie betrachtete, als sie sich setzte. Beim Sprechen rieb er sich die Hände, als müssten sie unbedingt beschäftigt bleiben, um sie am unwillkürlichen Grapschen oder Kneifen zu hindern.

»Gibt es bei Ihnen in London auch Mücken, Miss Caro? Oder nur in Ihren nördlichen Gegenden?«

»Mücken? Sie meinen die Insekten?«

»Ja. Stechende Insekten. Sehr gefährlicher Stich, Miss Caro. Weiß Gott, imstande, Schauspielerin tagelang aus dem Verkehr zu ziehen.«

»Nein, die gibt's hier nicht. Zumindest glaube ich es nicht. Ich bin da nicht auf dem Laufenden.«

»Verstehen Sie, wir sind hier im schottischen Hochland, um ein wichtiges Lied zu verfilmen, die Titelmelodie unseres Films. Es ist ein sehr romantisches Lied, wie es Tränen in Ihre schönen Augen bringen würde, Madame, wenn Sie Hindi sprächen – Urdu. Und deshalb sind Berge und Burgen und so weiter unverzichtbar. Unverzichtbar sind aber nicht stechende Insekten, die es auch hier im romantischen schottischen Hochland gibt. Vor zwei Tagen, als wir uns darauf vorbereiteten, die Schlachtszene drüben am Fort aufzunehmen, ist Miss Zahir gestochen worden. Doktor kümmert sich und erklärt, kein Problem, Top-Gesundheitszustand, aber Miss Zahir beteuert, im Inneren ist nicht alles gut, und so, natürlich besorgt, haben wir Drehplan für einen Tag angehalten. Gestern, als ihr erster Aufruf am Morgen kommt, wird uns gesagt, Mückenproblem ist noch nicht behoben, und außerdem sie hat wegen der kalten Luft und des Klimas schlimmen Fall von verlorener Stimme. Und auch heute fühlt sich Miss Zahir noch immer unwohl, trotz ihres Geburtstags und großer Feier, die geplant ist. Miss Zahir ist eine äußerst sensible junge Frau, Miss Caro.«

»Das glaube ich. Ich nehme also an, sie wird sich auch nicht für Interviews über diese Computervirus-Geschichte zur Verfügung stellen?«

»Interviews? Ich persönlich wäre dankbar, wenn sie sich zuerst zum Drehen zur Verfügung stellen würde.«

Er sagte »for shooting«, und es war unklar, wie Mr. Iqbal diese Bemerkung meinte, aber im ganzen Raum gab es mürrische Gesichter und zustimmendes Nicken. Gaby wurde klar, dass die ganze Produktion unter keinem guten Stern war.

»Sie kommt gar nicht aus ihrem Zimmer«, fuhr Iqbal fort. »Heute Morgen schenkten wir einen Kuchen. Einhundert Kerzen, bei Harrods bestellt, und trotzdem will sie nicht aus dem Zimmer kommen. Nachdem wir weg sind, Kuchen vor dem Zimmer ist verschwunden. Später wird ungefähr Hälfte von Kuchen in Blumenbeet unter Zimmerfenster gefunden.«

»Wahrscheinlich hat sie den Rest gefressen.« Die Sprecherin war die einzige andere Frau im Raum: paarunddreißig und umfassend verschönert, das schwarze Haar zu einem langen Pferdeschwanz zusammengebunden. Ihrem Jogginganzug mit dem Logo eines amerikanischen Designerlabels waren als Accessoires metallicrosa Tennisschuhe und jede Menge Silberschmuck beigegeben. Gaby lächelte sie an, und sie drehte ihre schwarz umrandeten Augen absichtlich weg und tat so, als überprüfe sie ihre Fingernägel. Die Choreografin allem Anschein nach.

Iqbal sah sie an, dann wandte er den Blick wieder Gaby zu. »Das Letzte, worum wir uns Sorgen machen, ist diese Computerangelegenheit. Meiner Meinung nach ist Computerangelegenheit vielleicht der Kern von Miss Zahirs Mückenstich. Für uns ist das Wichtigste, wieder an die Arbeit zu gehen. Jede Stunde, die sie in ihrem Bett liegt, muss ich Elektriker und Caterer und Miss Jains fünfundzwanzig schöne Tänzerinnen und den alten Lord Geizhals, dem das Fort gehört, und Gott weiß wen noch bezahlen. Sie verstehen also, Miss Caro, dass es hundert Prozent erforderlich ist, all diese Zeitungsleute zum Weggehen zu bewegen, damit wir weiterarbeiten können an einem Meisterwerk des modernen zeitgenössischen Films.«

Gaby dachte eine Weile nach. »Der schnellste Weg, die Journalisten zum Weggehen zu bewegen, wäre ein Gespräch von Leela

Zahir mit denen da draußen. Es müssen ja nicht gleich alle sein. Ich könnte eine Liste zusammenstellen. Einen oder zwei der wichtigsten Zeitungsleute vielleicht.«

Iqbal zuckte verärgert die Schultern, offenbar fand er den Vorschlag abwegig.

»Tja, dann ein Statement«, schob Gabriella nach. »Falls nötig, könnte ich etwas aufsetzen. Geben Sie es dann Leela Zahir, damit sie es absegnet.«

Dies wäre eine Möglichkeit, meinte Iqbal. Sie gingen die Einzelheiten durch, und als die Besprechung zu Ende war, zog Gaby sich in ihr Zimmer zurück, um an einem Entwurf für das Statement zu arbeiten. Als sie ihren Schlüssel in das Schloss steckte, hörte sie hinter sich jemanden husten. Es war Vivek, der junge Mann mit dem Flaumbart.

»Ich habe sie singen hören«, sagte er. »Im Zimmer. Sie behauptet, ihre Stimme verloren zu haben, aber hinter verschlossenen Türen singt sie.«

Gaby arbeitete an der Presseerklärung, bis die schweren, mit Rosen gemusterten Tapeten des Zimmers vor ihren müden Augen zu flimmern begannen. Sie las den Text, den sie geschrieben und immer wieder überarbeitet hatte, noch einmal durch und schaltete ihren Laptop aus. Bevor sie sich die Zähne putzte, rauchte sie am Fenster noch eine Zigarette und blickte über den See auf Dimross Castle, das »Fort« von *Tender Tough*. Bunte Scheinwerfer waren strategisch um dessen Sockel verteilt und tauchten die Mauern in dramatisches Lila und Blau. Bei Nacht waren die Hügel um Loch Lone nicht mehr als ein dichterer Streifen Dunkelheit, und Dimross hob sich dagegen ab wie etwas Übernatürliches, ein Märchenschloss, das auf die normale Nacht kopiert war.

Sie zitterte ein wenig, als sie zu Bett ging, und zog sich die Chintzdecken bis ans Kinn. Dennoch war es eine Erleichterung, von London und dem ganzen Wirrwarr ihres Lebens weg zu sein. Und von Guy. Vor allem von Guy. Von dem großen Doppelbett in einem Herrenhaus an einem See in Schottland aus betrachtet, erschien ihr Guy Swift mehr oder weniger bedeutungslos. Sie schlief ein, während sie halbherzig an dem Gespräch herumformulierte, das sie demnächst mit ihm würde führen müssen. Sie hoffte, er werde es ihr nicht allzu schwer machen.

Einige Zeit später weckte sie ein Klopfen an der Tür. Sie stand auf, um zu öffnen, aber etwas hielt sie zurück, etwas am Ton des Klopfens: eine Heimlichkeit, eine versteckte Andeutung. Ihr kam der sicherlich unlogische Gedanke, dass es Iqbal sei, und wenn er einmal da war, würde er nicht mehr weichen, und so wartete sie an der Tür und lauschte auf das neuerliche leise Klopfen, bis es verstummte, und Schritte sich langsam durch den mit Teppich ausgelegten Korridor entfernten.

Ihr war unbehaglich zumute. Ohne Licht zu machen, zog sie ein Joggingtop über, tastete nach ihren Zigaretten und trat wieder ans Fenster. Der Mond war da, und das gestreifte Rasenband, das zum Wasser hinabführte, war wie ein Bühnenbild beleuchtet. Die Atmosphäre war so geisterhaft, besonders mit der gespenstisch leuchtenden Burg im Hintergrund, dass Gabriella einen Moment brauchte, um die Gestalt in dem weißen Gewand vom Rest der Szene zu trennen. Es war, als wäre ein Bild aus einem alten Horrorfilm zum Leben erwacht. Die unangezündete Zigarette schlaff im Mund, starrte sie mit sich sträubenden Nackenhärchen auf das Wesen, das schemenhaft über den Rasen glitt. Dann sah sie, dass ein orangefarbenes Pünktchen sich nach unten und nach oben dicht an ein Gesicht bewegte, und erkannte, dass auch diese Person rauchte. Während ihre Augen sich an die Dunkelheit gewöhnten, traten weitere Einzelheiten hervor: der Pullover über dem Nachthemd. Die Turnschuhe. Die junge Frau spazierte hinunter bis an den Rand des Wassers, blieb dort eine Weile stehen und blickte über den See. Dann ließ sie den Zigarettenstummel fallen, trat ihn mit ihrem Schuh ins Gras, schob ihr langes Haar aus dem Gesicht und ging langsam wieder ins Hotel zurück.

Miss Leela Zahir distanziert sich von dem Computervirus, das so viel Zerstörung und Verwirrung in der ganzen Welt angerichtet hat. Sie betont, dass sie mit der Person oder den Personen, die dafür verantwortlich sind, nichts zu tun hat, und hofft, dass diese umgehend zur Rechenschaft gezogen werden. Ihr Mitgefühl gilt allen Betroffenen, vor allem denen von ihren Fans, die diese heimtückischen E-Mails irrtümlich für eine offizielle Mitteilung von Miss Zahir, LovelyLeela Pvt oder einer anderen mit ihr in Verbindung stehenden Person oder Gesellschaft gehalten haben. Als Künstlerin war für sie diese ganze Erfahrung belastend und beunruhigend. Sie hofft, dass sie, nachdem sie diese Erklärung abgegeben hat, ihren Weg schauspielerischer Kreativität in Frieden fortsetzen darf.

Die Ausschmückungen hatte Iqbal hinzugefügt, der Gabys Entwurf zu nüchtern fand. »Wir brauchen hier ein bisschen Gefühl«, sagte er. »Ein paar anrührende Emotionen.« Außerdem änderte er »Frau« in »Miss« um und gab die Anweisung, dass der Text in einer altmodischen Handschrifttype getippt würde, »um ihm einen persönlichen Touch zu verleihen«. Das Statement wurde unter Leelas Tür durchgeschoben, lockte aber keinerlei Reaktion hervor.

Gaby frühstückte im Schneidersitz auf ihrem Bett und schaute CNN. Ausnahmsweise hatte sie großen Appetit und mampfte jede Menge Toasts und Müsli, die sie mit starkem Tee herunterspülte. Das Virus war der zweite Schwerpunkt der Sendung. Nach Auffassung eines Talkshowteilnehmers war es eine neue Spielart. Ein anderer äußerte die Meinung, es stamme aus Indien. Videoaufnahmen verschiedener Fälle von Datenkollaps wechselten mit Filmausschnitten ab, in denen Leela Zahir sang und tanzte; eine Stimme erklärte, dass nach einer Tennisspielerin und einer Stripteasetänzerin die Schauspielerin die Letzte in einer Reihe von

Frauen sei, die mit dieser Art von Computerverbrechen in Verbindung gebracht werde. Wenn sie von den Agenturfotos absah, bekam Gaby sie jetzt zum ersten Mal richtig zu Gesicht. Sie tänzelte mitten auf einer Londoner Straße entlang, gefolgt von einer Schar gleich gekleideter Tänzerinnen, wobei sie sich mit kokettem Blick in die Kamera mit der Hand über das Gesicht strich. Auf ihren Papierfotos hatte sie wie jede andere durchschnittliche indische Schauspielerin ausgesehen, eine selbstbewusste schwarzhaarige Barbie, aber mitten in der Song-und-Tanz-Nummer meinte Gaby noch was anderes wahrzunehmen, eine Leere hinter ihren Augen, die mit dem breiten Lächeln und dem flirtenden Blick nicht zusammenzupassen schien, zu dem diese Augen abgerichtet worden waren.

Nach einem glücklicherweise kurzen Treffen mit Iqbal fotokopierte Gaby die vollständige Erklärung in dem winzigen Büro des Lodge Hotels und fuhr mit dem Van die Auffahrt hinunter, um sich den Presseleuten zu stellen. Sie schienen sich im Vergleich zum Vortag vermehrt zu haben, hinzu kamen mehrere Dutzend asiatischer Teenager, die in ihren Autos saßen, Hip-hop-Musik hörten und sich gegenseitig SMSs auf ihre Handys schickten. Woher sie gekommen waren (Glasgow?), wusste sie nicht, aber diese jungen Leute stifteten Chaos, machten hinter dem lokalen Nachrichtenreporter, der einen Beitrag in die Kamera zu sprechen versuchte, obszöne Gesten und fragten jeden, auch den nervösen Polizeibeamten, der vor dem Hoteltor Wache stand, ob sie nicht »Rajiv-*baba*« oder »Leela Zee« gesehen hätten.

Gabriella verteilte die Erklärung, mit der, wie nicht anders zu erwarten, die Korrespondenten sich natürlich nicht zufrieden gaben. Sie umringten Gaby drängelnd und schubsend, und jeder versuchte, sich als Erster mit seiner Bitte um ein Interview und Fotos Gehör zu verschaffen. Während sie mit ihnen zu Rande zu kommen versuchte, wurde sie von Jugendlichen am Ärmel gezupft, die verlangten, dass sie den beiden Stars Karten, Stofftiere und Fotos überbrächte. Nur ein Foto. Und dann drängte sich eine Inderin mittleren Alters nach vorn, die angezogen war, als nähme sie an einer Antarktisexpedition teil, das heißt mit Schal, Hut, Gore-Tex-Jacke und Wanderstiefeln. Sie stellte sich als die Showbiz-Chefreporterin der Zeitschrift *Film Buzz* vor und fragte, ob die »neuesten Gerüchte« stimmten.

»Welche Gerüchte?«, fragte Gaby.

»Dass Leela den Set verlassen hat.«

»Nein, absolut nicht.«

»Aber es ist doch nicht gedreht worden.«

»Ich kann bestätigen, dass Miss Zahir aufgrund einer allergischen Reaktion auf einen Insektenstich leicht unpässlich gewesen ist. Die Dreharbeiten mussten unterbrochen werden, bis sie sich erholt hat, aber es ist nichts Ernstes. Sie geht sehr bald wieder an die Arbeit.«

»Das muss aber ein sehr unangenehmer Stich gewesen sein. Vielleicht vom bösen Knaben Rajiv?«

»Ich habe gehört«, improvisierte Gaby, »dass ihr Arm sehr geschwollen war.«

»Und dieses ganze Virus-Theater ist nichts weiter als ein Reklametrick, habe ich Recht? Dahinter steckt Rocky Prasad, der das Interesse an seinem Film hochpuschen will.«

»Wie Sie Miss Zahirs Presseerklärung entnehmen können ...«

»Na, das sähe ihm doch *ähnlich*, oder?«

»Ich arbeite für *Fox News*«, mischte sich ein hoch gewachsener, blonder Mann mit nordamerikanischem Akzent ein. »Wir möchten mit der Kleinen reden.«

Die *Sun, Asian Age* und die meisten anderen wollten das Gleiche.

»Miss Zahir erholt sich im Moment und will keine Interviews geben.«

»Aber ich bin von *Fox*«, sagte Fox ungläubig.

»Wollen Sie definitiv behaupten, dass die Produzenten für das

Computervirus nicht verantwortlich sind?«, fragte der Mann vom *West Highland Advertiser*, der sich sicher war, einen Riecher für Verschwörungen zu haben.

»Natürlich sind sie das nicht.«

»Quatsch«, sagte Ms. *Film Buzz*. »So was passiert in Mumbai alle Tage.«

Andere Reporter begannen Gabriella über den Zusammenhang zwischen Computerverbrechen und indischer Filmabsatzförderung auszufragen. Die Fragen steuerten in eine unangenehme Richtung. Gaby versuchte gerade, die Sache wieder ins Lot zu bringen, als ihre Stimme vom Rumpeln eines V12-Motors und einem exaltierten hormonellen Kreischen übertönt wurde. Als sie sich umdrehte, erblickte sie etwas derart Machohaftes, dass es fast antik wirkte, eine Erinnerung an Plakate aus den verschwenderischen achtziger Jahren. Der Ferrari Testarossa pochte wie ein geschwollener Metallpenis, dessen strahlend roter Lack protzig in der Sonne funkelte. Der Fahrer, ein Mann von Anfang vierzig, trug eine Fliegersonnenbrille, eine schwarze Bikerlederjacke und ein enges weißes T-Shirt. Sein glattes schwarzes Haar war nach hinten gekämmt und mit Unmengen Gel angeklatscht, wobei ein paar Strähnen sich kunstvoll über ein Spiegelbrillenglas ringelten. Er winkte und gab Autogramme, während sein leerer Beifahrersitz sich mit Teddybären und selbst gemachten Grußkarten füllte. Rajiv Rana formte (nein, sicherlich nicht) seine Finger zu einer Pistole und feuerte sie auf ein paar affektierte Mädchen ab, dann zog er seine Brille auf die Nase, sah Gaby direkt an und grinste. Er winkte ihr allein ganz kurz zu, dann gab er Gas und jagte heulend die Hotelauffahrt hinauf.

Aus Gründen, die nur ihm bekannt waren, fing der Polizist an, laut zu applaudieren. »Ham Se das gesehn?«, fragte er. »Ham Se das verdammt noch mal gesehn?«

An diesem Nachmittag begann es zu regnen. Gaby hatte eine Unterredung mit Iqbal. Während seine Hände obszön um sein

Gemächt herumglitten, betonte sie noch einmal, dass die beste Aussicht für ihn, in Ruhe gelassen zu werden, darin bestand, dass Leela sich den Fotografen zeigte. Er zuckte nur niedergeschlagen die Schultern und fragte, ob sich die Presseleute ablenken ließen, wenn Rajiv sich ihnen stellte. Sie erklärte, dass die Radio- und Zeitungsleute kein Interesse an Rajiv oder der Produktion hätten. Leela sei die Story. Nur auf sie käme es an.

An der Rezeption fluchte der Direktor auf seinen Computer, der seinen Gast in einem Trickfilm zeigte. Rob D. saß mit aufgestützten Ellenbogen an der Bar und sah den Tänzerinnen zu, die kreischend und streitlustig Karten spielten. Zu Gabys Überraschung waren sie alle blond und Engländerinnen. »Dies hier«, gestand eine von ihnen, »ist doch großartig. Wir werden fürs Hierbleiben bezahlt und haben schon seit Tagen null Komma nix machen müssen.« Gaby gab zu, dass das ein gutes Geschäft sei. »Der jetzige Produzent möchte, dass wir später in diesem Jahr mit ihm an den Golf fahren«, erzählte eine andere. »Für einen *Auftritt*.«

An diesem Abend ging sie zum Essen hinunter ins Restaurant und wurde gebeten, sich mit an den großen, aber recht ruhigen Tisch des Filmteams zu setzen. Sie ignorierte den leeren Platz neben Iqbal und nahm gerade neben Vivek Platz, als Rajiv Rana hereinkam und sich einen Stuhl zwischen sie zog. Sein Erscheinen löste einen kleinen Wirbel kurzer Blicke, Berührungen des Gesichts und rasches Richten der Kleidung bei der indischen Crew aus, die unwillkürliche Befangenheit in der Gegenwart von Prominenz. Unter den Engländern kam die einzige Reaktion von zwei Tänzerinnen, die ihn gelassen musterten, wie sie es bei jedem anderen vorzeigbaren Mann auch getan hätten. Es war bizarr. Für die Hälfte der Anwesenden war Rajiv ein Superstar. Für die anderen war er nicht weiter bemerkenswert.

»Hi.« Er lud die Silbe mit Bedeutung auf.

»Hallo«, sagte Gaby.

»Rajiv«, sagte er.

»Gabriella Caro von Bridgeman & Hart.«

Er hatte seine Sonnenbrille abgenommen und trug statt der schmierigen Lederjacke ein einfaches blaues Oxford-Baumwolloberhemd. Sie musste zugeben, dass es ihm stand. Er war hoch gewachsen, auffallend durchtrainiert und hatte die Art von reinem gutem Aussehen, die sie mochte. Während des Essens wandte sich seine Aufmerksamkeit fast nur ihr zu, und obgleich er hauptsächlich über sich sprach, war es nicht der Testosteron-Testarossa-Monolog, den sie erwartet hatte. Es war etwas Aufrichtiges an der Art, wie er seine Geschichte erzählte, die im Kern das klassische Vom-Tellerwäscher-zum-Millionär-Märchen war. Er war in einer armen Familie in einer Kleinstadt im Pandschab aufgewachsen und im Alter von zwölf Jahren nach Mumbai durchgebrannt. Nachdem er in einer *chai*-Bude und einer Fahrrad-Reparaturwerkstatt gearbeitet hatte, fand er einen Job als Laufbursche für eines der großen Filmstudios. Er beobachtete die Stars bei Proben und Aufnahmen und brachte sich so selbst das Tanzen bei, dann begann er an Massenvorsprechen für Statisten teilzunehmen. Als er ab und zu Arbeit bekam, konnte er sich Schauspiel- und Tanzunterricht leisten und wurde schließlich mit einer kleinen Rolle in *The Chain*, einem Actionfilm, besetzt. »Und so, Miss Caro«, schloss er, »habe ich mich selbst berühmt gemacht.« Während er es sagte, krempelte er seine Hemdärmel hoch und fixierte sie mit einem direkten Blick. Sie merkte, dass die Muskulatur seiner Unterarme, ihre leichte, flaumige Behaarung sie verwirrte.

»Nennen Sie mich Gaby«, sagte sie.

In ihrem Zimmer warf sie einen Blick auf ihr Handy, das auf dem Nachttisch lag und gerade neu aufgeladen war. Guy hatte eine SMS geschickt: *vermisse dich anruf?* Außerdem waren zwei Nachrichten in der Mailbox. Er frage sich, wo sie sei, bedauere, keine Verbindung bekommen zu haben. Jetzt breche er nach Dubai auf, um einen bedeutenden Auftrag abzuschließen. Nach seiner Rückkehr wolle er sie sofort sehen. Guys Aufträge waren immer bedeutend, wichtig oder grundlegend. Sie löschte die Mitteilungen.

Sie zog die Schuhe aus, legte sich aufs Bett und sah sich einen Film mit Rita Hayworth an. Irgendwann nach Mitternacht trat sie ans Fenster, um zu rauchen und sich die Burgbeleuchtung anzusehen. Genau am Rand des Sees, wo sich die Wiese zum Wasser hinabsenkte, stand die Frau in dem weißen Nachthemd. Heute Nacht war nichts Geisterhaftes an ihr. Sie trug einen dunkelfarbigen Mantel, der ihr bis zu den Knien ging, und eine Art Kopftuch über ihrem Haar. Sie wirkte menschlich, irdisch: ein schlafloser Hotelgast, der sich gegen die Kühle eingemummt hatte.

Ohne weiter nachzudenken, zog Gaby eine Jacke über und trat hinaus auf den Korridor. Unter einer der Nachbartüren drang das leise Geräusch eines Fernsehers nach draußen. Sie ging um die Rezeption herum, in der der Nachtportier über einem Paperbackroman saß und schläfrig in seiner Nase bohrte, und schlich auf Zehenspitzen durch den dunklen Speisesaal, der schon zum Frühstück gedeckt war. Auf den Tischen lagen kunstvoll gefaltete Servietten, Teetassen, und die Silberbestecke waren pedantisch angeordnet. Zwei Glastüren blickten auf eine kleine Terrasse. Sie waren, wie sie es erwartet hatte, unverschlossen. Draußen schnitt die Kälte durch ihre Kleider, und eine Welle von Feuchtigkeit stieg aus dem Rasen zu ihrem Gesicht und den Händen auf. Der Himmel über den Bergen hatte das satte Dunkelrot nördlicher Sommernächte.

Sie spazierte über den Rasen auf den See zu, wobei sie zwischen sich und der Gestalt, die zur Burg hinüberblickte, etwas Abstand hielt. Als sie auf gleiche Höhe kam, stieß die Frau einen Laut des Erschreckens aus, trat ein paar Schritte zurück und drehte sich halb herum, als wenn sie weglaufen wollte. Gaby winkte ihr und begann zu sprechen, wobei ihre Stimme in der Stille furchtbar laut klang.

»Ich konnte nicht schlafen. Entschuldigung.«

»Ist schon okay.« Die Stimme hatte einen indischen Akzent. Sanft und mädchenhaft. Gaby trat näher und sah sich, wie sie es erwartet hatte, Leela Zahir gegenüber. Indiens Dreamgirl rauchte eine B&H Gold und hielt das glänzende Päckchen wie einen Talisman fest. Selbst im Mondlicht konnte Gaby sehen, dass sie nicht genau das Ebenbild des tanzenden Mädchens in den Filmausschnitten war. Das Haar dieser Leela hier war ungewaschen, und glatte Strähnen schauten rund um ihren Kopf unter dem Tuch hervor. Sie hatte dunkle Ringe um die Augen und eine wunde Oberlippe wie von einer Erkältung.

»Haben Sie Feuer?«

Leela Zahir nickte und reichte ihr eine Schachtel Streichhölzer. Als Gaby ihre Zigarette anzündete, schnippte Leela ihre in das Wasser. Dann zog sie ohne Zögern die nächste aus dem Päckchen.

»Wie heißen Sie?«

»Gabriella. Sie müssen wohl Leela sein.«

»Ja«, sagte sie mit leiser Stimme. »Das muss ich wohl sein.« Sie rauchte, wobei sie die Zigarette zwischen Mittel- und Zeigefinger quetschte, die sie sehr gerade hielt. Beim Ziehen stülpte sie die Lippen vor wie ein Kind, das Erwachsene nachahmt.

»Meinen Glückwunsch zum gestrigen Geburtstag«, sagte Gaby. Leela warf ihr einen misstrauischen Blick zu.

»Woher wissen Sie das?«

»Man hat mich hergeschickt, damit ich an dem Film mitarbeite.«

»Als was?«

»Öffentlichkeitsarbeit. Sie wissen wahrscheinlich von all den Journalisten.«

Leela nickte und machte mit dem Kinn eine ruckartige Bewegung hinüber zur Burg.

»Und sie wollen wissen, warum ich nicht da drüben bin und auf dem Dach hin und her laufe.«

»Na, so ungefähr. Das und alles über das Computervirus.«

Plötzlich streckte Leela ihre Hand aus und packte Gaby am Handgelenk. Ihr Griff war erstaunlich fest.

»Wird man jetzt meine Mutter hierher bringen?«

»Das weiß ich nicht. Warum? Wollen Sie denn, dass sie herkommt?«

»Nein!«, fauchte sie geradezu. »Aber sie wird kommen. Sobald man ihr sagt, dass ihr wunderbarer Film in Gefahr ist, kommt sie her.«

Gaby wich zurück.

Leela ließ ihren Arm los und blickte wieder über den See. »Es ist sicher sehr kalt«, sagte sie gedankenverloren und suchte sich einen Weg vorwärts über die Steine. Gaby dachte, dort würde sie stehen bleiben, aber sie ging weiter und machte einige Schritte hinaus ins Wasser. Ihr Nachthemd bauschte sich um ihre Knie. Voller Angst stürzte Gaby ihr nach.

Leela lachte. »Ganz schön kalt!« Sie verlor für einen Augenblick das Gleichgewicht und streckte die Arme aus, um sich zu fangen. Im Wasser blitzte etwas golden. »Mist, ich habe meine Zigaretten fallen lassen.«

»Kommen Sie zurück«, bat Gaby. Sie hatte das Gefühl, dass Leela drauf und dran sei weiterzugehen, dass sie immer weiter hinausgehen würde, bis sie unter der Oberfläche verschwände. Stattdessen drehte sie sich um und patschte zurück ans Ufer. Als sie es auf die sumpfige Rasenfläche zurück geschafft hatte, tanzte sie mit einem Mal ein paar Schritte und schlängelte ihre ausgestreckten Arme in einer geschmeidigen Bewegung, während sie ein paar Takte eines Liedes dazu summte.

»Ich habe die Nummer gelernt«, sagte sie. »Das zumindest habe ich für sie getan.«

»Ihnen muss eiskalt sein«, sagte Gaby. Das klatschnasse Nachthemd klebte dem Mädchen an den Beinen. »Vielleicht sollten wir wieder reingehen.«

»Die sind alle Arschlöcher, verstehen Sie?«

»Wer?«

Leela machte eine Handbewegung zu dem Hotel. »Sie alle. Außer ihren Superklassekarrieren ist denen alles schnuppe. Und ganz sicher bin ich denen total egal.«

Gaby wusste nicht, was sie sagen sollte. Leela zitterte und rieb sich die Hände. »Na schön«, sagte sie, »ich geh jetzt schlafen. Hier kann man MTV empfangen. Sehen Sie gern MTV?« Gaby zuckte die Achseln. »Ich schon. Man kann anderen bei Tanzauftritten zusehen, statt selber tanzen zu müssen.« Sie ließ ein kurzes, halbherziges Lachen hören, als wollte sie deutlich machen, dass es sich um einen Scherz handelte. Wie jung sie noch ist, dachte Gaby, mit ihrem linkischen Gepaffe und ihrer Kindergartensprache. Eher wie zwölf als wie einundzwanzig.

Leela ging ein paar Schritte über den Rasen, dann drehte sie sich um.

»Könnten Sie mir einen Gefallen tun?«

»Natürlich.«

»Erzählen Sie denen da drin nicht, dass Sie mich gesehen haben.«

»Selbstverständlich.«

Gaby blickte ihr nach, wie sie über den Rasen marschierte und im Haus verschwand. Sie blieb allein zurück, in eine Stille eingehüllt, die an den Rändern vom Geräusch des Wassers ausgefranst war, das zu ihren Füßen plätscherte.

Als *Leela02* von der Bildfläche verschwand und Muster von *Leela09* bei der Virugenix GSP einzutreffen begannen, wurden die Junihitzerekorde an mehreren Orten rund um die Welt gebrochen. Es gab ein paar spektakuläre Ereignisse – die zeitweilige Schließung der Börse (Bolsa de Valores) in Lima, das Fiasko mit den Eintrittskarten für die Olympiade –, und überall klagte man über immer neue Auswirkungen des Virus: eine weltweite Zunahme der Frustrationen, eine Verkalkung der globalen Arterien. Simple Aufgaben nahmen neue Schwierigkeitsgrade an. Man wollte eine Eisenbahnfahrkarte bestellen, aber die Website war außer Betrieb. Die Dienststelle der Sozialversicherung war außerstande, deine Forderung zu bearbeiten. Dein neuer Fernseher wurde an die Crackheads eine Treppe tiefer geliefert, aber nach den Unterlagen der Firma hattest du den Empfang quittiert, Sir, Sie *müssen* ihn bekommen haben. Störungen, Schließungen, vorübergehende Einstellungen und Verspätungen, alles ereignete sich in der drückenden Hitze. In New York City wurden die Elektroventilatoren knapp, aber ob es einfach an der erhöhten Nachfrage lag oder am Containertruck, der irgendwie auf dem New Jersey Turnpike verloren gegangen war, konnte niemand mit Sicherheit sagen.

Über dem Golfplatz Desert Creek in Dubai sprühten hohe Stahlmasten, an deren Spitze fächerartig Düsen angebracht waren, einen feinen feuchten Nebel in die Luft. Am Boden hörte man ein regelmäßiges Pochen, das Tuck-tuck von 8000 Rasensprengern, die 80 Hektar Bermuda-Zwerggras bewässerten, eine feste Matte lebhaften Malkastengrüns, die wie ein Belag die rote Haut der Wüste überzog. Darunter verliefen – Venen und Arterien – kilometerlange Plastikschläuche, die die grüne Matte mit einem Gelände an der Küste verbanden, auf dem eine riesige Entsalzungsanlage Meerwasser aus dem Arabischen Golf zu tausend Grad Celsius erhitzte, filterte und täglich 10 Millionen Liter davon hierher pumpte, für den Rasen und die Golfer.

Wie auf allen Golfplätzen ließ die Landschaft an Schottland denken, eine zu universellen Zeichen abstrahierte Umwelterinnerung. *Bunker, Fairway, Rough*. Diesen bekannten Golfplatzelementen fügten die Masten, entlaubte Silberbirken, die Andeutung eines Waldes hinzu. Auf der einen Seite öffnete sich diese Virtualität und gab raffinierte Durchblicke aufs Meer frei. Auf der anderen stieg sie zu einer Umfriedung auf, die sie vor dem vom Wind herangewehten Sand der Dünen schützte.

Unter seiner Sonnenblende kam Guy sich völlig desorientiert vor.

Abdullah steuerte den Golfcart, als fahre er seinen Lexus, und ließ ihn wie wahnsinnig über die leuchtend grüne Landschaft hüpfen. Der kleine Elektromotor des Wagens gab ein wütendes Winseln von sich. Guy klammerte sich fester an seinen Laptop.

Schon als er von Abdullah auf dem Flughafen abgeholt worden war, hatte er gemerkt, dass es ein schwieriger Auftrag werden würde. Sein Kontaktmann stand unter der Reklametafel eines dubaischen Erschließungsunternehmens: *Ziehen Sie mit Ihrer Firma ans Tor zur Welt. 1,5 Milliarden Verbraucher erwarten Sie bei Ihrer Ankunft. Ein Geschäftsstandort mit einer Infrastruktur der Ersten Welt – zu einem Preis der Dritten Welt.* Er war ein junger, flaumwangiger Mann, der eine Kopfbedeckung mit schwarzen Bändern und einen weißen Burnus trug, unter dem die Spitzen eines Paars handgenähter Mokassins hervorlugten. Während er unter den Gläsern seiner ölglatten Ray-Ban Wayfarers hervorgrinste, beendete er sein Telefongespräch. Dann ließ er das Handy zurück in eine voluminöse Tasche gleiten und sagte zu Guy, er sei in Dubai willkommen und solle ihm bitte zum Wagen folgen. Er erbot sich nicht, die Reisetaschen tragen zu helfen.

Als sie das Ankunftsgebäude verließen, schlug die Hitze Guy entgegen wie ein harter Gegenstand. Schweiß begann ihm durch die Haut zu sickern und unter dem Hemd am Rücken herunterzurinnen. Abdullah führte ihn über den Parkplatz zu einem schwarzen Wagen, der so groß wie eine Scheune war. In einer Geste der Höflichkeit drehte er die Klimaanlage auf arktische Temperaturen und bog mit kreischenden Reifen auf einen achtspurigen Asphalthighway ein, der ins Nichts zu führen schien.

»Schönes Wetter haben wir«, sagte er geheimnisvoll. Das Thermometer am Armaturenbrett zeigte eine Außentemperatur von

42°C. Vor dem Fenster sauste eine weite rote Sandfläche vorbei. Es waren kaum Autos auf der Straße, aber den wenigen, die zu sehen waren, fuhr Abdullah absichtlich dicht auf. Als der Tacho auf 155 km/h stand, befanden sie sich keinen halben Meter hinter einem Geländewagen mit einem »I ♥ Islam«-Sticker an der Heckscheibe. Abdullah drückte auf die Hupe und blinkte mit den Scheinwerfern, bis er zur Seite fuhr.

»Sie sollten Rallyefahrer werden«, scherzte Guy ängstlich.

»Das ist bereits mein Hobby. Seit zwei Jahren fahre ich Wüstenrennen. Das macht Spaß, bloß bau ich zu oft Totalschaden.«

Um sich von solchen Aussichten abzulenken, spähte Guy durch die graue Tönung der Windschutzscheibe. In der Ferne rückte eine Cityskyline näher, und bald tauchten halb fertige Wolkenkratzer neben der Straße auf, deren Skelette kreuz und quer mit Plastikleinen bespannt waren, an denen die trocknenden *dhotis* indischer Arbeiter hingen. Gebaut wurde in der ganzen Stadt, und die architektonische Stoßrichtung schien eine Art islamisches Las Vegas zu sein. Riesenhafte Banktürme mit Spitzbögen und Minaretten erhoben sich neben dreißigstöckigen Büroblocks, die mit grüngoldenem Rauchglas verkleidet waren und wie gewaltige Schreibtischgarnituren aus Onyx wirkten. Eines der Gebäude schien an der Spitze einen gigantischen gedellten Golfball zu tragen. Ein anderes zeigte einen Portikus, der wie die Spitze einer Boeing 747 gestaltet war. Das ganze wahnsinnige Durcheinander stieg aus dem Sand empor wie eine Fata Morgana, und selbst als Guy mitten drin war, blieb ihm ein Gefühl des Zweifels. Das hier war die Zukunft, die sich in Mausklickgeschwindigkeit einstellte, CAD/CAM-Entwürfe, die sich vor seinen Augen mit Beton und Stahl überzogen.

Das Hotel war eine Welle aus Glas, die sich an einem künstlichen Strand entlangzog, dessen weißer Sand, worauf Abdullah stolz hinwies, aus der Karibik importiert worden war. Die Wagentür wurde von einem Filipino in dunkelrosa Pumphosen, einem rosa ärmellosen Pullover mit Schottenmuster und einer zu großen Schlägermütze geöffnet. An seine Brust war ein Namensschild geheftet, das ihn als *Gary* auswies. Neben ihm stand *Carolyn*, eine Singapurerin, die als Forschungsreisende mit rosafarbenem Tropenhelm gekleidet war. Gemeinsam führten sie Guy und Abdullah in die Eingangshalle. Sobald Guy sich angemeldet hatte, ein zeitraubender Vorgang aufgrund eines Fehlers im Reservierungssystem des Hotels, gab Abdullah ihm seine Geschäftskarte und sagte, er würde am Morgen wiederkommen und ihn zu seiner Unterredung mit Mr. Al-Rahman fahren. Unterdessen solle er es sich in seinem Zimmer bequem machen. Abdullahs Höflichkeitsfloskeln klangen seltsamerweise Befehlen sehr ähnlich. Als er den ganzen Namen auf der Karte las, wurde Guy der Grund dafür klar. Abdullah bin Osman Al-Rahman war kein normaler Chauffeur. Hier handelte es sich offensichtlich um eine Familie, die es gern sah, wenn ihre jüngeren Mitglieder ganz unten anfingen.

Der Aufzug brachte Guy und einen rosafarbenen südasiatischen Pagen ins zwanzigste Stockwerk. Kaum hatte er sein Zimmer gefunden und war *Bruce* losgeworden, schleuderte er seine Sachen aufs Bett und schaltete den Fernseher ein. Fast sofort wurde an seine Tür geklopft. *Doug,* ein dunkelhäutiger junger Mann, vielleicht Indonesier, kam mit einem Obstteller. Hätte er sonst noch Wünsche? Guy meinte nein. Eine Minute später wurde wieder geklopft. *Calvin* mit einem Reservebademantel. Dann kam *Keiran*, um seine Kissen aufzuschütteln. Immer endete es damit, dass sie ihm direkt in die Augen sahen und dieselbe Frage stellten: »Kann ich *sonst* noch etwas für Sie tun?« Nach dem vierten Mal reagierte er nicht mehr auf das Klopfen.

Das Telefon läutete, und eine Stimme fragte, ob er zu seiner Zufriedenheit untergebracht sei. Einen Augenblick dachte er, es handele sich erneut um einen Zimmerservice-Stricher, bis die Stimme sich als Abdullah zu erkennen gab und nach seiner

Schuhgröße fragte. Er sagte sie ihm. Erst als er den Hörer aufgelegt hatte, fragte er sich, wozu.

Bei siebzehn zur Auswahl stehenden Restaurants (libanesisch, argentinisch, das Wiener Café, der britische Pub Dhow and Anchor…) aß er schließlich in der Grillbar Main Street USA, in der es eine New-Orleans-Woche gab. Das Lokal war mit Fahnen voll gehängt, und in der Mitte des Raumes stand im Zweidrittel-Maßstab das Modell eines Mississippidampfers. Er setzte sich an einen kleinen Tisch, und *Carey-Ann,* die vielleicht Chinesin war und als rosafarbene Norman-Rockwell-Eisverkäuferin gekleidet war, reichte ihm eine Speisekarte. Er wählte den Gumboeintopf und schaute sich um. Eine Gruppe älterer Männer in Hawaiihemden drängte sich mit ihren Instrumenten auf einer Eckbühne und spielte leichten Jazzfunk. Über ihnen hing ein Schild mit der Aufschrift *Verkauf Hier Entlang*, was er für einen Moment als den Namen der Band missverstand.

Um ihn herum waren kleine runde Tische angeordnet, an denen jeweils ein Geschäftsmann in Hemdsärmeln saß. Jeder Geschäftsmann hatte vor sich ein Handy, eine Speisekarte und ein großes Glas Saft, aus dem ein Cocktailsonnenschirmchen und schräg zwei Strohhalme ragten. Guy aß seinen Burrito und betrachtete die Reihe karibischer Palmen vor dem Fenster. Nachher nahm er in seinem hell erleuchteten Bad zwanzig Milligramm eines ärztlich verordneten Beruhigungsmittels ein und ging früh schlafen. Beim Geschnatter eines TV-Nachrichtensenders fiel er in tiefe Bewusstlosigkeit.

Am nächsten Morgen weckte ihn ein Klopfen an der Tür. Er zog seinen Bademantel über und ließ *Burt* herein, der ihm eine eingepackte rechteckige Schachtel »mit freundlichen Grüßen von Mr. Al-Rahman« brachte. Gähnend packte Guy sie aus und fand ein Paar Golfschuhe und einen Reklamezettel, der seine Aufmerksamkeit auf bestimmte Details ihrer technischen Eigenschaften lenkte, zu denen eine auf Temperaturen reagierende wasserdichte Außenhaut und eine Luftsohle mit sichtbarer Ferse gehörten. Der Anblick der Schuhe brachte sofort seine Gedärme in Aufruhr, und er nahm Abdullahs morgendlichen Anruf in zusammengekrümmter Haltung auf der Toilette entgegen.

»Aber Sie verstehen offenbar nicht. Ich habe Anschauungsmaterial dabei. Eine PowerPoint-Demonstration. Du lieber Himmel, es gibt Informationsbroschüren. Wie soll ich denn auf einem Golfplatz Informationsbroschüren aushändigen?«

Abdullah sagte, dass sein Onkel ein Mann sei, der Golf über alles liebe, und dass die Ortswahl dem Charakter des Gesprächs entspreche. Dagegen sei schlechterdings nichts einzuwenden.

Während sie in dem Golfcart herumhüpften, überlegte Guy, dass dies alles letzten Endes Yves Ballards Schuld war. Als Guy *Tomorrow** gründete, wollte er das tun, was er kannte und beherrschte: sich für die britische Wirtschaft im Jugendbereich ins Zeug legen und gelegentlich auch mal andere Altersschichten erreichen. Stattdessen hatten ihn Ballard und die anderen Transcendenta-Partner in eine andere Richtung gestoßen. Sie hatten einen Empfang in Barcelona gegeben, auf dem Kanapees in der Form von Dotcom-Logos gereicht wurden und die Kellner als Antonio Gaudí gekleidet waren. Er hatte an einer Bar am Swimmingpool gestanden, und sie hatten ihn gebeten, sich eine wirklich weltweite Marken-Werbeagentur vorzustellen, die sich auf die lokalen Bedürfnisse transnationaler Kunden konzentrierte. Wenn *Tomorrow** sich an diesem Punkt platziere, würde es das synergetische Auftreten von etwas potenzieren, damit das Feedback auf was anderes maximieren und jedermann an den Zielpunkt eines Ortes stellen, an dem sie alle sein wollten. Oder so ähnlich. Sie stünden, erzählten sie ihm, auf dem Gipfel der neuesten Kondratjew-Welle. Transcendenta, neun Monate alt, wurde bereits mit Hunderten von Millionen taxiert. Wer war Guy, um Einwände zu erheben? Und so fand er sich jetzt nicht mit zwei Nightclub-PRs in eine West-End-Toilette gequetscht, sondern auf der anderen Seite der Welt in einem schwankenden Elektrofahrzeug, mit dem ihn ein reicher Junge mit Todessehnsucht herumkutschierte. Unmittelbar vor einem Golfspiel, das er absolvieren musste.

Zwei Männer warteten am ersten Tee auf sie, beide in makelloses Prince-of-Wales-Schottenkaro gekleidet. Als der Wagen schlingernd zum Halten kam, wurde Guy fast geblendet von einem Funkeln am Handgelenk des Älteren, das sich bei näherem Hinsehen zu einer in Diamanten gefassten Rolex Oyster auflöste. Muammar bin Ali Al-Rahman, ein schwer gebauter Mann von über sechzig, gab Guy die Hand und stellte ihm Mr. Shahid vor, seinen stellvertretenden Marketingdirektor. Mr. Shahid lächelte kurz.

»Willkommen, willkommen«, sagte Al-Rahman. »Wie gefällt Ihnen mein Platz?«, fragte er und machte eine ausholende Geste, die den Golfplatz, das Clubhaus und einen ziemlichen Teil des Meeres einschloss.

Guy nickte heftig. »Er ist wunderschön, Mr. Al-Rahman. Sehr eindrucksvoll. Und was für einen herrlichen Tag wir heute haben. Ich verstehe, dass Sie lieber hier sind statt im Büro zu hocken.« Die beiden Männer lachten, wobei unter ihren üppigen Schnurrbärten teure kieferorthopädische Arbeiten sichtbar wurden.

Abdullah holte von der Rückseite des Golfcarts einen Sack mit Schlägern und blieb respektvoll an der Seite stehen. Guy lehnte die Einladung ab, als Erster abzuschlagen. Er wusste, lange würde er nicht verschont bleiben, aber in diesem Augenblick erschien jede Verzögerung von Vorteil. Wenn er ehrlich wäre (ein Zustand, den er für die Dauer seines Aufenthalts in Dubai zu umgehen gehofft hatte), war Golf nie seine Sache gewesen. Das war ein Sport, den er nie *ausgeübt* oder auch nur im Fernsehen verfolgt hatte. Dieser blinde Fleck in seinen Freizeitaktivitäten machte sich jetzt erstmals in seiner Karriere nachteilig bemerkbar. Denn Mr. Al-Rahman war der Besitzer eines Freizeitkonzerns, der auf Golfhotels spezialisiert war und vierundzwanzig Häuser von Osaka bis nach Britisch-Kolumbien über die ganze Welt verstreut besaß.

Al-Rahman schlug seinen Ball die Mitte des Fairway hinunter. Shahid tat dasselbe, wobei sein Schlag diplomatischerweise ein kleines Stück vor dem seines Chefs landete. Sie sahen Guy erwartungsvoll an, der erkannte, dass dies einer jener entscheidenden Momente war, in denen man entweder in böser Absicht weitermacht oder darauf vertraut, dass Ehrlichkeit einem durchhilft.

Er beschloss, sich irgendwie durchzumogeln.

Beim ersten Schlagversuch hackte er ein großes Stück Rasen aus dem Boden. Beim zweiten slicte er den Ball weit nach links in Richtung aufs Wasser. Er lachte unsicher.

»Pech«, sagte Mr. Shahid in einem leicht fassungslosen Ton.

»Pech«, bestätigte Mr. Al-Rahman.

Er brauchte neun Schläge bis zum ersten Grün.

»Vielleicht«, sagte Mr. Al-Rahman, der ihn dabei beobachtete, wie er seinen dritten Anlauf zum Einlochen machte, »sollten Sie mir mal sagen, was Sie Ihrer Ansicht nach für meine Firma tun können.«

Guy überlegte, ob er seinen Laptop aus dem Golfcart holen solle. Seine Spezialisten fürs Kreative hatten Hunderte von Stunden damit zugebracht, Audio-, Video- und Standfotopräsentationen vorzubereiten, die dieses Kundengespräch begleiten sollten. Aber die Sonne brannte vom Himmel herunter, und selbst wenn Al-Rahman für visuelle Reize empfänglich wäre, war es zweifelhaft, ob er auf dem Bildschirm überhaupt etwas erkennen konnte. Und so schluckte Guy kräftig und begann. »Ich mache Folgendes«, hob er an, »ich nehme ein Unternehmen und verwandle es aus einem abstrakten Ding in ein Gebilde, für das Kunden emotionale Gefühle entwickeln können.«

»Pech, Mr. Swift«, sagte Mr. Al-Rahman.

»Ich habe doch noch gar nicht abgeschlagen.«

»Oh, bitte um Entschuldigung. Vielleicht sind Sie von dem

Spiel erschöpft. Vielleicht ist es Ihnen lieber, nur herumzuspazieren und zu reden?«

»Ja, sehr gern. Wunderbar. Ja.«

»Was wollten Sie sagen?«

»Ähm, okay. Verstehen Sie, es gibt einen Tugendkreis. Vielleicht könnte ich Ihnen später eine Darstellung zeigen.«

»Von dem Kreis?«

»Ja. Verstehen Sie, eine glückliche Marke ist eine lernende Marke. Eine Marke sollte Ihnen ein gutes Gefühl geben, weil, wenn sie weiß, wodurch Sie sich gut fühlen, kann sie sich richtig positionieren und Ihnen helfen, Ihre Wahl zu treffen. Und wenn Sie einmal Ihre Wahl getroffen haben, nährt und schützt die Marke Sie wie eine liebevolle Mutter – und an dieser Stelle sähe ich es wirklich gern, wenn Sie sich irgendein rührendes Bild eines Babys vorstellen würden –, dann haben Sie ein gutes Gefühl bezüglich der Wahl, die Sie getroffen haben, und die Marke lernt von Ihren guten Gefühlen.«

»Und der Kreis?«

»Genau, es ist ein Kreis.«

»Es tut mir Leid, aber ich verstehe nicht, was Sie meinen.«

»Oh, okay. Na ja, mit der Grafik wäre dies wahrscheinlich einfacher, aber was ich im Wesentlichen vorschlage, ist, dass ich den Al-Rahman Resorts auf ihrem Gelände zu einem GPS-Vortrag über die Herz-und-Geist-Topografie des Konsumenten verhelfe. Die Methode, die *Tomorrow** anwendet und die ein gesetzlich geschützter Prozess ist, heißt TBM. Das steht für Total Brand Mutability und ist wie gesagt unser Ding. Niemand anderer kann für Sie eine TBM-Analyse vornehmen oder Ihnen Markenwandel-Vektorkarten liefern, mit denen wir unseren Klienten helfen, ihr volles Markenentwicklungspotential zu erreichen. *Tomorrow** wird einen vollen, fortlaufenden Satz Vektorkarten erstellen – ich habe ein Muster davon im Computer, wenn Sie es sich vielleicht ansehen möchten?«

Mr. Al-Rahman führte seinen Abschlag aus. Er drohte Guy mit dem Finger. Guy nickte.

»Okay. Na gut, vielleicht zeige ich Ihnen die Vektorkarten ein bisschen später. Aber, ähm …« Er sah zu, wie Al-Rahman seinen Ball den Fairway hinuntertrieb. Shahid und Abdullah gratulierten ihm zu dem Schlag. Guy wollte gerade zu einer Erklärung der wachsenden Bedeutung eines scharfen Markenprofils in einem ungewissen Freizeitklima ausholen, als Al-Rahman ohne Vorwarnung in seinen Karren sprang und in Richtung aufs nächste Grün davonbrauste.

Sie folgten, mit Abdullah am Steuer, dessen Burnus, als sie über die Hubbel im Gelände hinwegflogen, sich aufblähte und ein Paar lange schwarze Kniestrümpfe sehen ließ. »Sie sind kein Golfer«, sagte er vorwurfsvoll zu Guy. Guy räumte ein, das stimme, im Prinzip. Abdullah schnaubte verächtlich.

»Bitte«, sagte Mr. Al-Rahman, als sie ihn schließlich eingeholt hatten, »erklären Sie mir klar und deutlich, was Sie für mein Unternehmen tun können.«

»In Ordnung«, sagte Guy und versuchte sich zu konzentrieren. »Eine Frage an Sie, Sir. Finden Sie, Ihre Angestellten leben die Marke Al-Rahman auf eine ganzheitliche Art und Weise vor? Wofür steht Al-Rahman wirklich?«

»Wir sind eine sehr alte Familie, Mr. Swift.«

»Sicher, sicher. Aber verstehen Sie, im Moment steht Al-Rahman für – tja, für *Golf*. Und damit hat sich's. Golf ist phantastisch, verstehen Sie mich nicht falsch. Aber ist es wirklich etwas, hinter das Ihre Leute sich stellen können? Mein Team bei *Tomorrow** hat eine Art Überschrift dafür gefunden, wo Ihr Unternehmen unserer Meinung nach im Augenblick steht. Wir sehen in Ihnen ›die Gläubigen‹. Wir haben für das Konzept einen tollen Trickfilm. Darin sieht man einen Typen mit einem Schlag ins Loch treffen, und der Text dazu in Ihrem traditionellen arabischen Kalligrafiestil lautet: ›Es gibt kein Spiel außer Golf, und Al-Rahman ist sein Prophet.‹«

Es herrschte Schweigen. Guy versuchte es zu füllen.

»Man muss unter die Oberfläche gehen und darüber nachdenken, warum Leute Golf spielen. Golf bedeutet Freiheit. Golf bedeutet, ähm, Stil. So wie *Tomorrow** es sieht, sollten aus den Al-Rahman-›Gläubigen‹ die Al-Rahman-›Rangers‹ werden. Rangers, das ist unser Thema, okay? Da rausgehen zu können und zu tun, was man gerne macht. Jedenfalls – die Grundstoßrichtung unseres Planes ist, Al-Rahman über das Golfspielen hinaus zum totalen Freizeiterlebnis hin zu erweitern. Auf diese Weise werden Ihre Angestellten, ob sie nun Golfer sind oder nicht, sich mit der Marke Al-Rahman stärker identifizieren und sich ihr enger zugehörig fühlen. Und Ihre Kunden auch.«

Mr. Al-Rahman sah Guy an, dann rief er Shahid beiseite und flüsterte ihm etwas ins Ohr. Shahid nickte und flüsterte Abdullah etwas zu, der daraufhin ein Telefongespräch führte.

»Mr. Swift«, sagte Al-Rahman und gab Guy die Hand, »ich bin Ihnen sehr dankbar, dass Sie sich die Mühe gemacht haben, bis hierher zu reisen und uns Ihre Erkenntnisse zukommen zu lassen.«

»Vielen Dank. Kein Problem. Ich hoffe nur, ich kann Ihnen später noch zeigen, was wir an schöpferischer Arbeit geleistet haben.«

»Das wird nicht nötig sein«, sagte Shahid. Al-Rahman schlenderte davon und begann es sich in seinem Wagen bequem zu machen.

Guy klappte seinen Mund auf und dann wieder zu. Al-Rahman beschrieb mit dem Golfcart einen weiten Bogen und hielt direkt neben Guy. Shahid legte seinen Schlägersack auf den Rücksitz und setzte sich neben seinen Chef. Zum ersten Mal während des Treffens nahm Al-Rahman seine dicke schwarze Sonnenbrille ab, unter der zwei müde Augen mit schweren Lidern zum Vorschein kamen.

»Mr. Swift«, sagte er, »die Aufnahmegebühren auf diesem Platz sind die höchsten im Mittleren Osten. Wir haben eine Übungsfläche, die bis zu 200 Personen gleichzeitig aufnehmen kann. Wir haben ein Labor zum Erstellen der Schwankungsanalyse, das Software benutzt, die von unseren eigenen Experten entwickelt wurde. Es ist eine Frage des Respekts, Mr. Swift. Ich mache gern mit Leuten Geschäfte, die das respektieren, was ich mache. Sie, nehme ich an, respektieren andere Dinge, wie zum Beispiel Ihre Kreise und Karten. Also sage ich Ihnen, gehen Sie und machen Sie Geschäfte mit Männern, die Kreise und Karten mögen. Bis dahin genießen Sie bitte die Gastfreundschaft unseres Seebads. Abdullah wird es eine Freude sein, mit Ihnen zu speisen und vielleicht die eine oder andere Annehmlichkeit unseres weltberühmten Nachtlebens zu teilen. Ich wünsche Ihnen einen sicheren Heimflug.«

Und damit fuhr er davon.

Manchmal stellt sich Angst am Ausgang der Kurve ein. Manchmal bildet man sich vielleicht ein, dass in einem Hotelbadezimmer eine gewaltige Welle mit weißen Schaumkronen auf einen zurollt. Dann gibt es nichts dagegen als die Minibar, das Kriechen in Richtung auf den roten Punkt des Fernsehers, das zerlegte Tablett des Zimmerservice, das sich im Licht der offenen Kühlschranktür abzeichnet. Guy goss Wodkafläschchen über Eis, setzte sich ans Bettende und versuchte herauszufinden, was zu tun war. Er war total am Arsch. Das war die ganze Geschichte. Yves hatte angerufen und um Bestätigung gebeten, dass Al-Rahman und PEBA die einzigen beiden Kunden waren, an denen sie arbeiteten. »Ich hoffe aufrichtig, dass es bei beiden gut läuft«, hatte er gesagt. Das war sehr deutlich.

Nebenan lief eine Party. Durch die Wand hörte man Musik und Gelächter. Draußen auf dem Balkon feierten Leute. Er trat mit seinem Drink ans Fenster und blickte unauffällig hinaus. Er sah Frauen, fünf, vielleicht sechs, alle sehr schön, Europäerinnen und Asiatinnen in Abendkleidern. Schenkel und Dekolletés. Hohe

Absätze. Ein kleiner Mann mittleren Alters stand zwischen ihnen, ein Handy in einer Hand, während die andere die Brust einer langen Blondine in einem silberfarbenen Futteralkleid knetete. Sie schaute nachsichtig auf ihn herunter. Die anderen schienen es entweder nicht zu bemerken, oder es interessierte sie nicht. Das weiße Frackhemd des Mannes war fast bis zur Taille aufgeknöpft und zeigte ein braunes Stück des behaarten Oberkörpers und Bauches. Während Guy noch hinsah, packte der Mann die Blondine am Handgelenk und zog sie nach drinnen.

Der Wodka ging zur Neige, und er machte sich über den Gin her. Dumpfes stetiges Bassgedröhn drang durch die Wand wie verstärktes rasendes Herzklopfen. Sein Leben kam ihm vor wie ein Netz oder eine Hängebrücke, jedes gespannte Teil hing mit dem nächsten zusammen. Wenn *Tomorrow** rausfiel, was blieb dann übrig? Unten öffnete sich das Foyer zu einem Lichthof, der sich Schwindel erregende zwanzig Stockwerke bis zu der kleinen Kiste erhob, in der er saß, den Gin austrank und zu Whisky überging. Ein Bau rund um eine riesige Leere. Das alles schien zum selben unwahrscheinlichen Witz zu gehören, der Lichthof, die Balkonreihen, die Restaurants: 2000 Zimmer voller Menschen wie er, die gefriergetrocknete, künstliche Luft atmeten und zusahen, wie Eiswürfel aus entsalztem Wasser in ihren Gläsern schmolzen. Und unter ihren Füßen, irgendwo unter den Fundamenten, der rote Treibsand der Wüste.

Der Bassrhythmus pochte. Und ein anderer Ton, hoch und stoßweise. Ein menschlicher Ton. Sex oder Schmerz.

Er musste unbedingt mit Gabriella sprechen. Er konnte ihr sagen, wie die Dinge stünden, wie wichtig sie war, jetzt, wo alles andere den Bach runterging. Vielleicht wäre sie lieb zu ihm. Sicher war es riskant, sich ihr zu offenbaren, aber schließlich war sie seine Freundin. Von einer Freundin durfte man erwarten, dass sie die Dinge zum Besseren wendete. Er wählte ihre Nummer vom Hoteltelefon aus, zu betrunken, um sich noch Gedanken wegen der Kosten zu machen. Die Nummer schaltete auf Mailbox. Er versuchte es bei der internationalen Telefonauskunft, die war außer Betrieb. Schließlich konnte er den Mann an der Rezeption überreden, die Nummer ihres Hotels herauszusuchen und ihm durchzustellen.

Eine Stimme mit schottischem Akzent bestätigte, dass Miss Caro in Zimmer 106 sei.

Das Telefon klingelte achtmal. Gerade als er aufgeben wollte, ging sie ran. Ihr Hallo war hauchig, zerstreut. Hinein mischte sich irgendein Artefakt des Telefonsystems, ein seltsames elektronisches Rauschen. Es klang wie ein Aufsplittern von Informationen, wie Leerstellen in der Kommunikation.

»Hallo? Hallo?«

»Ja?«

»Gaby, ich bin's.«

»Oh, Gott. Guy.«

Die Stimme am anderen Ende war gedämpft, und für einen Moment wurde er mit dem Weltraumgeheul allein gelassen. Er hatte die Vorstellung, sie habe eine Hand über den Hörer gelegt.

»Gaby. Hallo?«

»Guy – ich bin ... «

»Ist das keine gute Zeit?«

»Nein. Nein. Doch, natürlich ist es das. Was meinst du denn?« Sie klang erregt. Gaby war normalerweise ganz ruhig. »Ich dachte, du bist in Dubai.«

»Bin ich auch, Schätzchen. Ich wollte nur deine Stimme hören.«

»Warum rufst du an? Ich meine, es ist sehr spät, verstehst du?«

»Aber sicher doch nicht so spät. Ich hab nachgesehen. Es ist zehn Uhr, wo du bist.«

»In Ordnung«, sagte sie, »in Ordnung.«

»Was hast du denn?«

»Gar nichts habe ich, Herrgott noch mal. Guy, warum bist du nur immer so? Was hast du? Nichts habe ich, okay?«

Die elektronischen Störungen nahmen zu. Ein Teil davon trennte sich und wurde zu einem Rückkopplungsgeheul, einem Ton, der durch die Scherben ihrer Stimme hindurch stieg und sank.

»Hallo?«

»Hallo?«

»Gaby, ich wollte nur mit dir reden. Es läuft nicht sehr gut hier.« Keine Antwort. »Gaby? Hallo?«

»Ich hoffe, du hast nicht bloß angerufen, um mit mir über deine Arbeit zu reden. Weil, verstehst du, gerade jetzt bin ich dazu nicht in der Lage. Ich habe meine eigene Welt, Guy. Auch ich arbeite hier, hast du das vergessen?«

Das Rauschen erreichte ein Crescendo und sank wieder ab. Das Dröhnen der Party durch die Hotelzimmerwand schien lauter zu werden. Verrückterweise schienen die Partygeräusche auch aus dem Hörer zu kommen. Er hatte das Gefühl, überhaupt nicht sicher zu sein, woher das, was er hörte, kam. Als das Rauschen leiser wurde, meinte er, eine Männerstimme zu hören. War jemand dort bei ihr?

»Wer ist das, Gaby?«

Schweigen.

»Gaby? Gaby, hörst du mich?«

»Guy, ich kann jetzt nicht sprechen. Wir müssen miteinander reden, aber dies ist nicht der richtige Moment, okay?«

Ein kleiner Stein bildete sich in seiner Magengrube. »Gaby? Wovon redest du?«

»Es geht jetzt nicht. Nicht übers Telefon.«

»Was hast du denn? Was meinst du damit, nicht übers Telefon?«

»Ruf mich an, wenn du zurückkommst. Ruf mich an, wenn du zum Flughafen fährst.«

»Gaby? Hallo?«

Abrupt verstummte das Rauschen.

Zum ersten Mal erfuhr Chris davon, als die Bullen anriefen. Es war sehr früh am Morgen, und der amtliche Ton der Stimme brachte sie zum Ausflippen. »Sind Sie Ms. Christine Rebecca Schnorr?« Chris kam nie gut mit Behörden zu Rande, schon gar nicht, wenn sie einen Kater hatte. Nic lag pofend neben ihr im Bett, einen Arm über ihre Brust geworfen. Sie schob ihn weg, setzte sich auf und rieb sich das Gesicht.

»Ja, bin ich.«

»Hier spricht Hilfssheriff Janine Foster vom Polizeirevier Snohomish County. Sind Sie die Eigentümerin eines weißen Honda Civic mit dem Kennzeichen 141-JPC?«

»Yeah. Ich meine, ja, bin ich.«

»Wissen Sie, wo sich Ihr Wagen befindet?«

»Wie bitte?«

»Wissen Sie, wo sich Ihr Wagen in diesem Augenblick befindet?«

»Soweit ich weiß, steht er draußen.«

»Ich verstehe. Wann haben Sie das Fahrzeug das letzte Mal benutzt?«

»Gestern Abend. Ich bin gegen elf nach Hause gekommen.«

»Sie sagen also, Sie sind mit dem Fahrzeug etwa um elf nach Hause gefahren.«

»Äh, ja. Worum geht's eigentlich?«

Nic war aufgewacht, hatte sich auf einen Ellbogen gestützt und hörte benommen zu, während die Polizistin ihr erzählte, was passiert war. Es schien, dass irgendwann, nachdem sie vom Brewhouse zurückgekommen waren, jemand ihren Wagen von der Auffahrt gestohlen hatte, auf der I-5 nach Norden gefahren war und dann morgens kurz vor vier in der Nähe einer Ortschaft namens Smokey Point, ungefähr fünfundzwanzig Meilen entfernt, von einer Ausfahrt runtergefahren war. Der Ast eines Baumes habe sich in den Kühler gebohrt, und der Wagen sei nicht fahrbereit, aber abgesehen von ein paar Beulen und der zertrümmerten Windschutzscheibe sei er okay. Wer immer das auch getan habe, sie müssten zu Fuß das Weite gesucht haben, aber es sehe so aus, als hätten sie sich bei dem Unfall verletzt, denn die Autobahnstreife habe Blut auf dem Armaturenbrett und den Sitzen gefunden.

»Wie viel Blut?«, fragte Chris. »Etwa sehr viel?« Ein neuer Kühler und eine Windschutzscheibe würden wahrscheinlich bereits mehr kosten als der verbeulte zwölf Jahre alte Honda wert war. Mit den Blutflecken des rätselhaften Autodiebes als Zugabe war sie sich ganz und gar nicht sicher, ob sie die alte Japsenschleuder zurückhaben wollte. Sie versprach der Polizistin, später anzurufen, damit der Wagen abgeschleppt würde, und ging in die Küche, um Kaffee zu kochen. Zwei Minuten später war sie zurück.

»Nic, wo habe ich gestern Abend die Wagenschlüssel hingetan?«

»Was? Weiß ich nicht. Wo du sie immer hintust?«

»In die Schale. Ich tue sie immer in die Schale. Aber hast du wirklich gesehen, dass ich sie gestern Abend da reingetan habe?«

»Ach, komm, Chris. Wie soll ich mich daran erinnern?«

»Nic.«

»Ich weiß es nicht, Chris. Tut mir Leid.«

»Tja, da sind sie aber jetzt nicht.«

Nic sah sie zweifelnd an. Dann schwang er die Beine aus dem Bett und begann nach den Schlüsseln zu suchen. Beide suchten sie über eine Stunde. Chris musste ein Taxi rufen, um zur Arbeit zu fahren, und als sie ging, öffnete er immer noch Schränke und zog Utensilien heraus, um dahinter zu spähen. Am frühen Vormittag schickte er ihr eine E-Mail. Die Schlüssel waren definitiv weg. Es gab nur eine mögliche Erklärung: Derjenige, der den Wagen gestohlen hatte, war ins Haus gekommen und hatte sie an sich genommen. Der Gedanke bereitete Chris Übelkeit. Dass jemand in ihrer Küche herumschlich, während sie oben schlief. Sie und Nic hatten es sich abgewöhnt, die Tür zu verschließen. Es war ein sicheres Viertel. Nie passierte etwas. Sie hinterließ eine Nachricht für Hilfssheriff Foster, und diese Nacht schlief sie mit ihrem Softballschläger am Bett. Am nächsten Morgen rief sie wegen des Wagens einen Abschleppdienst an und saß den ganzen Tag an ihrem Schreibtisch, während ihr immer wieder dasselbe im Kopf herumging: Wie der Unbekannte die Treppe heraufkommt, die Gazetür öffnet und in das dunkle Haus schlüpft... Dieses Eindringen hatte etwas Gruseliges, etwas, das ihr Verständnis einfach überstieg. Das wurde erst am dritten Morgen richtig deutlich, als ihr Chef bei Virugenix zu einer Versammlung rief und sie zu ihrem Erstaunen feststellte, dass das FBI da war, um sie zu vernehmen.

»Welcher Art ist Ihre Beziehung zu Arjun Mehta?«

Der Ermittler warf einen verbindlichen Blick über den Schreibtisch, der alte Polizeitrick, ohne auffällige Gestik Schuldgefühle im Gegenüber zu wecken. Er trug einen buschigen, braunen Polizistenschnurrbart, eine spießige Metallbrille und eine von diesen klobigen Armbanduhren, die noch in acht Meilen Wassertiefe gehen und einem die Zeit auf der Venus anzeigen. Wahrscheinlich teilte er seine Freizeit zwischen dem Reparieren seines Bootes und dem Betrachten koprophiler Fotos von Cheerleadern auf.

»Er ist ein Freund.«

»Welche Art Freund?«

»Na ja, halt ein *Freund*. Solche haben Sie doch auch, oder?«

»Mir gefällt Ihr Verhalten nicht, Miss Schnorr. Ich frage noch einmal, welche Art Freund? Sind Sie zum Beispiel mit Mr. Mehta ausgegangen?«

»Nein. Doch, ja. Wir sind ins Kino gegangen. Meistens habe ich ihm Fahrstunden gegeben.«

»In Ihrem weißen Honda Civic.«

»Genau.«

»Haben Sie ihm jemals erlaubt, den Wagen zu fahren, wenn Sie nicht dabei waren?«

»Nein.«

»War er oft zu Gast in dem Haus, das Sie mit Ihrem – Ihrem Freund, Nicolai Peet – Pit ...«

»Petkanov.«

»... Nicolai Petkanov bewohnen?«

»Ein- oder zweimal.«

»Hatten Sie bei irgendeiner dieser Gelegenheiten Geschlechtsverkehr mit Arjun Mehta?«

»Was? Was für eine Frage ist das denn? Hören Sie zu, Mr. Dragnet, das geht Sie verdammt noch mal einen Dreck an.«

»Ich wäre Ihnen dankbar, wenn Sie das Fluchen unterließen, Miss Schnorr.«

»Fluchen? Himmelherrgott, wo sind Sie den groß geworden? In der Sesamstraße?«

»Und den Namen des Herrn nicht in den Schmutz ziehen würden. Und als einen Agenten des Federal Bureau of Investigation geht es mich sehr wohl was an. Hatten Sie Geschlechtsverkehr mit Arjun Mehta? Ja oder nein?«

»Nein.«

»Sind Sie sich da sicher?«

»Ich habe nein gesagt, oder?«

»Haben Sie oder Mr. Petkanov sich mit Mr. Mehta verschworen, absichtlich Informationssysteme zu beschädigen, indem Sie ein Computervirus geschaffen und verbreitet haben?«

»*Was?*«

Als ihr klar wurde, worauf der Ermittler hinauswollte, wurde es Chris schwindelig. Zu Beginn des Verhörs hatte sie gleicherweise Vertrauen und Verärgerung empfunden, wütend darüber, wie ihr Chef sie mit diesem »zwanglosen Gespräch« überfallen hatte, aber überzeugt, dass, ganz egal, was das Bureau auch wollte, sie nichts Falsches getan hatte. Jetzt war sie sich nicht mehr so sicher. Es sah so aus, als sei Arjun seit dem Tag nicht mehr zur Arbeit erschienen, an dem ihr Wagen verschwunden war. Jemand vom Virugenix-Personalbüro war zu seiner Wohnung gefahren, um mit ihm über die Räumung zu sprechen, und hatte entdeckt, dass die Tür nicht verschlossen und die Computerausrüstung zum größten Teil in Stücke geschlagen war. Die Polizei hatte ihn zunächst als vermisst registriert. Nachdem man die Wohnung durchsucht hatte, änderte die Polizei ihre Meinung. Jetzt führte sie ihn als Flüchtigen.

Das Problem war Nic. Inzwischen war er schlicht ein stinknormaler Ingenieur, der Datenspeicher einrichtete und instand hielt, aber einstmals, in den prähistorischen Zeiten des Computerwesens vor dem Worldwide Web und den Dotcoms und allem Übrigen, war er zugegebenermaßen ein sehr böser Ostblockjunge gewesen. Als Hochschulstudent in Bulgarien hatte er ein Gerät namens Pravetz 82 zu benutzen gelernt, ein aus schamlos nachgebauten Apple-IIe-Komponenten bestehendes Massenprodukt der staatlichen Computergesellschaft. Er und seine Freunde von der Nationalen Mathematik-Hochschule in Sofia hatten herumgespielt und eine Menge unerlaubter Sachen angestellt, und als er mit seinen Eltern in die USA übergesiedelt war, hatte er weitergemacht und sich schließlich einen untergeordneten Platz in der amerikanischen Kriminalgeschichte als einer der ersten Kids erworben, die wegen Einbrüchen in Computersysteme angeklagt wurden. Das war alles lange her, aber man konnte sehen, wie die Gehirne dieser Leute arbeiteten. Was immer auch Arjun in seinem Apartment ausgeheckt haben mochte, sie waren der Meinung, sie und Nic hätten ihre Hände mit drin.

»Miss Schnorr, Ihr Wagen ist doch gar nicht gestohlen worden, stimmt's? Sie haben ihn Mehta gegeben, damit er sich der Justiz entziehen kann.«

»Das ist nicht wahr. Falls Arjun es war, der den Wagen genommen hat, tat er es ohne mein Wissen. Und außerdem hat Nic ihn kein einziges Mal getroffen.«

»Das werden wir von Mr. Petkanov schon rausbekommen. Nun, um auf diese so genannten Fahrstunden zurückzukommen …«

Der Kopf tat ihm weh, und er fühlte sich sehr müde. Manchmal meinte er sich übergeben zu müssen. Er wusste nicht genau, wie lange er jetzt schon lief. Er wusste nur, es war wichtig, weiterzugehen.

Scheinwerfer rasten mit heulenden Motoren auf dem Highway heran, so dass er blinzeln und mit einer Hand die Augen abschirmen musste. Einmal verlangsamte ein Wagen das Tempo, aber dann warf der Fahrer einen Blick auf ihn, änderte seinen Entschluss und hielt doch nicht an. Er sah ganz kurz das Gesicht des Mannes, dessen Mund ein schwarzes, entsetztes O bildete. Der Wagen spritzte Schotter und sauste davon.

Das klebrige Zeug war Blut.

Sein Mund war trocken. Die Tasche war schwer. Er konnte sich nicht erinnern, was drin war, und er wusste auch nicht, warum er sie den sandigen Rand dieser Straße entlangschleppte. Sie waren hinter ihm her. Sie waren hinter ihm her, und er musste nach Hause. Wo das Zuhause war, hätte er nicht genau sagen können. Irgendwo da vorn. Am Ende der Straße.

Eine Weile legte er sich in einen Straßengraben und schloss die Augen. Als er sie wieder öffnete, war der Himmel hell, und die unsichtbare nächtliche Welt hatte sich hinter das mit Teer bespritzte gelbe Gras und eine Reihe verkrüppelter Nadelbäume zurückgezogen. Er versuchte sich aufzurichten und hatte das Gefühl, sein Kopf würde platzen. Er saß in einem Wust aus Einwickelpapieren und Bierdosen. Sein Gesicht war mit getrocknetem Blut verklebt.

Er ging weiter.

Jetzt fiel es ihm wieder ein: das Auto, das zeitlupenhafte Schlingern aus der Kurve. Nach Kanada hatte er gewollt. Amerika verlassen, bevor sie dahinter kamen. Das Taxi hatte ihn an der Ecke abgesetzt, und er hatte dagestanden, den Geräuschen des nächtlichen Vororts gelauscht und versucht, sich Gründe einfallen zu lassen, warum er seinen Plan nicht durchführen sollte. Welche Wahl hatte er? In Amerika hatte er nichts mehr verloren. Jeder Tag, den er blieb, brächte die Verfolger näher, und wenn sie ihn fänden, würden sie ihn nie wieder laufen lassen.

Er hatte überlegt, ob er ihr eine Nachricht hinterlassen sollte. *Tut mir Leid. Furchtbar Leid.* Eine weitere auf seiner Liste von Entschuldigungen. Schließlich nahm er sich vor, ihr aus Kanada zu schreiben. Er stellte sich vor, wie er vor einem Blockhaus an einem Tisch säße und ihr den Parkplatz beschriebe, wo er den kleinen Honda hatte stehen lassen, sauber gewaschen und versorgt, vielleicht mit einem Geschenk im Handschuhfach. Blumen würden welken. Vielleicht Pralinen. Mit einer Karte. Auf der Landkarte hatte es nach einer kurzen Fahrt ausgesehen. Viel weiter, als er bisher jemals gefahren war, und das erste Mal, dass er nachts gefahren war. Aber machbar.

liebe chris es gab keine andere möglichkeit es zu tun und die einzige möglichkeit war per auto und das einzige auto das ich fahren kann ist deines ich hoffe du hast nicht allzu große unannehmlichkeiten dadurch – arjunm

Er hatte nicht damit gerechnet, dass er Benzin brauchte. Aber der Zeiger stand auf Rot, ein rotes Licht am Armaturenbrett leuchtete auf. Ständig vergaß Chris zu tanken. Nachdem er sich fünfundzwanzig Meilen nördlich der Stadt dreimal verfahren, zweimal beinahe Hecks gerammt und einmal fast einen überholenden Motorradfahrer über den Haufen gefahren hatte, spähte Arjun nervös in der Dunkelheit nach einer Tankstelle. Er bemerkte das Schild zu spät, hatte schon halb die Ausfahrt passiert, versuchte trotzdem noch abzubiegen, riss das Steuerrad zu hastig herum…

Und jetzt war er zu Fuß unterwegs. Er zählte seine Schritte in Hunderten, versuchte so Konzentration zu erlangen. Abseits, zwischen den Bäumen meinte er Wasser zu sehen. Er ging von der Straße herunter und stapfte darauf zu: Es war ein Teich, halb verdunstet, morastig und brackig, mit blauer Plastik und rostigen Eisenverkleidungen voll gerümpelt. Er zog sein Hemd aus, tauchte es in das schmutzige Wasser und säuberte sich damit Gesicht und Hände. Dann knüllte er es zusammen und schleuderte es hinaus in die Mitte, wo es seine Ärmel ausbreitete, als flehe es ihn an, es nicht an so einem Ort zurückzulassen.

Dreitausendzweihundert.
Dreitausenddreihundert.
Dreitausendvierhundert...

Er kam an eine Ausfahrt. Nahe der Rampe lag eine Tankstelle mitten in einer kleinen Ladenzeile zwischen einer Fast-food-Filiale und einem Geschäft, in dem Terrassenmöbel aus Holz verkauft wurden. So ungezwungen wie möglich schlenderte er über den Vorplatz in den Laden, wo er eine Tüte Chips, eine Flasche Sprite und ein paar Heftpflaster kaufte und die Angestellte um den Schlüssel für die Toilette bat. Kein Benzin? Er schüttelte den Kopf. Sie sah ihn unsicher an, dann schaute sie aus dem Fenster nach seinem Wagen. Schließlich gab sie ihm den Schlüssel, wobei sie den riesigen hölzernen Anhänger ganz langsam über den Tresen schob, als könnte er ihn stehlen oder sie damit angreifen wollen.

Er zog sich um, putzte die Zähne und säuberte sich gründlich, wusch sich die Dreckstreifen aus dem Gesicht und zog einen Kamm durchs Haar, wobei er vorsichtig die klaffende Wunde auf dem Scheitel mied. An dem Bluterguss auf seiner Wange oder den Schnitten über seinem linken Auge konnte er nichts machen. Da ihm schwindlig war, setzte er sich auf die Toilette und lehnte den

Kopf gegen die schmutzige Gipswand. Er musste eingeschlafen sein, denn als Nächstes bemerkte er, dass die Angestellte gegen die Tür hämmerte. Rasch zog er den Reißverschluss seiner Tasche zu und machte sich aus dem Staub. Als er zielstrebig auf den Highway zulief, war er sich nur allzu bewusst, dass die Frau ihm mürrisch durchs Fenster hinterherblickte, den Schlüssel fest in der Hand.

Dann saß er auf dem Beifahrersitz eines zerbeulten Pritschenwagens. Er wusste nicht mehr genau, wie er dort hingekommen war. Der Fahrer, ein Mann mit steinernem Gesicht, trug Arbeitsklamotten, eine Latzhose und ein kariertes Hemd. Sie fuhren zwischen hohen Bäumen hindurch, durch die das Sonnenlicht in unregelmäßig breiten Streifen fiel. Am Straßenrand warben riesige Reklametafeln für das Kasino in einem Indianerreservat. *Blackjack. Roulette. Pai Gow Glückspoker. Keno. 21.* Dann wichen die Bäume Einkaufszentren und Reihen einstöckiger Häuser am Highway. Der Mann sagte nichts, und Arjun fiel auch nichts ein. Er war durch seine Kopfschmerzen benebelt. Wo sind wir… wer sind… warum? Obwohl die Straße eben war, reichte die Vibration aus, ihm Übelkeit zu bereiten. Er schloss die Augen.

»Da wär'n wir«, sagte der Fahrer. Sie befanden sich in einer Ortschaft und hielten auf einer Hauptstraße.

»Ist das Kanada?«, fragte Arjun. Der Mann sah ihn seltsam an, dann langte er über ihn weg und öffnete die Beifahrertür.

»Busstation is gleich da drüben«, sagte er. »Pass auf dich auf. Siehst nicht grade aus, als wärst du in Hochform.«

Der Mann im Pritschenwagen fädelte sich in den Verkehr ein und ließ Arjun schwankend neben seiner Tasche in dieser Stadt stehen, deren Namen er nicht kannte. Er ging über die Straße zur Greyhound-Station hinüber, an der ein Bus abfahrbereit stand, und reihte sich in die Schlange der anderen Fahrgäste ein, bis er zur Tür des Busses kam und der Fahrer ihn nach seinem Fahrschein fragte. Mit pochendem Schädel stand er am Fahrkartenschalter wieder in einer Schlange. Am Counter gab es neue Verwirrung. Die Frau verdrehte die Augen und klapperte mit ihren langen Fingernägeln auf dem Rand ihrer Tastatur. Er bat sie eindringlich, ihm eine Fahrkarte für den Bus zu geben, aber sie fragte nur immer wieder, welcher Bus, welcher, und er antwortete, der da draußen, und endlich verkaufte sie ihm eine Karte, während sie ihrem Monitor ein Gesicht schnitt, als wolle sie ihm gestehen, dass dies der Allerwahnsinnigste in der langen Reihe von Wahnsinnigen an diesem Tag sei.

Er suchte sich einen Platz hinten in der Nähe der Toilette. Spürte das Dröhnen tief in seinem Körper, als der Fahrer den Motor anließ, wanderte dann zu einem klimatisierten Platz, der nach und nach kühler wurde, bis es ihm vorkam, als werde er von Eissplittern durchbohrt, schlanken Pfeilen, eine Kaskade von Eisnadeln, die er nur abschütteln konnte, so dass sie rings um ihn abfielen wie bei einem nadelnden Weihnachtsbaum.

Er öffnete die Augen auf eine öde Landschaft, kahle prähistorische Hügel, an deren gelben Rücken an manchen Stellen dunkle Schluchten klafften. Riesige Hochspannungsmasten wanderten zum Horizont davon, das einzige menschliche Zeichen in der Ödnis. Neben ihm saß ein älterer Mann in einem weißen, bis zum Hals zugeknöpften Hemd. Er las eine Broschüre, einen religiösen Traktat, den er durch seine Drahtbrille mit großer Aufmerksamkeit studierte.

»Wo sind wir?«, fragte Arjun.

»Fast am Ziel«, antwortete der Mann.

Dann wurde der Eiswald seines Traums durch einen echten ersetzt, dessen Bäume sich zur Straße vordrängten wie ein grüner Pöbelhaufen, der von den Hügeln herunterströmt. Über ihnen erhob sich ein Berg mit einem Flecken Schnee auf seinem Gipfel, und die Straße führte auf ihn zu, und der Motor dröhnte, und der alte Mann sagte: »Selbst in diesen letzten Tagen ist es nicht zu spät, sein Leben dem Herrn zu weihen.«

»Welche Zeit haben wir?«, fragte Arjun.

»Die Zeit der Gottlosigkeit, junger Mann. Heulen und Zähneklappern stehen nahe bevor. Du magst nichts weiter als ein zur Hölle verdammter Sünder sein, aber wenn du dein Leben Jesus Christus weihst und wiedergeboren wirst, ist es selbst jetzt noch nicht zu spät.«

»Das hier muss Kanada sein«, sagte Arjun, und der Alte wurde zu einer Abstraktion eines alten Mannes, ein Landschaftsdiagramm aus Kräften und Potentialen, das zum Schweigen gebracht werden konnte. Dann war es Abend, und Lampen brannten, und hinter ihm hatte jemand ein Transistorradio, das Countrymusik spielte, und der alte Mann hatte sich in eine fette Schwarze in einer rosa Stretchhose verwandelt, die in einer Sprache mit ihm redete, die er nicht verstand. Die Straßenlampen wurden langsamer und hielten schließlich an. Als die Hydraulikbremsen ein letztes Keuchen von sich gaben und der Bus zum Stehen kam, starrte sie ihn böse an, dann schob sie sich an ihm vorbei in den Gang.

»Du Arschloch«, murmelte sie. »Wo *ist* dein Problem?«

Er sah, dass seine Tasche offen war, und bekam Panik wegen des Geldes, wegen all des Bargelds, das er von seinem Girokonto abgehoben hatte, denn man muss Bargeld haben, weil sie einem mit einer Kreditkarte auf die Spur kommen. Aber es war noch da, und der Fahrer sagte zu ihm, er solle jetzt aussteigen, und er stieg die Treppe hinunter und stellte fest, dass er in Bend, Oregon, war. Er war in die falsche Richtung gefahren.

In London hatte *Leela* den Strom abgeschaltet. In den Umspannwerken New Cross und Littlebrook zerstörte sie Daten, indem sie die Überwachungssoftware verführte, ihr zuflüsterte, du bist überladen, löse die Schutzschaltung auf, lege die Leitungen still. In der ganzen Stadt kamen Züge zum Halten, Verkehrsampeln erloschen, und Haushaltsgeräte weigerten sich, ihren ärgerlichen Besitzern zu gehorchen. Als es dunkel wurde, ging die Straßenbeleuchtung nicht an. Gelegenheiten wurden am Schopfe gepackt. Ziegelsteine flogen durch Fenster. Vorhängeschlösser wurden aufgebrochen und Hofzäune überstiegen. Vom höchsten Penthouse des In-Vitro-Gebäudes sah West End wie ein Schachbrett aus, auf dem sich helle und dunkle Quadrate abwechseln. Die Immobilienmaklerin und ihr Klient blickten vom Balkon hinunter und fürchteten sich.

Sie überprüften die Nachrichten auf ihren Handys. Als sie aufbrechen wollten, stellten sie fest, dass die Aufzüge nicht funktionierten. Widerstrebend begannen sie, die zwanzig Stockwerke zu Fuß zu gehen und sich, an die Treppengeländer geklammert, den Weg nach unten zu tasten. Nach vier Etagen zog die Immobilienmaklerin ihre Schuhe aus. Nach sieben rief der Klient nach ihr und fragte, ob sie noch da sei und ob sie nicht einen Moment stehen bleiben und sich verschnaufen könnten. Irgendwo unter ihren Füßen führten Feuerwehrleute in reflektierender Kleidung halb verdurstete Pendler durch einen lichtlosen unterirdischen Tunnel auf das orangefarbene Glimmen einer Bahnsteig-Notbeleuchtung zu.

Strudel rannen durch den nationalen Rost, Echos von Leelas Stimme. In Teilen von East Anglia, Wales und Westschottland war die Energieversorgung zeitweise unterbrochen. Eine Sekunde, nicht länger, wurde es im Clansman's Lodge Hotel dunkel. Dann war der Strom wieder da. Digitaluhren begannen zu blinken. Eine Alarmanlage im Büro fing an zu läuten. Gaby warf einen Blick auf die Nachttischlampe, legte sich wieder aufs Bett und betrachtete Rajivs nackten Rücken. Während sie mit Guy sprach, hatte jemand auch Rajiv angerufen, und jetzt sprach er hastig auf Hindi in sein Mobiltelefon, während er mit einer Hand wütend ihren Schlüpfer zusammenknüllte.

Er stand auf, ging ins Bad und knallte die Tür hinter sich zu. Sie hörte, wie er die Stimme erhob und mit der Person am anderen Ende stritt. Sie schob eine Hand zwischen ihre Beine, drehte sich auf den Bauch und versuchte hinter das zu kommen, was sie fühlte. Sie hatte rote Fingerabdrücke an den Armen, wo er sie festgehalten hatte. Sie roch nach Spermizid und Rasierwasser.

Es war unvermeidlich gewesen, vermutete sie. An diesem Morgen war die Crew müde und erregt erschienen und hatte über das fade Essen, den Regen gemault. Während der Nacht hatte es auf den Korridoren jede Menge Betrieb gegeben, und beim Frühstück erzählte man, dass eine der Tänzerinnen im Zug heim nach Birmingham sitze, gekränkt über irgendeinen Vorfall. Rob D. hatte aus ungeklärten Gründen ein blaues Auge, das wartende Personal klapperte mit den Tellern, und auf dem Weg hinauf in ihr Zimmer bemerkte sie einen Handwerker, der eine Hotelzimmertür aus den Angeln hob. Jemand hatte mit dem Fuß ein Loch in eines der unteren Felder getreten.

Leela behauptete noch immer, krank zu sein, und der Arzt war erneut geholt worden und teilte mit, dass er keine physischen Beschwerden feststellen könne. Bei der morgendlichen Produktionskonferenz gab Iqbal bekannt, dass Mrs. Zahir von Mumbai herüberfliege, durch einen Streik der Flugsicherung aber aufgehalten worden sei. Sobald die Mutter hier sei, erklärte er finster, würden sich die Probleme des Mädchens schnellstens beheben. Rocky Prasad und seinem Team wurde gesagt, sie sollten das Beste aus dem schlechten Wetter machen und hinausfahren und Landschaft aufnehmen.

Prasad, der sich in Gabys Augen zum ersten Mal wie ein Regisseur gebärdete, schrie, jetzt habe er genug. »Wollen Sie, dass sie mir das antut? Ein Anruf bei Ihren Freunden in Karachi, ein Anruf, und Sie könnten der Sache ein Ende setzen!« Iqbal schlug mit seiner Faust auf den Tisch. Es entstand ein bedrohliches Schweigen. Er wandte sich Gaby zu und gab ihr mit Zeichen zu verstehen, sie solle den Raum verlassen.

Sie fragte sich, wie sie so arbeiten sollte. Mehr Journalisten denn je kampierten am Tor. Die lokale Polizei hatte mehrere »rowdyhafte asiatische Jugendliche« festgenommen, und eines oder zwei der Massenblätter hatten die Geschichte von Leelas Krankheit aufgegriffen und brachten Artikel über kontaktscheue Stars auf den Innenseiten als Teil ihrer Berichterstattung über die globale Cyberterrorwarnung.

Rajiv Rana rief in ihrem Zimmer an, um zu fragen, ob sie Lust habe, mit ihm auf Skye zu Abend zu essen.

Sie stimmte unter der Bedingung zu, dass er sich vorher mit ihr der Presse stelle. Als der Testarossa die Zufahrt hinunterröhrte, entstand ein kleiner Aufruhr, und sie wurde sich peinlich bewusst, dass sie, zumindest für die indischen Medien, gerade die Public-Relations-Todsünde begangen hatte, sich zum Teil der Geschichte zu machen. Rajiv charmierte und schrieb Autogramme. Sie wich Kameras aus und bemühte sich, die Täuschung aufrechtzuerhalten, dass es keine Produktionsprobleme gebe. Immer wieder versuchten Journalisten eine Verbindung zwischen dem Virus und Leela Zahir herzustellen. Könne Gaby uneingeschränkt bestätigen, dass es sich um keinen schief gelaufenen Werbegag handele? Ob man wirklich von ihnen erwarte, dass sie glaubten, Ms. Zahir und ihre Hintermänner hätten mit der Verbreitung ihres Bildes über die ganze Welt absolut nichts zu tun?

Sie stellte später mehr Informationen in Aussicht und sagte zu Rajiv, das Abendessen sei abgeblasen. So wie die Dinge lagen, würde sie den Nachmittag am Telefon verbringen müssen. Würde er sie bitte zum Lodge zurückfahren? Klar, sagte er. Sie kletterte auf den Beifahrersitz des Ferrari. Er grinste, gab Gas, fegte mit kreischenden Reifen durch die Menge und bog in die Hauptstraße ein.

Sie sagte zu ihm, er solle umdrehen. Er langte über sie hinweg ins Handschuhfach und setzte sich seine Sonnenbrille auf. Sie schrie ihn an, nannte ihn unverantwortlich. Er legte eine CD von

Simply Red ein und sang mit. Sie verhöhnte seinen Musikgeschmack auf Englisch, Italienisch und Pariser *verlan*, und als sie mit ihren Möglichkeiten am Ende war, schmollte sie. Über ihnen rollte der Wind Kumuluswolken wie Bälle über den Himmel und ließ Licht und Schatten über dem Wasser um die Skye Bridge herum in einem fort wechseln. Der Wind peitschte in ihr Haar, und schon bald lächelte sie durch ihre Gereiztheit hindurch und genoss, was sie sah: schwarzgesichtige Schafe, die auf dem rauen Heidemoor der Insel grasten, scheckige, gleichgültige Rinder, die neben Landhäusern mit Doppelfenstern auf ihren Koppeln standen.

Sie bogen von der Hauptstraße ab und wanderten über ein Feld, das mit Plastikflaschen und Teilen von Fischernetzen übersät war, um von einer Felskette die Aussicht zu genießen. Er ergriff ihre Hand und warf ihr einen glühenden Blick zu. »Du bist jetzt nicht bei der Arbeit«, sagte sie zu ihm. Er lachte und erwiderte, er übe nur. Dann fuhr er sie quer über die Insel zu einem Restaurant in einem alten Bauernhof, in dem alle Tische mit Leuten besetzt waren, die englische Dialekte sprachen, und wenn sie von dem Himmel und den Hügeln vor dem Fenster absah, hätte sie auch in London sein können.

Er redete ununterbrochen, und obgleich er eitel und ichfixiert war, war es wohltuend, mit ihm zusammen zu sein. Er gab ihr das Gefühl, weit entfernt zu sein von sich und dem Morast, in dem sie zu versacken drohte.

Er fuhr sie rechtzeitig zum Abendessen ins Hotel zurück, und das Filmteam tat so, als schaue es nicht hin, als Indiens früherer Actionheld Nummer eins der fremden Dame hinauf in ihr Zimmer folgte.

Sex brodelte mit plötzlicher Heftigkeit zwischen ihnen hoch. Er rieb sein Gesicht an ihrem, und seine Bartstoppeln schrubbten über ihre Lippen und Wangen, während sie sich in Richtung Bett kämpften. Sie grub ihm ihre Nägel in den Nacken, und er zerrte ihren Rock zu ihrer Taille hoch und fummelte mit einer Hand zwischen ihren Beinen. Alles war ungestüm, hastig. Als er sie aufs Bett warf, erblickte sie kurz sein Gesicht und sah, dass er sie am liebsten geschlagen hätte; und in diesem Moment wünschte sich ein Teil von ihr, er täte es, er bestätige ihr ihre Unwirklichkeit, ihre Fähigkeit, einfach spurlos zu verschwinden. Sie kam fast sofort. Fünf Minuten später rief Guy an.

»Schätzchen?«

Beim Sex dieser Tage ging es für Rajiv Rana hauptsächlich darum, Spannung abzubauen. Da du dafür berühmt bist, auch unter großem Druck Ruhe zu bewahren (wenn du zum Beispiel von einer Bande *lathis* schwingender Verbrecher angegriffen wirst oder an deinen Fingern unter einer zusammenbrechenden Hängebrücke baumelst), kann es vielleicht für dich von Bedeutung sein, dass deine öffentliche Rolle ein Spiegelbild deiner Leinwandrolle ist. Das Gefühlsvokabular eines Actionhelden ist begrenzt. Keine Trotzanfälle. Keine Tränen. Du musst den Widrigkeiten mit einem witzigen Spruch und einem linken Haken begegnen.

INSPEKTOR KHANNA
(lächelt ironisch)
Sie wissen, dass Sie nicht rauchen sollten … Es ist schlecht für die Gesundheit.

ZEBISCOs Wagen explodiert in einem Feuerball.

Fast fünfzehn Jahre lang hatte Rajiv Rana bis zum Erbrechen ausschließlich sich selbst gespielt, auf Partys und bei Shows, bei Eröffnungen und Premieren, Wohltätigkeitsauktionen und politischen Versammlungen. Er war ein Profi. Er war gewandt. Er war angespannt.

Er war verängstigt.

Eine Menge, die seinen Slogan brüllte.

Du... solltest nicht... rauchen!...

Seine Stimme hallte in einem Hotelbadezimmer wider, in die Enge getrieben und hohl.

»Baba, wie schön, Sie zu hören. Und das aus Dubai. Ich fühle mich geehrt. Und Ihre Gesundheit?«

Filmdraufgänger bedeuten hier nichts. Sprich mit Baby Aziz am Telefon, und du bekommst einen trockenen Mund. Das liegt zum Teil an den Geschichten aus alten Zeiten, in Mumbais Straßen. Eine Girlande abgehackter Finger. Ein Tycoon, der mit gebrochenen Gliedern an der Kaimauer des Marine Drive entlangkriechen muss. Die Schießereien, die mit Säure verätzten Gesichter – all das gehört jetzt der Vergangenheit an. Es muss lange her sein, dass der Mann am anderen Ende der Leitung eine größere körperliche Anstrengung auf sich nahm, als seinen korpulenten Leib auf eine Sonnenliege zu hieven. Aber Erinnerungen beglaubigen die Gegenwart, sie garantieren, dass du in diesen distanziert-passiven Zeiten der Hawala-Kuriere, die Geld aus Fernost überbrachten, der abgekarteten Kricketmatches in Durban, der Apartmentkomplexe am Golf und der RDX-Verstecke in Azad Kaschmir, dass du also auch jetzt seine asthmatische *bidi*-Raucherstimme hören und dich erinnern wirst, dass auch du trotz deines Geldes und deiner Millionen von Fans in seiner Einflusssphäre liegst.

»Also, eine Party. Ihre Partys sind berühmt. Wie viele Damen sind diesmal dabei, eh?«

Aziz gab ein leises, mechanisches Lachen von sich und ließ, obgleich er nicht danach gefragt worden war, die Namen mehrerer berühmter Männer fallen, die zurzeit seine Gastfreundschaft genossen. Ein schneller Werfer beim Kricket. Der Direktor eines Softdrinkunternehmens. Im Nachbarzimmer befand sich ein Mitglied aus einem der regierenden Häuser des Emirats und ließ sich gerade den Schwanz lutschen. *Im Nachbarzimmer. Ich könnte den*

Telefonhörer in die Höhe halten, eh? Das waren so die Dinge, an denen Aziz seine Freude hatte. Er war bemerkenswert indiskret.

»Sprich lauter«, sagte er zu Rajiv. »Es ist ein merkwürdiges Rauschen in der Leitung.«

Dann kam er zur Sache.

Baby Aziz war nicht immer der Besitzer von Rajiv Rana gewesen. Ein Filmstar kann eigenen Einfluss im Umgang mit der Unterwelt ausüben. Produzenten sind an Erpressungsversuche gewöhnt, und obgleich es manchmal besser ist, ein bisschen Schutzgeld zu bezahlen, damit eine Aufnahme glatt verläuft, gibt es Möglichkeiten, Mumbais dunkle Seite zu meiden. Es ist schwierig, aber möglich. Zumindest, bis du etwas falsch machst. Bis du eine Gefälligkeit annimmst.

Rajivs Abstieg begann mit einem kleinen Zollproblem, das sich um Devisen und einen übereifrigen Kommissar drehte, der keine Zeit hatte, ins Kino zu gehen. Angesichts eines drohenden Prozesses sah Rajiv einer saftigen Strafe statt einem neuen Jeep entgegen, eine Situation, die ihn auf dem Set von *Hit Man Hindustani* mürrisch und leicht reizbar machte. Er beklagte sich laut genug, um von einem gewissen Mr. Qureishi gehört zu werden. Dessen Geschäftskarte wies ihn als Rechtsanwalt aus, aber die meiste Zeit verbrachte er an einem Ecktisch in einem Restaurant im Viertel Bandra und nahm Wetten auf Sportveranstaltungen an. Qureishi sah eine Möglichkeit, Rajivs Problem zu lösen, und gegen eine Spende für eine Wohltätigkeitseinrichtung, die Not leidende Mädchen aus den Slums unterstützte, erlahmte denn auch tatsächlich der Eifer des Kommissars, und der Star konnte in der Stadt herumfahren, den Wind in den Haaren.

Rajiv war dankbar und mehr als erfreut darüber, der Hochzeit von Qureishis Tochter ein bisschen Glanz verleihen zu dürfen. Dort wurde er königlich bewirtet und zusammen mit Leuten fotografiert, von denen sich herausstellte, dass sie genauso behilflich waren wie Qureishi selbst. Ob es sich um präzise Börsenvoraussagen, um billig importierten Scotch oder die Bekanntschaft mit Alitalia-Stewardessen handelte, die unbedingt das echte Mumbai kennen lernen wollten – Qureishis Freunde schienen imstande zu sein, Rajivs Leben in kleinen, aber bedeutsamen Schritten schöner zu gestalten. Sie liebten es, ihn um sich zu haben, weil er Rajiv Rana war, und er akzeptierte es als das ihm Zustehende.

Obwohl allgemein bekannt war, dass Qureishi eng mit Baby Aziz zu tun hatte, machte Rajiv sich darüber keine Gedanken. Aziz selbst lebte seit dem Mord an einem Polizisten Mitte der achtziger Jahre am Golf, und als sich die Stadt in den Jahren danach veränderte, als politische Gangs hinduistischer Nationalisten, der pakistanische Geheimdienst und finanziell motivierte Gangster alter Couleur um die Macht wetteiferten, hatte er seine Gegenwart indirekt deutlich gemacht, indem er die Geschehnisse aus der Ferne manipuliert hatte. Er war in gewisser Weise eine mythische Gestalt, nicht ganz real, so etwas wie der schwarze Mann.

Im folgenden Jahr fuhr Rajiv als einer von einer ganzen Gruppe von Filmstars nach Dubai und spielte in »The Multimega Millennium Concert« mit, in dem in einem Stadion voller hingerissener Fans große Filmszenen nachgestellt wurden. Er wurde zu einer prunkvollen Premierenparty in einem der neuen Luxushotels der Stadt eingeladen. Dort begrüßte ihn ein rundlicher Mann mit toten Augen und Raucherhusten mit der Geste des *adaab* und bat ihn um den Gefallen, das Mikrofon zu nehmen und die Partygäste bei der Darbietung von »Pull my trigger, Rant«, dem äußerst populären Liebeslied aus seinem neuesten Hit, *Big Gun Number One*, zum Mitsingen zu animieren. Rajiv kam der Bitte nach, und Baby Aziz verbrachte einen großen Teil des Abends damit, ihm Klapse auf den Rücken zu geben und ihn Kontaktleuten aus der Industrie vorzustellen. Später sorgte er für Privatunterhaltungen, die selbst Rajiv, an Lust und Tollerei gewöhnt, exotisch und überraschend fand.

In diesem Jahr war Rajiv Rana der Superrenner. Er spielte verdrossene Einzelgänger, kauzige Polizeiinspektoren, gewöhnliche Durchschnittsbürger, die sich in Rambo-Helden verwandeln, und sportstudiogestählte Casanovas in einer Reihe von Kassenschlagern, die ihn zum Lieblingsraufbold Indiens machten, zum Idol der *chai*-Buden und Schulhöfe. Er fing eine Affäre mit der einzigen Frau an, die seiner würdig zu sein schien, einer ehemaligen Miss World, die es zur Filmschauspielerin gebracht, eine Haut wie Butter und eine Figur hatte, die in ihm nie gekannte Gefühle von Eifersucht und Besitzgier erregten. Er bat sie, ihn zu heiraten, und als sie ihm einen Korb gab, bat er sie noch mal, indem er spätnachts vor ihrer Wohnung mit einem ganzen Hochzeitsorchester aufkreuzte, was aufgebrachte Nachbarn die Polizei rufen ließ. Er überschüttete sie mit Geschenken (sie blieb gleichgültig), bedrohte unter der Hand ihre Filmpartner (sie war wütend), ließ sich ihren Namen auf die linke Arschbacke tätowieren (sie lachte) und machte schließlich einen schrecklichen Fehler, der sie verscheuchte und ihn zur Marionette von Baby Aziz machte.

Sie führte in einer Show im Oberoi Hotel Brautmode vor, eine Gefälligkeit für einen Freund, der ihr Miss-World-Kleid entworfen hatte. Eine Gruppe junger Männer begann anerkennend zu pfeifen, als sie den Laufsteg herunterkam, und ihr Anführer rief laut, dass er sie liebe, und fragte, wann denn der Teil mit den superscharfen Badeanzügen käme. Rajiv war wütend über die Beleidigung, gleichzeitig aber bemüht, öffentlich keine Szene zu machen. Nachdem er herausgefunden hatte, um wen es sich bei dem jungen Mann handelte (den Sohn eines reichen Reifenfabrikanten), ließ er sich von seinen Begleitern aus dem Haus eskortieren. Später führte er betrunken und bedrückt eine Reihe von Telefongesprächen, in denen er allen, die zuhören wollten, etwas von skandalösem Benehmen, mangelndem Respekt, gutem Ruf und Bestrafung vorschwadronierte.

Am nächsten Morgen – er hatte einen furchtbaren Kater – erhielt er einen Anruf von einer flüsternden Männerstimme. »*Baba* lässt grüßen. *Baba* kümmert sich drum«, sagte sie, dann wurde aufgelegt. Am Abend berichteten die Fernsehnachrichten, dass Rahul Subramanian, Erbe des S.B.-Radials-Vermögens, in einem Slumviertel der Stadt in seinem Wagen verbrannt sei.

Rajiv ging in sein Bad und übergab sich in sein handgemeißeltes Marmorwaschbecken.

Mehrere Tage ging er nicht aus dem Haus, während Gerüchte um Subramanians Tod in der Mumbaier Gesellschaft herumschwirrten, Gerüchte, die ihn glücklicherweise nicht berührten. Er stattete Qureishi einen Besuch ab, der behauptete, nicht zu wissen, wovon er redete, ihm aber vorschlug, es könnte hilfreich sein, wenn er Urlaub machte, zumindest bis er sich etwas ruhiger fühlte. »Sie brauchen Erholung«, sagte der Buchmacher. »Sie sind unser Held. Wir wollen für Sie nur das Beste.«

Die nächsten Monate waren schrecklich. Er überlegte, ob er gestehen solle. Aber wem? Und was? Er hatte nicht gewollt, dass der Junge umgebracht würde. Er hatte niemanden um einen Gefallen gebeten. Nachts träumte er von Flammen und zerlaufenden Gesichtern. Er konnte sich nicht auf die Arbeit konzentrieren und verließ *Abs*, ein Projekt, das von einem Team produziert wurde, das ihm seine größten Kassenerfolge beschert hatte. Miss World, von seinem immer erratischeren Verhalten gelangweilt, sah man mit einem jungen Schauspieler, der früher Dressman gewesen war. Als sie auf seine Anrufe nicht mehr reagierte, erschien Rajiv auf dem Set ihrer neuesten romantischen Komödie und machte ihr eine Szene. Für die Filmzeitschriften war es ein gefundenes Fressen. Miss World gab *Stardust* ein »zwischen Rajiv und mir ist alles aus«-Exklusivinterview. Dann begann Baby Aziz, Gefälligkeiten einzufordern.

Es fing ganz langsam an. Rajiv zeigte sich persönlich bei Festen, die von Aziz' Freunden veranstaltet wurden. Er ließ sich für *Look Out… Love Alert!* verpflichten. Ein Kassenschlager, wurde ihm »nahe gelegt«, werde seiner Karriere nützlich sein. Wenn er etwas in Frage stellte oder wütend wurde, kam jedes Mal ein Anruf vom Golf. »Wenn wir an dich denken«, schmachtete dann die keuchende Stimme, »sind unsere Herzen voll Gefühl. Wir würden nie etwas ans Licht bringen wollen, was deinem Bild in der Öffentlichkeit schaden könnte.«

Die Forderungen wurden heftiger. Er lieh Geld ohne echte Hoffnung, es wiederzubekommen. Er war damit einverstanden, dass ein paar Kisten (mit Maschinenteilen, wurde ihm gesagt) in einem seiner Landhäuser gelagert wurden. In der Branche begann man zu flüstern. Wenn er darüber klagte, dass die Gerüchte sein Image beschädigten, zeigte Aziz kein Verständnis.

»Die Leute reden immer«, sagte er. »Du musst lernen, es zu ignorieren.«

Rajiv Rana, gewohnt, Befehle zu geben, gewöhnte sich daran, nun Befehle zu erhalten. Er hatte kaum Auswahl bei den Restaurants und Büroparks, die er eröffnete, den Produkten, für die er warb, den schäbigen kleinen Hochzeiten, auf denen er zu singen hatte. Aziz' Leute vermieteten ihn an den Höchstbietenden wie jeden anderen Besitz, ein Auto oder eine Frau. Schweigend ertrug er die Demütigung, bis sie ihm sagten, er solle *Heroes of Kargil* ablehnen. Das war zu viel. Eine Welle patriotischer Leidenschaft fegte durch das Land. Der Regisseur war begabt. Die Lieder waren wunderbar. Es gab sogar ein fertiges Drehbuch. Der Film war ein todsicherer Hit.

Er war entschlossen, zuzusagen.

Als Aziz anrief, warf dieser ihm vor, keine Ahnung vom Filmgeschäft zu haben. »Ich würde dir keine Vorträge darüber halten, wie du mit deinen Affären umgehst, also überlasse die Wahl deiner Rollen mir.« Aziz sagte, seiner Meinung nach sei das Treatment tendenziös. Shiv Sena habe Geld in diesen Film gesteckt. »*Bhai*«, flüsterte er, »du willst in so einer Zeit doch keine kommunalen Leidenschaften entfachen.« Rajiv (*Filmfare*-Überschrift: *Ich bin nicht politisch, ich bin Entertainer*) legte einfach auf.

Am nächsten Tag wurde ihm Karim, sein Fahrer, in einem Sack vor die Haustür gestellt. Er lebte, aber Ohren und Nase hatte man ihm abgeschnitten. Rajiv ließ der hysterischen Frau des Mannes mehrere *lakhs* Rupien überbringen, und als Azizi wieder anrief, hörte er zu und versuchte, den Hörer in seiner zitternden Hand still zu halten. Die Botschaft war unmissverständlich. »Du wirst diesen *Kargil*-Quatsch nicht machen. Du wirst dich vielmehr für einen neuen Film zur Verfügung stellen. Der Titel soll *Tender Tough* lauten. Du wirst alle Termine komplett absagen. Als Gegenleistung gestehe ich dir ein Drittel deines normalen Honorars zu. Dies, verstehst du, ist ein Geschenk von mir, ein Zeichen meiner Freundschaft. Mach dir keine Gedanken über künstlerische Maßstäbe. *Tender Tough* wird ein Erfolgsfilm. Du bekommst den besten Regisseur, ein großes Budget. Du kannst dir sogar deine Partnerin aussuchen. Jetzt darfst du mir danken.«

Rajiv murmelte etwas und verließ das Haus, um sich auf eine Dreitage-Sauftour zu begeben, nach der er einen Barbesitzer, einen Hotelier und ein Mannequin, das wegen der blauen Flecken im Gesicht mehrere Wochen nicht arbeiten konnte, mit Geld entschädigen musste. Eine Version der Geschichte gelangte in die Klatschspalten: *Ist Raju die Große Faust Nummer eins geworden?*

Er sagte *Kargil* ab und sah die Rolle an seinen Rivalen Sunny Deol gehen. Sein Image war zerstört. Nachdem er so lange ein Held gewesen war, hatte er sich angewöhnt, von sich in der dritten Person zu sprechen und seinen Namen auf seine Initialen zu verkürzen. Aber sollte »R. R.« jetzt der Bösewicht sein? Vor dem riesigen Plasmabildschirm in seinem Bungalow in Juhu zusammengesunken, fand er Trost in einer Szene aus *High School Hearts*, einem Film, von dem er keine Notiz genommen hatte, als er vor einem Jahr in die Kinos kam. Als die Heldin erfuhr, dass ihr Freund bei einem Verkehrsunfall tödlich verunglückt war, füllte ihr verzweifeltes Gesicht das ganze Bild. Es schien Verletzlichkeit, Vertrauen und Verlangen nach Schutz auszustrahlen. Er griff nach der Fernbedienung und spielte sich die Szene immer wieder vor. Das Gesicht des Mädchens wandte sich um, ihre Augen funkelten von Glyzerintränen ... Auch er fand sich in Tränen, um Unschuld und Reinheit flehend, um alles, was aus seinem Leben verschwunden war. Um alles, was dieses Mädchen bestimmt würde ersetzen können.

Er teilte Aziz mit, dass die Schauspielerin, die er für *Tender Tough* wolle, Leela Zahir sei.

Im Bad gab es ein Echo, aber da war noch etwas anderes, elektronische Störungen in der Leitung, Fetzen von Stimmen.

»Ist das nicht Iqbals Angelegenheit?«, fragte er, während er sich auf Aziz' Gemurmel zu konzentrieren versuchte, das aus den atmosphärischen Störungen hervorzutreten und wieder in ihnen zu verschwinden schien.

»Dies ist dein Film, Rajiv-*bhai*. Ich habe ihn für dich in die Wege geleitet, aus Rücksicht auf deine Interessen. Wenn er wegen dieser albernen Göre scheitert, die du dir als Partnerin ausgesucht hast, ist meiner Meinung nach klar, wer die Konsequenzen tragen sollte.«

»Ich weiß, dass sie schwierig ist, aber was kann ich machen? Das entzieht sich meiner Kontrolle.«

»Du musst sie überreden. Sie war deine Wahl. Ihre Mutter kommt. Ihr beiden werdet zusammenarbeiten müssen.«

»Sie hört auf niemanden.«

»Wenn du meinst, du kannst die Kosten schlucken, dann sei's so.«

»Schlucken – was meinen Sie damit?«

»Wenn aus diesem Film nichts wird, musst du die Kosten tragen. Iqbal wird dir eine Schätzung geben können.«

»Das kann nicht Ihr Ernst sein.«

Durch die Leitung kam ein stoßweises Keuchen, das auch Gelächter hätte sein können. Rajiv ballte seine Fäuste und sah sich unter den harten Flächen des Bades nach etwas zum Draufhauen um.

»Du wirst also das Mädchen überreden.«

»Ja, selbstverständlich. Ich sehe zu, was ich machen kann. Ja.«

Arjuns Entscheidung besaß eine gewisse Logik, wenn auch nur die, wie sie Automatenkaffee, Maissnacks mit Schinkenaroma und die harte Nachmittags-Neonbeleuchtung in Wartezonen auf Busbahnhöfen erzeugen. Sie ging ungefähr so: *Sie denken, du fährst nach Norden.* Was also, wenn er einen Fehler machte? Anstatt umzukehren, würde er weiterfahren. Statt nach Norden, nach Süden. Statt nach Kanada, nach Mexiko. Blockhaus weicht Lehmziegel-Hazienda. Suche und ersetze. Es war die Taktik, die für Rajiv Rana in *Run from Injustice* funktioniert hatte.

In Bend kaufte Arjun sich eine Fahrkarte für den nächsten Bus in Richtung Süden, und während die Nacht zum Tag wurde und der Tag wiederum zur Nacht, sah er zu, wie der schmale Streifen Amerika am Rand der Fernstraße von Grün zu Braun und wieder zu Grün wechselte, bis sich der Himmel zu einem dunstigen Grau verfinsterte und Wassertropfen Streifen auf dem Sicherheitsglas bildeten. Plötzlich sah man Schaumkronen auf offenem Wasser, und sie fuhren über die Golden Gate nach San Francisco hinein. Dort aß er eine in der Mikrowelle aufgebackene Quesadilla und kaufte sich eine Zeitung, die fast nur über Sport und verrückte Wetterereignisse berichtete und weder *Leela* noch ihn erwähnte.

Er stand in einer langen Schlange vor einem Fahrkartenschalter, an dem gestresste Angestellte Tickets per Hand ausstellten, dann stieg er in einen Bus nach San Diego. Stündlich hatte Kalifornien weniger Bäume und flachte sich zu einer staubigen Ebene ab, die von Highway-Ladenzeilen und Feldern mit leuchtend grünem Salat gesäumt war, durch die sich Latinopflücker in zottigen

Trupps bewegten. An manchen Orten war die Ernte braun in den Gewächshäusern oder mit Plastikfolien abgedeckt, die im Sonnenlicht gleißten und am Fenster in blendenden Blitzen vorüberzogen. Als die Sonne unterging, waren nur noch erleuchtete Firmenschilder und ein stetiger Strom von Scheinwerfern zu sehen.

Nie wusste er den Namen des Ortes, an dem sie eine Pause einlegten. Ein Busbahnhof sah aus wie der andere. Es war weit nach Mitternacht. An den Verkaufsständen waren die Rollläden heruntergelassen, und die Reiseauskunftsbude war unbesetzt. In einer Ecke tschilpten und knurrten Videospielautomaten. Reihen von Plastiksesseln blickten auf Haltebuchten, in die die ankommenden Busse ihre Schnauzen bohrten; über jeder hing ein Monitor mit der Ankunfts- und Abfahrtszeit. Einige Sessel hatten Münzfernseher an den Armlehnen, und hier und da steckten Leute Münzen hinein, wofür sie winzige schwarzweiße Flimmerbilder zu sehen bekamen. Arjuns Blick für amerikanische Klassenunterschiede hatte sich geschärft. Viele der Wartenden waren fett, das paradoxe Anzeichen von Armut in diesem Land der Widersprüche. Andere, schmutzig und ungepflegt, schliefen, die Arme fest um Plastikbeutel mit Kleidern geschlungen. Ein bärtiger Mann mit einer Mütze, auf der »Mustache Rides 5c« stand, rief jeder Frau, die vorbeiging, »He, Baby, he« zu. Ein anderer zappelte in einem fort mit Armen und Beinen, während sein Vogelkopf nervös von links nach rechts schnellte, als suche er einen Angreifer.

Arjun nahm seine Tasche und ging zur Toilette, wo er sich das Gesicht wusch und sein Hemd wechselte. Es waren zehn Minuten Zeit, bis der Bus weiterfuhr. Er schlurfte zu den Telefonen hinüber, die an der Wand hingen, und wollte gerade seine Telefonkartennummer wählen, als ihm bewusst wurde, dass es in Indien erst früher Nachmittag war und Priti noch im Dienst sein würde. Er wählte trotzdem. Malini hob ab und klang aufgeregt, als sie hörte, dass er es war. Dann nahm ihr ein anderer den Hörer aus der Hand.

»Bro? Herrgottnochmal! Wo bist du denn? Ich habe dich andauernd anzurufen versucht.«

»Ich – ich war weg. Ich bin auch jetzt nicht zu Hause.«

»Ich habe dir so viel zu erzählen. He, alles ist total chaotisch bei der Arbeit. Alle unsere Systeme sind ausgefallen. Im ganzen Haus. Es war der reine Wahnsinn! Mein Chef hätte sich am liebsten die Haare ausgerissen, wenn der alte Glatzkopf noch welche hätte. Ich hab dir doch von ihm erzählt, stimmt's? Von dem Glatzkopf? Du hast sicher viel, viel zu tun bei dieser ganzen Virussache. Aber rate mal, was – ich arbeite heute nicht! Bist du neidisch? Sie mussten uns den Tag frei geben.« Sie senkte verschwörerisch ihre Stimme. »Ich habe ihn zum größten Teil mit Ramu verbracht. Oh, Arjun, es ist so viel passiert. Ich habe dir noch gar nicht von Ramu erzählt. Aber du musst mir versprechen, Ma und vor allem Pa nichts zu sagen.«

Es war alles zu viel, das Glück in ihrer Stimme, die Erregung. Er hielt den Hörer von seinem Gesicht weg, damit sie ihn nicht weinen hörte.

»Warte einen Moment«, sagte seine Schwester, und er hörte, wie sie sich in ein Schlafzimmer einschloss.

»Ramu ist – verstehst du, er ist etwas Besonderes. Er ist intelligent, und er ist lieb, und er ist kein Idiot wie die meisten anderen Männer bei der Arbeit. Er ist so ulkig. Ich weiß, du würdest ihn mögen. Und sein Bruder ist in Australien. Tatsächlich in Australien. Er wohnt in Bondi, direkt am Strand. Wie findest du das? Wenn wir hinfahren würden, könnten wir surfen gehen. Arjun? Bist du noch da?«

Er versuchte sein stoßweises Atmen unter Kontrolle zu bringen. »Ja, ich bin da.«

»Arjun, ich glaube, ich liebe ihn. Wir wollen heiraten.«

»Was?«

»Er hat mit seinem Vater geredet, und sie wollen herkommen und mit Ma und Pa sprechen.«

»Heiraten?«

»Was sagst du dazu, Bro? Freust du dich für mich? Arjun?«

»Wo ist er her?«

»Kolkota. Sie sind Chaudhuris. Arjun, sprich nicht wie Ma. Freust du dich nicht wenigstens ein bisschen für mich?«

»Klar.«

»Na, das könntest du aber deutlicher hören lassen. Wenn wir heiraten, möchte Ramu, dass wir nach Australien ziehen. Um wirklich dort zu leben.«

»Und was ist mit unseren Eltern?«

»Ist das alles, was du dazu sagen kannst? Ich erzähle dir, dass ich den Mann meines Lebens gefunden habe, und du fragst, was mit unseren Eltern ist?«

»Es ist sehr schlecht, Priti. Alles ist schief gelaufen.«

»Du bist manchmal so egoistisch. Warum muss sich immer alles um dich drehen?«

Es trat ein langes Schweigen ein. Ihm war klar, dass sie sein stoßweises Atmen hören konnte. Sie wusste, irgendetwas stimmte nicht.

»Arjun? Was ist passiert?«

»Es ist kompliziert. Und es bedeutet, ich könnte in der Zukunft nicht da sein, also – also, tja, Australien kommt nicht in Frage, okay? Du musst mir versprechen, dass du bleibst und dich um Ma und Pa kümmerst.«

Jetzt war sie mit Schweigen an der Reihe.

»Sis?«

Ihr Geschrei verzerrte das Signal. »Oh, mein Gott. Warum sagst du das? Das ist so typisch. Du kannst weggehen und in Amerika ein großes Ass werden. Und bloß weil ich ein Mädchen bin, muss ich bleiben und Kindermädchen spielen? Du bist – du bist ein Blödmann. Ein sexistischer Blödmann. Warum solltest du denn nicht für sie sorgen, wenn sie alt werden, eh? Warum nicht du? Du bist genauso schlimm wie Papa.«

»Priti, bitte. Ich habe Angst.«

»Was?«

»Ich habe was gemacht. Ich habe Scheiße gebaut. Und das heißt, vielleicht komme ich nicht wieder.«

»Arjun?«

»Was passiert mit ihnen, wenn wir beide nicht da sind?«

»Wovon redest du?«

»Sis.«

»Oh, Arjun, ich wusste, dass etwas nicht stimmte. Du warst so merkwürdig.«

»Ich habe einen Fehler gemacht, okay. Einen großen Fehler. Und es gibt keine Möglichkeit, ihn auszubügeln.«

»Ich verstehe nicht. Was sagst du?«

»Du kommst schon noch dahinter. Vielleicht kommen sie und stellen dir Fragen, deswegen ist es besser, wenn du nichts weißt. Ich liebe dich, okay? Und du musst Ma und Pa sagen, dass ich auch sie liebe.«

»Aber worum geht es denn?«

Arjun konnte nicht antworten. Er hielt den Telefonhörer locker in der einen Hand, und sein Mund hing offen wie der von einem Fisch, als er sah, wie auf Monitoren im ganzen Busbahnhof sein Gesicht erschien. Wahnsinn oder ein böser Traum. In der Falle auf der anderen Seite der Glasscheibe. Eine Nachrichtenmeldung. *Cyberterror-Verdächtiger: Das* FBI *veröffentlicht Foto.*

Langsam hängte er den Telefonhörer in die Gabel und drehte sein Gesicht zur Wand.

Auf dem Foto lächelte er, hatte ein gestreiftes Hemd an und machte das Zeichen der nach oben gereckten Daumen. Es war ein Ausschnitt aus einem Schnappschuss, der in Jimmy's Brewhouse in Redmond gemacht worden war. Mit Chris' Fotoapparat. Was bedeutete, dass sie mit Chris gesprochen hatten.

Entschuldigung, Chris.

Er wagte einen Blick zurück auf den Monitor, der sein Gesicht gegen Bilder von langen Schlangen vor einer Flughafenabfertigung eingetauscht hatte. Darauf folgte ein Kommentar eines finster blickenden republikanischen Kongressabgeordneten mit gestreifter Krawatte und dann *sie*, Leela Zahir, wie sie in *High School Hearts* auf einem Lehrertisch tanzt. Nicht ihr bester Film, in dem sie obendrein (mit Bubikopf und einem zitronengelben Overall) nicht am schönsten ausgesehen hatte, trotzdem ließen die Bilder ihm das Herz im Halse schlagen. Zehn Sekunden sehnsüchtiges Verlangen und dann rüber zum Sport, wo sich Gorillas in kugelsicheren Westen an einer Ziellinie aufreihten und ein zwei Meter langer Teenager nach einem Reifen sprang.

Was jetzt?

»Biste fertig, Kumpel?« Auf das Telefon zeigte ein älterer Schwarzer in einem T-Shirt, das für ein Gemeindereformprogramm warb. *Entscheide dich für Dinwood.* Einen Moment lang begriff Arjun nicht ganz. *Biste fix und fertig, Kumpel. Du da unten.* Er sprach wieder. »Brauchste den da?« Arjun schüttelte den Kopf und ging davon. Der kurze Weg zum nächsten freien Platz war eine Qual. In der Halle verarbeiteten sicherlich einhundert Augenhintergründe die Struktur seines Gesichts und verbanden unterbewusst Formen und Farben mit dem Fahndungsfoto in den Nachrichten. Jede Sekunde würde er jetzt das Tippen auf der Schulter fühlen, die strenge Stimme hören, die ihm sagte, er solle dafür sorgen, dass seine Hände immer schön sichtbar blieben. Er krümmte sich zusammen und beugte den Kopf in seine Jacke, weil er nicht aufzuschauen wagte, falls er jemandem aufgefallen sein sollte.

Als sein Bus ausgerufen wurde, war die Welt um ihn herum quälend nah herangerückt und hatte sich gleichzeitig unendlich weit von ihm entfernt. Geräusche wurden verstärkt, jede raschelnde Illustrierte und jedes weinende Kind war eine potentielle Polizeisirene. Zur gleichen Zeit war er von all den anderen wartenden Leuten, der obdachlosen Frau mit der Duschkappe, dem jungen Sergeant mit dem Bürstenschnitt und der Dame mit der Dauerwelle und der Rätselzeitschrift, wie durch eine Plexiglaswand abgeschnitten.

Er stieg in den Bus und setzte sich auf seinen Platz, und seine Organe vibrierten, als der Fahrer den Motor anließ. Er fühlte sich matt und merkte, dass er unbewusst den Atem anhielt. Er musste sich konzentrieren, um einzuatmen und wieder auszuatmen. Um ihn herum ließen sich Leute nieder, ein tätowierter Lateinamerikaner, der sich eine Jacke als Kissen unter den Kopf stopfte, eine Mutter, die ihre kleine Tochter mit Maischips fütterte. Niemand schenkte ihm die geringste Beachtung. Es war wie Zauber, ein Status quo, zart wie eine Seifenblase. Eine Bewegung, und sie würden wie eine Meute über ihn herfallen.

Es konnte nun nicht mehr lange dauern. Wie viele Stunden Freiheit hatte er noch?

Als der Bus in San Diego ankam, wurde es gerade dunkel. Er wusste aus Filmen wie *Inspector 2000* und *Run Arundhati Run*, dass Schnelligkeit für jemanden auf der Flucht sehr wichtig ist. Aber eine fatalistische, religiöse Stimme in ihm flüsterte, dass es kommt, wie es kommen muss, dass seine Chancen so gering seien; er könne ruhig ein, zwei Stunden schlafen.

Er verließ den Busbahnhof so schnell er konnte und brachte zwei oder drei Querstraßen hinter sich und das hektische Gewühl, bevor er aufs Geratewohl in eine Seitenstraße mit einem Gemischtwarenladen an der Ecke einbog. Er warf einen kurzen Blick ins Innere, wo der Sikh-Besitzer für einen Kunden Lebensmittel in eine Tüte packte. An der Wand hinter ihm hing ein Kalender, eine amerikanische Fahne und ein bekränztes Porträt von Guru Nanak. In diesem Laden und der Wohnung darüber gäbe es Reis und *paan parag* und Bänder von Lata Mangeshkar, in Papier eingewickelte Weihrauchkegel, Stahlschüsseln und Star TV auf Kabel, Paare ausgelatschter Leder-*chappals* und Kichererbsen im Einweichwasser und eine Familie, die eine Sprache spricht, die seiner eigenen ähnelt, Wörter, die zu den entlegenen Gerüchen von *ghi* und Staub und Petroleum und Küchenfeuer passen. Sein Herz fühlte sich leer an, eine ausgeleerte Papiertüte.

Am Ende des Blocks lag ein Motel, dessen hohes Reklameschild in Abständen blinkte. *Lucky's Motor Lodge: Color Kabel-TV Direktwahl-Telefone Klimaanlage Parkplatz Nur für Gäste.* Eine gelangweilte Chinesin nahm sein Geld und hielt ihm einen Vortrag, interpunktionslos monoton wie das Reklameschild, Auschecken mittags Eismaschine unter der Treppe zerschlagenes Geschirr wird bezahlt keine Partys. Das Zimmer roch nach Zigarettenrauch und Kiefernöl-Desinfektionsmittel. Er ging ins Bad, zerriss die Hülle eines eingesiegelten Plastikbechers und füllte ihn mit Wasser. Es schmeckte grauenhaft. Er überlegte, ob er zu dem Gemischtwarenladen zurückgehen und eine Flasche Mineralwasser kaufen solle, fühlte sich aber plötzlich so müde, dass er nichts weiter tun konnte, als sich auf der gesteppten Nylontagesdecke langzumachen und die Augen zu schließen.

Er versuchte sich die Grenze vorzustellen, vermochte sie aber nur als Abstraktion zu sehen, als dicken schwarzen Strich quer über den Boden.

Als er aufwachte, wusste er nicht, wo er war, spürte aber keine Angst. Der ferne Verkehrslärm war beruhigend, und die Geräusche eines Fernsehers, die durch die dünne Trennwand hinter seinem Kopf drangen, waren angenehm vertraut und erinnerten ihn an sein Studio in Berry Acres. Er sank zurück auf das Kissen. Dann hörte er ein lautes Krachen vor seiner Tür. Sofort saß er senkrecht, jeder Muskel gespannt in der Erwartung, dass die kevlargepanzerten Sturmtruppen jeden Augenblick hereinstürmten. Aber auf das Krachen folgte Gelächter, zwei Frauen diskutierten witzig miteinander, während sie im Korridor auf die Knie gingen und auflasen, was sie hatten fallen lassen.

Die Aussichtslosigkeit seiner Lage kam ihm erneut zu Bewusstsein und senkte sich über ihn wie eine Vakuumglocke. Er stellte die Füße auf den Boden und rieb sich die Augen. Da er keine Ahnung hatte, wie spät es war, warf er einen raschen Blick durch die Vorhänge. Der Himmel über der Dachsilhouette des Motelhofs war grau und trübe. Morgen- oder Abenddämmerung, egal.

In einer plötzlichen Anwandlung von Eile zog er seinen Laptop aus der Tasche und wühlte zwischen Socken und Unterhosen nach einer kleinen, golfballgroßen Kamera, deren Kabel er mit zitternden Fingern entwirrte. Er stöpselte sie ein, und während er darauf wartete, dass der Computer hochfuhr, stellte er den Papierkorb umgedreht auf den Nachttisch, setzte die Kamera darauf und richtete sie so aus, dass sie ihn im Bild hatte, als er sich auf einen Stuhl in der Ecke setzte. Es war Zeit, sich zu rechtfertigen, sich der Öffentlichkeit zu stellen.

Eine Stunde später verließ er das Motel mit einer selbst verfertigten Landkarte in der Hand, die ihm den Weg zu einem Spielsalon und Internetcafé namens Boba Fett's wies, das den *Gelben Seiten* zufolge das nächstgelegene Lokal mit einer schnellen öffentlichen Internetverbindung war. Auf die Straße hinauszugehen war riskant, aber die Dateien, die er fabriziert hatte, waren umfangreich: sie vom Motel aus upzuloaden, würde zu lange dauern. Es war, hatte er festgestellt, früher Abend. Ein fahler, petrochemischer Sonnenuntergang ging in Dunkelheit über. Die Luft war noch immer warm, und während er seiner Karte durch das Netz der Innenstadtstraßen folgte, pulsten Basslinien aus offenen Wagenfenstern, und Menschen standen in Gruppen an den Straßenecken. Glückliche, entspannte Menschen. Bürger. Konsumenten. Er eilte vorbei.

Draußen vor Boba Fett's sah man ausschließlich Sportklamotten. Dazu Goldkettchen, Steroidcreme und Haargel. Eine riesige Schar halbwüchsiger Jungen hatte sich um eine Doppelreihe Autos versammelt, rauchte Zigaretten und diskutierte in verschiedenen südostasiatischen Sprachen. Sie gingen auf die Knie, um Felgen zu begutachten, spielten mit Piepsern und Handys herum, öffneten Wagenschläge und Kofferräume, um pulsierende Soundsysteme zur Schau zu stellen, nahmen Gangsterposen ein und beäugten Arjun voll Misstrauen. Sie versperrten den Bürgersteig, und als er sich durch sie hindurchdrängte, um zu dem Café zu gelangen, wurde er angestarrt, kühl taxiert. Er bemerkte nervös, dass er auf deutlich abgegrenztes Gelände geraten war.

Als er die Tür aufmachte, wurden wehmütige Erinnerungen an Aamir und Gabbar Singh's Internet-Café davongeweht. Er knallte gegen eine Wand elektronischer Geräusche, eine Schrecken erregende Mischung aus Filmmusik, Gewehrfeuer und nachgemachten V8-Motoren. Jungen, Vietnamesen und Koreaner zum größten Teil, kämpften mit Rail Guns, Lasern, Dreschflegeln, Morgensternen und außerirdischen Impulswaffen. Sie köpften sich gegenseitig, drängten einander von der Straße, machten die Städte ihrer Feinde mit Feuerbällen dem Erdboden gleich und vernichteten deren Elitedivisionen mit taktischen Atomwaffen. Einige hatten Kopfhörer auf, in einsame Trance entrückt. Andere waren der Mittelpunkt erregter Zuschauergruppen. Am hinteren Ende des Raumes gab es an einem Tresen Getränke und Snacks, hinter dem der zwanzig-und-nochwas-jährige Geschäftsführer seiner Arbeit mit gelben Schaumgummi-Ohrstöpseln nachging. Von dem Brett mit den Getränkepreisen und den Terminal-Stundentarifen abgesehen, wies Boba Fett's kaum Dekor auf, es war ein grauer Kasten aus Schlackenstein mit einer verspiegelten Schaufensterfront und einer an die hintere Wand geschraubten Klimaanlage. Das Leben fand hier auf der Mattscheibe statt.

Arjun mietete sich ein unbesetztes Terminal und nahm dort mit einem Becher Tee mit Schokoladenaroma Platz. Rechts und links von ihm spielten Kids dasselbe First Person Shooter Game, in dem sie durch ein kompliziertes Labyrinth stürmten, während sie kurze Salven aufeinander abfeuerten und ihre Bildschirme sich mit statischer Elektrizität füllten, wenn ihre Avataras getroffen wurden und sich sterbend in Weiß auflösten. Arjun uploadete seine selbst gemachten Videos zu seinem Geheimplatz auf dem NOIT-Server, dann richtete er ein Konto in einem kostenlosen E-Mail-Dienst ein und schickte von dort aus Mitteilungen mit der Webadresse an die Leute, von denen er wollte, dass sie einen Blick hinein taten: Priti, Chris, das FBI und Leela Zahir. Da er von Leela keine Adresse hatte, wandte er sich an mehrere Newsgroups und Diskussionsforen und schickte obendrein eine Kopie an Aamir.

also sis ich weiß nicht wo anfangen

liebes fbi ist das die korrekte anrede?

chris ich wollte ihn zurückbringen aber

dies ist für dich leela zahir als eine form der entschuldigung für alles was passiert ist ich habe dich immer geliebt und würde nie etwas tun was dir schadet aber du siehst ich war verzweifelt

Als er fertig war, nahm er seine CD und verließ das Café, ohne sich umzusehen. Er bemerkte nicht die beiden Jungen, vielleicht dreizehn oder vierzehn Jahre alt, die sich aus der Menge vor dem Café lösten. Als er den Weg zurück zum Motel einschlug, gingen sie die Straße hinauf hinter ihm her, wobei sie gebührenden Abstand hielten, aber darauf achteten, nicht allzu weit zurückzufallen.

Wir geben nicht klein bei.

Das war das Grundprinzip, das einzige, was zählte. Ob es um Universität, Zutritt oder Aufnahme in die Gästeliste ging: *Menschen wie wir geben nicht klein bei.* Privat hätte es sein Vater auf

Zucht oder etwas Ähnliches geschoben. In der Öffentlichkeit erklärte sich Mr. Swift bereit, es sei denn, jemand hatte ihm Alkohol zu trinken gegeben (Alkohol machte ihn aggressiv), es auf Schneid, Manieren oder irgendwelche anderen Faktoren zurückzuführen, wie sie nur bei gelegentlichen Kirchgängen der englischen oberen Mittelschicht, die außerhalb Londons wohnen, zu finden waren. Was Guy betraf, so waren die Engstirnigkeit seiner Eltern, ihr Glaube an die Tugend der Mäßigung, ihr Misstrauen gegenüber allen irdischen Freuden und ihre zwanghafte Sparsamkeit für ihn nichts als kleinmütiger Blödsinn. Als wenn Ferien in Devon und der Besitz eines uralten, zerbeulten Rovers sie zu moralisch überlegenen Menschen machten! Zum Glück war diese ganze fürchterliche Strenge der fünfziger Jahre, die sie hervorgebracht hatte, diese ganze Dumpfheit, die noch geherrscht hatte, als er aufgewachsen war, weggefegt worden. Jetzt herrschte Geld. Geld und Aceto balsamico und Design. Aber obwohl er die Vergangenheit gegen die Zukunft, starre Haltung gegen langen Aufschwung eingetauscht hatte, stimmte er insgeheim noch immer dieser ererbten Grundprämisse zu: Wir sind besser als andere Leute. Wir geben nicht klein bei.

Guys »wir« unterschied sich von dem seines Vaters, obwohl schwer zu bestimmen wäre, wer außer ihm selbst dazugehörte. In einer bestimmten Lebensphase hatte er populärwissenschaftliche Taschenbücher gelesen und hielt seinen Erfolg für das Ergebnis eines natürlichen Ausleseprozesses. *Wir* saßen oben, weil wir an das Weltstadtmilieu besser angepasst waren. Wir nahmen Risiken auf uns und nutzten Gelegenheiten zu unseren Gunsten. Wir wussten, wie Verbindungen zu knüpfen, wie die Geld- und Informationsflüsse zu manipulieren waren, um **Resultate** zu erzielen.

Auf dem Flug zurück von Dubai fand er Kraft und Trost in dieser Vorstellung. Das Essen unberührt vor sich auf dem Tablett, dachte er nervös über das Thema Unglück nach. Was war schon dabei, wenn er dem finanziellen Ruin ins Gesicht sah? Was war schon dabei, wenn Gabriella vielleicht drauf und dran war, ihn zu verlassen? Es ging nur darum, tiefer zu schürfen, seine versteckten Reserven zu finden. Als die Stewardess sein Tablett wegnahm, klappte er seinen Laptop auf und begann zu tippen, indem er die Tasten mit langsamen, steifen Zeigefingern runterdrückte. Das tat er immer, wenn was schief ging. Man legte sich heftiger ins Zeug. Ein weiterer Charakterzug seines Vaters. Wenn die Welt nicht tut, was wir wollen, müssen wir sie uns gefügig machen. Er ignorierte die winzigen Gestalten, die auf dem Fernsehbildschirm an seiner Armlehne herumwanderten, und tippte ein neues Unternehmensstatement, einen Arbeitsplan für die nächsten vierundzwanzig Stunden. Er bearbeitete ihn und feilte daran, bis er zunächst auf kurze Absätze, dann Sätze, dann einzelne Begriffe und schließlich auf vier einzelne Wörter zurückgestutzt war. Äußerste Verknappung. Totale Zusammenfassung:

- **Jamal**
- **Geschenk**
- **Office**
- **Euro-Arschloch**

JGOE. Jay-go. Er setzte den Plan sofort in Gang, kaum dass er in Heathrow gelandet war.

Jamal war ein eleganter junger Mann, der, aufgewachsen auf dem Stonebridge Park Estate in Harlesden, sein Leben mit weit bescheideneren Wahlmöglichkeiten begonnen hatte als Guy. Die Entscheidung, Pulver statt Klunkern zu verkaufen, brachte ihn in Kontakt mit einer exklusiven Klientel, und dieser Zugang, verbunden mit seiner sanften Art und seinem natürlichen Geschäftssinn, hatte ihn in die Lage versetzt, ein blühendes Einzelhandelsunternehmen aufzubauen, das die Medien, die Werbung, die Musikindustrie und juristische Kreise belieferte. Inzwischen lebte Jamal in einem windgepeitschten, bewachten Neubaugebiet in den Docklands, trug Prada und Armani und fuhr einen silberfarbenen Audi TT. Guy nahm vom Flughafen ein Taxi und ließ es warten, während er rasch zu Jamals Haus hinauflief, wo er ihn fand, wie er es sich gerade mit ein paar Freunden um einen Couchtisch bequem machte, auf dem vielleicht 10 000 Pfund in bar herumlagen. Nachdem er seine Transaktion beendet und sich von Jamals Freunden verabschiedet hatte (die offenbar zumeist österreichisches Flugpersonal waren), sagte er dem Fahrer, er solle ihn nach Hause fahren.

Der Taxifahrer laberte weiter über die Stromsperre, Verkehrsstaus, Leela Zahir und den Fußballverein Chelsea, wobei er seine eigenen Theorien über Computerkriminalität und »die Al-Qaidas« untermengte. Guy beugte sich vor und schob die Trennscheibe zu. Wie üblich stimmte ihn der Anblick der geschwungenen, in der Sonne blinkenden Glasfassade von In Vitro hoffnungsvoll. Er zahlte das Taxi, erwiderte den Gruß des mondgesichtigen osteuropäischen Wachmanns, begab sich durch die Vorhalle in den Aufzug und betrat nach einem kurzen vertikalen Zwischenspiel (währenddessen er sich vorstellte, er führe bis ganz hinauf zu dem noch immer leer stehenden Penthouse auf dem Dach des Hauses) seine Wohnung, bereit, sofort an die Arbeit zu gehen. Nach ein paar Minuten in der Küche mit Jamals Koks hatte er das Gefühl, er habe das Selbstvertrauen zurückgewonnen, das ihm durch die vergangenen paar Tage abhanden gekommen war. Er spürte wieder den Willen zu siegen.

Geschenk. Es musste eindrucksvoll sein. Eindrucksvoll war die einzige Möglichkeit. Im Unterbewusstsein neigte Guy dazu, an Gabriella weniger als Partnerin, sondern eher als eine zu bewältigende Situation zu denken. Wenn er mit ihr zusammen war, fühlte er sich oft wie ein Lotse, der ein Schiff durch einen engen Kanal steuert, oder wie ein Polizist vor einer aufgebrachten Zuschauermenge. Obgleich er ihre Gefühlsäußerungen unverständlich fand, hatte er sie nach und nach zu Tugenden stilisiert und sich insgeheim von ihr ein Bild als »elementare« oder »unergründliche« Frau zurechtgelegt, Worte, die einen erotischen Klang hatten. Einmal hatte er versucht, ihr das zu erklären, indem er sie betrunken geküsst und ihr gesagt hatte, sie sei »irgendwie japanisch«. Statt es zu bestätigen, hatte sie ihm einen ihrer Blicke zugeworfen. Hilfsmittel für den Umgang mit ihr, die funktionierten, waren rar. Sie zum Beispiel anzuflehen, war unklug. Und da ihm zeitweilig die Phantasie ausging, griff er auf sein Standardmittel zurück, nämlich, mit Geld nach dem Problem zu werfen. Geld, so glaubte er, war etwas, das sie verstand. Wenn sie daran dachte, sich von ihm zu trennen, hatte vielleicht eine Kundgebung wirtschaftlichen Selbstvertrauens eine Chance, ihren Entschluss zu ändern.

Er lief hin und her und überlegte, welche Möglichkeiten es gäbe, und als er merkte, dass er sich mehr auf das Laufen als auf das Nachdenken konzentrierte, ging er zum Computer, um sich inspirieren zu lassen, und tippte »teures Geschenk« in eine Suchmaschine. Nach einer Weile, in der er Dom-Pérignon-Präsentkörbe, Feuchthaltebehälter in Perlmutteinlegearbeit, monogrammierte Schreibtischgarnituren und Weltraum-Pauschalferien in Betracht gezogen hatte, schob er die Maus angewidert zur Seite. Nichts davon schien ihm geeignet. Eine Firma wollte ihr frei Haus einen erstklassigen Jetski liefern. Interessant. Aber ungeeignet. Er kehrte in die Küche zurück, zog noch eine Linie, trank etwas Mineralwasser und schaltete MTV ein.

Da war es. Bling-bling. Tanzte ihm ins Gesicht.

Und darum zur Bond Street. Wieder Taxis. Manchmal, so überlegte er, war das Leben nichts als eine Reihe von Taxis. Man sprang aus einem raus und ins nächste rein, wie in einer Szene aus einem Beatles-Film. Wenn vielleicht vier Typen, alle gleich, einer nach dem anderen in ein Taxi stiegen, würde es cool wirken, optisch gesehen. Während er den Fahrer bezahlte, überlegte er, ob er diese Idee notieren sollte. Er fühlte sich heute kreativ. Es wäre ein Jammer, diese Kreativität einfach verpuffen zu lassen.

Die Bond Street hörte sich an wie der nahende Herbst, das Rascheln von Einkaufstüten erfüllte die Luft, als kostspielig rekonstruierte Matronen mit erschreckender Schnelligkeit und Effizienz zwischen Boutiquen hin und her eilten wie Zollhunde, die einen Laderaum durchsuchen. Guy bemerkte ein junges Paar, das zögernd vor einem Kleinhandelsbunker stand, eingeschüchtert von dessen Weiße und den drei Paar Schuhen, die im Schaufenster ausgestellt waren. Sie machten einen Schritt vorwärts, dann hasteten sie davon, als wollten sie der Welt signalisieren, dass sie nie wirklich in Versuchung gewesen waren hineinzugehen.

Am Eingang zum Juwelier stand ein uniformierter Wachmann mit einem Kopfhörerknopf im Ohr. Guy stellte den Blick scharf (es war wichtig, Blickschärfe zu bewahren) und schritt an ihm vorbei in das theaterhafte Dunkel des Ladens. Punktscheinwerfer strahlten verglaste Auslagekästchen voller Juwelen an und ließen ihre menschlichen Bedienten in mystische Schwärze gehüllt.

»Eindrucksvoll«, bestätigte er durch zusammengebissene Zähne.

Das Personal schien die Wucht seines Einkaufsstils sprachlos zu machen. Eine junge Angestellte in einem *cheongsam* zeigte ihm einige ungefasste Steine. Er wiederholte in einem fort *eindrucksvoll*, bis sie verschwand und der Geschäftsführer die Sache in die Hand nahm. Gemeinsam betrachteten sie Diamantenhalsketten, -armbänder und -ohrstecker. Es waren viele technische Einzelheiten mit Gewichten und Fassungen zu bedenken. Guy versuchte den Geschäftsführer zu bewegen, darauf zu verzichten. Konnte der Mann denn nicht sehen, dass er knapp mit der Zeit war?

Der Geschäftsführer sah seine Rolle offenbar als eine Mischung aus Hausierer und Wächter eines sehr exklusiven religiösen Heiligtums. *Dies*, intonierte er mit einer Hochkirchenstimme, ist eine sehr wichtige Entscheidung. Guy drehte seine Augen zur Decke. Zu wahr, dass es eine wichtige Entscheidung war. Das Miststück würde ihn verlassen, wenn das hier nicht funktionierte. Eindrucksvoll, erinnerte er ihn erbost. *Wirklich* eindrucksvoll. Vor Missbilligung triefend, schleuderte der Geschäftsführer seine Manschetten aus dem Ärmel und fragte, ob Guy über die Angelegenheit vielleicht noch ein wenig nachdenken wolle. Es sei schließlich eine größere Anschaffung. Mit schlecht verhüllter Ungeduld erklärte ihm Guy, niemand hätte eine klarere Vorstellung davon, worum es gehe, als er.

Es war, als watete man durch Sirup, aber schließlich verließ er den Laden mit dem, was er wollte, einer sündhaft teuren Halskette, die seinen Überziehungskredit bis zum Äußersten strapazierte und in einem kleinen Lederkästchen in seiner Jackentasche ruhte. Der Geschäftsführer schien sich nur ungern von dem Stück trennen zu wollen. Guy musste es ihm fast aus den Händen reißen.

Office. Ausgelaugt betrat er das *Tomorrow**-Gebäude. Der Kampf um die Kette hatte ihn erschöpft, und er hatte Angst, dass hier neue Unannehmlichkeiten auf ihn warten könnten. Man würde ihn nach seinem Erfolg in Dubai fragen. Eine ehrliche Antwort könnte die Arbeitsmoral in der Firma senken. Er setzte sein bestes Chefgesicht auf (forsch, kompetent) und beschleunigte mit Vorsatz den Schritt, als er in die Anmeldung trat und das Mädchen am Rezeptionstisch mit einem breiten Lächeln begrüßte.

»Hi, Nicky. Na, halten Sie die Stellung?«

»Charlotte.«

»Sind Sie neu?«

»Nein. Es sind Mitteilungen für Sie da.«

»Später.« Er hob eine Hand in die Höhe und drehte sich zur Treppe herum. Leider hatte man ihn bemerkt. Schon sammelten sich Leute mit Akten und fragenden Gesichtern um ihn. Trotz aller seiner Studien von Geschäftsführungstheorien hatte Guy nie richtig den Dreh gefunden, Arbeit zu delegieren. Da *Tomorrow** (seinem Unternehmensleitbild gemäß) eine »nahtlose Fortsetzung seiner persönlichen Kreativität« sein sollte, nahm er die Leitung der Firma von Tag zu Tag und rein intuitiv in Angriff. Sein Personal war an Konferenzen gewöhnt, auf denen Ziele plötzlich neu formuliert, neue Aufgaben wie durch Zauber geschaffen und alte belanglos wurden. Als Folge davon neigten seine Angestellten dazu, sich mindestens zweimal mit ihm abzustimmen, ehe sie etwas Zeitraubendes anfingen. Er hatte, seit er an den Golf abgereist war, keinen Kontakt mehr mit seinen Untergebenen gehabt.

Er ließ die Frager abblitzen, schloss sich in seinen Kreativbereich ein und nahm noch etwas Koks. Als er sein Gleichgewicht zurückgewonnen zu haben glaubte, rief er Kika und sagte ihr, sie solle für den späteren Nachmittag eine Gemeinderatsversammlung anberaumen. Das ganze Büro. Teilnahmepflicht.

»Heißt das, Sie haben gute Neuigkeiten?«, fragte Kika.

»Haben Sie irgendwas mit Ihren Haaren gemacht?«

»Du lieber Himmel, Guy. Der Auftrag. Haben Sie den Zuschlag bekommen?«

»Es war nicht das Richtige für uns. Sie waren nicht bereit für das, was wir ihnen geboten haben. Sie haben so was wie – was haben Sie damit gemacht?«

»Oh Gott.« Sie machte ein niedergeschlagenes Gesicht.

»Keine Sorge«, sagte er gut gelaunt, »es ist alles unter Kontrolle.« Er zog die Halskette aus der Tasche. »Könnten Sie das hier per Kurier an Gabriella senden? Sie ist in Schottland. Ich schicke Ihnen eine Mail mit der Adresse.«

Kika warf einen Blick auf den Namen der Firma, der in das Kästchen graviert war.

»Bloß das?«

»Ja. Und es muss so schnell wie möglich ankommen. Vorausgesetzt, ihr Service ist nicht am Arsch, wie alles andere.«

»Ich meine – wollen Sie nicht ein paar Zeilen mit dazulegen?«

»Oh«, schnaufte er unsicher. »Ein paar Zeilen. Richtig. Ein paar Zeilen.«

Was sollte er Gaby sagen? *Bitte verlass mich nicht. Ich habe mittelfristige Pläne für uns, einschließlich Hochzeit und Babys.* Er war sich nicht einmal sicher, ob es das war, was sie im Sinn hatte, aber nachdem er während des Fluges mehrere Stunden damit verbracht hatte, sich die Einzelheiten ihres Telefongesprächs durch den Kopf gehen zu lassen, schien es keine andere Möglichkeit mehr zu geben. Dieser Ausdruck. *Wir müssen miteinander reden.* Niemand benutzte ihn in einem anderen Zusammenhang. Sie musste sich den jetzigen Zeitpunkt aussuchen, wo er so viel am Hals hatte. Das Gespräch mit PEBA fand morgen früh statt. Er musste heute Abend nach Brüssel fliegen. Es war jetzt schlicht die falsche Zeit, kaputte Beziehungen zu flicken.

Die Halskette sollte für sich selber sprechen. Aber Kika hatte Recht – ganz ohne Worte ging es nicht. Er nahm ein Empfehlungskärtchen aus der Schublade und schrieb darauf in großen Filzstiftbuchstaben:

Beeindruckt? X G

Es schien ihm der richtige Ton zu sein. Aufmerksamkeit heischend. Provozierend, wenn ein anderer Mann eine Rolle spielte. Warum ging sie auch einem Job nach, in dem sie Schauspieler kennen lernte? Das waren solche Mistkerle.

Kika blickte abwechselnd auf die Karte und auf Guy.

»Julia hat gekündigt«, sagte sie. »Der Brief liegt auf Ihrem Schreibtisch. Ich glaube, von Yuri liegt auch einer da. Oh, und Yves Ballard hat angerufen.«

»Prima«, sagte Guy. »Kein Problem. Null Problemo.«

Eine Stunde später kam er frisch gestärkt nach unten.

Die Belegschaft hatte sich pünktlich in der Brainstorming-Zone versammelt. Guy überflog die Reihen junger Gesichter, die Körper, deren modisch-lässige Kleidung in informelle Businessmode überging, wenn einer vom Kreativ- ins Finanzpersonal gewechselt hatte. Er empfand Stolz. Vor ihm standen Menschen aus verschiedenen ethnischen Minderheiten, wenn man Caries Bein bedachte, auch Behinderte: ein Mikrokosmos der Gesellschaft. Seine Gesellschaft.

»Hallo, zusammen. Nehmen Sie bitte Platz. Also, ich weiß, in der letzten Zeit hat es eine gewisse Unsicherheit gegeben. Wir haben uns alle mächtig ins Zeug gelegt, und nun bewegen wir uns gerade in den zeitlichen Rahmen hinein, wo wir wirklich einige Resultate zu sehen beginnen. Ich bin gerade von einem, wie ich meine, wirklich bezeichnenden Treffen in Dubai zurück, wo ich sozusagen alles gesehen habe, was traditionelle Old-Economy-Unternehmen falsch machen. Totales Scheuklappendenken, keine wie auch immer geartete Perspektive auf die Zeit-Energie-Landschaft. Und obwohl wir nicht mit Al-Rahman zusammenarbeiten werden«, – hier gab es hörbare Unmutslaute – »möchte ich, dass Sie sich alle einen Riesenapplaus spendieren. Wir haben alle sehr hart gearbeitet, also los, geben Sie sich einen kräftigen Beifall.«

Die Angestellten musterten einander bedrückt, bevor sie zaghaft Beifall klatschten.

»Großartig. So ist es recht. Wisst ihr, Leute, ich bin aus Dubai mit einem sichereren Gefühl als je, was unsere Ziele betrifft, zurückgekommen. Die Unterredung dort und die Abneigung dieses sehr rückständigen Unternehmens mit Herdenmentalität, sich auf unsere Philosophie einzulassen, war eine totale Bestätigung dessen, was wir machen. Ich sage ja immer, wir sind keine Firma, wir sind ein visionäres Netzwerk, und in diesem Sinn möchte ich diese Gelegenheit ergreifen und ein neues Programm bekannt geben. Wie Sie wissen, liegt unsere Stärke darin, für unsere Klienten ein Zukunftsbild zu entwickeln, aber es ist Zeit, dass wir unsere Erfahrungen nach innen wenden und einen Blick auf unsere *eigene* Zukunft werfen. Nennen wir es das Morgen von *Tomorrow**. Wir waren sehr nach außen gerichtet, und nun ist es Zeit, dass wir uns unserer firmeneigenen Erfahrung hingeben. Von heute an werden wir also unser Schiff klar zum Gefecht machen und das Projekt in Angriff nehmen, unsere eigenen Hoffnungen und Träume uns kreativ vor Augen zu stellen. Wir machen uns selbst zum Klienten, wenn Sie so wollen. Ich möchte, dass sich jeder von Ihnen fragt, was möchte ich morgen sein? Wie in einem Jahr? Wie in fünf Jahren? Und *wo* werden wir sein? Das ist eine wichtige Frage. Sollte *Tomorrow** seinen festen Sitz in Ost-London behalten, oder ist es vielleicht Zeit, in einem metaphorischen Raumschiff abzuheben? Sollten wir für jedes Projekt provisorische Bauten errichten? Oder uns in Rettungsgondeln um die Erde verteilen? Wie können wir uns *ähnlicher* werden? Können wir lernen, unsere kreative Substanz weiter und mit größerer Kraft zu verbreiten? Dieses alles sind Fragen, denen wir uns stellen müssen, und jetzt ist es Zeit, sich ihnen zu stellen. Wie einige von Ihnen wissen, fliege ich heute Abend nach Brüssel, um den Vertrag mit PEBA zu schließen. Ich denke, die Arbeit, die wir alle in dieses Projekt investiert haben, spricht für sich selbst. Ich werde also PEBA unter Dach und Fach bringen, und während ich weg bin, möchte ich, dass Sie über das Morgen von *Tomorrow** nachdenken. In zwei Tagen berufe ich eine Versammlung ein, auf der wir für die besten Ideen, die sich aus diesem Prozess ergeben, Arbeitsgruppen einsetzen werden. Okay, vielen Dank Ihnen allen, das ist alles.«

Es war in vieler Hinsicht eine brillante Rede. Eine zu neuem Schwung anspornende Rede. Er hatte das Gefühl, voll ins Schwarze getroffen und Arbeitnehmerzweifel in neue Motivierung verwandelt zu haben. Es gab eine ganze Menge Reaktionen, wenn auch nicht alle so positiv, wie er es sich gewünscht hätte. Paul, der Finanzchef, wollte wissen, ob Guy sicher sei, dass er alle Firmenressourcen auf das Morgen-von-*Tomorrow**-Projekt lenken wolle. Der neue Chefdesigner fragte, ob das bedeute, dass sie keinen Kundenauftrag hätten. Das stimmte natürlich, aber Guy antwortete ihm bissig, der Kreativität den Vorrang zu geben, sei immer schon die Politik der Firma gewesen, und wenn er für einen Laden arbeiten wolle, der das Denken ins Blaue nicht schätze, sollte er sich woandershin umsehen. Das stopfte ihm den Mund.

Jetzt war es Zeit für den schwierigsten Teil seines Plans. Er ging wieder nach oben in seinen Kreativbereich und stellte das Telefon direkt vor sich auf den Schreibtisch.

Euro-Arschloch. Er war weder toll noch geistreich, aber er war der einzige Spitzname, der ihm für Yves eingefallen war. Guy hatte sich sehr für Europa interessiert, sowohl als Idee als auch als Ort, woher seine Finanzmittel kamen. Transcendentas Büros lagen in Amsterdam in einem barocken Stadthaus, das auf die Herrengracht blickte. Guy war oft dort gewesen, seitdem sie in seine Förderung eingewilligt hatten, und er hatte, um ehrlich zu sein, ein bisschen Ehrfurcht vor Yves und dessen Partnern, einem Holländer, einem Belgier und einer sehr schönen Spanierin namens Inés, die offenbar immer gerade dann nicht da war, wenn er in die Stadt kam. Sie schienen von einer Atmosphäre der Ruhe umgeben, wenn sie sich durch ihre Welt aus hellen Hölzern und Orientteppichen bewegten, eine Ruhe, die Fachkenntnissen in mehreren Sprachen, der Kontrolle über die Verteilung riesiger Summen und dem Glauben an die soziale Bedeutung ihrer Arbeit entsprang. Zuerst, während der Zeit, als sie ihn mehr oder weniger ungestört *Tomorrow** führen ließen, betrachtete Guy diese Ruhe als ein Zeichen von Klugheit und verband folglich »Europa« mit »Japan« als geografische Unterabteilung der Zukunft, ein aufregendes Land der Phantasie, in dem das Morgen bereits heute geschah. In letzter Zeit, als das Klima sich getrübt hatte und einige seiner Pläne (der Nachrichtensender, die Beziehung zu dem deutschen Autohersteller) nicht aufgegangen waren, hatte Transcendenta sich zunehmend in seine Geschäfte eingemischt. Ihre eigenen Finanzen, ging das Gerücht, waren alles andere als gesichert. Die Ruhe war in Kälte umgeschlagen. Um Yves' Anrufe hatte Guy sich monatelang gedrückt.

Jetzt war es von entscheidender Bedeutung, ihn zu beruhigen. Nach Al-Rahman würde das kein einfacher Anruf sein.

Auf dem Flug von Dubai nach Hause hatte Guy schließlich akzeptiert, dass er vielleicht auch ohne das firmeneigene Video-Produktionsteam auskommen könnte. Und die Trendforscher konnten wahrscheinlich auch gehen – sie verbrachten offenbar ihre ganze Zeit in der Brick Lane und fotografierten Frisuren. Aber selbst eine Radikaloperation minderte kaum die Gefahr, dass Transcendenta die Finanzierung nicht fortzusetzen wünschte. In Amsterdam war der Vorstand zu einer Sitzung zusammengetreten. Yves behauptete, auf erbitterten Widerstand gestoßen zu sein, als er den Fall *Tomorrow** vorgetragen hatte.

Dem allen stand PEBA gegenüber. Der Auftrag war potentiell riesig. Er bot die Möglichkeit, das gesamte vereinte europäische Zoll- und Einwanderungssystem einem gemeinsamen Design zu unterwerfen. Logos, Uniformen, die Präsentation der Grenzpolizei eines ganzen Kontinents. Wenn er sich dieses Geschäft sichern könnte, wäre alles andere – Al-Rahman, Pharmaklyne – augenblicklich uninteressant.

Nur solange sie eben nicht die Kreditlinie senkten.

Er raffte allen Mut zusammen, um sich Yves zu stellen, als das Telefon vor ihm klingelte. Er legte seine Kreditkarte hin, schob das gerahmte Mr.-Pink-Foto zur Seite und hob den Hörer ab. Es war Kika. Yves sei auf der anderen Leitung.

»Das muss Gedankenübertragung sein«, sagte Guy und versuchte, seiner Stimme Wärme und Enthusiasmus zu verleihen. »Ich wollte Sie eben anrufen.«

»Wirklich?«, sagte Yves.

»Ich wollte gerade mit Ihnen über PEBA sprechen. Wir haben das Gefühl, wir haben uns hier darauf echt eingestimmt.«

»Das ist wunderbar, Guy. Ich würde nichts anderes erwarten. Ich wollte ebenfalls mit Ihnen darüber reden. Ich habe gute Neuigkeiten.«

»Was?« Er dachte, er hätte sich vielleicht verhört. »Wirklich?«

»Ja, wirklich. Ich werde nach Brüssel kommen. Ich habe ein paar Beziehungen spielen lassen und für heute Abend ein Dinner organisiert. Nur im kleinen Rahmen, aber ich denke, es wird unserer Sache helfen.«

Unserer Sache, dachte Guy. *Unserer* Sache?

»Wir beide, dazu Frau Direktor Becker, die designierte Chefin von PEBA, und der Vorsitzende des SIS-Liaison-Komitees. Allen gefällt sehr gut, was sie hören, und diese Leute möchten Sie gern vor dem formellen Gespräch morgen treffen.«

Guy war fassungslos. »Yves, das ist ja unglaublich. Das ist – das ist wundervoll! Also dann sind sie wirklich mit im Boot?«

»Im Boot? Oh, ja, sie sind sehr begeistert. Monika Becker am meisten, glaube ich. Sie legt sehr großen Wert auf Fragen der Präsentation.«

Yves nannte ihm die Einzelheiten des Treffens und mahnte ihn, sich für die Reise genügend Zeit zu lassen. Zurzeit komme es in ganz Europa zu Verkehrsstörungen. Guy, der noch immer nicht fassen konnte, welche Wendung das Gespräch genommen hatte, sagte ihm mit aufrichtigem Gefühl, dass er sich freue, ihn zu sehen. Er legte auf und versetzte der Luft Boxhiebe.

Gabriella lag bäuchlings auf dem Bett und horchte auf die Geräusche, die Rajiv Rana beim Ankleiden machte. Als er seine Hose hochzog, murmelte er etwas auf Hindi vor sich hin, und seine Gürtelschnalle rasselte, als er sie befestigte. An der Tür blieb er stehen und sagte im Ton eines Mannes, der eine Geschäftskonferenz verlässt: »Am Morgen werde ich dich sicher sehen.« Sie gab keine Antwort.

Sie blieb noch lange so liegen. Dann wurde ihr kalt, und sie kroch unter die Decken. Sie musste eingeschlafen sein, denn als sie das nächste Mal die Augen aufschlug, zeigte der Wecker 1.08 Uhr, und der Lärm aus der Bar war verstummt. Sie schaltete die Nachttischlampe aus und drehte sich auf die Seite. Draußen auf dem Korridor hörte man einen gedämpften Bums und Leute, die diskutierten. Sie konnte nicht hören, was sie sagten, hatte aber das Gefühl, einer davon sei Rajiv.

Unter ihrem Fenster lachte eine Frau. Sie dachte an Rajiv und Guy und andere Männer, an Dinge, die sie ihr gesagt oder gegeben hatten, an Dinge, die zu tun sie von ihr verlangt hatten. So viele Tauschgeschäfte. Welche Kompliziertheit. Sie würde bald in ihrem Büro in London anrufen und sagen, dass sie zurückkäme. Es wäre Zeitverschwendung, wenn sie bliebe.

Am Morgen räumte sie ihre Sachen vom Badezimmerbord, packte ihren Koffer und ging hinunter in den Speisesaal, wo sie sich einen Tisch ganz allein am Fenster nahm. Sie sägte gerade an einem Pampelmusenschnitz herum, als sie einen Wagen vor dem Hotel halten hörte. Eine oder zwei Minuten später kam Vivek hereingerannt und fragte, ob jemand Iqbal gesehen habe. Kurz darauf eilten Crewmitglieder umher, riefen sich gegenseitig an und verrieten eine Aufgeregtheit, als würde ihnen jeden Moment der Himmel auf die Köpfe fallen. Leelas Mutter war angekommen.

Gaby schob die Pampelmuse beiseite und ging zur Rezeption, um einen Blick auf die Frau zu werfen, die eine solche Panik auslösen konnte. In dem kleinen, mit Kuriositäten voll gestopften Raum wimmelte es von Menschen, und so war das Erste, was sie wahrnahm, das Gepäck, eine zwei Meter hohe Vuitton-Pyramide, deren Basis ein riesiger Überseekoffer und deren Spitze ein winziger Kosmetikkoffer bildete. Deren Besitzerin war in ihren Fünfzigern, recht groß und früher wohl einmal schön gewesen, aber die Chirurgie hatte ihr Gesicht in eine straffe Maske verwandelt, die mit tätowierten Augenbrauen und einer völlig unpassenden Stupsnase versehen war. Ihr langes schwarzes Haar war rot gesträhnt, und bekleidet war sie, soweit Gaby sehen konnte, wie ein halbwüchsiger Transvestit mit Jeans aus Schlangenlederimitat und einem winzigen T-Shirt, auf dem vorn quer rüber das Wort *Angel* in Pailletten abgesetzt war. Während sie Iqbals übertriebene *salams* entgegennahm, lächelte sie theatralisch. Die Wirkung war vampirisch, lasterhaft.

Gerade als Iqbal zu einer schwülstigen Willkommensrede ausholen wollte, hüpfte Leela Zahir zum Erstaunen aller die Treppe herunter.

»Ma!«

Es war ein großer Auftritt. In ein stahlblaues *salwar kameez* gekleidet, war sie kaum wiederzuerkennen. Sie hatte nichts mehr gemein mit der verzagten Kettenraucherin, die Gaby an dem See hatte herumwandern sehen. An diesem Morgen sah sie wie ein Filmstar aus, Schönheit von Kopf bis Fuß, mit Understatement dargeboten. Zuerst schien die Truppe verblüfft und unsicher, aber als ihre Heldin in die Arme ihrer Mutter eilte, brachen alle in spontanen Beifall aus. Sie würden weiterarbeiten! Der Film würde fertig werden!

Gaby beobachtete, wie die beiden Frauen der Menge ihr Wiedersehen vorspielten, Iqbal sich die Hände rieb und Rocky Prasad und sein Kameramann sich in den Armen lagen wie Schuljungen, deren Mannschaft gerade einen Lauf siegreich beendet hat. Leela klammerte sich an den Hals ihrer Mutter und schmiegte sich an sie wie ein Kind.

»Ma, du siehst so müde aus. War es eine schreckliche Reise?«

»*Beti*, ich kann dir gar nicht sagen, wie.« Mrs. Zahir hob ihre Stimme ein wenig, so dass alle teilhaben konnten. Sie streichelte Leela die Wange, und ihr unnatürlich glattes Gesicht zeigte eine gewisse angestrengte Heftigkeit, die der Überrest eines Ausdrucks von Zärtlichkeit hätte sein können. »Alles ist schrecklich. Sogar in der ersten Klasse ist es schrecklich. *Aré!* Wenn man sich beklagt, sagen sie nur, Entschuldigung, dies ist *abgestürzt*, jenes ist *abgestürzt*. Erschreckend, wie abhängig wir alle von diesen Computern sind. Wirklich.«

»Oh, Mummy.«

»Aber du bist krank gewesen. Man hat mich angerufen und mir Geschichten von stechenden Insekten, verlorener Stimme und so weiter erzählt.«

»Ich habe mich so elend gefühlt, Mummy. Aber als ich hörte, du kämst hierher, ging es mir viel besser. Jetzt, wo du da bist, werde ich wieder drehen können.«

»Es freut mich, das zu hören.«

»Madam, auch ich bin erfreut«, sagte Iqbal, rollte mit den Augen und kehrte seine Handflächen zum Himmel.

»Iqbal-*saab*, könnten Sie wegen dieser Koffer etwas unternehmen?«

»Gewiss, gewiss.«

Rajiv Rana kam die Treppe heruntergeschlendert. Er trug enge Jeans und ein Jeanshemd, das aufgeknöpft war, um seinen enthaarten Brustkorb sehen zu lassen.

»Ah, *didi!* Sie sind eine Wunderheilerin! Es ist ein Wunder, welche Wirkung Ihre Anwesenheit auf die junge Dame hat.«

Er umarmte Mrs. Zahir wie eine alte Freundin, wobei er dem Blick Gabys auswich, die mit Abscheu beobachtete, wie die andere affektiert lächelte und ihm mit den Fingern über den Kragen strich. Ihr kam der Gedanke, dass die beiden vielleicht einmal ein Paar gewesen seien. Die Vorstellung ekelte sie.

»Rajiv-*bhai*«, schnurrte Mrs. Zahir, »Sie sehen gut wie immer aus.«

Er lachte überschwänglich. »Jetzt wo Sie hier sind, Faiza, werden wir arbeiten können.«

»Das ist eine wunderbare Nachricht für alle Beteiligten. Kann mir jetzt vielleicht jemand mein Zimmer zeigen?«

Mrs. Zahir beschloss, mit dem Hotel unzufrieden zu sein. Es sei zu abgelegen. Die Pagen, die sich gegenseitig Fratzen schnitten, während sie ihre Koffer nach oben wuchteten, seien weder hübsch noch gepflegt. Auch das Durcheinander der vielen Andenken missfiel ihr.

Ihr Zimmer mit seinen unebenen Dielen und der Blümchentapete war kaum bewohnbar. Darin stand ein großes Holzbett, und alte Fotos von Männern in Röcken und von haarigen Kühen und Ähnlichem hingen an den Wänden. Weiterer staubiger Unsinn. Eine Freundin hatte ihr neulich einen *vastu*-Fachmann empfohlen, einen gut aussehenden jungen Hindu, der auch als Astrologe arbeitete. Er hatte in Amerika studiert, war auf allerneustem Stand und hatte kürzlich ihren Biorhythmus Schritt für Schritt dem Rhythmus des Universums angepasst. Es war sehr wohltuend. Sie beschloss, ihn anzurufen und um Rat zu fragen. Vielleicht sollte das Zimmer für die Dauer ihres Aufenthalts gereinigt werden. Vielleicht sogar gestrichen.

Ärgerlicherweise ging Mr. Vastu nicht an sein Telefon. Faiza Zahir zog ihre Reisekleider aus und bestellte Tee. Draußen heulten die Motoren der Autos und Lastwagen, die die Crew um den See zu der Burg beförderten. Irgendein Lakai klopfte an ihre Tür, um ihr mitzuteilen, dass ihre Tochter bereit sei, zum Set zu fahren. Faiza ließ ausrichten, dass sie später nachkommen werde. Sie musste sich hinlegen und ihre Gedanken sammeln. Sie musste nachdenken.

Das kleine Miststück führte etwas im Schilde, da war sie sich sicher.

Die Reise war eine Strapaze gewesen. Die Flugsicherung in Mumbai war zusammengebrochen, und der Rückstau der abzufertigenden Flüge hatte immense Verspätungen verursacht, auch nachdem der Flughafen wieder geöffnet worden war. Verblüffend, dass alles wegen Leela geschah. Anfänglich hatte Faiza diese ganze Computer-*tamasha* für eine Katastrophe gehalten, aber je mehr sie darüber erfuhr, desto mehr erkannte sie, dass es eine günstige Gelegenheit war. Leelas Name war seit Jahren ein Begriff in Indien. Nun aber wurde ihr Gesicht in der ganzen Welt bekannt. Mrs. Zahir hatte immer schon solche Ambitionen gehegt. Ihre Tochter hatte bleiche Haut, einen hageren Körper. Weder mit einer *desi*-Kartoffelnase noch mit *ghi*-genährter Fettleibigkeit war das Mädchen geschlagen. Sie besaß ein internationales Äußeres. Diese Geschichte mit dem Virus konnte sich als das perfekte Sprungbrett erweisen.

Dann hatte Iqbal angerufen und gesagt, Leela sei krank. Und nach Iqbal meldete sich Rajiv. Dass der überhaupt anrief! Faiza erkannte, wie ernst die Lage sein musste. Am Telefon hatte er besorgt geklungen. Er hatte gesagt, er glaube nicht, dass etwas nicht in Ordnung sei, aber aus irgendeinem Grund wolle sie nicht arbeiten. Als Faiza mit ihrer Tochter redete, hatte diese sich ziemlich krank angehört und etwas von kalter Zugluft und Bauchschmerzen erzählt. Faiza beschloss, sanft zu sein. Es war zwecklos, sie unter Druck zu setzen, ohne die Ursache zu kennen. Sie war schließlich der Schlüssel zu allem. Nur wenn Leela sich ernsthaft an die Arbeit machte, konnte Faiza die Verbindungen zu Zahir lösen. Der Affe wusste, dass seine einzige Macht über sie sein Geld war.

Als Rajiv erneut anrief, riet Faiza zu Vorsicht, aber auch sie war der Meinung, dass dies nicht die richtige Zeit dafür war, dass das Mädchen Schwierigkeiten machte. Wenn Baby Aziz Geld in einer Produktion hatte, durfte man nie Schwierigkeiten machen. Während sie darauf wartete, dass ihr Reisebüro zurückriefe, um ihr den Fahrpreis mitzuteilen, bedauerte Faiza, dass sie Leela allein hatte reisen lassen. Es war ein Experiment, das sie nicht wiederholen würde.

Zu Beginn von Leelas Karriere war Faiza keine Sekunde von

ihrer Seite gewichen. Obwohl sie ihre eigenen Ambitionen, Zahir zu heiraten, aufgegeben hatte, war sie mit der Branche in Kontakt geblieben. Sie sei nicht der Typ Mutter, erzählte sie den Illustrierten, die stellvertretend durch ihre Tochter lebe. Es war nur schlichtweg so, dass sie, da sie selbst in der Branche gearbeitet hatte, die Möglichkeiten kannte. Leela hatte Talent, das einfach darauf brannte, sich zu entfalten. Es verkümmern zu lassen, wäre ein Verbrechen. Und so hatte sie jedes Shooting und jedes Interview überwacht, Leelas Garderobe, ihre Aktivitäten und Freunde ausgesucht, Tag für Tag auf glühend heißen Sets und Nacht für Nacht auf Partys und Filmpremieren zugebracht, hatte sie herumgezeigt und Produzenten und Regisseure gedrängt, ihr eine Chance zu geben.

Natürlich wusste das Kind nicht recht zu schätzen, was für seine Karriere getan wurde. Wenn sie allein waren, weinte Leela und fragte, warum sie Dinge tun musste, die ihre Mutter ihr vorschrieb. Sie wollte nicht mit all diesen alten Männern reden. Sie wollte nicht so enge Blusen, so durchsichtige Saris tragen. Es war ein harter Kampf. Welche andere Tochter weinte schon darüber, wenn sie von ihren Schulbüchern weggelockt wurde, um auf eine Party zu gehen?

In Filmkreisen erwarb Faiza Zahir sich den Ruf einer äußerst liebevollen Mutter, einen Ruf, dem sie mit sentimentalen Zeitungsartikeln und Mutter-Tochter-Illustriertenporträts sorgsam Nahrung gab. Die siebzehnjährige Leela wurde oft zum Thema ihrer gegenseitigen Bewunderung zitiert. *Meine Maa ist meine beste Freundin. Einen Tag ohne sie ertrage ich nicht.* Die Abwesenheit von Mr. Z. war gelegentlich das Thema gehässigen Klatsches, aber alles in allem erstarrten die Autoren (und die Millionen von Fans, deren Meinungen sie formten) in Ehrfurcht vor Leelas Schönheit, der Grazie ihres Tanzes, der Art, wie sie das Gefühl vermittelte, hinter ihren vollkommenen Gesichtszügen und ihrer makellosen Haut verberge sich ein Quell von Emotionen, ein Gespür für Schmerz und Tragödien.

Manchmal stellte Faiza fest, dass der wachsende Ruhm ihrer Tochter sie nervös machte. Sie schien ohne jedes Hemmnis frei durchs Leben zu schweben. Geld floss in Strömen, sie hatten sich von Zahir und seinem langweiligen Stahlwerk gelöst, aber zu Hause war Leela verschlossen und Faiza eifersüchtig. Ihre Streitereien wurden heftig, lange andauernd.

»Ich habe das Gefühl, ich habe nicht einmal einen Namen! Ich bin ein Niemand, nur Leela Zahirs Mutter!«

»Also, das habe ich nie gewollt!«

»Wenigstens könntest du mir etwas Dankbarkeit zeigen!«

Und so weiter, immer im Kreis. Manchmal zerschlug eine von ihnen etwas. Einmal schluckte das dumme Kind ein paar Tabletten. Faiza hatte einen verschwiegenen Arzt, und nichts geriet in die Zeitungen, aber auf einem Wartezimmerstuhl zusammengesackt, bereute sie doch einige Dinge, die notwendig gewesen waren. Diesen runzeligen alten Sack Gupta zum Beispiel. Das war für ein junges Mädchen sicher hart gewesen. Aber auch sie hatte schwierige Dinge erledigt. Je schneller man in diesem Leben seine albernen Vorstellungen von Romantik sausen ließ, desto besser.

Sie nahm in dem winzigkleinen Badezimmer eine Dusche, dann klappte sie den Reisekoffer auf und suchte in ihrer Garderobe nach einem geeigneten Outfit für ihre Anwesenheit auf dem Set. Als sie sich umgezogen hatte, rief sie in der Rezeption an, um ihnen zu sagen, sie sollten einen Wagen kommen lassen.

Es war einer dieser Hochlandtage, an denen die Sonne in weichen, gelben Strahlen durch die Wolken sickert und die Welt etwas Spirituelles bekommt; an denen die Feuchtigkeit der Luft jeden Lichtstrahl bricht, jede Blickrichtung ablenkt und eine Bresche öffnet, in der Dinge unbeobachtet existieren können.

Gaby hatte ihre Abreise völlig vergessen. Sie schirmte ihre Augen mit einer Mappe voller Produktionsnotizen ab, als sie neben einem Gerüstturm stand und zusah, wie Leela an den Zinnen von Dimross Castle entlangtanzte. Leela war in Smaragdgrün gekleidet und hielt ein großes Seidentuch in den Händen, das sich hinter ihr blähte wie ein Segel. Ihr folgte eine Gruppe Tänzerinnen in kontrastierendem Violett, die ihre Bewegungen spiegelten, während Leela sich den schmalen Laufgang entlang wiegte und drehte.

Lautsprecher waren an der Basis der Burgmauern aufgestellt worden. Riesige Reflektoren und Tausend-Watt-Scheinwerfer waren auf die Zinnen gerichtet. Der rissige Asphalt des Burgparkplatzes war unter den Reihen der Fünftonner, Anhänger, Generatoren und Cateringfahrzeuge fast nicht zu sehen, die zusammengezogen waren, um das Mädchen in dem grünen Sari zu belagern: eine Attacke aus Tönen und Licht. Rocky und Vivek hockten hinter einer Kamera auf einem Hydraulikkran. Jedes Mal, wenn Rocky »Action!« rief, hob sich die winzige Plattform dem Mädchen entgegen, das sich zu ihr herumdrehte und in einer Geste der Verzückung die Arme ausbreitete. Zwischen den einzelnen Aufnahmen wurden die Scheinwerfer gedimmt, und hinter Türmchen und Zinnen kamen Gestalten hervor, die Kleidung und Make-up richteten und Miss Zahir einen Schluck Wasser und einen Klappstuhl brachten. Dann wurde der ganze Vorgang wiederholt, die verstärkten Violinen und die hohe Frauenstimme, die Attacke aus Licht, der Augenblick äußerster Hemmungslosigkeit.

Es war außerordentlich. Gaby war schon auf vielen Filmsets gewesen, aber selbst aus der Ferne spürte sie Leelas Macht über die Kamera. Es war, als hätte sie diese Ansammlung von Menschen und Geräten durch ihre Willensstärke an sich gezogen. Die Crew, wie alle Crews aus Berufsprinzip gelangweilt und zynisch, schien fasziniert zu sein.

Als die Aufnahme im Kasten war, wurden die Kameras für Nahaufnahmen von Leela an der Spitze ihrer Tanztruppe aufgestellt. Gaby streifte vorsichtig um eine Gruppe von Elektrikern herum, die Kabel mit einem Verteiler verbanden, und versuchte Iqbal ausfindig zu machen. Falls Leela plötzlich wieder ihr Ich als Filmstar entdeckte, wäre sie vielleicht auch imstande, ein paar Interviews zu geben. Vor dem Besuchercenter, einem L-förmigen Holzbau, in dem ein Eintrittskartenschalter, der Andenkenladen Scotch Mist und die Snackbar Jac-o'-Bite untergebracht waren, stand eine Zuschauermenge, die sich annähernd gleichmäßig in Einheimische, Presse und asiatische Fans aufteilte. Ein Plastikband trennte sie von der Filmcrew, aber einige der Fotografen wanderten um die Umzäunung herum, machten Teleaufnahmen von Leela und hockten am Boden vor Laptops, um die Fotos an ihre Agenturen zu mailen. Sie hatten unterschiedlichen Erfolg. Während Gaby zusah, stand einer von ihnen auf und warf seinen Computer in den See. Er verschwand mit einem dumpfen Platsch.

Sie fand den Produzenten in Gesellschaft eines rotgesichtigen Mannes in einem Barbour-Wettermantel, der sich lässig gegen einen Spazierstock lehnte, der fast so lang wie er selbst war. Die braunen Cordhosen des Mannes waren ostentativ in ein Paar dicke Socken gestopft, die ihrerseits in einem Paar derber brauner Lederstiefel verschwanden. Iqbal gab sich alle Mühe, dem anderen etwas verständlich zu machen, indem er salbungsvoll auf bestimmte Aspekte der Produktion aufmerksam machte und den Zusammenhang der gerade entstehenden Szene beschrieb. »Sehr emotionales Lied, Mylord«, sagte er gerade. »Das einem das Herz zerreißt und in die Därme fährt, daran gibt's keinen Zweifel.«

Dies war, vermutete Gaby, der Gutsherr von was-auch-immer, der Besitzer von Dimross Castle. Als sie näher kam, winkte Iqbal Rajiv Rana, der heranschlenderte, um vorgestellt zu werden. Er trug ein Kostüm, das man nur als Diskotweed bezeichnen konnte, eine Orgie aus Sumpfgrün- und giftigen Gelbtönen, die von einem Jägerhut gekrönt war. Jetzt erblickte er Gaby und zögerte. Der Scheißkerl sah sich tatsächlich nach einem Fluchtweg um. Gaby war fassungslos. Wofür hielt Rajiv sich denn? *Sie* hatte *ihm* den Gefallen getan, nicht andersherum. Sie hielt ihre Wut im Zaum und wartete, während Rajiv dem Rotgesicht vorgestellt wurde.

»Lord of Dimross. Mylord, dies ist unser Hauptdarsteller, Mr. Rajiv Rana.«

»Mylord«, sagte Rajiv. »Es ist mir eine Ehre, Sie kennen zu lernen. Ziemlich cool, Ihr Besitz.«

»Ähm, vielen Dank.« Dimross drehte sich unvermittelt zu Gaby um. Unter seinem verknöcherten Äußeren war er wahrscheinlich erst Anfang vierzig. Er schien erfreut, sie zu sehen.

»Und wer ist wohl diese bezaubernde Dame?«

Iqbal machte eine vage Gebärde mit seinen Händen. »Sie ist für unsere Öffentlichkeitsarbeit da. Camilla – Jamila – äh ...«

»Gabriella Caro. Guten Tag.«

Der Gutsherr schüttelte ihr energisch die Hand. »Dimross. Guten Tag. Nennen Sie mich Kenny. Sie gehören also mit zu dieser Truppe?«

»Ich arbeite für eine Public-Relations-Firma in London. Sie haben großes Glück, dass Sie in so einem schönen Schloss wohnen.«

»Vielen Dank, meine Liebe. Natürlich war vor achtzig Jahren absolut nichts hier. Nur ein Schutthaufen.«

»Wie bitte?«

»Oh, ja. Ist absolut wahr. Irgendwann einmal stand so was wie eine Befestigungsanlage auf den Felsen dort drüben, aber sie stürzte ein. Oder wurde sie geschleift? Ich weiß das nicht so genau. Mein Großvater war ein ziemlicher Romantiker. König auf Camelot und all das. Machte mit Kohle eine Menge Geld und setzte es sich in den Kopf, dass er einen Familiensitz haben müsste. Also kaufte er sich den Titel und den größten Teil des Landes hier in der Gegend und errichtete die Burg von Grund auf. Mit ziemlichem Erfolg, wenn ich persönlich das so sagen darf.«

Gabriella war enttäuscht. »Ich dachte, sie stammte aus dem Mittelalter.«

Dimross schien das seltsamerweise zu freuen. »Zeigt, was für ein gutes Auge der alte Herr hatte. Sie ist sehr viel malerischer als die meisten echten, und die Touristen erkennen bestimmt nicht den Unterschied. Britisches Erbe in seiner schönsten Form, würde ich sagen.«

Rajiv und Iqbal wirkten leicht verärgert, dass man sie ignorierte. Der Schauspieler legte Dimross einen Arm um die Schulter und fragte ihn, ob er auf die Jagd gehe. Dimross schob den Arm behutsam zurück, ehe er antwortete.

»Tja, es kommt darauf an, was Sie damit meinen. Ich besitze eine Moorhuhnheide. Und dann und wann schießt man Kaninchen, Dinge dieser Art.«

Rajiv versprach ihm, dass sie, sollte er jemals nach Indien kommen, zusammen auf die Jagd gehen würden. Als Prominenter könne er, gab er zu verstehen, Regierungsgenehmigungen für bestimmte Arten bekommen, die normalerweise mit Jagdverbot belegt seien. Als er mit der Schilderung einer Flinte begann, die er erwerben wolle, ergriff Gabriella die Gelegenheit, sich an Iqbal zu wenden.

»Da müssen Sie die Mutter fragen«, sagte er. »Jetzt ist sie für alles zuständig.«

Sie fand Mrs. Zahir auf einem Klappstuhl thronen, ihr Gesicht war hinter einer riesigen Sonnenbrille fast völlig verborgen. Einer der Laufburschen wartete nervös, während sie mit einem Mann, der offensichtlich ein Reporter war, ein Gespräch führte. Sie spähte zu Gaby herüber, die bemerkte, dass ihr Äußeres taxiert wurde. Ein herber Hauch Feindseligkeit stieg von dem Stuhl auf. Mrs. Zahir beendete das Interview, scheuchte den Mann weg und klappte ihr Handy auf.

»Was für hübsche Schuhe«, sagte sie.

»Vielen Dank. Was für ein hübsches Top.«

Die Atmosphäre konnte nicht boshafter sein.

Gabriella wartete, während Mrs. Zahir sich mit so etwas wie einem Astrologen über die Position ihres Stuhles zu einem nahen Scheinwerfer unterhielt. Sie war besorgt, dass die Strahlung ihre Verbindung zu den heilenden Kräften des Universums unterbrechen könne. Sollte sie wegrücken? Die Antwort schien ja zu lauten, und der Laufbursche wurde dementsprechend angewiesen, den Stuhl zu verrücken. Nachdem sie sich zur Sicherheit zwei Meter weiter links niedergelassen hatte, wandte sie ihre Aufmerksamkeit Gaby zu, die ihr erklärte, was sie wünschte. Nach den rituellen Einwänden wurde schließlich Leela auf den Burgzinnen angerufen. Ja, sie sei bereit, mit der Presse zu sprechen. Ja, in einer Gruppe. Fotos. Alles in Ordnung. Gaby machte sich auf den Weg, um die gute Nachricht zu verbreiten.

Sie warf einen Blick in den Andenkenladen, der mit Teddybären in Kilts, Dosen mit Mürbegebäck und Büchern mit leicht unscharfen Fotos voll gestopft war. Dort gab es Glencoe-Massaker-Brettspiele und Baukästen, aus denen man einen kleinen Pappbauernhof zusammenbauen konnte. Ihr Blick fiel auf einen Stoffzwerg. Der beste Ort für eine Pressekonferenz wäre fraglos die Snackbar. Sie lieh sich einen der Laufburschen aus, gab ihm die Anweisung, einen Tisch aufzustellen, und ging los, um ein Mikrofon aufzutreiben.

Eine Stunde später waren die Dinge völlig außer Kontrolle geraten.

Einer nach dem anderen waren die Wagen auf den Parkplatz zurückgekehrt, zehn, fünfzehn, zwanzig – Außenübertragungswagen, Taxis, die streitende Zeitungsleute sich geteilt hatten. Sie kamen aus Taipeh und Moskau, aus Frankfurt und L.A. Die Pressemeute, vorher mehr oder weniger überschaubar, zählte inzwischen fast 200 Leute. Von einer rempelnden Menge, die durchweg Fragen, besondere Bedürfnisse und Gründe hatte, den anderen gegenüber vorgezogen zu werden, in eine Ecke gedrängt, versuchte Gaby gleichzeitig, die Konferenz in das Hotel zu verlagern und von ihrem Büro telefonisch Hilfe anzufordern. Schließlich packte sie eine besonders enervierende Massenblattreporterin bei den Jackenaufschlägen und fragte sie, was zum Teufel sie alle hier täten.

»Ja, das stimmt«, sagte sie wenige Minuten später zu Dan Bridgeman. »Es gibt ein Videoband. Von dem Terroristen. Nein, ich weiß nicht, was er sagt, aber offensichtlich ist es eine Botschaft an Leela.«

An eine Fortsetzung der Dreharbeiten war nicht zu denken. Leela war ins Burginnere geflohen. Rocky tobte und schrie jeden an, der in seine Reichweite kam, er solle den Set verlassen. Gaby zog sich hinter den Tresen der Snackbar zurück. Wenig hilfreich drängte Iqbal sich zu ihr durch und begann ihr Vorhaltungen zu machen, dass sie die Kontrolle über die Lage verloren habe. Sie tat alles, um höflich zu bleiben. Draußen gelang es dem Produktionsleiter nicht, zwei Fotografen daran zu hindern, über die Brücke auf die Insel vorzudringen, und es gab eine kurze Schlägerei zwischen ein paar Kabellegern und einem portugiesischen Nachrichtenteam, das einen Reflektor verrückt hatte.

Gaby, die hinter dem Tresen stand und das Gewühl beobachtete, hatte das Gefühl, als hätte sie die Samstagnachtschicht in der Bar der Hölle. Miss *Film Buzz* versuchte, ihre Aufmerksamkeit zu erregen, indem sie katzenfreundlich winkte und lächelte. Irgendwoher hatte sich die Frau eine Schottenmütze besorgt, die auf ihrer Frisur hockte wie ein *Black-Watch*-Schwalbennest. Durch das Fenster sah Gaby ganz kurz Rajiv Rana, der von einer Gruppe asiatischer Teenager umringt war. Offenbar versuchten sie, ihm sein Hemd auszuziehen.

Schließlich suchte sie das Weite, und sagte jedem, der sich an ihre Kleider klammerte, dass die Pressekonferenz jetzt im Clansman's Lodge Hotel abgehalten werde. Sie fand Rob D. und brummte ihn an, er solle einen der Produktionslieferwagen umdrehen und zur Flucht bereitstellen. Sie schafften es, Leela hineinzuschieben, bevor sie entdeckt wurde, aber Rob musste sich trotzdem den Weg zentimeterweise durch eine Menschenmenge bahnen, die Kameras zu den Fenstern hochhielt und an die Scheiben klopfte.

Blitze und Winseln der Verschlüsse. Leela, die tief in ihren Sitz sank. Ihre Mutter, die lächelnd zackige kleine königliche Winkbewegungen in die Objektive vollführte.

Im Hotel verriegelte der Direktor die Türen. Auf der Rasenfläche davor baute eine Reihe von Fernsehreportern ihre Kameras zu Aufnahmen auf, indem sie den See als Kulisse benutzten. Gaby nahm Anrufe entgegen und versuchte, eine Kopie des Videobandes des Terroristen zu bekommen.

»Wir müssen es uns ansehen, bevor wir etwas unternehmen können... Nein, das kann ich Ihnen nicht versprechen, aber es liegt in Ihrem Interesse, weil nichts geschehen wird, bis wir es uns angesehen haben... ja... ja...«

Schließlich hatte einer der Kameramänner ein Einsehen mit ihr und schob ein VHS-Band durch den Briefschlitz. Das Produktionsteam drängte sich in Iqbals Suite und schloss die Tür. Mit zugezogenen Vorhängen und zwanzig Leuten im Raum war die Hitze erdrückend. Zunächst wollte Leela nicht zusehen. »Ich habe es gesehen«, sagte sie. Dann gab sie nach und setzte sich mit gekreuzten Beinen und die Hand ihrer Mutter haltend auf das Bettende. Vivek schob das Band in das Gerät und drückte auf »Play«.

Ein mageres indisches Gesicht erschien auf dem Bildschirm. Eine Hand langte nach vorn und regulierte die Einstellung. Die Bildqualität war schlecht, aber Gaby sah, dass er eine Brille trug und ziemlich jung war, Anfang zwanzig vielleicht. Er hatte sich auf seinem Sitz zusammengekauert und die Knie an die Brust hochgezogen. Es war unmöglich festzustellen, wo er sich befand. Irgendwo drinnen. In einer Wohnung?

Er sah nicht wie ein international gesuchter Terrorist aus.

»Dies ist für Miss Leela Zahir persönlich«, begann er. Seine Stimme war leise und unsicher. »Wenn sonst jemand das hier sieht und das große Glück hat, sie zu kennen, würden Sie es bitte weitergeben? Es ist wichtig. Also, ähm, vielen Dank, Miss Zahir, für Ihre Aufmerksamkeit. Ich hoffe, es erreicht Sie, denn es könnte etwas geschehen, was mich hindert, es persönlich zu erklären, und ich möchte, dass Sie wissen, wie Leid es mir tut. Natürlich übernehme ich nicht die Verantwortung für alles Schlechte in der – Entschuldigung, vergessen Sie das. Ich weiß, ich habe Ihren guten Namen in Verbindung gebracht mit – oh, ich sollte zuerst mal sagen, dass mein Name Arjun Mehta ist. Ich bin in New Delhi aufgewachsen, im Augenblick aber NRI in Amerika. Entschuldigung, ich sage das alles in der verkehrten Reihenfolge. Ich möchte als Erstes vor allem anderen sagen, dass ich seit Ihrem ersten Film ein so großer Fan von Ihnen bin. Ich habe *Naughty Naughty, Lovely Lovely* achtmal gesehen und natürlich alle anderen auch, die meisten mehr als dreimal, aber weniger als siebenmal. Sie sind meine Lieblingsschauspielerin. Sie sind die Art Mädchen, das ich gern – natürlich nur in meinen Träumen – ich bin kein – ich bin nur – ich meine, das alles muss sich für Sie merkwürdig anhören, das heißt – richtig verrückt. Ich bin nicht verrückt. Meine Online-Befragung ergibt nein. Und ich bin kein Terrorist. Oh, das läuft schlecht. Es tut mir Leid. Das ist es, was ich sagen möchte. Es tut mir Leid. Ich hatte niemals vor, Sie zu kränken, denn Sie bedeuten alles für mich. Aber ich sollte meinen Job verlieren. Ich habe eine schlechte Entscheidung getroffen. Virugenix ist ein erstklassiges internationales Unternehmen, und ich wollte nichts weiter als eine Chance, meine Fähigkeiten unter Beweis zu stellen, aber stattdessen wurde mir gesagt, ich würde meinen Job verlieren, und Darryl Grant, der Chef der Ghostbusters und, wenn Sie mich fragen, ein sehr schwieriger Mensch, ein böser Mensch, Darryl Grant wollte mir nicht zuhören. Wie sollte ich es ihm sagen? Wenn ich diesen Job verliere, muss ich in Schimpf und Schande zu meinen Eltern zurück. Inzwischen bin ich natürlich eine viel größere Schande. Was wird mit meinen Eltern geschehen? Und mit meiner Schwester, die diesen bengalischen Blödmann heiraten und nach Australien davonlaufen will. Ich habe versucht, es Darryl zu sagen. Ich habe angeboten, gratis zu arbeiten. Aber sie sagten, ich muss trotzdem gehen von wegen Letzter rein, Erster raus und weil ich Ausländer bin und so weiter. Ich hatte vor, eine kleine Störung auszulösen, nur ein kleines Problem, denn dann hätte ich eingreifen, es lösen und der Held sein können. Aber stattdessen bin ich hier, und sie nennen mich einen Terroristen und Meistgesuchten des FBI, und ich habe Angst, Miss Zahir. Ich habe das Gefühl, ich kann Ihnen das sagen. Sie sind ein verständnisvoller Mensch. Man sieht es an Ihren Augen, vor allem in *Home of the Heart*. Sie wissen, wovon ich rede, weil Sie sensibel und außerdem wunderschön sind, das sehe ich an Ihrer Darstellungskunst. Ich habe Ihre Fotos und Ihre Lieder ohne Genehmigung benutzt, weil sie unwiderstehlich sind und – und es tut mir Leid. Das ist wirklich alles.« Er langte nach vorn und schaltete die Kamera aus.

Der Bildschirm wurde dunkel, dann zeigte er plötzlich alte Nachrichtenaufnahmen, Material, das der Journalist beim Kopieren des Bandes nur zum Teil gelöscht hatte. Alle im Raum fingen auf der Stelle an zu reden. Er schade der Filmindustrie, dieser *behan-chod*, und besudele das Bild Indiens. Dieser Verrückte. Dieser *Perverse*. Gaby fand die Rede traurig, ja Mitleid erregend. Der Junge hatte das gehetzte Gesicht eines Menschen, der weiß, dass seine Verbindung zur Welt spinnwebendünn ist.

Die Einzige, die nichts gesagt hatte, war Leela Zahir. Sie starrte noch immer auf den Bildschirm, auf dem Panzer durch eine Stadt im Mittleren Osten rollten. Sie sah aus, als würde sie jeden Moment in Tränen ausbrechen. Als sie merkte, dass jemand sie beobachtete, blickte sie auf und brachte ein kleines gezwungenes Lächeln zustande. Gaby fand es schwer zu sagen, was deprimierender war, der Junge auf dem Videoband oder dieses Mädchen, dieser berühmte Filmstar, der so sehr nach Liebe lechzte, dass ihn die Verehrung eines verrückten Fans dermaßen berühren konnte. Plötzlich war Leelas Situation augenfällig. Was für ein Leben führte sie, an dieses Miststück von Mutter gekettet, von diesem Idiotenteam ständig herumgeschubst?

»Er sieht recht nett aus«, äußerte sie zaghaft.

Gaby zuckte die Achseln und tat, als sei sie mit ihrem Telefon beschäftigt.

Als die Streitigkeiten ihren Fortgang nahmen, sagte Leela, dass sie sich erschöpft fühle, und fragte ihre Mutter, ob sie auf ihr Zimmer gehen dürfe. Sie huschte nach draußen, wobei sie das Gesicht hinter ihrem Haar verbarg, ergriff kurz Gabriellas Hand und drückte sie. Die Pressereferentin bekam ein flaues Gefühl im Magen, das sie immer dann hatte, wenn jemand emotional etwas von ihr verlangte. Das Mädchen wollte sie doch wohl nicht in ihren Schlamassel hineinziehen?

Iqbal schickte den größten Teil der Crew aus dem Zimmer. Gaby setzte sich auf das Bett, beteiligte sich aber nicht an der Diskussion, die hauptsächlich auf Hindi geführt wurde. Rajiv Rana schritt, noch immer in den zerrissenen Überresten seines Kostüms, am Fenster hin und her und murmelte »Scheiße, oh Scheiße« vor sich hin. »*Salam-bhai*«, platzte er heraus, »Sie müssen *babji* sagen, dass an alledem nicht ich schuld bin, okay?« Am Ende teilte ihr Iqbal mit, was man beschlossen hatte. »Wir werden«, sagte er, »sofort eine Presseerklärung herausgeben. Leela Zahir bittet den Terroristen, sich unverzüglich den zuständigen Behörden zu stellen, und falls er ihr wahrer Fan ist, es zu unterlassen, durch die Verwendung ihrer Fotos die internationale Wirtschaft zu schädigen. Er verletzt das Copyright und muss sich sofort stellen.«

»Mit Verlaub«, sagte Gaby, »Sie haben mich als Pressereferentin eingestellt, das heißt, dass meine Meinung hierzu vielleicht von einigem Nutzen sein könnte?«

»Bitte, jetzt ist nicht die Zeit für Widersetzlichkeiten. Mrs. Zahir wird den Text verfassen, und Sie werden ihn verlesen – es sei denn, das Mädchen ist ausnahmsweise einmal bereit. Gehen Sie und sagen Sie denen da draußen, in einer Stunde geben wir die Erklärung ab, und danach sollen sie sich bitte verziehen.«

Gaby war viel zu erstaunt darüber, wie der Mann sie behandelte, um wirklich wütend zu sein. Ohne ein Wort verließ sie das Zimmer, begab sich in ihr eigenes und verschloss die Tür. Dann begann sie zum ersten Mal, solange sie sich erinnern konnte, zu weinen. Sie gestattete sich fünf Minuten, dann holte sie mehrmals tief Luft und ging ins Bad, um ihr Make-up wiederherzustellen.

Einige Zeit später trat Mrs. Zahir in der Bar zu ihr und reichte ihr ein Blatt Hotelschreibpapier. Sie hatte sich umgekleidet und trug jetzt ein zurückhaltendes Ensemble aus Lacklederstiefeln und einem Top, das vorn ein Elefant in goldener Applikationsstickerei zierte. Ihre Augen strahlten unnatürlich, ihr Gesicht war grimmig. Auf ihrer Wange hatte sie einen roten Fleck, als wenn ihr jemand eine Ohrfeige gegeben hätte.

»Leela ist zu müde, um zu ihrem Publikum zu sprechen«, fauchte sie. »Ich denke aber, dies hier hat den richtigen Tonfall.«

Auf das Blatt Papier war mit einem dunkelroten Kugelschreiber in großen schwankenden Schleifen eine Presseerklärung geschrieben worden. Zumindest vermutete Gaby, dass es sich darum handelte. Grammatik und Orthographie waren fürchterlich.

»Sie haben doch nicht ernstlich vor, dies an die Medien zu geben, oder?«

»Was haben Sie gesagt?« Mrs. Zahir lächelte zuckersüß. »Sie haben so einen starken Akzent, meine Liebe. Es ist manchmal schwer, Sie zu verstehen.«

»*Ich* habe einen starken Akzent?«

Mrs. Zahir spähte durch die Vorhänge auf das Durcheinander auf dem Rasen vor dem Hotel. »Was? Ja, Sie klingen ausländisch.

So, wenn Sie mir jetzt das Blatt zurückgeben, gehe ich hinaus und spreche zur internationalen Presse.« Sie legte die Betonung auf die erste Silbe von »international« und zog sie dermaßen in die Länge, dass die Meute der draußen wartenden Reporter den luxuriösen Charme eines Schaumbades oder einer Schachtel Pralinen anzunehmen schien.

»Sie?«, prustete Gaby.

»Schätzchen«, sagte Mrs. Zahir mit der müden Entschlossenheit eines Matadors, der einen schwächlichen Stier ins Jenseits befördert, »ich sage zwar nicht, dass Sie nicht hübsch sein könnten, wenn Sie sich Mühe gäben, aber Sie haben für diese Art öffentliches Auftreten nicht die notwendige *Ausstrahlung*. Sie sollten wirklich daran denken, sich etwas heiterer zu präsentieren. Das würde Ihnen wahrscheinlich bei Ihrer Arbeit behilflich sein.«

Und schon schritt Faiza Zahir an der Rezeption vorbei und schlug mit der Hand nach einem an der Wand hängenden Hirschgeweih, worin sie sich mit ihren Haaren verfangen hatte. Sie schob den Riegel der Haupttür zur Seite, stieß sie auf und präsentierte sich der Welt draußen.

»Hören Sie mich an«, informierte sie sie mit schallender Stimme. »Ich bin Faiza Zahir. Die Mutter.«

Blitzlichtgeräte flackerten auf und hüllten sie in einen epileptischen Funkenregen. Absurderweise begann sie zu winken. Gaby stampfte hinauf in ihr Zimmer und knallte die Tür hinter sich zu. Mich kotzt das an, dachte sie. Mich kotzt dieser Film an, und mich ödet Schottland an. Sie würde nach London zurückfahren.

Aber zuerst würde sie schlafen. Sie zog die Vorhänge zu, ließ ihre Kleider in einem unordentlichen Haufen auf den Boden fallen und kroch unter die Decken. Nach einer Weile schaltete sie den Fernseher ein und verbrachte eine Stunde damit, ziellos zwischen einer Soap opera und den Lokalnachrichten hin und her zu zappen, in denen es ausschließlich um Streitigkeiten über Fisch zu gehen schien. Schließlich holte sie aus ihrer Reisetasche eine Gesichtsmaske und zwei Ohrstöpsel und beschloss, die Welt so lange wie möglich auszuschließen. In der Gewissheit, irgendwo ein paar Valium zu haben, stand sie noch einmal auf und hockte auf dem Badezimmerboden vor dem ausgekippten Inhalt ihrer Toilettentasche. Sie hatte Glück. Dreißig Milligramm später schlüpfte sie zurück ins Bett und streckte sich aus.

Das Nächste, was sie bemerkte, war, dass es dunkel und ihr Mund wie ausgetrocknet war und dass es in ihrem rechten Ohr beharrlich summte. Das Geräusch entpuppte sich als ein klingelndes Telefon, das verstummte, als sie danach griff, und sie in einer halbwachen Verwirrung zurückließ. Sie war gerade wieder eingeschlafen, als jemand an ihre Tür klopfte und ihren Namen rief.

»Wer ist da?«, krächzte sie.

»Davey aus der Rezeption, Miss Caro.«

»Lassen Sie mich in Ruhe.«

»Könnten Sie die Tür öffnen?«

»Ich habe gesagt, lassen Sie mich in Ruhe.«

»Miss Caro?«

Schließlich wickelte sie sich in einen Kimono und fragte den verlegenen Nachtportier, was er wolle. Es sei ein Päckchen für sie da. Nein, er könne es nicht bis morgen Früh aufbewahren, weil der Kurier ihre Unterschrift brauche. Es tue ihm Leid, sie geweckt zu haben. Sie schlug ihm die Tür vor der Nase zu.

Ein Blick auf den Wecker zeigte ihr, dass es ein Uhr war. Sie hatte ungefähr fünf Stunden geschlafen. Missmutig trottete sie auf bloßen Füßen nach unten, unterschrieb den Beleg des Kuriers, ging wieder nach oben und warf sich auf das Bett. Als sie Guys Adresse auf dem Frachtbrief sah, ging es mit ihrer Stimmung bergab. Sie riss die Verpackung auf und öffnete das Kästchen.

Die Halskette war wunderschön. Wunderschön und protzig und irgendwie traurig. Einen Moment lang empfand sie fast Zuneigung für Guy, mit seiner absurden Überzeugung, Geld könne alles richten. Dann sah sie das Kärtchen.

Beeindruckt? X G

Und das brachte ihr die Leere ihres Lebens voll zu Bewusstsein. Drei Jahre hatte sie mit diesem Mann verbracht. Er hatte ihr nichts zu sagen.

Das alte Gefühl wallte in ihr wieder auf, das Bedürfnis, sich loszureißen und wegzulaufen. Morgen würde sie hier abreisen. Dann würde sie aus London weggehen und Guy verlassen. Wieder von vorn anfangen. Sie dachte an Flugzeuge und ans Packen, als wieder an ihre Tür geklopft wurde. Sie ignorierte es, aber das Klopfen nahm kein Ende.

Sie riss die Tür auf und erblickte Rajiv Rana vor sich. Er sah zerzaust aus.

»Sie? Glauben Sie keine Sekunde, dass ich Sie reinlasse. Sie können zur Hölle fahren, Sie arroganter Dreckskerl.«

»Ist sie bei Ihnen?«

»Wovon reden Sie? Gehen Sie und reißen Sie sich eine von den Tänzerinnen auf, wenn Sie so scharf sind.«

»Sie ist weg«, sagte er. »Ist sie bei Ihnen?«

»Wer ist weg?«

»Sie. Leela. Es ist niemand in ihrem Zimmer.«

»Wahrscheinlich ist sie draußen und macht einen Spaziergang. Geht an den See, eine rauchen. Warum belästigen Sie mich damit?«

Sie schlug die Tür zu. Dennoch trat sie ans Fenster. Sie sah die Burg, die wie eine Fata Morgana über dem See schwebte. Sie sah die düstere Kiefernanpflanzung. Die Rasenfläche dehnte sich leer in die Dunkelheit.

Wie in allen Arealen, die der Regierung und Verwaltung vorbehalten sind, ist im Brüsseler EU-Viertel das Physische rücksichtslos dem Immateriellen, den Erfordernissen der Sprache untergeordnet worden. Es ist ein Bereich mit dezenten Bürotrakten und stillen Parks, des Reichtums ohne Protzerei, des Luxus ohne sichtbare Verschwendung. Diplomaten aus 160 Botschaften mischen sich unter Repräsentanten von 120 Regierungsorganisationen und 1400 verschiedenen nicht an Regierungen gebundenen Organisationen, die alle zusammen die modernste europäische Kunst zu perfektionieren versuchen: die Ausübung von Kontrolle ohne Zurschaustellung von Macht.

Dementsprechend findet man im EU-Viertel nicht die geringste Andeutung von faschistischem Bombast. Allerdings hat sich eine Spur des unheilvollen Neoklassizismus in seiner Architektur erhalten und ist seltsamerweise auch in der Atmosphäre zu spüren, die das Leben im Herzen des neuen Europa durchweht. Die zurückhaltende Anonymität der Gebäude ist das äußere Symptom von etwas Tieferliegendem, das seinen Ursprung im noblen, aber ein wenig unheimlichen Ziel eines endgültigen Konsensus hat, einer Beendigung der brutalen dionysischen Geschichte des Kontinents.

Verordnungen, Statistiken, Weisungen und Aktionspläne: In der Sprache des EU-Viertels herrscht Ordnung, und mit der Ordnung kommt die Gewalt, die in die schroffen Außenflächen des Berlaymont Building, in die Uniformen der gelangweilten Polizei übersetzt ist, die vor dem Parlament Wache steht. Es ist eine Gewalt, die in Sprache gekleidet und von ihr zunehmend umschlossen und gezähmt worden ist, bis sie die sanfte Tönung und das gedämpfte Licht des übrigen europäischen Projekts angenommen hat. Diskrete Gewalt wie überwachtes Privatleben und humanitärer Krieg. Typisch europäische Paradoxe.

Guy wurde mit Vollgas die Rue de la Loi entlangchauffiert. Der Beifahrersitz von Yves' Porsche roch nach Leder und der Bewunderung von seinesgleichen. »Ich bin *so* aufgeregt«, sagte Yves, und am Steuer seines gelben Wagens, in dem ihm die Straßenlaternen ins Gesicht leuchteten, sah er aus wie die Zukunft in menschlicher Gestalt.

»Ich auch«, sagte Guy. Er meinte es ehrlich. Er hatte das ganze übrige Kokain geschnupft, ehe er ins Flugzeug gestiegen war. Sein Herz fühlte sich an, als wollte es sich aus seinem Brustkorb ins Freie hämmern.

Sie parkten den Wagen auf der Straße und betraten das Foyer eines Stadthauses des 19. Jahrhunderts, das in ein Boutiquehotel umgebaut worden war. Die Umgestaltung, erklärte Yves, sei das Werk eines Revolutionärs. Guy war sich nicht sicher, ob damit das politische Engagement oder die ästhetische Leistung des Designers gemeint war. Die Lobby war mit ihrem Understatement schon wieder extrem. Die Wände schienen mit einem sanften inneren Leuchten zu glühen, und das Personal trug lange weiße Tuniken wie die Vertreter einer gütigen höheren Zivilisation in einem Science-fiction-Film.

Das Restaurant Séraphim befand sich unter einer Glaskuppel auf dem Dach. Der Oberkellner begrüßte sie neben der Büste eines rauschebärtigen Mannes. Guy sah König Leopold II. an, und König Leopold II. sah Guy an, der seine Krawatte darauf kontrollierte, ob sie gerade saß. Er schwitzte.

Elegante Kellner schwebten zwischen den Tischen umher, die mit Gruppen sich leise unterhaltender Personen besetzt waren. Die Stammgäste, Männer und Frauen, trugen die Anthrazitgrau- und Marineblautöne von Vertrauen und Rechtschaffenheit, die ein mit nüchterner Geschäftskleidung ausgefülltes Sichtfeld bildeten, das nur gelegentlich von einer gemusterten Krawatte oder einem silbernen Schmuckstück durchbrochen wurde. Ein scharfsinnigerer Beobachter als Guy hätte vielleicht das nicht Enträtselbare an diesen kleinen persönlichen Noten bemerkt, als seien sie nicht Produkte echter Geschmacks- oder Haltungseigenarten, sondern als sei ihre Funktion nur rituell, als seien sie Hilfsgesten für die Idee der Individualität und nicht Beispiele ihrer Ausübung.

Sie wurden zu einem Tisch am Fenster geführt. Frau Direktor Becker und Signor Bocca warteten bereits. Man stellte sich gegenseitig vor, und die Direktorin, eine adrette Blondine von Anfang vierzig, brachte ihnen die Nachricht bei, dass Gunnar Nilsson nicht in der Lage sein werde, am Dinner teilzunehmen. Guy atmete heftig und lächelte Frau Becker und dem schmalgesichtigen Italiener neben ihr zu. Er versuchte, Nilssons Abwesenheit nicht als Rückschlag zu betrachten. Diese Sache falle ebenso sehr in ihre Zuständigkeit, und sie werde, sagte sie, die Auftragssitzung leiten. Das war zumindest etwas. Er versuchte sich zu zwingen, nicht mehr zu schwitzen. Sein Hemd klebte ihm am Rücken.

Yves begann über eine Inszenierung von *Aida* zu plaudern, die er und die Direktorin in Verona besucht hatten. Guy zuliebe sprach er Englisch, wobei er kunstvolle Sätze baute, denen sich die Direktorin Satz für Satz als ebenbürtig erwies, so dass die beiden so etwas wie einen Fremdsprachen-Fechtkampf vorführten. Bocca, dem das Thema offensichtlich die Gelegenheit geben sollte, sich einzumischen, blickte stumm auf seine Hände. Er hatte sie mit den Handflächen nach unten auf das weiße Tischtuch gelegt und musterte aufmerksam seine langen Finger, als wolle er entscheiden, welchen er sich als Ersten abschnitt.

»Erzählen Sie mir über Ihre Arbeit«, bat ihn Guy.

»Informatik«, sagte Bocca, ohne aufzublicken.

»Tatsächlich«, sagte Guy, der das Gefühl hatte, jeder Versuch, eine Beziehung zu diesem Mann zu knüpfen, sei von vornherein hoffnungslos. Bocca warf ihm einen boshaften Blick zu.

»Die Informatikdimension ist von zentraler Bedeutung für das gesamte Harmonisierungsprojekt«, erklärte Direktorin Becker, die nach vorn langte und Guy zulächelte, der dankbar zurücklächelte. Überrascht stellte er fest, dass er sich fragte, wie sie wohl im Bett wäre.

»Die Grenzfrage ist eine Informationsfrage«, bemerkte Bocca. Guy wusste nicht genau, was er meinte. Es hörte sich an wie ein Zitat.

»Selbstverständlich«, sagte Yves.

»Selbstverständlich«, stimmte Guy seinem Beispiel folgend zu. Er war verblüfft, als Bocca von seinen Händen aufblickte. »Finden Sie das auch?«, fragte er.

»Unbedingt«, sagte Guy und versuchte, nicht mit den Zähnen zu knirschen. Der Kellner kam, um die Getränkebestellung aufzunehmen, und verschwand wieder, während Bocca mit der plötzlichen Heftigkeit eines Menschen, der das Gefühl hat, er habe vielleicht endlich in der Welt Freunde gefunden, Guy und Yves mit einem hoffnungsvollen Blick fixierte und zu einem Vortrag über die zentrale Bedeutung der Informationstechnologie für ein modernes Zoll- und Einwanderungssystem ausholte.

»Ich glaube«, sagte er mit gedämpfter Leidenschaftlichkeit, »es ist das wichtigste Werkzeug, das wir besitzen. Eine gemeinsame europäische Grenzbehörde muss eine gemeinsame Informationssammlung und –abfrage besitzen. So viel ist klar. Ansonsten findet man einen Terroristen oder Wirtschaftsimmigranten in einem Land und verliert ihn wieder aus dem Auge, wenn er in ein anderes hinüberwechselt. Jeder Vorschlag zur Einführung unserer Grenzpolizei muss die Informationsdimension enthalten.« Er klopfte auf den Tisch, um seinen Standpunkt klarzumachen. Der Kellner kam mit einer Flasche Wein zurück, die Bocca prüfte, wobei er in sein Glas starrte, als wäre es ein *clandestino*, der in seinem Mund Arbeit zu finden versuche.

Guy schüttete den Wein dankbar in sich hinein, während er Bocca zustimmend zugrunzte, als der den enormen Wert des Schengener Informationssystems bei der Kontrolle illegaler Migrationen beschrieb. »Das Problem mit diesen Leuten ist: Sie lügen, sie vernichten ihre Papiere. Es ist unmöglich zu erfahren, wer sie sind. Sie sagen, sie kommen aus einem Kriegsgebiet, aber in Wirklichkeit wollen sie nichts weiter, als einem Bürger seinen Arbeitsplatz wegzunehmen. Aber wenn man die Datenbank mit biometrischen Daten kombiniert, kann man die Lügen aufdecken.« Er unterstrich seinen Standpunkt mit einem klatschenden Schlag in die Hände und lehnte sich mit dem Ausdruck äußerster Entschiedenheit auf seinem Stuhl zurück.

»Sie haben vollkommen Recht«, sagte Guy und goss sich ein zweites Glas ein. »Und wir sind auf diesen Aspekt der Rolle von PEBA mit unserer kreativen Arbeit bei *Tomorrow** eingegangen.«

»Tatsächlich?«, fragte Frau Becker.

Wieder lächelte sie ihn an. Wie alt sie wohl war? Fünfzig? Fünfundvierzig? Er trank noch einen kräftigen Schluck Wein. »Tatsächlich. Meinem Team ist nämlich klar geworden, dass im einundzwanzigsten Jahrhundert die Grenze nicht mehr bloß eine Linie am Boden ist. Sie ist sehr viel mehr als das. Da geht's um Status. Da geht's um Möglichkeiten. Klar, man ist entweder drinnen oder draußen, aber man kann drinnen und trotzdem draußen sein, stimmt's? Oder draußen sein und nach drinnen gucken. Wie dem auch sei, in einem unserer Videos heißt es: ›Die Grenze ist überall.‹ ›Die Grenze‹, und das ist der Schlüsselgedanke, ›ist in deinem Kopf.‹ Es liegt auf der Hand, dass vom Standpunkt des Marketings aus gesehen eine mentale Grenze ein Plus ist, weil eine mentale Grenze ein Wert ist, und ein Wert ist etwas, wofür wir Werbung machen können.«

»Es freut mich, dass Sie die Dinge in diesem Licht sehen«, sagte Frau Direktor Becker, die auf Guy wie eine Frau wirkte, die aus ihrer Mitgliedschaft in einem Fitnessstudio wirklichen Nutzen zog. »Diese Sicht auf die Jugend gefällt mir sehr gut. Wir haben große Schwierigkeiten, der Jugend Staatsbürgerbewusstsein beizubringen.«

»Oh, zweifellos«, stimmte Guy zu. »Staatsbürgerbewusstsein handelt davon, einer in der Clique zu sein, oder wie wir bei *Tomorrow** gern sagen: ›drinnen bei der In-Clique‹. Wie jeder weiß, ist drinnen bei der In-Clique zu sein eine Frage der Haltung, und bei *Tomorrow** ist das unser tägliches Brot.«

Direktorin Becker hob zu einer komplizierten Erläuterung der Entstehung von PEBA an, welche Einheit welches Direktoriums Personal für welche Arbeitsgruppe bereitgestellt hatte, welche interessierten Parteien Beobachter geschickt hatten, welche Fraktionen im Parlament auf welche Änderungen in der Gesetzgebungsstruktur Einfluss genommen hatten. Guy, der keinen Appetit hatte, bohrte seine Gabel in seinen Thunfisch-Carpaccio und versuchte, mit den Gedanken bei dem zu bleiben, was sie sagte. Es war nicht leicht. Der Fisch schimmerte vieldeutig, und mit einem Mal drängten sich, wie Fußballfans, die sich in eine U-Bahn quetschen, plastische Bilder in seinen Kopf. Jedes Einzelne von ihnen zeigte (aus Gründen, über die er sich, wie er wusste, eigentlich schämen sollte) Frau Direktor Becker in so einem dieser zweckmäßig geschnittenen blauen Badeanzüge, wie sie einst von den Mädchen seiner Schwesterschule in Gloustershire getragen wurden. Er hatte viel Zeit damit zugebracht, sich diese Badeanzüge bei gemeinsamen Sporttagen genau anzusehen. Von Marineblau verfärbten sie sich schwarz, wenn sie nass wurden.

Er musste sich in den Griff bekommen.

»... auf die Bildung einer gemeinsamen Grenzbehörde hin, die, während sie anfangs Mitgliedstaaten gestattete, in bestimmten Details ihrer jeweiligen Politik voneinander abzuweichen ...«

»Das stimmt«, sagte er. »Yeah.«

»Wie bitte?«

»Entschuldigung, Monika. Fahren Sie fort.«

»Okay. Nun ja, bislang war die Entwicklung gut, und wir sind im Augenblick dabei, gemeinsame Aktionen unter der PEBA-Flagge durchzuführen, und so ist nun natürlich der Anreiz da, Schritte auf eine gemeinsame Erscheinung und Stimmung hin zu unternehmen, um die Verfahrensharmonisierung deutlich zu machen.«

»Was der Punkt wäre, wo wir ins Spiel kommen«, bemerkte Yves. Guy gab es mit dem Thunfisch auf. Er legte Messer und Gabel auf den Teller und goss sich noch etwas Wein ein.

»Soll ich Ihnen ein Geheimnis verraten?«, fragte Bocca mit Verschwörermiene. »Monika ziert sich ein bisschen, was die PEBA-Umsetzung angeht. Wissen Sie, warum Gunnar nicht kommen konnte? Offiziell ist er in Helsinki wegen der Erweiterungskonferenz« – hier machte er eine kleine Pause und sah sich mit übertriebener Vorsicht um –, »aber in Wirklichkeit ist es noch viel aufregender. Heute findet der Start der Operation Atomium statt. Er ist in Paris und beobachtet die Aktion vom Kontrollzentrum der Polizei aus.« Er schlug triumphierend mit der Hand auf den Tisch wie ein Debattenredner, der gerade ein schlagendes Argument vorgebracht hat.

Guy verscheuchte alle Gedanken an enge Badeanzüge und gab seinem Gesicht einen interessierten Ausdruck. Was immer Bocca gerade erzählte, es machte ihn zweifellos glücklich, und damit war es wichtig für den Auftrag.

»Operation –?«

»Atomium.« Direktorin Becker lachte, wobei sie ihr Haar mädchenhaft nach hinten warf. »Es ist nur einer dieser Kleinjungennamen, die Polizisten ihren Projekten geben. Allerdings ist es ein wichtiges Projekt, das stimmt. Und der heutige Abend ist ein wichtiger Abend. Denn Signor Bocca ...«

»Bitte, Monika. Gianni.«

»Denn Gianni hat die Katze aus dem Sack gelassen, das darf ich Ihnen, glaube ich, erzählen.« Sie drohte Yves und Guy streng mit dem Finger. »Sie werden doch nicht mit der Presse reden?«

Beide setzten ernste Gesichter auf, um zu demonstrieren, dass so etwas undenkbar wäre.

»Nun ja«, fuhr sie fort, »dies ist in Wirklichkeit der Name der ersten koordinierten PEBA-Aktion, die jetzt in diesem Augenblick in acht Hauptstädten stattfindet.«

»Was für eine Aktion?«

Bocca schob seinen Stuhl vom Tisch zurück und schlug die Beine übereinander. Er war als der mürrische Mann, der mit so bedrücktem Gesicht am Tisch gesessen hatte, nicht wiederzuerkennen. Er war entspannt, angeregt. Guy bemerkte, dass er rosablau karierte Socken trug. »Ein Schlag«, sagte er, indem er das Bild mit seinen Händen bekräftigte. »Ein koordinierter Schlag, der darauf zielt, bis morgen früh 5000 illegale Einwanderer von den Straßen zu bringen. Sie identifizieren, einem Verfahren unterwerfen und binnen zweiundsiebzig Stunden einen möglichst hohen Prozentsatz von ihnen in ihre Herkunftsländer zurückschicken. Das Ganze basiert auf der Nutzung gemeinsamer Informationen und findet unter der Flagge von PEBA statt. Wie finden Sie das?«

»Wow«, sagte Guy. Es schien ihm die richtige Antwort zu sein.

»Es ist ein emotionaler Augenblick für Gianni, wie Sie sehen«, sagte Frau Becker. »Und für mich ebenfalls. Wir haben uns so sehr bemüht, PEBA zur Realität werden zu lassen. Und nun ist es real, eine funktionierende Institution. Nicht mehr nur Papier.«

»Darauf sollten wir anstoßen«, schlug Yves vor. Er und Frau Becker und Guy und Bocca erhoben ihre Gläser, und es schien Guy, dass einen Moment lang unter der Glaskuppel des »Séraphim« totale Übereinstimmung zwischen ihnen herrschte, ein Augenblick, in dem alle Kanäle wunderbarerweise frei waren.

Das Hauptgericht kam, Speisen, die wie Keilschriftzeichen auf übergroßen weißen Tellern angerichtet waren. Guy war der Meinung, er habe mehr Fisch bestellt. Bocca machte sich daran, ein Vögelchen zu zerlegen, eine Wachtel vielleicht, winzige Fleischbröckchen mit den Zinken seiner Gabel herauszupopeln und eines nach dem anderen in seinen Mund zu befördern. Seine Art zu essen hatte etwas Grausames, etwas Mechanisches an sich. Guy musste weggucken. Eine Zeit lang verbrachte er damit, Fisch und Grünzeug durch einen Schnörkel gelber Soße zu schieben, dann winkte er dem Kellner mit der leeren Weinflasche, der herbeischwebte und sie durch eine volle ersetzte. Inzwischen hatten Monika und Yves sich dem Thema Amerika zugewandt.

»Wir müssen bei ihnen Unterricht nehmen«, sagte sie gerade. »Sie verkaufen sich dermaßen gut über ihre Medien. Alles Amerikanische ist das Größte und Beste. Sie erzählen uns etwas, und wir glauben es, selbst wenn es Mist ist wie ihre Autos.«

»Oder das Essen«, fügte Bocca hinzu und zermalmte ein zartes Knöchelchen zwischen seinen Zähnen.

Yves nickte zustimmend. »Sogar die schlechten Dinge in Amerika sind stets die schlechtesten. Ihre Städte sind die größten, schmutzigsten und gefährlichsten. Wenn man ihnen erzählt, wie Paris ist, glauben sie einem nicht. Sie mögen es nicht hören, verstehen Sie? Es ist wie ein frommer Glaube.«

»Oder Rom«, sagte Bocca.

»Oder der Kaffee«, sagte Guy, der nur halb zugehört hatte.

»Aber da ist die Wirtschaftsmacht von Hollywood! Es ist unbedingt erforderlich, dass wir in Konkurrenz treten! Europa braucht seine eigene Traumfabrik! Nicht aus Eitelkeit. Aus wirtschaftlichen Gründen. Dem Kommissar Papadopoulos habe ich das viele Male gesagt. Wir brauchen ein Programm zur Finanzierung der Förderung positiver Bilder von Europa durch alle Medien. Durch Kino, Fernsehen, Comics, alles. Im Moment ist es wie im Kalten Krieg, und wir kämpfen nicht einmal.«

»Aber«, sagte Bocca, »auf diesen Gebieten gibt es bereits gute Arbeit.«

»Sicher, aber bitte, Gianni, ich glaube nicht, dass klassische Musik und Fernsehdramen über die Römer ausreichen. Die Förderung des kulturellen Erbes ist die eine Sache. Diese Auseinandersetzung haben wir gewonnen. Wir sind die Ältesten, darüber gibt's keinen Streit. Es ist die Jugend, die wir überzeugen müssen. Hip-Hop-Gangsterrapper müssen europäische Autos fahren. Sie müssen mit europäischen Revolvern schießen!«

»Das tun sie ja bisweilen«, erklärte Guy.

»Dies ist Guys Zuständigkeitsgebiet«, erinnerte Yves sie.

»Selbstverständlich«, strahlte sie. »Und ich bin sicher, Sie haben dazu viele Einfälle. Ich habe letzthin ein Schriftstück herumgehen lassen, in dem die Schaffung und Förderung eines Gemeinschaftsmaskottchens betrieben wird. Drüben haben sie Captain America und Colonel Sanders und so weiter. Und was haben wir? Aber wirklich, ich schweife ab. Kultur ist natürlich nicht meine Domäne. Mehr ein Hobby. Wir sind hier zusammengekommen, um Ihre Vorstellungen über PEBA zu hören, stattdessen rede ich so viel über diese anderen Dinge. Ich bin sehr aufgeregt wegen allem, was Yves mir bisher erzählt hat, aber so viel ist es gar nicht. Ich habe gedacht, ob Sie uns wohl einen Vorgeschmack geben können?«

»Mit Vergnügen«, sagte Guy und setzte sich auf seinem Stuhl zurecht. Es war der Moment, auf den er gehofft hatte. Sein Herzschlag hatte sich auf ein erträgliches Niveau verlangsamt. Er war vorbereitet. Unter dem Tisch befanden sich seine Laptoptasche und eine Mappe mit Mustern und Prospekten. Yves schaute ermutigend zu.

»Ich denke, die beiden Dinge hängen zusammen«, begann er. »Die Idee, für Europa zu werben, es als einen hochmodernen Kontinent darzustellen, stand zentral im Blickpunkt unserer Überlegungen in der Agentur.« Er teilte vier Umrisskarten von Europa aus. Sie trugen die Überschrift: *Der Kontinent von gestern und Tomorrow**. »Und natürlich ist normalerweise der erste Kontakt, den die Menschen mit Europa haben, seine Grenzpolizei.«

»Genau!« Bocca schlug mit der Hand auf den Tisch, dass die Gläser klingelten wie ein Glockenspiel. Von den Unterhaltungen in der Nähe blickten einige Leute auf.

»Gianni«, mahnte Monika. »Bitte, Guy, fahren Sie fort.«

»Also, wir müssen für Europa werben als einen Kontinent, in dem man leben möchte, der aber nicht für jeden da ist. Ein Kontinent, der Leute braucht, aber nur die besten. Ein exklusiver Kontinent. Ein *anspruchsvoller* Kontinent. Und unsere entscheidende Idee ist, die Metaphern Muße und Freizeit zu benutzen, um diese Botschaft deutlich zu machen. Hier sehen Sie, was ich meine.«

Er griff in seine Mappe und zog ein paar Blankoschlüsselkarten heraus. Jede trug das EU-Blaugold auf der einen Seite, und in die andere waren die Worte *Platin-Mitglied* geprägt. Frau Becker und Signor Bocca drehten die Karten in ihren Händen.

»Meine Damen und Herren«, verkündete Guy mit rhetorischem Schwung, den er im Flugzeug geübt hatte, »willkommen im Club Europa – der VIP-Lounge der Welt.«

Direktorin Becker war sichtlich begeistert.

»Natürlich sind Sie mit Clubkultur vertraut, folglich wissen Sie, dass auf der richtigen Seite der Samtkordel zu sein für junge Meinungsbilder innerhalb und außerhalb der EU von großer Wichtigkeit ist. Es ist ein Gedanke, der ihnen vertraut ist. Ein Gedanke, den sie beachten, und wir meinen, er spricht sowohl den Bürger als auch den künftigen Europäer an. Es geht darum, die Botschaft zu übermitteln, dass man nur versuchen sollte, an unseren Türstehern vorbeizukommen, wenn man sozusagen die richtige Kleidung trägt. Wir haben einen kurzen Film gedreht, der unsere Argumentation verdeutlicht.«

»Guy«, sagte Yves, »warum zeigen Sie ihnen den nicht?«

»Jetzt? Sie möchten ihn jetzt sehen? Ich habe ihn auf meiner Festplatte.«

»Das wäre wunderbar«, sagte Frau Becker. Bocca nickte und machte eine aufmunternde Handbewegung.

Guy nahm den Laptop aus seiner Tasche und legte ihn auf die Tischdecke, wobei er sorgfältig Brotreste und Gläser beiseite räumte, um Platz zu schaffen. Er schaltete ihn ein, und während sie darauf warteten, dass er hochfuhr, reichte er die Skizzen seines Teams für die PEBA-Insignien und -Uniformen herum. Das Akronym der Grenzbehörde war als blaues Neonzeichen wiedergegeben, als ein Muster aus funkelnden Glühbirnen, und in mehreren Disko-Schriftstilen der siebziger Jahre gedruckt. Glatzköpfig-männliche und weibliche Beamte der Einwanderungsbehörde waren mit Kopfhörern und verspiegelten Sonnenbrillen dargestellt, und ihre futuristischen schwarzen Bomberjacken trugen auf dem Rücken ein gesticktes PEBA-Fallgitter-Logo.

»Sehr bemerkenswert«, sagte Frau Becker. Bocca wies darauf hin, dass Schwarzhemden vielleicht ein problematischer Anblick wären.

»Wir sind nicht auf Schwarz festgelegt«, versicherte ihm Guy. »Blau und Gold ist eine andere klare Möglichkeit.«

Inzwischen war der Laptop hochgefahren, er summte vor sich hin und zeigte einen sich drehenden Windows-Bildschirmschoner.

»Okay«, sagte Guy. »Ich suche nur eben die Datei. Wir nennen den Film: *Europa – Keine Jeans, Keine Turnschuhe.* Er klickte auf das Ikon. Nichts passierte. Er klickte noch einmal, und der Bildschirm wurde schwarz. Statt der »DV-Odyssee durch das Clubland Europa«, die sein Kreativteam nach einer mörderischen transkontinentalen Sauftour zusammengebastelt hatte, hörte man das Stottern eines gequälten Festplattenlaufwerks und das blecherne Geheul indischer Musik, dann erschien eine deprimierend wohlbekannte kleine tanzende Gestalt.

»Scheiße«, sagte Guy. »Bitte, nicht jetzt. Oh, Scheiße.«

»Was ist los?«, fragte Monika. Sie spähte auf den Bildschirm herüber.

»Da stimmt etwas nicht«, bemerkte Bocca.

»Yeah, vielen Dank für den Hinweis.«

»Guy«, warnte Yves.

»Hoffentlich ist es nicht die zerstörerische Spielart«, sagte Bocca.

Guy merkte, dass er langsam in Panik geriet. Das Problem mit dem Virus sollte doch eigentlich längst gelöst worden sein. »Scheiße«, sagte er und hämmerte mit dem Finger auf den Einschaltknopf. »Scheiße.«

»Haben Sie die Nachrichten gesehen?«, fragte Monika jetzt Yves. »Der Täter wurde im Fernsehen gezeigt. Er ist so eine Art Stalker der Schauspielerin.«

»Beruhigen Sie sich, Guy«, sagte Yves. »Sie haben doch sicher noch andere Exemplare dieser Datei, ja?«

Guy versuchte seine Nerven unter Kontrolle zu bekommen. Das hätte nicht passieren dürfen. Wo doch bis dahin alles so gut gelaufen war. »Ja«, krächzte er.

»Also, Sie können Ihr Büro anrufen.«

»Dieses Scheißgerät. Ich schwöre, es ist ein Komplott.«

»Vielleicht sollten wir einen Kaffee trinken«, schlug Yves vor.

Monika machte ein mitleidiges Gesicht. »Guy, machen Sie sich keine Sorge. Die Sitzung ist erst morgen um zwei. Bis dahin können Sie den Film bekommen.«

Guy blickte von einem Gesicht zum anderen. Alle lächelten mitfühlend. Sie wollten, dass er es schaffte. Er fühlte sich wie ein Kabel, das zu weit gedehnt worden war. Am liebsten hätte er sie angeschrien und ihnen gesagt, dass von diesem Auftrag alles abhing. Sein Unternehmen, seine Wohnung, seine Beziehung – alles. Ihm war zum Heulen. Stattdessen murmelte er eine Entschuldigung und ging auf die Toilette, wo er sich Wasser ins Gesicht spritzte und sich in eine Kabine einschloss. Dort saß er ein paar Minuten, während er versuchte, sich irgendwie wieder in den Griff zu bekommen. Warum hatte er kein Koks mehr? Das hätte geholfen. Verdammte Scheiße.

Er schlug so fest er konnte mit der Faust gegen die Kabinentür.

Der Schmerz war unerträglich. Hatte er sich vielleicht etwas gebrochen? Er klemmte die pochende Hand in seine Achselhöhle und fluchte leise vor sich hin. Nach einer Weile trat er aus der Kabine und ließ kaltes Wasser über die blessierte Hand laufen.

Als er an den Tisch zurückkam, suchte Yves seinen Blick und machte das Zeichen mit dem nach oben gestreckten Daumen. Jemand hatte den Computer ausgeschaltet und weggepackt.

»Signor Swift«, wandte sich Bocca mit überschwänglicher Höflichkeit an ihn, »machen Sie sich bitte keine Sorgen. Diese technischen Details sind unwichtig. Die Qualität der Ideen ist es, was uns interessiert.«

»Wir sind beide von Ihrer Präsentation höchst beeindruckt«, fügte Frau Becker hinzu. »Ihre Überlegungen sind sehr klar.«

»Vielen Dank.«

»Natürlich«, setzte Bocca hinzu, »muss es noch ein offizielles Verfahren durchlaufen, aber inoffiziell kann ich sagen, dass wir eine Reihe von Präsentationen gesehen haben, und ihre Qualität war, äh – unterschiedlich. Meiner Meinung nach haben Sie keine ernsthafte Konkurrenz.«

»Sie meinen …«

Yves grinste.

»Wir meinen gar nichts«, sagte Direktorin Becker. »Dies war ein inoffizielles Gespräch, und das sind Privatmeinungen. Sie sollten nicht denken, es wäre ein Versprechen gemacht worden.«

»Aber die Schlüsselkarten haben mir sehr gefallen«, warf Bocca ein.

»Und das Logo ist supergut.« Die Becker warf Guy einen unzweideutigen Blick zu. »Sie sind ein cooler Bursche, Mr. Guy Swift. Hier ist meine Karte, falls Sie vor der Sitzung noch irgendwelche Fragen haben sollten.«

»Wollen wir noch einen Kaffee trinken?«, fragte Yves.

»Yeah«, sagte Guy, indem er verstohlen seine Fingerknöchel massierte. »Kaffee. Großartig.«

Eine halbe Stunde später verabschiedeten sie sich auf der Straße vor dem Séraphim voneinander. Bocca gab Guy einen Klaps auf den Rücken und versprach ihm Unterlagen über die Tätigkeit der SIS, die er sicherlich spannend finden werde. Frau Direktor Becker ließ ihn wissen, dass, sollte er kurzfristig irgendetwas brauchen, sie noch ein paar Stunden auf sei, um an einigen Akten zu arbeiten.

Völlig erschöpft ließ er sich in den Beifahrersitz von Yves' Wagen fallen.

»Mein lieber Freund«, sagte Yves, der sich im Rückspiegel mit einem Kamm durchs Haar fuhr, »wir brauchen einen Drink.«

Guy blickte unsicher zu ihm hinüber. »Ich weiß nicht, Yves. Ich denke, ich sollte versuchen zu schlafen.«

Yves deutete mit Gesten Unverständnis an. »Seien Sie nicht albern. Die Konferenz findet erst am Nachmittag statt, und den Vertrag haben Sie bereits so gut wie in der Tasche. Kommen Sie schon, Guy. Seien Sie nicht so ernst. Ich kenne diese Leute. Sie müssen so tun, als wären sie vorsichtig, aber sie mögen Sie. Diese Frau wollte, dass Sie sie begleiteten. Ich weiß nicht, vielleicht in einen Besenschrank. Egal wohin. Sie würde alles tun, was Sie sagen.«

Guy gelang ein mattes Lächeln. Yves schlug ihm ausgelassen auf die Schulter. »Sie müssen sich entspannen. Wenn Sie sich müde fühlen, gucken Sie mal ins Handschuhfach. Da ist was drin, was hilft.«

»Wirklich?« Guy öffnete das Handschuhfach des Wagens. Darin fand er ein kleines Lederetui, dessen Inneres ein altmodisches Herrenpflegeset und ein Schraubfläschchen mit weißem Pulver enthüllte. An dem Verschluss hing ein winziges Silberlöffelchen. Er bemerkte, dass er Yves mit völlig anderen Augen sah.

Zehn Minuten später erschien die Idee, noch irgendwo was zu trinken, als die einzig mögliche Reaktion auf so einen überragenden Geschäftserfolg. Yves, der seinerseits ebenfalls ein paar Neubewertungen vorgenommen hatte, war der Meinung, dass ein normaler Drink für Männer solcher Spitzenklasse wie sie nicht ausreichen würde. Die künftigen Beherrscher der Erde brauchten einen zünftigen Drink. Er gab Gas und schlingerte hinaus in den Verkehr, überholte in schnellerem Tempo ein Taxi und schlug die Richtung ins Stadtzentrum ein.

»Nur ruhig Blut«, sagte er erneut zu Guy, als sie losgefahren waren, »ich kenne ein gutes Lokal.«

Das gute Lokal hieß Neuer Morgen, ein Club mit einer Fassade aus dezenten ionischen Säulen und einer rotplüschigen Eingangshalle, wo sie einen Gedeckpreis zahlten, um in einen großen, düsteren Raum mit einer hell erleuchteten Bühne in der Mitte zu gelangen. Sie nahmen an einer vertieft angelegten ovalen Bar Platz, was sie auf Augenhöhe mit dem Schritt einer jungen Tänzerin brachte, die nackt war bis auf ein Paar glänzende PVC-Stiefel und Strapse, in die mehrere säuberlich zusammengefaltete Geldscheine gesteckt waren. Yves bestellte eine Flasche Wodka, den sie *on the rocks* tranken, während sie zusahen, wie das Mädchen eine athletische Nummer vorführte, in der sie kopfüber von einer Stange herunterhing, mit dem Rücken über den Boden rutschte und die Beine in der Luft scherenartig auf und zu klappte.

Yves redete ununterbrochen. Die unternehmerischen Möglichkeiten, die sich aus dem PEBA-Geschäft ergaben, könnten, behauptete er, enorm sein. »Denk drüber nach, Guy. In der Gemeinschaft gibt es so viele Aktivitäten, so viele Dinge, die eine gute Präsentation brauchen. Das ganze äußere Erscheinungsbild von Einwanderungsbehörde, Zoll, Grenzpolizei – all diese Dinge sind momentan furchtbar altmodisch. Die Uniformen! Du lieber Gott, die sind wie ein böser Traum aus dem zwanzigsten Jahrhundert. Wenn man sie mehr, äh – *salopper* machen könnte, wäre es sofort viel besser, für moderne Menschen akzeptabler. All die Proteste gegen sie, all das Negative, meistens geht es dabei um den *Eindruck,* den diese Dinge machen. Die Leute interessiert Macht keinen Pfifferling, jedenfalls nicht, wenn sie sich cool darstellt.«

Guy hörte nur halb zu. Er fühlte sich leicht, ausgelassen, Drogen, Alkohol, Stress und Schlafmangel lösten ihn aus seinem Körper und von dem Platz, auf dem er saß, vor einem Glas auf die Ellenbogen gestützt. Eine neue Stripperin war herausgekommen. Sie ließ ihren Körper herumschnellen wie eine Peitsche, ein heiteres, fast manisches Lächeln im Gesicht. Sie wirbelte in einer Art spastischem Tanz um die Stange herum, dann warf sie ihre Lederjacke und den BH ab, um ihre kleinen, aber vollkommenen Brüste zu enthüllen. Unter den Lampen leuchtete ihr Körper bläulichweiß, und er dachte, scheiß auf Gabriella. Scheiß auf dieses Miststück. Das hier ist eine Frau. Eine wirklich echte.

Die Tänzerin bemerkte, wie er sie ansah, beugte sich tief herunter und kroch auf allen vieren auf ihn zu. Yves lachte und drängte ihn, ihr etwas Geld zu geben. Er kramte in seiner Brieftasche und zog einen Geldschein heraus, den er ihr in ihren rechten Stiefel steckte. Als Reaktion warf sie ihre Beine in die Höhe, drehte ihre Hüften und fuhr sich mit der Zunge um den Mund wie eine Katze. Guy beobachtete die Hautfalte zwischen ihren Schenkeln und den Pobacken, die Kontur ihrer Rippen, die sich abzeichnete, wenn sie die Arme über den Kopf hob. Zum Schluss hakte sie ihr Höschen auf, und er hielt beim Anblick des kleinen Vs blasser Haut, das ihre Möse rahmte, den Atem an.

»Los, komm.« Yves zerrte an ihm. »Zeit für 'n Nachschlag.« Guy fiel fast von seinem Hocker und folgte ihm in Richtung der Toiletten. Ein Türsteher drängte sich hinter ihnen her ins Herrenklo, aber Yves drückte ihm £ 500 in die Hand, und anstatt sie hinauszuwerfen, stand der Mann Wache, während sie sich in eine Kabine quetschten und sich Yves' Koks reinzogen.

Yves, der verbindliche Risikokapitalist tagsüber auf den Sitzungen von Transcendenta, war nicht wiederzuerkennen. Die Haare waren ihm ins Gesicht gefallen. Sein Hemdkragen stand offen, und der Seidenschlips hing ihm in einer nachlässigen Schlinge um den Hals. Er sah verwahrlost aus. Er sah geradezu *britisch* aus. »Du«, sagte Guy zu ihm, »bist verdammt toll. Du bist genau richtig.«

»Nein, *du* bist toll. Das ist so fabelhaft, verstehst du. Du wirst jede Menge Arbeit von diesen Leuten kriegen. Wie diese Becker dich angesehen hat, ich dachte, gleich springt sie über den Tisch.«

»Weißt du was? Ich fand sie in Ordnung.«

»In Ordnung?«

»Verstehst du. Okay. Sexy.«

Zuerst begann Yves zu kichern, dann Guy. Die beiden klammerten sich aneinander und lachten so heftig, dass sie fast die Drogen in die Kloschüssel gekippt hätten. Die körperliche Nähe versetzte Guy in eine Bekenntnislaune.

»Weißt du was, Yves, wenn das nicht geklappt hätte, wäre ich am Arsch gewesen. Ich meine, richtig am Arsch. Wie die Dinge liegen, weiß ich nicht, ob meine Scheißfreundin mich verlassen hat oder was zum Teufel Sache ist. Aber zumindest weiß ich jetzt, dass du auf meiner Seite bist. Und ich dachte die ganze Zeit, du würdest uns den Hahn zudrehen.«

Yves sah ihn an und brachte ein wirres Lächeln zustande. »Das ist komisch. Willst du ein Geheimnis erfahren? Ich habe dieses Geschäft genauso dringend nötig wie du. Dieser Scheißmarkt ist dermaßen parterre, ich kann dir gar nicht sagen, wie. Alle diese Technologiefirmen, in die wir investiert haben! Sie sind den Bach runter. Jede Einzelne. Und wenn wir nicht bald ein bisschen Geld verdienen, bin ich ebenfalls am Arsch. Wie findest du das?«

»Wirklich?«

»Wirklich. Was meinst du, warum ich hier bin? Deine Scheißfirma *muss* funktionieren. Mein Hintern steht auf dem Spiel genauso gut wie deiner.«

Sie sahen sich an und fingen wieder an zu lachen. Guy meinte, ihm würde vielleicht übel. Der Türsteher hämmerte ungeduldig gegen die Kabinentür.

»Zeit zu gehen, denke ich«, sagte Yves gedehnt.

Sie torkelten zurück in den Club. Guy ließ sich auf seinen Hocker sacken. Er sah auf seine Uhr. Es war bereits nach zwei Uhr. Yves legte ihm einen Arm um die Schulter und lehnte sich schwer auf ihn.

»Es ist so verdammt blöd wegen deiner Freundin.«

»Klar.«

»Aber du bist bei Yves Ballard, und aus deiner Firma wird ein Sparmotor, und du hast einen neuen Klienten, und du bist der Mann von morgen, stimmt's?«

»Stimmt.«

»Und jetzt hast du 'ne neue Freundin.« Yves machte eine kurze Bewegung mit dem Daumen hinter sich. Zwei der Tänzerinnen drückten sich im Halbdunkel herum, rauchten Zigaretten und flüsterten miteinander.

»Nimm dir, welche du willst.«

»Aber ...«

»Keine Sorge. Es ist alles geregelt. Sie arbeiten alle ein bisschen, verstehst du, nebenbei. Der Geschäftsführer kriegt seinen Schnitt. Die Art Lokal ist das.«

»Es ist spät, Yves.«

»Sei kein Waschlappen. Ihr Engländer, ihr seid alle so verdammte Waschlappen. Na, los. Du musst nicht die ganze Nacht mit ihr zubringen. Lass dich einfach eine Stunde von ihr amüsieren, dann schmeißt du sie raus. Na, komm, ich habe schon bezahlt.«

»Du?«

»Na, klar. Erzähl mir nicht, ich kümmere mich nicht um meine Beteiligungen.«

Guy sah zu den beiden Frauen hinüber. Da stand sie, die, die er so angestarrt hatte, ihre langen, dauergewellten Haare hatte sie hochgebunden, und sie trug jetzt ein kurzes, weißes Kleid und hochhackige Sandalen. Selbst angezogen war sie aufregend. Die Aussicht, sie mit nach Hause zu nehmen, war etwas beängstigend.

»Wie heißt du?«, fragte er.

»Irina«, antwortete, sie mit ausdruckslosem osteuropäischem Akzent. Ihn befielen Zweifel. Keine Kundenservicestimme. Aber sexy, potentiell.

»So, alles geklärt?«, fragte Yves. »Wir sehen uns morgen im Hotel.« Er schüttelte Guy die Hand und verließ den Club, wobei er sich auf das zweite Mädchen stützte. Guy merkte, dass Yves noch kaputter war als er. Er fragte sich, ob er in seinen Wagen einsteigen würde.

Irina fragte, wo sie hingehen wollten. Guy sah im Geiste, wie er versuchte, sie durch das Foyer seines Hotels zu schmuggeln. Er war sich nicht sicher, ob das eine vernünftige Idee war.

»Ähm, ich bin nicht sicher. Weißt du irgendwo was?«

»Klar«, sagte sie. »Komm.«

Draußen fanden sie ein Taxi. Irina nannte eine Adresse, und sie fuhren los. Der Fahrer musterte sie im Rückspiegel. Sie fuhren aus dem Stadtzentrum hinaus, und das Mädchen ließ beiläufig eine Hand in Guys Schoß fallen und drückte versuchsweise zu. Es war eher eine Taxierung als eine Liebkosung, die Handbewegung einer Hausfrau an einem Obststand. Er spürte überhaupt nichts. In seinem Kopf brodelte es von pornografischen Phantasien, aber sie hatten alle irgendwie nichts mit seinem Körper zu tun. Er fühlte sich betäubt, erschöpft. Eine Erektion würde viel Willenstärke erfordern.

Entspanne dich, Guy, sagte er sich. Yves hatte Recht. Es war ein Spaß. Aber er sah aus dem Fenster auf eine Straße mit verdunkelten Häusern und fragte sich besorgt, wo sie wohl hinfuhren. Es war drei Uhr morgens. Sie fuhren hinaus in die Vororte.

Die Grenze zwischen den Vereinigten Staaten und Mexiko ist eine der am strengsten kontrollierten Grenzen der Welt. Von Brownsville, Texas, bis an die kalifornische Küste erstreckt sie sich über 3300 Kilometer, überwacht von bewaffneten Patrouillen, die mit Wärmebildkameras und Bewegungsmeldern, tragbaren Röntgengeräten, GPS-Optiksystemen, Satellitenkarten und anderen Techniken ausgerüstet sind. Sie sollen verhindern, dass Waren, Fahrzeuge und Menschen unbefugt die Grenze überqueren. In San Ysidro gleich südlich von San Diego münden 24 Fahrspuren in ein raffiniertes System aus Betonbarrieren, die es Fahrzeugen nahezu unmöglich machen, zu wenden oder zurückzusetzen, während ihre Details mit Datenbanken abgeglichen werden und dressierte Hunde ihre Radkästen beschnüffeln.

Auf der Nordseite der Grenze liegt ein Outlet Center, in dem unter roten Ziegeldächern mit falschen Lehmziegelfassaden stapelweise Billigjeans und Sportschuhe von schläfrigen Angestellten verkauft werden, die den ganzen Tag auf den Parkplatz hinausblicken.

Arjun kam mit dem morgendlichen Käufer-Pendelbus an, der die Fahrt vom Zentrum San Diegos in zwanzig Minuten zurücklegte. Ihm ging das alles zu schnell. Er benötigte mehr Zeit zur Vorbereitung. Eine Weile stand er auf einer Straßenbrücke über dem Freeway und beobachtete, wie die Fahrzeuge im Schritttempo auf die Barrieren vorrückten, dann bahnte er sich im Zickzack den Weg zurück zu dem Einkaufszentrum und blieb stehen, um in das Schaufenster eines Schuhgeschäfts zu sehen. Konnte man gefahrlos einfach aus Amerika hinausspazieren? Genau das taten alle anderen. Sie gingen einfach nach Mexiko. Das war zu einfach. Sollte er Vorsichtsmaßnahmen ergreifen?

Er entschied sich für eine Verkleidung. An dem Stand neben dem Schuhladen kaufte er sich eine Sonnenbrille und setzte sie sofort auf. Als er sich ein paar Minuten später in der Schaufensterscheibe von Laura Ashley erspähte, blieb er stehen, um das Preisschildchen abzubeißen. Dann lief er weiter und schlenderte ziellos von Nautica zu Levis und weiter zu Banana Republic.

Der erste Anblick von Mexiko hatte ihm Angst gemacht. Hinter den Parkplätzen und Frachthöfen befand sich auf der amerikanischen Seite ein breites betoniertes Flussbett. Dahinter erhob sich eine niedrige Hügelkette, die dicht mit flachdachigen Schlackenblockhäusern bestanden war. Die Luft war dunstig und mit dem Gestank von Öl und Abwässern erfüllt. Über der düster wirkenden Stadt auf der anderen Flussseite hing eine riesige mexikanische Flagge schlaff an einem hohen Mast. Als Arjun die Fahne sah, elend schlaff vor gelbgrauem Himmel, wusste er nicht, was ihn mehr ängstigte: die Möglichkeit, dass er geschnappt würde, oder die Möglichkeit, dass er davonkäme. Tagelang war die Grenze das Äußerste gewesen, bis wohin seine Vorstellungskraft reichte. Jenseits davon gab es nur abstrakte Begriffe: Entkommen, Freiheit, Zukunft. Jetzt besaß die Zukunft eine Landschaft, ein Durcheinander von Flachdächern, zwischen denen sich Telefon- und Leitungsdrähte spannten und wo die Ladenschilder und Werbetafeln in einer Sprache geschrieben waren, die er nicht verstand. Was für ein Leben konnte er dort drüben erwarten?

Der Ort auf der anderen Seite des Flusses hatte etwas Hoffnungsloses, ganz und gar nicht wie das Mexiko in Cowboyfilmen. Wo waren die Kakteen, die weiß gekleideten Bauern mit den großen Hüten? Er durchstöberte neurotisch Regale mit Souvenir-T-Shirts. Ihre humorigen Slogans (*one tequila, two tequila, three tequila, floor!*) gingen ihm durch den Kopf. Er griff zu Schneekugeln und blätterte systematisch Ansichtskarten durch, die zu kaufen er nicht vorhatte, während ihm gleichzeitig heiß und kalt wurde. Unter den Armen seines rosa Polohemds (das er inzwischen zweiundsiebzig Stunden auf dem Leib trug) hatten sich große Schweißflecken gebildet. Er beschloss, einen Kaffee zu trinken. Kaffee war seiner Erfahrung nach ein Getränk mit negentropischen Eigenschaften.

Slangbegriffe für Kaffee: *Java, eine Tasse Joe*. In seiner ersten Woche in Amerika hatte er diese Worte in den Spiegel gesprochen. Später hatte er seinen Plastikbecher zur Arbeit getragen wie ein Läufer mit der olympischen Fackel. Er wünschte sich, er hätte diese Tasse noch. Als er draußen vor Starbucks stand und ihm der Pappbecher die Hand wärmte, rief er sich das beruhigende Bild eines abgedunkelten Zimmers mit einem Fernseher in Erinnerung. Einem Fernseher, der nicht auf einen Nachrichtenkanal eingestellt war. Einem Fernseher, in dem eine leicht verständliche

Geschichte lief, in der er nicht der Hauptdarsteller war. Am liebsten mit Romantik und Liedern. Und einem Happy End.

Eine Querstraße hinter dem Factory Outlet Center San Ysidro lag das Riverside Motel. Mit seinem Kaffee in der einen und seiner Tasche in der anderen Hand überquerte Arjun die Straße, betrat das Hotel und nahm sich ein Zimmer mit Südbalkon im ersten Stock. Die beiden halbwüchsigen Jungen, die ihm die ganze Strecke von San Diego gefolgt waren, beobachteten vom Parkplatz aus, wie er kurz auf den Balkon trat, um die Aussicht zu betrachten. Er trank einen Schluck Kaffee, dann ging er wieder nach drinnen, zog die Vorhänge zu und entschwand in die Legende.

RAUSCHEN

Wir wollen das Unbekannte eliminieren«, schreibt einer der *Leela*-Forscher. Das ist ein sehr verbreiteter Wunsch. Wir Menschen wollen wissen, was außerhalb unseres Umkreises lauert, jenseits des uns umgebenden flackernden Feuerscheins. Wir haben Objektive und Geigerzähler gebaut, Massenspektrometer und Solarsonden und Abhörstationen auf entlegenen antarktischen Inseln errichtet. Wir haben die Welt mit Informationen überflutet in der Hoffnung, dass das Unbekannte endlich und endgültig verschwinden wird. Aber Information ist nicht dasselbe wie Wissen. Um das eine aus dem anderen herauszuholen, muss man, worauf das Wort hindeutet, informieren. Man muss übermitteln. Vollkommene Information wird manchmal als das Signal definiert, das von einem Sender zu einem Empfänger ohne Verlust übermittelt wird, ohne dass die kleinste Unsicherheit oder Verwirrung dazwischentritt.

In der wirklichen Welt aber gibt es immer Geräusche. Ein Rauschen.

Seit 1965 veröffentlicht die Russische Akademie der Wissenschaften eine Zeitschrift mit dem Titel *Problems of Information Transmission*. Sie bietet, soweit eine wissenschaftliche Publikation (selbst eine russische) einen emotionalen Eindruck vermitteln kann, deprimierenden Lesestoff. Durch tiefgründige Abhandlungen über Markowsche Ketten und Hamming-Distanzen, über binäre Goppa-Codes und den multivariablen Poisson-Strom schlängelt sich ein Vokabular der Unvollkommenheit, der Fehlerberichtigung und Dichteschätzung, von Signalen, von denen man nicht weiß, wann sie auftauchen und wieder schwinden, von ungenauen Kenntnissen und durch Entropie verursachten Verlusten. Schwache Vektoren erblickt man kurz durch einen Nebel Gaußschen weißen Rauschens. Sicherheit weicht der Wahrscheinlichkeit. Informationsübermittlung, so zeigt sich, ist so ungefähr das Beste, was man tun kann.

In Medienanalysen hat man für die Wirkung der Viren der *Leela*-Varianten in der Zeit, als das meiste Rauschen im globalen System herrschte, die Bezeichnung Grayday gefunden. Grayday dauerte natürlich länger als nur einen Tag und war grau nur im metaphorischen Sinn. Derjenige, der sich diesen Begriff ausgedacht hat, war wahrscheinlich kein Ingenieur. Dennoch spiegelt die Bezeichnung ein gewisses kybernetisches Dunkel wider, das über der Zeit hing, die gemeinschaftliche Melancholie von Netzwerkbetreibern, die Perfektion erstrebten, sich jedoch erschreckenden Verlusten, Ausfällen, Abstürzen und Mängeln jeder Art gegenübersahen.

Grayday war eine Informationskatastrophe, eine Massenvernichtung von Bits. Eine Reihe größerer Netzwerke, die Dinge wie mobile Telefone, Flugreservierungen, den transatlantischen E-Mailverkehr und Bargeldautomaten bedienten, fielen gleichzeitig aus. Andere Systeme waren ebenfalls betroffen, aber ihre militärischen, körperschaftlichen oder staatlichen Eigentümer waren nicht bereit, öffentlich zu erörtern, was geschehen war. Was die Zahl der kleineren Fälle angeht, so wird das Problem eines der Zählung. Heimcomputer? Einzelpersonen? Kennen Sie jemanden, der mit *Leela* nicht auf die eine oder andere Weise in Berührung gekommen ist?

Leelas Rauschen wechselte mühelos aus den Netzwerken in die Welt der Dinge hinüber. Gegenstände gingen verloren: ein Lastwagen, der mit Kriegsgerät aus einem Depot in Belgrad beladen war; ein jüngst für echt erklärter Rembrandt. Geld in allen physischen Erscheinungsformen verschwand aus dem Blickfeld, aber auch Geld in seiner essentiellen Form, was bedeutet, dass am Grayday eine gewisse Menge Geld schlichtweg *zu existieren aufhörte.* Das ist ein komplizierter Schaden. Geld neigt zu Virtualität. Es fliegt in der Form von Versprechungen und Vorbehalten durch die Gegend, liegt in den Köpfen von Marktstrategen verborgen, bis es durch Vertrauen, einen Zentralbankbeschluss oder ein besonders langes Mittagessen Realität erlangt. Es ist letzten Endes schwierig zu beurteilen, ob einiges von dem Geld, das nach Grayday nicht mehr da war, davor wirklich existiert hat. Wäre Grayday nicht passiert, wäre vielleicht eine gewisse Menge ungeborenen Geldes auf die Welt gekommen. Wir können da nicht sicher sein. Wir wissen jedoch, dass Geld verschwunden ist, doch wie viel und wohin es verschwand, sind Fragen, auf die die Börsenmakler wirklich keine Antwort geben wollen. Besser, man vergisst das Ganze, sagen sie. Besser, man geht zu anderen Fragen über, lässt sich was Neues einfallen.

Grayday bezeichnet also einen Moment äußerster Ungewissheit, eine Zeit allergrößten Zweifels. Wir haben Zeugnis von Ereignissen, die vielleicht gar nicht stattgefunden haben. Andere Ereignisse fanden statt, ohne Zeugnis zu hinterlassen. Alles, was man ehrlich sagen kann, ist, dass es hinterher Leerstellen gab, Lücken, die nie wieder gefüllt worden sind.

Leere Hotelzimmer zum Beispiel. Drei Zimmer, deren Bewohner nicht mehr da sind. Wenn ein Mensch verschwindet, können die Gegenstände, die er zurücklässt, in ihrem Schweigen fast unerträglich werden. Je persönlicher sie sind, desto deutlicher scheinen sie die Abwesenheit ihres Besitzers zu betonen. Das Zimmermädchen in dem Vier-Sterne-Hotel Ascension in Brüssel schlägt die Bettdecke zurück und legt eine Praline und einen Gutschein für ein kostenloses Schuheputzen aufs Kopfkissen. Auf der Frisierkommode liegt ein Häufchen britischer Münzen, Taxiquittungen und anderer kleiner Gegenstände. Walkman-Kopfhörer. Ein Stromadapter. Sie hängt den Kleidersack in den Schrank und nimmt die

Toilettentasche vom Fernseher und trägt sie ins Bad. Den Pass auf dem Nachttisch fasst sie nicht an. Das Zimmermädchen der Morgenschicht bekommt keine Antwort auf ihr Klopfen. Sie betritt das Zimmer und findet alles genau so, wie es ihre Kollegin hinterlassen hat. In dem Bett wurde nicht geschlafen. Die Zahnbürste ist trocken. Mittags erhält die Direktion einen Anruf eines Geschäftspartners des Hotelgastes. Er hat einen Termin nicht eingehalten. Zehn Minuten später ruft er noch einmal an. Um zwei stellt das Hotel dem abwesenden Marketingmanager eine weitere Nacht in Rechnung. Die Polizei wird erst am nächsten Morgen angerufen, als klar ist, dass Guy Swift etwas zugestoßen sein muss.

Ein Zimmer in der oberen Etage von Clansman's Lodge Hotel in Schottland. Eines der besseren Zimmer mit Blick auf den Garten und den See. Eine Orgie aus Chintz, Spitzen und Röschentapeten. Eine Schale mit Duftsträußchen auf dem Nachttisch und eine weiße Kaffeemaschine aus Plastik auf der Frisierkommode, daneben ein Körbchen mit Filtern, Sahnekännchen und vakuumverpackten Kaffeebeutelchen. Ihre Sachen sind zum größten Teil da, die teuren Banarsi-Saris, die Make-up-Taschen, die Reihen der Spraydosen und Flaschen im Badezimmer. Sie hat einen kleinen tragbaren DVD-Player dagelassen und einen Stapel CDs, die sie sich noch nicht angesehen hatte und die noch in einer Duty-free-Tüte liegen. Sie hat den riesigen Stoffaffen dagelassen, den ihr jemand zur Besserung geschenkt hat. Unter dem Bett liegt eine leere Zigarettenschachtel und ein zerrissenes Drehbuch, aber Leela Zahir selbst ist nicht da. Ihrer Mutter, die mit Beruhigungsmitteln voll gepumpt und völlig durcheinander ist, gelingt die Mitteilung, dass ihrer Meinung nach einige Kleider verschwunden sind. Ebenso der Laptop ihrer Tochter. Iqbal hat Leelas Pass in der Hand, aber es ist möglich, dass sie noch einen besitzt. Die Polizei versucht zu beruhigen. Auf dem Land in Schottland kommt ein indisches Mädchen nicht weit, ohne Aufmerksamkeit zu erregen.

Die Ereignisse im Riverside Motel in San Ysidro sind gewalttätiger. Auf Informationen aus der Öffentlichkeit hin hat das FBI einen Mann, den es auf seiner Meistgesuchtenliste hat, in einem Zimmer auf einer der oberen Etagen aufgespürt. Man weiß nicht, ob der Verdächtigte bewaffnet ist, immerhin besitzt er bekannte militante Verbindungen. Zu dem Team, das von der FBI-Außenstelle in San Diego zusammengezogen worden ist, zählt Personal aus dem Gemeinschaftlichen Terror-Sonderkommando. Schriftliche Anordnungen wurden erteilt, wonach die Anwendung äußerster Gewalt gestattet ist. Waffenspezialisten von der Polizei, dem FBI und dem Büro für Alkohol, Tabak und Feuerwaffen versorgen sich aus Arsenalen mit Ausrüstung, und unter Führung eines leitenden Beamten der Polizei von San Diego begibt sich der Trupp mit Vollgas zu der genannten Adresse. Eine Kommandozentrale wird auf dem nahen Parkplatz eingerichtet, und um das Motel wird diskret eine Postenkette aufgestellt, wobei vor allem darauf geachtet wird, dass unter den Käufern im Outlet Center keine Panik entsteht. Büroangestellte werden aus dem Gebiet evakuiert, ehe der Trupp einrückt.

Den Zutritt ins Zimmer 206 verschafft man sich rasch und brutal. Unter der Wucht einer 35-Pounds-Nahkampframme gibt die Tür sofort nach. Agenten rufen dem Bewohner eine Warnung zu, aber der reagiert nicht. Schüsse fallen. Der Bewohner geht zu Boden. Eine Ambulanz wird gerufen und erscheint schnell, aber das Opfer wird noch am Ort des Geschehens für tot erklärt. Später wird der Tote in ein Leichenschauhaus in San Diego überführt. Zum Leidwesen des Polizeiteams stellt sich bei näherer Untersuchung heraus, dass es sich bei dem Toten nicht um Arjun Mehta, den steckbrieflich gesuchten Terroristen, handelt, sondern um einen nicht identifizierten südostasiatischen Jugendlichen. Bei dem toten Jungen findet man eine billige Pistole vom Kaliber 22.

Binnen Minuten sind die örtlichen Nachrichtenmedien zur Stelle. Der Beamte, der geschossen hat, wird zur Berichterstattung und psychologischen Betreuung in die Außenstelle gebracht, während man das Riverside Motel abriegelt und von dem Zimmer eine Reihe von Fotos macht, Fotos, die rasch ins Internet durchsickern und detaillierte Spekulationen über (unter anderem) die Marken der Verpackungen im Papierkorb und das zusammengeknüllte Oakland-Raiders-Shirt im Bad auslösen. Einige Informationen dringen zu den Medien durch. Der Junge heiße Kim Sun Hong und sei Schüler einer High School in San Diego. Die Pistole sei von einem Typ, wie er in anderen Bundesstaaten für $7,98 in bestimmten Waffengeschäften verkauft werde. Was er in Arjun Mehtas Zimmer zu suchen hatte, bleibt rätselhaft.

Guy Swift, Arjun Mehta und Leela Zahir verschwanden unter dramatischen, aber nicht einzigartigen Umständen. Alle drei gehören zu einem viel umfassenderen Muster von Störungen, die mit dem Virus zusammenhingen: Am Grayday gab es dichten Verkehr über die Grenze zwischen dem Bekannten und dem Unbekannten. Die Geschichte, die am einfachsten zu lösen oder zumindest zu erzählen ist, ist die von Guy Swift, und zwar aus dem einfachen Grund, weil er wieder auftauchte. Sein Ausflug ins Zwischenreich dauerte etwas weniger als einen Monat, in dem eine intensive (wenn auch personell unterbesetzte) Suche in ganz England und Nordeuropa durchgeführt wurde. Die Polizei ging Meldungen nach, man habe ihn in Bremen, Malmö, Le Havre und Portsmouth gesehen. Die Medien setzten die Theorie einer Unterweltverbindung in Umlauf, und irgendwann teilte die Polizei mit, sie glaube, der »flüchtige britische Geschäftsmann« habe sein Verschwinden selbst in Szene gesetzt, um sich Finanzproblemen zu entziehen.

Nach seiner Rückkehr ins Vereinigte Königreich tauchte Swift unter. Die anfängliche Welle der Medienaufmerksamkeit richtete sich auf die Möglichkeit eines Prozesses. Alle erwarteten zuversichtlich eine Schadensklage, die er in Anbetracht der außergewöhnlichen Behandlung, die ihm widerfahren war, zweifellos gewonnen hätte, aber schnell wurde deutlich, dass er sich wirklich nichts sehnlicher wünschte, als von der Bildfläche zu verschwinden. Der angeblich so großspurig-extravagante Geschäftsmann entpuppte sich als lausiger Interviewpartner. Seine wenigen Presseerklärungen gaben nichts her und waren geradezu einsilbig. Nach einer Weile verloren die Medien das Interesse.

Heute muss, wer mit dem »Londoner Senkrechtstarter« reden möchte, der »als Schwemmgut an einem Ferienstrand entdeckt« wurde, ihn erst einmal finden. Nach dem Zusammenbruch von *Tomorrow** wurden die Büros in Shoreditch verkauft, und in der alten Fabrik hat sich inzwischen eine Versandhandelsfirma niedergelassen. Der frühere Hauptgeschäftsführer wohnt nicht mehr unter seiner alten Adresse direkt am Fluss und ist auch in keinem Wahlverzeichnis Londons zu finden. Nachforschungen bestätigen, dass ein Maklerbüro in Battersea den Verkauf des In-Vitro-Apartments im Auftrag der *Tomorrow**-Gläubiger abgewickelt hat, aber von dort erfährt man nur, dass der neue Besitzer ein Finanzunternehmen in den USA ist, das die Wohnung als Bleibe für leitende Angestellte nutzt, wenn sie in London sind. Swifts frühere Finanz- und Kreativdirektoren, die jetzt beide bei der Geist Agency arbeiten, behaupten, seit seiner verhängnisvollen Brüsselreise keinen Kontakt mehr zu ihm gehabt zu haben. Interessanterweise geben beide zu verstehen, dass es Swifts veränderte Persönlichkeit und sein fehlendes Interesse an *Tomorrow** waren und nicht so sehr die Liquiditätsprobleme, was letztlich zum Untergang der Firma geführt hat. In einem Telefongespräch aus L. A., wo sie als Lifestyledirektorin arbeitet, fasst es seine frühere Assistentin Kika Willis in die einfachen Worte: »Er war nicht mehr Guy. Die Sache hat einen Freak aus ihm gemacht.«

Eine entschlossene Suche wird schließlich einen langen zerfurchten Feldweg entlangführen, der von einer gewundenen Landstraße in den North Pennines abzweigt. An seinem Ende steht, unter eine steile Granitwand geduckt, ein einstöckiges steinernes Cottage mit tief liegenden Fenstern und einem Schieferdach, ein gedrungener kleiner Bau, der dem Ansturm durch northumbrischen Wind und Regen Widerstand zu leisten imstande ist. Die öde Landschaft darum herum hat sich in Hunderten von Jahren kaum verändert. Schafe grasen auf Moorheiden, die mit Trockenmauern eingefasst sind. Unten im Tal gräbt ein Fluss sein Bett durch üppiges Weideland, das im Frühling unter Wasser steht und im Winter hart gefroren ist. Das nächste Dorf ist zehn Kilometer entfernt. Von weitem sieht das Haus unbewohnt aus. Draußen liegt rostendes Ackergerät herum, und an einem Regentag liefert die einzige Andeutung von Farbe der rote Lack des ältlichen Ford Fiesta, der neben der Tür parkt. Die Rauchwolke, die aus dem Schornstein steigt, erfüllt den Besucher mit Schrecken, ein Zeichen menschlicher Gegenwart, wo man keine erwartet hat.

Der Mann, der die Tür öffnet, sieht den Pressefotos, die zur Zeit seines Verschwindens kursierten, nicht sehr ähnlich. Er trägt einen Vollbart, der einen Großteil seines Gesichts verdeckt und ihm ein ernstes, patriarchalisches Aussehen verleiht. Er ist mit formlosen Cordhosen und einem dicken Pullover mit Zopfmuster bekleidet, der am Ärmel ein Loch hat. Man hätte Mühe, sich jemanden vorzustellen, der weniger wie der Londoner Chef einer Marketingagentur aussieht.

Während Guy sich über einen in die Jahre gekommenen Gasherd beugt, um Wasser für den Tee aufzusetzen, kann der Besucher, der am Küchentisch Platz genommen hat, heimlich einen Blick auf seine Umgebung werfen. Der Eichentisch ist durch Jahre des Gebrauchs narbig und voller Vertiefungen. Ein Windglockenspiel hängt am Fenster, und auf dem Fensterbrett neben der Spüle steht eine Reihe alter, schiefer Töpfe mit Gartenkräutern. Man hat den Eindruck von Ordnung, Häuslichkeit. Wenn Guy Swift den Tee in großen, blauweiß emaillierten Henkelbechern bringt, kann man einen Blick auf seine Hände werfen. Sie sind schwielig, und die Nägel sind geborsten und schmutzig.

Guy redet gern über die Erde. Sie ist, behauptet er, der Ursprung des Lebens. »Früher«, erinnert er sich, »habe ich unter starkem geopathischem Stress gelebt.« Er vertritt die Theorie, dass London (und in geringerem Maße andere Städte auch) eine ungeheure Verzerrung des natürlichen Kraftfeldes der Erde verursacht, die körperliche und seelische Leiden bei den Menschen auslöst, die darin leben müssen. »Es war«, sagt er kopfschüttelnd, »eine totale Lebensumstellung nötig, damit ich wieder gesund wurde.« An diesen entlegenen Ort zu ziehen, sei die einzige Lösung gewesen. »Sonst wären mir die Dinge völlig entglitten.«

Erde bildet auch den Inhalt des Berufes, den Guy nach seiner Lebensumstellung gewählt hat. Die Töpfe auf dem Fensterbrett hat er gemacht. Ein Raum des Hauses ist zu einer Werkstatt mit einer Drehscheibe und einem kleinen elektrischen Brennofen umfunktioniert worden. Besuchern demonstriert er seine Drehtechnik oder er erbietet sich, einem die Geheimnisse seiner bevorzugten blauen Glasur zu verraten. Trotz seiner Begeisterung ist er nicht der allerbegabteste Töpfer, aber seine Stücke, mögen sie auch klobig und unregelmäßig sein, haben einen gewissen Charme. Es sind ehrliche Töpfe. Der neue Guy Swift ist ein ehrlicher Mann.

Ragdale Scar, die Felswand hinter dem Cottage, spielt eine Schlüsselrolle in Guys Leben. Sie ist die Quelle, sagt er, seiner Heilkräfte. Er hatte wenig Erfolg mit dem Verkauf seiner Töpferarbeiten, und obwohl er in einer nahen Dorfkneipe einen Zettel ausgehängt hatte, ist auch noch niemand zu ihm gekommen, um sich in geopathischer Hinsicht wieder auf Vordermann bringen zu lassen, trotz des vorbehaltlosen Rückzahlungsangebots.

Um sein Stempelgeld aufzubessern, hat er in letzter Zeit begonnen, einer Gruppe von Männern aus der Gegend bei der Reparatur von Feldmauern zu helfen.

Sein best gehüteter Besitz ist eine kleine Flasche, die mit Sand gefüllt ist. Der stammt von dem Strand in Apulien, an dem er von Carabinieri in einem Zustand gefunden wurde, den der britische Konsul in Neapel trocken als »äußerste Notlage« bezeichnete. Guy war von einer Crew albanischer Schlepper in einiger Entfernung von der Küste aus einem Schlauchboot ins Meer geworfen worden. Die Geschichte, die er der Polizei erzählte, war kaum zu glauben, und als sie sich als wahr herausstellte, erregte sie Aufsehen in der gesamten Europäischen Union, nicht zuletzt in den Büros der gerade entstehenden gesamteuropäischen Grenzbehörde, die später als direkt verantwortlich bezeichnet wurde.

Auch ihn traf, meint er, ein Teil der Schuld. Besinnungslos betrunken und in grauenhafter Verfassung ließ er es zu, sich von einer Nutte in einen unbekannten Vorort einer fremden Stadt locken zu lassen. Er beschreibt sich heute mit einem gewissen prüden Abscheu als einen »Trinker und Drogensüchtigen«, obwohl diese Charakterzüge, räumt er ein, Anzeichen des verzerrten Erdmagnetismus seines Wohn- und Arbeitsumfeldes waren. Er hat keine genaue Erinnerung, was mit ihm passiert war, seit er mit der Frau, die er als Irina kannte, den Erotikclub verlassen hatte und einige Zeit später auf einem Bett in einem kleinen Zimmer mit grünen Tapeten mit Bambusmuster total unbekleidet wieder aufgewacht war. Schwarze Plastikbahnen waren über das Fenster geklebt. Von dem Bett und einer ramponierten Resopalfrisierkommode abgesehen, war das Zimmer leer.

Ihm tat der Kopf weh, und nackt war er bis auf seine Krawatte, die ihm wie ein japanisches Stirnband um den Kopf geschlungen worden war. Auch seine Armbanduhr hatte er noch um, die ihm anzeigte, dass es 5.10 Uhr morgens war, was ihn wegen der Auftragssitzung später am Tag in Panik versetzte. Er fand seine

Kleider unter dem Bett und wankte zur Tür hinaus, wo er sich im Treppenhaus eines Wohngebäudes wiederfand. Die Tür auf der anderen Seite des Treppenabsatzes stand offen, und durch sie blickte er in ein Schlafzimmer voller Chinesen, die zu zweit oder dritt auf Bettgestellen saßen, rauchten und unter Leinen mit trocknender Wäsche Karten spielten. Er überlegte, ob er sich in einer Art Wohnheim befinde.

Eine Klingel ertönte. Jemand musste die Haustür geöffnet haben, denn das Nächste, was er hörte, war Gebrüll und das Getrampel schwerer Stiefel, die die Treppe hinaufstürmten. Halb wach und verkatert wie er war, reagierte er nur langsam. Um ihn herum brach Chaos aus. An ihm rannten Chinesen vorbei, Hosen, Zigarettenkartons und Turnschuhe in den Händen. Zwei junge ostafrikanische Frauen, von denen eine in einer Schlinge ein Baby bei sich trug, rannten auf den Treppenabsatz, dann machten sie kehrt und flüchteten wieder nach drinnen. Guy beschloss, in sein Zimmer zurückzukehren. Was immer auch geschah, es hatte nichts mit ihm zu tun. Einen Moment später wurde er von einem Mann in einer dunkelblauen belgischen Polizeiuniform in den Schwitzkasten genommen.

»All right«, erinnert er sich, auf Englisch gerufen zu haben. »Du lieber Gott. Immer mit der Ruhe.«

Der Polizist rang ihn zu Boden und kniete sich auf seinen Nacken. »Engländer«, röchelte Guy. »Ich bin ein Scheiß-*Engländer.*« Inzwischen hatte er erkannt, was geschah. Er befand sich mitten in einer Immigrantenrazzia.

Mit der Operation Atomium brachte er das Ganze erst in Verbindung, als er bereits in dem Polizeiwagen saß. Er war zusammen mit den ostafrikanischen Frauen, mehreren Chinesen, die immer noch in ihrer Unterwäsche waren, und einem Gendarmen mit rasiertem Schädel hineingezwängt worden, der ihn verdutzt ansah, als er ihn auf Englisch anzusprechen versuchte. Guy suchte seine Taschen durch und stellte fest, dass Brieftasche und Handy fehlten. Er vermutete, dass Irina sie gestohlen hatte. Wenigstens hatte sie ihm seine teure Armbanduhr gelassen.

Während der Polizeiwagen sich durch die Brüsseler Straßen bewegte, begannen die Chinesen zu rauchen und sich leise und unbekümmert zu unterhalten. Der Wagen füllte sich mit blauem Tabakrauch, und Guy versuchte sich zu überlegen, wie er am schnellsten aus der Sache herauskäme. Ohne Ausweise würde es, vermutete er, eine oder zwei Stunden dauern, bis seine Identität festgestellt war. Er würde wenig geschlafen haben, aber die Sitzung sollte er trotzdem rechtzeitig erreichen. Vielleicht hätte er sogar Zeit, sich eine Stunde hinzulegen. Es war möglicherweise sogar was Positives an dem, was hier geschah. Beim ersten koordinierten PEBA-Einsatz ergriffen zu werden konnte in einem gewissen Licht als Aktivität, die mit seiner Arbeit zusammenhing, betrachtet werden. Er sah soeben das System in Aktion. Sein Missgeschick war in Wirklichkeit *Feldforschung.* Im Geiste begann er einen neuen Abschnitt seiner Präsentation zu skizzieren. *Bei Tomorrow* halten wir viel davon, uns die Hände schmutzig zu machen. Wir halten viel von direkten Erkenntnissen darüber, wie sich die Marke im täglichen Einsatz verhält...* Er machte es sich auf der Metallbank bequem und lächelte die Leute gegenüber an. Ihm fehlten nur Nurofen und der Zugang zu einem Telefon. Dann käme alles wieder in Ordnung.

In einem Hangar des Flughafens Zaventem war von der belgischen Einwanderungsbehörde ein provisorisches Bearbeitungszentrum errichtet worden. Der Polizeiwagen hielt an einem Seiteneingang, und der immer noch lächelnde Guy erhielt eine Nummer und wurde in einen Warteraum geführt. Auf Plastikstühlen saßen hier baumlange Somalier und winzige Latinos, Nigerianer und Weißrussen, Filipinos und Kasachen. Gruppen junger Männer berieten sich mit zusammengesteckten Köpfen. Eltern trösteten schreiende Babys. Es gab mehr Illegale, als Guy erwartet hatte. Es sah so aus, als hätte man die Stadt auf den

Kopf gestellt und ausgeschüttelt. Eine eindrucksvolle Unternehmung.

Nach einigen Minuten relativ interessanter Beobachtungen begann seine gute Stimmung nachzulassen. Sein Stuhl war unbequem, und der alte schlafende Araber neben ihm sank ihm fortwährend auf die Schulter. Er versuchte zwar die Aufmerksamkeit der Wachtposten auf sich zu lenken, aber keiner schien ein Interesse zu haben, mit ihm zu sprechen. Er sagte laut und deutlich: *Ich bin ein Bür-ger der* EU. *Ich brau-che ein Ta-xi zu mei-nem Ho-tel.* Die Minuten dehnten sich in die Länge, und seine Heiterkeit wich zunehmender Gereiztheit.

Er versuchte ein bisschen zu schlafen, wurde aber durch den Lärm und die hellen Halogenlampen im Hangar wach gehalten. Einer nach dem anderen wurden die Verhafteten in einer Reihe oben offener Kabinen am anderen Ende des Hangars verhört. Anschließend wurden die meisten wieder in den Warteraum geführt. Um viertel vor acht wurde endlich Guys Nummer aufgerufen. Schreiend betrat er die Kabine, wo sich seine in Stunden aufgestaute Empörung endlich Luft machte. Über ihren hässlichen kleinen Schreibtisch gebeugt, brüllte er die Beamtin der Einwanderungsbehörde an, verlangte, sofort mit dem britischen Konsul sprechen zu können, und warf mit Phrasen wie »widerrechtliche Festnahme« und »Freiheitsberaubung« im gerechten Zorn eines Menschen um sich, der in seiner Bewegungsfreiheit sowohl eingeschränkt als auch behindert worden sei und der vermutet, dass die lokalen Normen der Hilfe und Sicherheit weit unter das gesunken sind, was Ihre Britannische Majestät erwarten würde.

Obgleich er wahrscheinlich in den meisten Punkten, die er vorbrachte, sachlich Recht hatte, war seine Haltung nicht hilfreich. Die Beamtin schien sich nicht aus der Ruhe bringen zu lassen, wandte sich erst auf Französisch an ihn, dann (als er sie anschrie, sie sei eine dämliche taube Zicke, die in zwei Minuten ihren Job los wäre, wenn sie ihm nicht verdammt noch mal ein

Taxi riefe) auf Englisch, um ihn mit lustlos-monotoner Stimme zu fragen: »Wie ist Ihr Name?«

Er nannte ihr seinen Namen. Sie fragte ihn nach seinem richtigen Namen. Er nannte ihr noch mal seinen Namen und sagte ihr dann, sie solle ihn am Arsch lecken.

»Sie sprechen sehr gut Englisch«, sagte sie. »Was ist Ihre Muttersprache?«

»*Englisch*, du blöde Nutte.«

Dass er mit der Faust auf den Tisch schlug, war keine gute Idee. Sie musste wohl auf so etwas wie einen Alarmknopf gedrückt haben, weil zwei Polizisten in den Raum gerannt kamen, ihn zu Boden warfen, sich auf seinen Rücken setzten und ihm den Kopf mehrere Male gegen den Beton schlugen, um sicher zu sein, dass er kapierte, wo es langging. Erst als sie der Ansicht waren, er habe sich beruhigt, ließen sie ihn sich wieder auf den Stuhl setzen. Jedes Mal, wenn er redete, wurde ihm gesagt, er solle schweigen. Als er seinen Mund das dritte Mal öffnete, gab ihm einer der Polizisten mir nichts dir nichts eine Ohrfeige. Er war zu verdattert, um richtig wütend zu sein.

Die Einwanderungsbeamtin hatte keine weiteren Fragen an ihn. Er warf ihr versöhnliche Blicke zu, zunehmend verzweifelte Blicke, die ein starkes europäisches Zusammengehörigkeitsgefühl ausdrücken sollten. Sie führte die Aufsicht, als die Polizisten ihm die Fingerabdrücke abnahmen, und würdigte ihn keines Blickes, als er im Polizeigriff aus dem Raum in Richtung des Teils des Hangars geschleppt wurde, in dem er den Sicherheitsbereich vermutete. Es war ein mit Maschendraht abgezäunter Bereich, vor dem Polizisten mit halbautomatischen Waffen patrouillierten.

In der Umzäunung befand sich etwa ein Dutzend Männer, die ihn argwöhnisch beäugten. Er schaute auf seine Uhr. Es war kurz nach 8 Uhr. Um halb neun gab er sich der vernichtenden Erkenntnis geschlagen, dass keiner seiner Mitgefangenen ein Handy hatte. Er hatte das Wort *Telefon* mit verschiedenen Akzenten wiederholt, dabei die Finger der einen Hand gespreizt, während er mit der anderen Kreisbewegungen gemacht hatte. Er saß fest. Er wollte ein bisschen schlafen.

Um 9.15 Uhr versuchten zwei Afghanen, ihm die Uhr zu stehlen. Die Posten hinderten sie daran. Von da an versuchte er wach zu bleiben.

Um 10.20 Uhr wurde er in einen zweiten Befragungsraum gerufen. Zwei Männer saßen hinter einem Schreibtisch. Andere Stühle gab es nicht. Seine polizeilichen Begleiter blieben rechts und links von ihm stehen. Während der eine der Männer in schnellem Französisch sprudelnd das Wort an ihn richtete, übersetzte der andere in eine fremdartige, gutturale Sprache voller Zetts und Jotts. Guy bat sie immer wieder, Englisch zu sprechen, und wiederholte, dass er nichts verstünde, dass ein Missverständnis vorliege, bis der Befrager in einer Geste gespielter Verzweiflung die Hände in die Luft warf und etwas sagte, was alle anderen im Raum mit Gelächter quittierten. Eine offizielle Erklärung wurde verlesen, in der er als Monsieur Georges Irgendwas angeredet wurde. »Bitte«, sagte er zu ihnen, »je ne comprends. Ich bin nicht diese Person. Ich bin Brite. Moi Guy Swift, zitiesän brietiesch.«

Der Einwanderungsbeamte lächelte. »Aber natürlich, *Mr. Swift*«, sagte er sarkastisch. Die Polizisten führten ihn aus dem Raum.

Die selbstgefällige Miene des Mannes war es, was Guy in Panik versetzte. Selbstsicherheit nach einer gut gelösten Aufgabe, *Gott sei Dank, wir sind ihn los*. Er fing an zu schreien, er brauche einen Anwalt, werde entführt, müsse zu einer wichtigen Sitzung. Ein Polizist nahm ihm mit einem raschen Schlag in den Magen die Puste, was ihn lange genug davon abhielt, sich zu wehren, bis ihm Handschellen angelegt waren und man ihn wieder in den Drahtkäfig geworfen hatte. Er rüttelte an dem Maschendraht, schrie um Hilfe und trat mit dem Absatz seines Schuhs gegen die Zaunpfosten in der vergeblichen Hoffnung, dass jemand anderer im Raum, vielleicht irgendein britischer Polizeibeobachter, seinen Akzent heraushörte und ihm zu Hilfe käme. Er machte so viel Lärm, dass er an Händen und Füßen an einen Rollstuhl gefesselt quer über das Rollfeld zu dem eigens gecharterten Flugzeug gefahren wurde. Man hatte ihm den Mund mit Klebeband verklebt, um ihn am Schreien zu hindern, und einen Motorradhelm über den Kopf gestülpt, damit er seine Begleiter nicht beißen und sich selbst nicht k. o. schlagen konnte, was er beides ernsthaft in Erwägung gezogen hatte. Um 13 Uhr, als er eigentlich mit Frau Direktor Becker und den anderen Mitgliedern der PEBA-Arbeitsgruppe Öffentlichkeitspräsentation hätte Platz nehmen sollen, flog er in 10 000 Metern Höhe per Abschiebeklasse in Richtung Tirana, Albanien.

Wie es kam, dass der junge Marketingmanager, britische Staatsangehörige und vernehmlich Englisch sprechende Guy Swift als Gjergj Ruli, albanischer Staatsbürger, vermuteter Schneeballsystembetrüger und gescheiterter Asylsuchender in Deutschland identifiziert wurde, war eine der bizarreren Geschichten, die sich aus der Infektion des Informationssystems von Schengen mit dem heute als *Leela* Variante acht bekannten so genannten Transpositionswurm ergab. Die »Misch«-Aktion von *Leela08,* die Datenbankmerkmale wahllos neu zusammenfügt, war für die Zerstörung einer riesigen Zahl von EU-Einwanderungsakten verantwortlich. Erst etwa sechsunddreißig Stunden nach Guy Swifts Abschiebung bemerkte man den Fehler und schloss das System. Der gleiche Virenbefall in Computern mit der Eurodac-Fingerabdruck-Datenbank produzierte eine Reihe falscher Beweise, bei denen Unschuldige als bekannte Kriminelle, abgelehnte Asylsuchende oder Personen im Visier europäischer Geheimdienste identifiziert wurden. Kombinationen der beiden Infektionstypen führten (nach vorsichtiger Schätzung) zu etwa dreißig irrtümlichen Zwangsausweisungen. Da die Operation Atomium sich fast ausschließlich auf zwei sehr präzise Kräfte stützte – [Schiene 1] *die schnelle Identifizierung von Abschiebekandidaten durch Eurodac und die*

SIS; und [Schiene 2] *Spezialkräfte zur Beschleunigung der Abfertigung von Abschiebekandidaten* –, kam es zu einer Situation, in der (unter anderen Übergriffen) Menschen nachts aus ihren Wohnungen geholt und in irgendwelchen problematischeren Gegenden der Welt abgeladen wurden, ohne dass sie auch nur die Kleider wechseln konnten. Die ukrainischen Brüder Pyotr und Yuri Kozak knüpften eine Verbindung zu Mitgliedern eines russischen Ölforschungsteams, das sie entdeckte, als sie vor einer Bar in Port Harcourt, Nigeria, bettelten. Eine pakistanische Großmutter, die 71-jährige Noor Begum, die auf Besuch bei ihrer Familie in Bradford gewesen war, wurde durch eine religiöse Wohlfahrtseinrichtung aus dem Jemen in ihre Heimat zurückgebracht.

Darum gebeten, Tirana zu beschreiben, schüttelt Guy Swift den Kopf. »Ich möchte über diesen Ort nicht sprechen«, murmelt er. Nach seiner Rückkehr sagten Ärzte von ihm, er sei »in schlechter körperlicher Verfassung«. Wie die sechsundzwanzig Tage waren, die er in Tirana zubrachte, können nur Aussagen von Albanern vermuten lassen, die einen Mann, auf den seine Beschreibung passt, hinter Restaurants im Stadtzentrum nach Speiseresten haben stöbern sehen.

Der einzige Aspekt seines Aufenthalts in Albanien, über den Guy zu reden bereit ist, ist die Freundlichkeit, die ihm von jemandem namens Rudolph erwiesen wurde, einem siebzehnjährigen Liberianer, den er im Hafen von Durrës nahe der Fährenanlegestelle kennen lernte. Rudolph war es, der ihm half, seine Uhr, die er wunderbarerweise hatte retten können, gegen einen Platz auf einer der regelmäßigen Motorboottouren zu tauschen, die künftige Europäer zur italienischen Küste brachten.

Das Boot war ein kleines Schlauchboot, das zwei Besatzungsmitgliedern und vier weiteren Passagieren Platz bot, einem Paar aus Bangladesch mit seinen zwei Kindern. Das Meer war kabbelig und die Sicht schlecht. Als die Lichter einer Zollbarkasse in der Ferne sichtbar wurden, warfen die beiden Schlepper alle fünf auf der Stelle ins Meer. Als Guy über Bord fiel, erinnert er sich, habe er das absolut sichere Gefühl gehabt, dass er ertrinken werde. Wenn man ihn fragt, was ihm durch den Kopf ging, verweigert er eine Antwort. Es war, sagt er, »reines Glück«, dass er in die richtige Richtung schwamm. Kurz vor Morgengrauen wurde er an einem Touristenstrand südlich von Bari ans Ufer geschwemmt. Beim ersten Tageslicht fand man ihn halb bewusstlos, Unverständliches vor sich hinmurmelnd und mit beiden Händen europäischen Sand umklammernd. Was den Bangladeschis zugestoßen ist, wisse er nicht, sagt er.

Das Thema Guy Swift beherrschte zwei oder drei Tage nach seiner Rückkehr die Medien. Arjun Mehta dagegen, der »teuflische Wissenschaftler« (*New York Post*), dessen »verqueres Genie« (*Evening Standard,* London) die Welt mit einer »technischen Kernschmelze« (*Daily Telegraph*, Sydney) bedrohte, ist seit dem Augenblick, als er von verlässlichen Zeugen das letzte Mal im Riverside Motel in San Ysidro gesehen wurde, kaum aus den Schlagzeilen verschwunden. Trotz eines immensen Aufwandes an Polizei, Zeit und Geld ist Mehta, dessen Foto inzwischen zu den weitestverbreiteten der Welt gehört, nie ergriffen worden. Beim FBI nimmt man an, dass er nicht mehr am Leben ist, eine Meinung, die vor kurzem noch einmal bekräftigt wurde, und das trotz des negativen Ergebnisses eines DNA-Vergleichs, der an einer aus dem Fluss Los Angeles gefischten Leiche vorgenommen wurde, von der man annahm, es sei seine.

Das Factory Outlet Center in San Ysidro ist zum bevorzugten Wallfahrtsort von Verschwörungstheoretikern geworden, die Notizen und Fotos machen, in Diktaphone sprechen und mit Taschen-Ultraschallgeräten Entfernungen ausmessen. Wie das Filmmaterial von Zapruder oder die Watergate-Bänder sind die Aufzeichnungen der Überwachungskamera des Einkaufszentrums mit Arjun Mehtas anscheinend zielloser Wanderung vom Timberland-Laden zu Starbucks von der Polizei und den Sicherheitsdiensten in alle Richtungen ausgelotet, diskutiert und nach Anzeichen von Manipulationen unter die Lupe genommen worden. Da die *Leela*-Fernseher versuchten, geheime Verbindungen herzustellen, und dabei mit ihren Spekulationen in immer abstrusere Gebiete vorstießen, sind die anderen Personen auf den Bändern, der »Mann mit dem Pferdeschwanz«, »das Liebespaar« und die schmächtigen Gestalten von Kim Sun Hong und Jordan Lee, Gegenstand intensiver Nachforschungen geworden. Bislang sind die Ergebnisse nicht schlüssig. Während die Zeit vergeht und die Menge des Sekundärmaterials ständig zunimmt, wird der wahre Sinn, der hinter den *Leela*-Okklusionen liegt, nur immer obskurer.

Hohe Aufmerksamkeit ist auch der gelben Plastiksonnenbrille Marke »Freebird« zuteil geworden, die sich Mehta für $ 8,99 auf seinem so genannten »Kaffeespaziergang« gekauft hat. Ihre Auffälligkeit fordert zu der Vermutung heraus, dass sie eine Art Signal war, eine Meinung, die durch die Volkszugehörigkeit der Verkäuferin bestätigt (anderen Mehtalogen zufolge widerlegt) wird. Eine in Südkorea hergestellte Sonnenbrille. Gekauft bei einer Verkäuferin vietnamesischer Herkunft. Auf mehreren *Leela*-Websites wird ein Foto der Fabrik in Seoul, in der das Modell 206-y hergestellt wurde, als Beweis präsentiert. Neben dem Firmennamen sieht man das Logo von Cho-Sun Plastics: eine tanzende weibliche Gestalt.

Das Verhalten Mehtas auf den Videobändern erweckt den Eindruck, dass er nicht wusste, dass ihm jemand folgte. Als er in Starbucks hineinging, hatte ihn die Kamera im Laden im Bild, die ihn dabei aufnahm, wie er seine Tasche abstellte, deutlich sichtbar seine neue Freebird Modell 206-y putzte und in seiner Tasche nach Geld suchte. Einige Wochen nach dem Kaffeespaziergang tauchte ein Band auf, das angeblich von einem Studenten aufgenommen worden war, der an einem Tisch in der Nähe der Kasse ein Interview für ein Geschichtsprojekt der Oberstufe durchgeführt hatte. Im Hintergrund einer Unterhaltung über die Little Landers, eine utopische Landkommune in San Ysidro zu Anfang des zwanzigsten Jahrhunderts, sind zwei Stimmen zu vernehmen. Eine spektrografische Analyse hat bestätigt, dass sie die Stimmen von Arjun Mehta und Ramona Luisa Velasquez sind, die in ihrer Biografie auf der Website »Leela Truth« vorgibt, dass sie bald nach dem Gespräch gefeuert wurde, vorgeblich, weil sie in eine Gewerkschaft eingetreten war. Es sollte angemerkt werden, dass nicht einmal der ausgeprägt paranoide Gestalter der Website »Leela Truth« dieses Gespräch in Verbindung zu dem Hauptargument seiner Theorie über das Verschwinden Mehtas bringen konnte, in der sich die Rosenkreuzer, CNN und das Sich-öffnen des globalen Dritten Auges verbinden.

Eine Niederschrift des so genannten Little-Landers-Bandes:

Stimme 1 (Arjun Mehta): Milchkaffee zum Mitnehmen bitte.
Stimme 2 (Ramona Velasquez): Normal oder groß?
AM: Groß.
[nicht zu verstehen]
RV: Bitte sehr / Das wären zweifünfunddreißig / Zucker und Deckel sind da drüben.
AM: Danke.
RV: Kein Problem / [nicht zu verstehen: *auf einen Zehner?*] / Haben Sie einen guten Tag.
AM: [nicht zu verstehen]

Es gibt sehr wenige Möglichkeiten, sieht man von kabbalistischer Buchstabenvertauschung ab, diesem Dialog eine verborgene Bedeutung zu verleihen. Das hat prominente *Leela*-Forscher nicht daran gehindert, verschiedentlich zu behaupten, dass (a) Velasquez Arjun Mehta in der Kaffeetasse irgendein Instrument oder Dokument zugespielt hat; dass (b) sie im Sold irgendeiner Regierungsbehörde (möglicherweise des Büros für Alkohol, Tabak und Feuerwaffen) stand; oder dass (c) die Signallücken auf dem Band von elektronischen Hochfrequenz-Dateneruptionen herrühren, die »die Alten« anstelle der menschlichen Sprache benutzten.

Obwohl ihn Regierungen und Medienagenturen der ganzen Welt als Terroristen beschimpfen, hat Arjun Mehta auch seine Bewunderer. Julia Schaffer von der Symantec Corporation, die ausführlich über Mehtas Programmiertechniken geschrieben hat, meint, die Viren, die er in die Welt gesetzt hat, stellten »eine Revolution in der Codierung« dar. Die Zahl der Innovationen bei den Viren der *Leela*-Variante, sagt sie, sei »einfach atemberaubend«. Ihre Forschungsgruppe hat mehrere Applikationen entwickelt, die auf Mehtas polymorphen Methoden beruhen. »Er war ein Verbrecher«, räumt sie ein, »und das ist irgendwie schade.« An der Pinnwand neben ihrem Schreibtisch hat sie Mehtas Foto, direkt neben dem von Claude Shannon.

Die Rollen des Gesetzlosen und des verkannten Genies sind vielen im Computer-Underground lieb und teuer, und Mehta (der beide verbindet) ist zum Helden geworden für eine jüngere Generation unzufriedener Hacker, die meinen, ihre Leistungen würden von den Unternehmen unterbewertet und von einer ignoranten und feindseligen Öffentlichkeit missverstanden. Nach dem rückhaltlos bewundernden Ton in Annoncen und Magazinartikeln zu urteilen, besteht mit Sicherheit kein Mangel an Leuten, die dem Flüchtigen helfen würden, wenn er an ihrer Tür auftauchte. Die übernatürliche Perfektion seines Verschwindens hat seine mystische Aura nur verstärkt. Eine Reihe von Autonomie-Flugschriften, die in Italien verfasst und mit seinem Namen unterzeichnet waren, haben einen gewaltigen Aufruhr in Kreisen der politischen Linken Europas ausgelöst. Die Hoffnung, der geniale Hacker sei auch ein Revolutionär, war in manchen Gegenden so stark, dass sie die Enthüllung überstanden hat, dass die Leela-Papiere das Machwerk einer Gruppe Radikaler aus Bologna waren, die sich Mehtas Namen als Erkennungszeichen angeeignet hatten und alle anderen, die ihn zu verwenden wünschten, aufforderten, dasselbe zu tun. In jüngster Zeit hat »Arjun Mehta« öffentliche Behauptungen über die Nahrungsmittelindustrie und die Welthandelsorganisation autorisiert. Sein Foto vom Virugenix-Firmenausweis, dasgleiche, das Julia Schaffer neben ihrem Schreibtisch hängen hat, prangt nebst lustigen antikapitalistischen Slogans im Siebdruck auf T-Shirts. Arjun Mehta, Inhaber der Gap-Treuekarte und Stammgast von Niketown in Seattle, ändert rasch sein Äußeres.

Eine Zeit lang hatte die Polizei keine Erklärung dafür, warum Kim Sun Hong sich in Arjun Mehtas Hotelzimmer befunden hatte. Der Junge stammte aus einer konservativen koreanischen Mittelschichtfamilie und war ein guter Schüler, dessen Hauptinteresse Computerspiele waren. Nichts in seinem Verhalten bis dahin ließ die geringste Neigung zu Gewalt, ganz zu schweigen zu terroristischen Verbindungen vermuten. Fragen gab es in Hülle und Fülle. Hatte Mehta den Jungen in einem Chatroom kennen gelernt? Bestand ein pädophiler Zusammenhang? War Hong gezwungen worden, Mehta in seiner »Kampagne zur Unterminierung Amerikas« (*Fox News*) zu unterstützen? Menschenrechtsgruppierungen beschuldigten die Polizei, ihren rücksichtslosen Schusswaffengebrauch zu bemänteln. Koreanischstämmige Amerikaner demonstrierten vor dem Rathaus in San Diego. Die Behauptung, der Junge habe mit seiner Waffe auf Officer Corey Studebaker »gezielt«, fand weithin keinen Glauben.

Einen Durchbruch in den polizeilichen Ermittlungen gab es erst, als die Analyse der Videobänder der Mall-Überwachungskamera Bilder von Hong und einem zweiten Jungen ans Licht brachten, die Mehta in einiger Entfernung folgten. Jordan Lee, ein Klassenkamerad, wurde als Hongs Gefährte identifiziert und brach im Verhör schnell zusammen. Die Geschichte, die er der Polizei erzählte, war so phantastisch, dass man sie ihm einige Tage lang nicht glauben wollte. Hatten er und Hong, dreizehn und vierzehn Jahre alt, sich wirklich als Kopfgeldjäger betätigen können?

Die Kriminalpolizei der koreanischen staatlichen Polizeibehörde konkretisierte den Hintergrund von Lees Aussage. Konfiszierte Computerjournale aus dem Boba Fett's Game Café taten das Übrige. Es schien, dass fünf Tage vor dem Sturm auf das Riverside Motel ein Computercenter in Seoul durch die *Leela*-Variante 04 *(rhizomatisch)* heimgesucht worden war, keine der besonders schädlichen Spielarten, aber schwierig und zeitraubend zu entfernen. Der Vorfall wäre kaum bemerkt worden, hätten sich in dem Center nicht die Server für ElderQuest befunden, ein in Korea äußerst beliebtes Online-Computerrollenspiel.

Schauplatz von ElderQuest ist eine Fantasywelt mit dem üblichen Zubehör an Drachen, Zauberei, Burgen und dickbrüstigen Barbarenweibern. Die Spieler, von denen es allein in Korea vier Millionen gibt (fast ein Zwölftel der Gesamtbevölkerung), schließen sich wagemutigen Gruppen an, die die Macht und Erfahrungspunkte zu erringen versuchen, mithilfe deren sie auf der sozialen Stufenleiter des pseudomittelalterlichen Landes Yerba nach oben steigen können. Wenn sie nicht gegen eine Phalanx von Ungeheuern kämpfen, verbringen die Spieler ihre Zeit mit verschiedenen Arten sozialer Interaktion. So werden Heiraten vereinbart und politische Gruppierungen gebildet und wieder aufgelöst. Es gibt sogar ein Rechtssystem, das die Aktionen der Spieler drosseln soll, die das komplizierte Tauschhandelssystem von ElderQuest missbrauchen. Wirtschaftswissenschaftler haben Aufsätze über die Entwicklung und das Management der Märkte des Spiels geschrieben. Koreanische Sozialwissenschaftler werfen allmählich besorgte Blicke auf das so genannte Virtuelle-Welt-Syndrom, denn die darunter Leidenden scheinen sich in einem Konflikt über den Wert ihrer realen und ihrer Spielwelt-Erfahrungen zu befinden.

Der *Leela*-Befall bedeutete, dass die ElderQuest-Server abgeschaltet und von Backups neu gestartet werden mussten, was zwei Tage in Anspruch nahm und zu einigen Datenverlusten führte. Danach fanden sich alle Figuren, die innerhalb der Spielwelt agierten, dort wieder, wo sie zwei Tage zuvor gewesen waren, und ohne die Erfahrungen und Eigenschaften, die sie in der Zwischenzeit erworben hatten.

Das war für viele Leute ärgerlich, aber für den Ehrenwerten Klan der Schwertfreunde eine Katastrophe. Am Tag vor der Stilllegung hatte ihr Überraschungsangriff die überlegenen Truppen von Lord Farfhrds Mächtiger Blutsbrüder-Gesellschaft dezimiert und ihnen die Kontrolle über Schloss Obsidian und riesige Reichtümer eingebracht. Nun im sicheren Besitz von Maldorors Axt, hatte S'tha der Muskulöse den fünfundvierzigsten Grad der Fechtkunst erworben und würde von nun an Zehnten von allen Ländereien rund um das Schloss und von der nahe gelegenen Freien Stadt Bigburgh erhalten. Es war der größte Sieg in der Geschichte des Klans. Nach dem Neustart überfielen die Mächtigen Blutsbrüder, jetzt im Vorherwissen des ihnen drohenden Angriffs, das Lager S'thas im Schutz eines Zaubers des Eisernen Schildes und töteten sechzehn Figuren, darunter S'tha selbst, der in Freetown als Anfänger ersten Grades mit drei Goldstücken, einem Messer und einem kleinen Rundschild aus Leder reinkarniert wurde. S'tha und die Ehrenwerten Schwertfreunde waren verständlicherweise sauer.

S'tha (im normalen Leben der 26-jährige Li Kwan Young, der Polizei in Seoul wohlbekannt) verlor seinen imaginären Status und seinen Schatz. So beliebt ist ElderQuest, dass seine Liebestränke, Schriftrollen, Waffen und Rüstungen einen realen Wert besitzen: Der geltende Kurs bei eBay für einen gut erhaltenen Beschwörungszauber liegt bei über $ 80. Young, der ein gewaltiges Zauberarsenal angesammelt hatte (angeblich mit Erpressung anderer Spieler), besaß also ein richtiges Vermögen.

Er schickte mehrere empörte E-Mails an die Spielorganisatoren. Ihm wurde mitgeteilt, sie könnten daran nichts ändern. Verzweifelt kreuzten er und mehrere andere Spieler von den Ehrenwerten Schwertfreunden in den Büros von NambiSoft, den Besitzern des Spiels, auf und forderten die Wiederherstellung ihres Sieges. Als der Sicherheitsdienst sie aus dem Gebäude zu drängen versuchte, kam es zu einem Handgemenge in der Lobby, und die Polizei musste gerufen werden.

Die Mitteilungen, die in den Tagen darauf in den ElderQuest-Problembriefkästen eingingen, trugen zur Eskalation bei. Ehrenwerte Schwertfreunde boten Brandkugeln, Unsichtbarkeitslotionen, den Zauberstab von Ha-Shek und andere Spielutensilien im Wert von 30 000 Goldstücken jedem an, der bereit wäre, eine »RL-Quest zu unternehmen«, um denjenigen zu »desinkarnieren«, der die Serverrücksetzung verursacht hatte. Mehtas Foto war vom FBI in der ganzen Welt verbreitet worden. Das Kopfgeld war sehr hoch. Zur Verwunderung der Ermittler schien es so, als hätte Jordan Lee die Wahrheit erzählt. Jeder mit der Realität im Clinch liegende Rollenspieler auf der Welt suchte nach Arjun Mehta. Lee und Hong waren einfach die Einzigen, die Glück gehabt hatten. Sie hatten die Schule geschwänzt und waren ihm nach San Ysidro gefolgt, wobei sie sein Gesicht mit dem Steckbrieffoto des FBI verglichen. Um an die Pistole zu kommen, hatten sie Tiger Woods private Telefonnummer einem Thai-Jungen geboten, der ins Boba Fett's gekommen war, um *Starcraft* zu spielen. Beim Riverside Motel hatte Jordan Angst gekriegt, und nach einer im Flüsterton ausgetragenen Meinungsverschiedenheit war Hong (der sich im Monat zuvor 210 Stunden lang als Peenar der Heimliche, ein Straßenräuber des achtzehnten Grades, bei den ElderQuest-Servern eingeloggt hatte) allein durch das Fenster geklettert. In dem kritischen Augenblick wartete Jordan an einer Straßenecke zwei Blocks entfernt, aber er bekam Mehta nicht mehr zu sehen, nachdem er auf den Balkon hinausgetreten war.

Jordan Lee wurde nie wegen etwas belangt, dagegen wurde die Computerausrüstung von Boba Fett's konfisziert, und schließlich verlor der Laden seine Lizenz. Als der einzige Mensch, der Mehta in den Stunden vor seinem Verschwinden einige Zeit beobachtet hatte, wurde Lee schnell eine Berühmtheit. Er unterzog sich im Fernsehen einer Hypnose, sagte vor der Heimatsicherheit-Sonderkommission des Repräsentantenhauses aus und tritt inzwischen in den USA regelmäßig bei Spiel- und Parapsychologiekongressen auf.

Ein weites Feld für Meinungsverschiedenheiten unter Mehtalogen ist die Frage, wie Arjun aus dem Riverside Motel entkommen konnte. Verschiedene Möglichkeiten wurden vorgeschlagen, die von der Theorie, dass er sich als das Zimmermädchen Consuelo Guttierez ausgab, die an diesem Morgen dienstfrei hatte, aber unerklärlicherweise bei der Arbeit gesehen wurde, bis zu der Möglichkeit reichen, dass er sich, mehrere Stunden über eine Deckenverkleidung im Bad gequetscht, versteckt gehalten hat. Ganz gleich, wie es ihm gelungen war, seine Spur verlor sich in San Ysidro vollkommen, und die meisten Leute nehmen an, dass er über die Grenze gegangen ist, wahrscheinlich verkleidet. Auf seinem Bankkonto gab es keine Bewegungen mehr. Er tauchte trotz sorgfältiger Überwachung nicht bei seiner Familie oder bei jenen Bekannten auf, von denen man wusste. Wie ist es in einer Welt elektronischer Fährten, Log-Dateien, biometrischer Daten und physischer Spuren aller Art möglich, sich so vollständig in nichts aufzulösen? Nachforschungen wurden angestellt, um Mehta Beziehungen zur Unterwelt oder den diversen internationalen Terrororganisationen nachzuweisen, denen er in den ersten hysterischen Tagen der Menschenjagd zugerechnet wurde. Bislang ohne jeden Erfolg. Hatte er unbekannte Freunde, die ihm geholfen haben? Ein möglicher Komplize war der »Mann mit dem Pferdeschwanz«, den die Kamera im Outlet Center eingefangen hat und der von vielen als Nicolai Petkanov identifiziert wurde, der Freund jener Christine Schnorr, deren Wagen Mehta für seine Flucht aus Redmond gestohlen hatte. Der einschlägig vorbestrafte Viren-Autor Petkanov bestreitet, Mehta jemals begegnet zu sein, bestätigt aber, dass ein Signalverfolger, der in eine Überlandleitung an dem Haus eingebaut wurde, das er mit Chris bewohnte, das FBI zu dem Riverside Motel geführt hat. Inzwischen hat sie ihre Romanze mit Mehta zugegeben, eine Affäre, von der Petkanov offenbar wusste. Ob das seine Mitarbeit an einem Plan, Mehta zu helfen, mehr oder weniger wahrscheinlich macht, ist schwer zu entscheiden. Chris aber streitet energisch ab, mit Mehta, nachdem er Redmond verlassen hatte, jemals ein Wort gewechselt zu haben. Sie und Petkanov sind vor kurzem nach Mexiko umgezogen, wo sie in Oaxaca einen Körperkultsalon eröffnen wollen.

Journalisten, die Mehtas Vergangenheit durchleuchten, haben sich auf seine Benutzung des Servers des North Okhla Institute of Technology als Prüfstand und Verteilungsknotenpunkt für seine Viren konzentriert. Als sie sich in neue Hostcomputer einloggten, luden sogar bestimmte *Leela*-Varianten Plug-ins von dieser Site herunter. Der Mangel an Sicherheit wurde allgemein verurteilt, und die Zulassungen zu den NOIT-Informatikkursen sind rapide in die Höhe geschnellt. Leider scheint Mehta mit niemandem aus seinem Kurs enge persönliche Verbindungen gehabt zu haben, und Gespräche mit früheren Lehrern und Klassenkameraden haben kaum Hinweise erbracht.

Aamir Khan, Geschäftsführer von Gabbar Singh's Internet Shack und Mehtas einziger enger Freund, von dem man weiß, wird als wahrscheinlichste Hilfsquelle betrachtet. Der von der Polizei wegen mehrerer Verstöße gegen das indische Strafgesetz bezüglich des Vertriebs von Pornografie gesuchte Khan ist, kurz nachdem Mehta als Urheber der *Leela*-Viren identifiziert worden war, nicht mehr gesehen worden. Hat er seinem Freund falsche Papiere verschafft und ihn zu einer Klinik in Shanghai für eine Gesichtsumwandlung fliegen lassen? Hat er ihn durch ein Netzwerk konspirativer Mujahedin-Wohnungen zu einer muslimischen Underground-*madrassa* in Kandahar geschickt? Gabbar Singh's ist heute ein Geschenkartikelladen, sehr zur Enttäuschung der Scharen halbwüchsiger Jungen, die herkommen und vor der Tür herumlungern. Der Geschäftsführer hat, die ins Auge springende unternehmerische Gelegenheit missachtend, einen *chowkidar* engagiert, um sie zu vertreiben.

Mehtas Eltern wohnen nicht mehr in Noida. Der Medienrummel, ganz zu schweigen vom Schmerz und Kummer über ihren Sohn, ließ sie von Indien nach Australien flüchten, wo sie jetzt in der Nähe ihrer Tochter und ihres Schwiegersohnes im Sydneyer Vorort Fairfield wohnen. Mr. Mehta, der sich aus der Geschäftswelt zurückgezogen hat, lehnt jedes Interview ab. Priti Chaudhuri und ihr Mann Ramesh ließen durch ihren Anwalt erklären, dass sie mit Arjun keinen Kontakt mehr hatten, seit er aus Redmond geflohen ist, und den »wilden Beschuldigungen« gegen ihn keinen Glauben schenken.

Wie Arjun Mehta ist Leela Zahir nie wieder aufgetaucht. Obwohl es offensichtlich war, dass sie ihr Verschwinden geplant hatte, stürzte sich Indien in hysterische Trauer, als es die Nachricht erfuhr. So als wäre sein Star nicht untergetaucht, sondern tot. Einer ihrer Fans verkündete, er würde rückwärts von Bangalur nach Madurai laufen, um Gott versöhnlich zu stimmen, damit er sie zurückschickte. Unbestätigten Berichten zufolge sollen sich einige Menschen ihretwegen sogar verbrannt haben.

Es sah so aus, als wäre *Tender Tough* zum Scheitern verurteilt, aber nach einigem Zureden durch seine Geldgeber gelang es Rocky Prasad, seine künstlerischen Bedenken gegen die Fertigstellung des Films mit einer anderen Schauspielerin zurückzustellen. Die Version, die in die Kinos kam, enthält Szenen, in denen die junge Tänzerin Aparna nur von hinten zu sehen ist, und im ganzen Film ist die Stimme der Figur synchronisiert. Einige Sequenzen des Films haben dennoch eine außerordentliche Intensität. Das Lied »Now You See Me, Now You Don't« aus der legendären Szene auf den Burgzinnen plärrt noch heute aus jeder Teebude des Landes. Bild für Bild hat man die Szene nach einem Hinweis auf Leela Zahirs seelischen Zustand durchsucht. Ihre schottische »Krankheit« und die Geschichte ihrer persönlichen Probleme gerieten bald in die öffentliche Diskussion und lieferten den Filmzeitschriften wochenlang Futter. Doch wenn die Kamera auf die winzige Figur zufährt, die auf den Zinnen der Burg tanzt, offenbart Leela Zahir kein Zeichen von Traurigkeit oder Verdrossenheit. Ganz im Gegenteil: Bei keinem ihrer anderen Auftritte wirkte sie so sehr eins mit der Welt. Sie ist so lebendig, dass ihr unmittelbar bevorstehendes Verschwinden obszön erscheint, als Beleg einer schrecklichen, grausamen Macht, die das menschliche Leben beherrscht.

Der Film, das versteht sich von selbst, war ein Riesenerfolg. Prasad, Iqbal und Rana wurden Virgin Coladas trinkend auf der opulenten Premierenfeier fotografiert, die in der Bankettsuite eines Mumbaier Hotels abgehalten wurde. Der Raum war wie eine Südseeinsel dekoriert worden. Nach den rituellen Bekundungen des Bedauerns über Leelas Verschwinden und einigen Minuten vager Betretenheit lief alles mehr oder weniger wie üblich ab. Geschäfte wurden abgeschlossen, gehässige Bemerkungen wurden hinter bezaubernd schönen Rücken gemacht, und jeder schaute dem anderen beim Plaudern über die Schulter für den Fall, dass sich etwas Skandalöses auf der anderen Seite des Saales ereignen sollte. Der Filmwelt war klar, dass sie mit Leela Zahir etwas verloren hatte. Sie wusste nur nicht, was sie darüber empfinden sollte.

Eine ehrlichere Reaktion kam von Leelas Gemeinde, den treuen Filmfans, die ihre Wünsche und Begierden auf ihr riesiges, leuchtendes Leinwandgesicht projiziert hatten. Achtzehn Monate nach seinem Start lief *Tender Tough* immer noch täglich in einem Kino in Mumbai. Man hatte bereits begonnen, die verschollene Schauspielerin Leeladevi zu nennen, und unter den Kinogängern, seien sie Hindus oder Muslime, hatten ihre Einfachheit, ihre Schönheit und vor allem ihre übernatürliche Abwesenheit so langsam den Ruch von etwas Heiligem angenommen. Kleine Votivbildchen tauchten in Marktständen auf. In einem Dorf in Bihar, so wurde berichtet, sei ein Junge wunderbarerweise von seiner Blindheit geheilt worden, als eine VHS-Raubkopie des Films im Fernseher des Dorfältesten gezeigt wurde.

Wie der Filmstar aus dem Clansman's Lodge Hotel in Schottland verschwunden ist, das kam erst nach dem tragischen Tod der Ehefrau des Medienmoguls Brent Haydon ans Licht. Während der achtzehn Monate ihrer Ehe hatte Gabriella Haydon-Caro zum lebenden Inventar des europäischen und amerikanischen Gesellschaftsklüngels gehört. Sie und ihr Gatte, der sich mit fünfundfünfzig allmählich aus der tagtäglichen Aufsicht über seine verschiedenen Interessen zurückzog, hatten einen glanzvollen Weg in östlicher Richtung über den Globus eingeschlagen: von ihrem Haus in Bel Air zu ihrer Skihütte in Aspen, dann über die Grenadine und die Hampton Islands nach Barcelona, San Tropez und schließlich nach Mykonos, wo sie eine Jacht charterten, um eine Gruppe von Freunden auf eine Kreuzfahrt durch die griechische Inselwelt mitzunehmen. Ihre Reise wurde von europäischen Paparazzi sklavisch dokumentiert, und mehrere Fotografen waren von Elia Beach aus, dem nächstgelegenen öffentlichen Aussichtspunkt auf den Liegeplatz der *Paloma,* Zeugen des Todes der dritten Mrs. Haydon. Es schien unmöglich, dass sie den Jetski nicht über das Wasser hatte heranflitzen sehen. Vielmehr scheinen Fotos zu beweisen, dass sie in dessen Richtung blickte, kurz bevor sie vom Deck der Jacht ins Wasser sprang. Sie war auf der Stelle tot.

Einige Tage, nachdem der Leichnam zur Verbrennung nach Florenz geflogen worden war, verblüffte ein französischer Anwalt die

Welt mit der Mitteilung, dass zwei Wochen zuvor Mrs. Haydon eine Computerdiskette bei ihm hinterlegt hatte mit der Anweisung, sie im Falle ihres Todes an Zeitungen in den USA und Europa weiterzuleiten. Diese Diskette enthielt ein einziges Dokument, eine sprunghafte und weitschweifige Geschichte, die teils autobiografisch, teils ein Tagebuch ihres ersten Ehejahres ist. Sie schildert ihr unglückliches früheres Leben, in dem sie, ihrem Vater entfremdet und wegen des unsteten Lebensstils ihrer Mutter, nie Freundschaften schließen konnte. Wiederholt kommt sie auf den Freitod ihrer Schwester zurück. In einem undatierten Text schreibt sie: »*Chaque jour plus vite: Caroline, moi.*« Sie scheint auf eine plötzliche Laune hin geheiratet zu haben: Sie lernte ihren Mann kennen, als er sich in dem Haus, in dem sie mit ihrem ehemaligen Freund wohnte, ein Penthouse ansah. »Ich wollte einfach irgendwohin«, schreibt sie. »Es war mir wirklich egal, wohin.«

Der Großteil des Materials ist zwar rührend, aber nur von persönlichem Interesse. Die wichtigen Passagen betreffen die Zeit, kurz bevor sie ihren Mann kennen lernte, als sie Filmjournalistin war und in das Verschwinden von Leela Zahir verwickelt wurde. Die indischen Medien hatten sich wegen ihrer gerüchtweisen Liaison mit Rajiv Rana besonders für sie interessiert. Das Dokument richtet sich in Teilen offenbar direkt an sie. Gabriella gesteht, Leela bei der Flucht aus Schottland geholfen zu haben.

Mrs. Haydons Testament scheint zu belegen, dass Leela Zahirs Verschwinden weder eine Entführung (wie ihre Mutter behauptete) noch Selbstmord war, sondern ein gut geplanter Versuch, ihrem »Gefängnis zu entfliehen«. »Warum sollte sie bleiben?«, schreibt Gabriella. »Sie hatte nichts. Ihre Arbeit war doch eine Art Prostitution.« Der Gedanke, dass Leela Zahir, Idol der Nation, in Wirklichkeit die »Sklavin ihrer Kuppelmutter« war, schockierte Indien tief. Leelas Leid erhöhte ihre Heiligkeit, wütende Pöbelhaufen sammelten sich vor mehreren Häusern, die Leuten vom Film gehörten, und brannten in einer Nacht mit Krawallen, die sich über ganz Mumbai ausbreiteten und mehrere Tote forderten, Faiza Zahirs Villa in Pali Hill nieder. Faiza Zahir war zu der Zeit bereits im Ausland und ruft jetzt Journalisten aus ihrem neuen Wohnort in Dubai an, um zu verkünden, »die Caro, dies Miststück« sei eine Lügnerin.

Gabriella Haydon schreibt, sie habe gerade aus ihrem Fenster in Clansman's Lodge Hotel geschaut, als darin ein Gesicht erschien, das aussah »wie Cathy in *Wuthering Heights*«. Da sie in einer oberen Etage wohnte, war das ziemlich erschreckend. Während sie noch entsetzt hinstarrte, bemerkte sie, dass es Leela Zahir war, die irgendwie aufs Dach geklettert war und sich dann an der Dachrinne heruntergelassen hatte, um an ihr Fenster zu klopfen. Sie ließ das Mädchen herein und stellte fest, dass es warm angezogen war und einen kleinen Rucksack bei sich hatte. Zu ihrer Überraschung »umarmte mich Leela und sagte, ich sei ihre einzige Freundin. Wir setzten uns aufs Bett, und sie erzählte mir von ihrem Leben und den Dingen, die ihre Mutter ihr antat. Ich war fassungslos.«

Gabriella behauptet, dass Leela einen wohldurchdachten Fluchtplan hatte, aber Hilfe brauchte. »Ich hatte sie gern«, schreibt sie, »und ich hasste alle Leute, die mit dem Film zu tun hatten. Darum sagte ich ihr, ich würde sie in meinem Zimmer verstecken und am nächsten Morgen zum Flughafen in Inverness fahren.« Gabriella fragte nicht, wo sie danach hin wolle, aber »Leela sagte, sie habe einen Freund. Einen Freund, sagte sie, und dann berichtigte sie sich. Er sei kein Freund, aber sie habe im Internet mit ihm gesprochen, und sie wollten sich treffen. Mehr sagte sie nicht.«

Am nächsten Morgen, als die Polizei mit ihrer intensiven Suche begann, bei der schließlich auch Helikopter und Taucher zum Einsatz kamen, die Loch Lone absuchten, setzte Gabriella ihr Versprechen in die Tat um. »Während der Fahrt wechselten wir fast kein Wort miteinander. Dann nahm sie ihren Rucksack und ging in die Abfertigungshalle. Ich spielte mit dem Gedanken, sie zu fragen, ob ich mitkommen dürfe.«

Bis zum Frühherbst hatte man die Viren der verschiedenen *Leela*-Varianten unter Kontrolle. Schwer gestresste Systemoperateure konnten sich wieder ohne Angst an die Arbeit machen, und Computersicherheitsspezialisten begannen, ihr Geld zu zählen. Natürlich musste irgendwo alle Schuld abgeladen werden, und nach allseits übereinstimmender Meinung kam sie der Virugenix Corporation zu. Als deren Ruf ruiniert war und der Preis ihrer Aktien sich unablässig in einer Abwärtsspirale befand, musste die Firmenleitung komplett zurücktreten. Selbst das half nicht, den Imageverlust aufzufangen, und binnen eines Jahres war die Marke Virugenix von den Bildschirmen der Welt verschwunden und ihr Vermögen von den Konkurrenten geschluckt. Von einer geheimen Adresse in Montana aus betreibt der frühere Ghostbuster Darryl Grant heute die Site Mehtascourge.org, eine der extremeren *Leela*-Forschungs-Websites. Sie hat sich darauf verlegt, den Mann zur Strecke zu bringen, den Grant hinter vielen Übeln der Welt sieht, angefangen bei seiner eigenen Arbeitslosigkeit bis hin zur Drosselung des amerikanischen Weltraumprogramms.

Darryl Grant hat jede Menge zu tun. Arjun Mehta und Leela Zahir werden immer wieder irgendwo gesehen, manchmal allein, manchmal zusammen. Leela hat man gesehen, wie sie in den Straßen von Jakarta gebettelt und auf dem Rücksitz von New Yorker Taxis telefoniert hat. Arjun wurde an einem Tag bei einer Antiglobalisierungs-Demo in Paris gesichtet und am nächsten auf dem Spielfeld eines Hockeymatches im ländlichen Gujarat. Er ist wahnsinnig fett geworden. Sie hat sich operieren lassen, um wie eine Europäerin auszusehen. Einem hartnäckigen Gerücht vor allem aus den pazifischen Randstaaten zufolge hat man einen jungen Mann, auf den Mehtas Beschreibung passt, in Begleitung einer südasiatischen Frau etwa des gleichen Alters in »verrückter« oder

»punkiger« Kleidung beobachtet. Manchmal sieht man, dass sie sich küssen oder an den Händen halten. Nach Ansicht von Verschwörungstheoretikern gibt es nur eine mögliche Erklärung, nur ein Muster, das einen Sinn ergibt.

GLOSSAR

Indische Begriffe

Zur Wiedergabe indischer Begriffe wurde die vom Autor gewählte anglisierte Transkriptionsweise verwendet.

Zur Aussprache: einfache Vokale wie im Deutschen; »ee« wie langes I, »oo« wie langes U; »au« wie offenes langes O und »ow« wie AU.

Konsonanten ebenfalls wie im Deutschen, außer j, ch und sh, die Englisch auszusprechen sind. Hinter jedem anderen Konsonanten wird H immer als deutlicher Hauchlaut ausgesprochen.

aar(a)ti: senkrecht kreisförmiges Schwenken einer Öllampe vor einem Götterbild oder einer hochgestellten Persönlichkeit zum Zeichen der Verehrung oder als eine Art Segen.

acchaa (achchhaa): »gut«, »prima«; »okay«

adaab: ehrerbietiger Gruß, bei dem der Kopf geneigt wird und eine Hand (oder beide Hände, flach aneinandergelegt) an die Stirn geführt wird/werden.

aré: vielseitig verwendbare, vertrauliche bis herablassende Interjektion; je nach Kontext mit »komm schon!«, »los!«, »Mann!«, »mach endlich!«, »hab dich nicht so!«, »erzähl mir doch nichts!« usw. usw. zu übersetzen.

avatara: Verkörperung einer hinduistischen Gottheit (meist Vishnu) in irdischer Gestalt; hier: Symbol, Ideenträger

bab(ji), baabuji: respekt- und liebevolle Anrede für den eigenen Vater oder allgemein einen älteren Mann.

behan-chod: »Schwesternficker«; nicht ganz so schlimm wie »motherfucker«…

bhai: »Bruder«; auch als Anrede für einen Freund verwendet.

bidi: aus einem einzigen aufgerollten Blatt und einigen Tabakkrümeln bestehende »Volkszigarette«.

chaat: eine Art scharf gewürzter Obst- und Gemüse-«Salat«.

chai: »Tee«; in Indien werden die Teeblätter mehrere Minuten lang in einer gezuckerten (und u.U. gewürzten) Wasser-Milch-Mischung gekocht.

chappal: »Sandale«, »Schlappen«; in ihrer traditionellen Form aus Leder, heute meist aus Kunststoff.

cheongsam, chong-sam: (Chinesisch) Kleid mit seitlich geschlitztem Rock und eng anliegendem Stehkragen.

chowkidar: »Wächter«, »Wachmann«.

desi: »ländlich«, »bäurisch«.

devi: »Göttin«; wird oft an den betreffenden Namen angehängt im Sinne von »Göttin XY«.

dhaba: »Gasthof«, Garküche.

dhal, dal: allgemeine Bez. für Hülsenfrüchte bzw. ein daraus zubereitetes Gericht.

dhoti: traditionelle Beinbekleidung der hinduistischen Männer – ein meist weißes Baumwolltuch, das um die Hüften gewickelt und zwischen den Beinen hindurchgezogen wird, so dass eine Art knielange Pluderhose entsteht

didi: Anrede für eine ältere Schwester

dilliwallah: jemand aus Delhi

ghi, ghee: geklärte Butter, wird sowohl zum Braten als auch zum nachträglichen Würzen verwendet

goonda: Gangster, Schläger, Rowdy.

holi: »karnevalartiges« Fest zu Ehren von Krishna und Kama, markiert das Ende des Winters und den Beginn des Frühlings; eines der beliebtesten hinduistischen Feste überhaupt.

kurta: langes kragenloses Hemd der indischen Männer

lakh: 100 000

lathi: »Stock«, »Knüppel«; v.a. der von der indischen Polizei benutzte lange Schlagstock.

lingam Phallus; an sich die nicht-anthropomorphe Erscheinungsform des Gottes Shiva, hier aber bildlich für die phallokratische Filmindustrie gebraucht.

madrassa: Medresse – 1) islamische theologisch-juristische Hochschule; 2) an eine Moschee angeschlossene Koranschule.

mama: Bruder der Mutter

mandir: (Hindu-)Tempel

Mumbai: einheimischer, seit 1997 auch amtlicher Name der Stadt Bombay.

namaste: etwa »gegrüßt seist du/seien Sie«. Hinduistische Grußformel; dazu werden die Hände flach aneinandergelegt und – je nach Rang des Gegrüßten – in Brust-, Kinn-, Augen- oder Stirnhöhe gehalten.

nabob: Provinzgouverneur in Indien.

paagal: verrückt; übergeschnappt; Verrückter; Übergeschnappter

paan parag: Fertigmischung für *paan* – ein Betelblatt, das mit Kalk bestrichen, mit Arekanuss und verschiedenen Gewürzen und unter Umständen Tabak belegt, zu einem Päckchen gerollt und dann – traditionell nach dem Essen – gekaut wird. Erzeugt viel rote Spucke.

papa(ji): (eigentlich »Papachen«) hier Spitzname/Anrede des Großvaters.

phoren: indische Aussprache (»p-horen«, nicht »foren«) von (engl.) foreign=ausländisch

roti: »Brot«, Fladen aus ungesäuertem Weizenmehl und Wasser, in Nordindien *die* »Sättigungsbeilage« par excellence; im Westen bekannter als »chapati«.

saab, sahab: (hoher) »Herr«, wird oft an den Namen angehängt.

sala: wtl. »Schwager«; ist der Angeredete oder Gemeinte *nicht* jemandes Schwager, dann eine üble Beleidigung (da durch das Wort impliziert wird, man habe mit seiner Schwester geschlafen).

salam: »Frieden«, islamische Grußformel; auch die Begrüßung als solche.

salwar kameez: eine mal weite, mal eng anliegende Hose unter einem knielangen, seitlich geschlitzten Hemd; ursprünglich ländliche Tracht muslimischer Frauen in Indien und Pakistan, jetzt in weiten städtischen Kreisen beliebt, da nicht so einengend wie ein Sari, aber trotzdem »indisch«.

Shiv Sena: wtl. »Shivas Heer«, ultrarechte, hinduistisch-fundamentalistische Partei.

tamasha: »Spektakel«, »Theater«, »Aufregung«

tilak: (meist roter) Punkt auf der Stirn, als Zeichen religiöser Weihe (im weitesten Sinne) angebracht und getragen.

vastu-shastra: altindische »Wissenschaft vom Bauen« im Einklang mit dem Kosmos; mittlerweile vielfach zu einer Art Hindu-Feng-shui verkommen.

yaar*:* »Freund«, »Geliebter«, »Liebhaber«.

Abkürzungen

APA: (American Psychiatric Association) Vereinigung amerikanischer Psychiater

ASC II: (American Standard Code for Information Interchange) Standardisierter Code zur Darstellung von Zeichen

Black Watch: 42. Hochländerregiment

B.Sc.: (Bachelor of Science) Bakkalaureus der Naturwissenschaften

CAD: (Computer-aided-design) computergestützte Konstruktionen und Arbeitspläne

CAM: (Computer-aided manufacturing) computerunterstützte Steuerung und Überwachung von Produktionsabläufen

CNN: (Cable New Network) amerikanischer Nachrichtensender

DOS: (Disc Operating System) – das am weitesten verbreitete Betriebssystem für PCs

Eurodac: System zum Vergleich der Fingerabdrücke von Asylbewebern

GPS: Global Positioning System

GSP: Globaler Sicherheitsparameter; Abteilung der Firma Virugenix

HTLM: Format für Web-Seiten, Scriptsprache

IP: (Internet Protokoll) Internet-Adresse

IPEG: (Joint Photographic Expert Group) Grafikformat im Web; eine Familie von Algorithmen zur Kompression digitalisierter Standbilder im Echtfarbqualität.

IRC: (Internet Relay Chat Program) Computerprogramm, das es ermöglicht, via Internet mit Tausenden von Menschen gleichzeitig zu sprechen

KST: Korean Standard Time

LCD: (Liquid Crystal Display) Flüssigkeitsanzeige (System aus dünnen Glasplatten, zwischen denen sich eine Schicht flüssiger Kristalle bildet)

MST: Mountain Standard Time

NOIDA: North Okla Insitute of Technologie

NRI*:* (Non-resident Indian) nicht angemeldeter Inder im Ausland

PDA: (Personal Digital Assistant) auch als Handheld oder elektronischer Organizer bezeichneter Mini-Computer mit vielfältigen Funktionen zur Termin- und Adressverwaltung

PEBA hier: neue europäische Gesamtbehörde zur Regelung von Zöllen und Einwanderung

RL: Real Life

SFO: San Francisco International Airport

SIMM: (Single Inline Memory) SIMM–Module werden in die Speichererweiterungssockel des Computers eingesteckt.

SQL (Structured Query Language) Datensprache

SSPI hier: neues Medikament, das von Tomorrow* vermarktet wird.

TBM hier: Total Brand Mutability – Marketing-Methode von Tomorrow*

UBIX*:* 1999 in Denver, Colorado gegründete Computer-Firma

VC: Vice-President; hier: Direktor

Hari Kunzru

Die Wandlungen des Pran Nath

Roman 512 Seiten
Aus dem Englischen von Benjamin Schwarz
ISBN 3-89667-195-2; Euro 24,90

Agra 1918: In seinem Haus unweit des Taj Mahal führt der fünfzehnjährige Pran Nath ein überaus angenehmes Leben, weitgehend unbehelligt von elterlicher Fürsorge. Er tyrannisiert die Dienerschaft mit groben Späßen und macht sich allgemein unbeliebt. Es ist daher kein Wunder, dass die Gerüchte über seine Herkunft nicht verstummen, denn es besteht kein Zweifel: Pran Nath ist nicht nur ein bildhübscher Bursche, sondern – praktisch weiß.

Als sein Vater stirbt, enttarnt seine Dienerin Pran endgültig als englischen Bastard, und er landet höchst unsanft auf der Straße, wo er sich als Bettler durchschlagen musss, bis er von einem Haus in der Nähe des Basars hört, wo man vielleicht Verwendung für ihn hat. Tatsächlich gibt man ihm dort zu essen, sperrt ihn dann aber in eine kleine Kammer und macht ihn mit Drogen und Schlägen gefügig. Pran Nath lernt die ersten von zahlreichen harten Lektionen seines Lebens – bis er die Chance erhält, die Identität eines Engländers anzunehmen und nach England zu reisen...

Ein schillerndes historisches Epos voller Geschichten, Episoden, Abenteuer und zugleich eine Satire auf das untergegangene britische Empire.

Amit Chaudhuri

Betörungen und fromme Lügen

Erzählungen
Aus dem Englischen von Barbara Heller
ISBN 3-89667-258-4

Ebenso subtil wie poetisch stellt Amit Chaudhuri schwierige menschliche Beziehungen in einer Gesellschaft dar, die zwischen Modernität und übermächtiger Tradition zu zerreißen droht. Ob er die wechselseitige Abhängigkeit von Lehrern und Schülern auslotet, von einer Frau erzählt, die ein zweites Mal heiraten will, oder dem sonderbar reservierten Widersehen zweier Freunde nach zwanzig Jahren nachspürt – immer transzendieren seine Erzählungen typisch indische Lebensmuster und erkunden in einer verführerisch sinnlichen Prosa die conditio humana.

Man glaubt die Regen der Monsunzeit auf der Haut zu spüren, die Gerüche aus den Garküchen am Straßenrand aufzunehmen und die Frauen in ihren Saris und Pluderhosen vor sich zu sehen, wenn man Chaudhuris Erzählungen liest, die das Leben in Kalkutta und Bombay einfangen. Diese Erzählungen handeln von Menschen, die so sehr in ihre Umgebung eingebunden sind, dass ihnen deren Bedeutung nur ausnahmsweise bewusst wird. Der junge Dichter in »Porträt eines Künstlers« etwa begreift erst, nachdem er eine Weile in England gelebt hat, wie viel er der Heimatstadt verdankt: Mit seinem etwas rückständigen, aber bunten Kulturleben ist das stark kolonial geprägt Kalkutta für ihn ein Tautropfen, in dem sich das Licht und die Farbe der ganzen Welt spiegelt.

»Auf wenigen Seiten vermag er ein ganzes Leben zu bannen. In seinen neuen Erzählungen schreibt Chaudhuri so leicht und charmant wie R.K. Narayan und so leidenschaftlich und atmosphärisch dicht wie Tschechow.« *The New York Times*

KARL BLESSING VERLAG